BELINDA & EM

Obras da autora publicadas pela Galera Record:

Amy & Matthew
Belinda & Em

Da autora de Amy & Matthew

CAMMIE MCGOVERN

BELINDA & EM

A pior coisa que você pode fazer é não fazer nada.

Tradução
Alda Lima

1ª edição

Galera

RIO DE JANEIRO
2017

CIP-BRASIL. CATALOGAÇÃO NA PUBLICAÇÃO
SINDICATO NACIONAL DOS EDITORES DE LIVROS, RJ

McGovern, Cammie
M568b   Belinda & Em / Cammie McGovern; tradução de Alda Lima. – 1. ed. – Rio de Janeiro: Galera Record, 2017.

Tradução de: A Step Toward Falling
ISBN: 978-85-01-11006-0

1. Ficção juvenil americana. I. Lima, Alda. II. Título.

17-40671   CDD: 028.5
                                            CDU: 087.5

Título original:
A Step Towards Falling

Copyright © 2015 by Cammie McGovern

Todos os direitos reservados.
Proibida a reprodução, no todo ou em parte, através de quaisquer meios.
Os direitos morais do autor foram assegurados.

Texto revisado segundo o novo Acordo Ortográfico da Língua Portuguesa.

Composição de miolo: Abreu's System

Direitos exclusivos de publicação em língua portuguesa somente
para o Brasil adquiridos pela
EDITORA RECORD LTDA.
Rua Argentina, 171 – Rio de Janeiro, RJ – 20921-380 – Tel.: (21) 2585-2000,
que se reserva a propriedade literária desta tradução.

Impresso no Brasil

ISBN 978-85-01-11006-0

Seja um leitor preferencial Record.
Cadastre-se e receba informações sobre nossos
lançamentos e nossas promoções.

Atendimento e venda direta ao leitor:
mdireto@record.com.br ou (21) 2585-2002.

Para todas as pessoas que já trabalharam na Whole Children/Milestones, e para todas as famílias que entraram pela porta e encontraram um lar.

*E especialmente para Carrie,
que deu início a tudo...*

CAPÍTULO UM

EMILY

Em nosso primeiro encontro com a diretora do Centro de Aprendizado para a Vida, Lucas não fala comigo nenhuma vez. Elaine, a diretora, nos agradece por "doar nosso tempo", mesmo sabendo que não estamos ali voluntariamente. Todos nós sabemos disso.

— Vocês têm uma escolha — diz ela. — Podem vir aos sábados de manhã e fazer trabalho administrativo, ou podem vir às quartas à noite para uma aula chamada Limites e Relacionamentos, durante a qual recapitulamos as regras básicas de socialização e namoro para jovens adultos com dificuldades de desenvolvimento. Mesmo que sejam alguns anos mais novos, poderão dar exemplos de uma abordagem típica de um parceiro no caso de amizades e encontros. Eles terão interesse em saber o que vocês fazem quando saem com alguém, e em como fazem novos amigos, esse tipo de coisa.

Posso até imaginar o que meu amigo Richard vai dizer quando eu contar a ele sobre isso. "Espere, estão usando *você* como exemplo para falar de namoro?"

Eu me viro e olho para Lucas. Fico esperando ele dizer: "Vou querer o trabalho administrativo, obrigado." Considerando a situação, a ideia de me sentar com um grupo de adultos com deficiência em busca de encontros parece... Bem, tipo mais que a encomenda para nós dois. Exceto que eis a surpresa: eu quero fazer a aula. Sou péssima em trabalhos administrativos. Além disso, sou curiosa.

Então, antes que eu consiga começar a falar, Lucas anuncia:

— Tá, vou escolher a aula. — Ele nem olha para mim. Parece estar fingindo que não estou na sala.

— Eu também — digo. Não vou fazer trabalho administrativo só porque ficar na mesma sala com Lucas vai ser superdesconfortável. Esquece.

Na quarta-feira seguinte, chegamos uma hora antes da aula começar para nos reunirmos com Mary, a professora, e conversamos sobre o que ela espera de nós. Aparentemente não muito, pelo menos no começo. Ela diz que, na maior parte do tempo, vamos apenas fazer as atividades com o restante do grupo.

— Fazemos algumas simulações toda aula, e pode ser que eu peça para participarem de algumas delas. Algum de vocês dois tem alguma experiência em atuar?

Olho para Lucas, que ainda se recusa a olhar para mim.

— Não — responde ele.

— Alguma — digo. — Quando eu era mais nova. Não faço isso há um bom tempo.

Mary sorri para mim, como se já soubesse que eu provavelmente vou me sair melhor nisso do que Lucas. Lucas joga futebol americano em nossa escola, o que significa que ele é enorme e — sem maldade — um pouco assustador.

— Maravilhoso, Emily — elogia Mary. — Tem alguma experiência com improvisações?

— Um pouco — respondo. — Fiz parte de uma trupe de comediantes uma vez, só que não éramos muito engraçados. — No ensino fundamental, o pessoal do clube de teatro tentou começar um grupo de improvisação. Duramos um semestre antes de desistirmos.

Mary riu.

— Ah, eu sei bem como é isso. Não se preocupe, não estamos atuando para fazer as pessoas rirem por aqui, graças a Deus.

Terminamos vinte minutos antes de a aula começar, então Mary nos orienta a aguardar no lobby até os outros alunos chegarem. É desconfortável, é claro, assim como foi ficar sentada em cada sala de espera ao lado de Lucas durante as duas últimas semanas. Ele pega o celular, como de costume. Eu pego um livro, como de costume. Depois de cinco minutos, não consigo mais suportar e me inclino em sua direção.

— Sou a Emily, a propósito. Sei que você é o Lucas, mas talvez você não saiba meu nome, então aí está. Emily.

Ele levanta o olhar do telefone.

— Eu sei seu nome.

Richard sempre me aconselha a não ser sarcástica demais com pessoas que não aparentam ter senso de humor. "Elas não levam numa boa", segundo ele. "Acham que você está zombando delas. Porque geralmente você está mesmo." Mas não consigo evitar.

— Ah, OK. Bem, considerando que vamos fazer isso juntos pelo resto do semestre, só achei que era bom ter certeza. Não precisamos ser amigos nem nada, mas talvez um olá de vez em quando não mate.

— Não tenho tanta certeza — responde Lucas, girando na cadeira. — Isso pode nos matar. Veremos.

Posso até escutar a voz de Richard na minha cabeça: *Você não devia andar por aí dizendo para pessoas estúpidas o que se passa em sua cabeça o tempo todo. Em primeiro lugar, elas não vão entender o que você está dizendo porque são estúpidas. Em segundo lugar, elas vão odiar você.*

Mas eu quero. Eu quero dizer: *Olhe, Lucas, por que não tentamos fazer isso dar certo? Por que não admitimos a culpa que ambos sentimos em relação a Belinda fazendo um trabalho decente aqui?* Ou talvez para Lucas eu devesse dizer isso de forma diferente: *Por que não para de agir como um babaca em relação a isso?*

Mary aparece antes de eu poder dizer mais alguma coisa.

— Olá novamente! Esse grupo geralmente entra pelos fundos, então já estão todos aqui, prontos para conhecer os dois.

Nós nos levantamos, e, de repente, estou mais nervosa do que esperava estar. Não conheço ninguém com deficiência. Não tenho mais certeza de por que achei que isso seria boa ideia.

Mary nos acompanha pelo corredor e abre a porta de uma sala pintada de cores fortes, com mais ou menos uma dúzia de pessoas sentadas em círculo. É bastante evidente que todos têm alguma deficiência. Apesar de não haver ninguém em cadeira de rodas, todos parecem um pouco diferentes. Uma mulher veste um suéter verde-limão, calças de moletom e chinelos. Um homem está usando um gorro de lã e luvas, mesmo que não esteja frio na sala, nem do lado de fora, para falar a verdade.

— Tudo bem, pessoal, gostaria de apresentar a Emily e o Lucas. Eles serão nossos novos voluntários nesta sessão. Os dois estão no ensino médio, o que significa que são um pouco mais novos que vocês, então, se lembram do que isso significa? — Ela sorri, como se eles tivessem uma piadinha interna sobre estudantes do ensino médio.

Aparentemente eles têm, porque uma onda de risadas se espalha pelo grupo.

— Significa que vocês não vão dizer nada chocante demais, especialmente não no primeiro dia, certo, Simon? Combinado, Thomas? — continua Mary, e todos riem novamente. — OK, o que fazemos quando temos gente nova na classe?

Duas pessoas levantam a mão. A mulher de suéter verde diz:

— Fassmos pergnts.

Lucas e eu quase nos entreolhamos, mas não o fazemos. É impossível entender o que ela está dizendo.

— Isso mesmo, Francine — diz Mary. — Cada um pode fazer uma pergunta a eles. Quem gostaria de começar?

Seis pessoas levantam a mão. Mary ri.

— Lembrem-se, precisam ser perguntas *apropriadas*. — Duas pessoas baixam a mão. Mary ri novamente. — Tudo bem. Sheila, por que não começa?

Uma mulher alta, de cabelos castanhos cacheados, se levanta e rodopia, de modo que sua saia roda um pouco.

— Esta pergunta é para a garota. Conhece minha amiga Susan?

Olho para Mary. *Eu deveria conhecer a Susan?*

— Acho que não. Ela faz esta aula?

— Não, mas eu poderia apresentar vocês! Quer conhecer a Susan?

— Foram duas perguntas, Sheila — diz um homem de óculos de lentes grossas sentado ao seu lado. Ele parece provavelmente ter síndrome de Down. — A Mary falou uma pergunta para cada um.

Mary concorda com a cabeça.

— Eu disse isso mesmo, Sheila. Sinto muito. Pode fazer sua segunda pergunta para a Emily no intervalo. Thomas, tem alguma pergunta para o Lucas ou para a Emily?

— Sim. — O homem ao lado de Sheila se levanta e olha para o teto enquanto fala. — É para o garoto. Você tem algum filme, seriado ou atividade favorita? — Ele volta a se sentar.

— É, deixe-me ver... — começa Lucas. A voz parece estranha, quase sussurrada.

Eu me pergunto se Lucas está tão nervoso quanto eu. Não sei o que eu estava esperando, mas agora que estou aqui, essas pessoas de repente parecem... bem, *realmente* ter deficiência. Um deles é deficiente visual, a julgar pela bengala pousada em seu colo. O outro está mais concentrado em tirar meleca do nariz que em qualquer coisa que estejamos dizendo.

— Eu jogo futebol, então tenho treino quase todas as tardes — continua Lucas, e eu fico surpresa. Ele *está* nervoso. Dá para ver pela maneira como seca a palma das mãos na frente da camisa. — Então não assisto a muitos filmes nem séries.

Mais alguém levanta a mão.

— Para que time você joga?

— O time da Westchester High — responde ele.

Em qualquer outro grupo, ouvir aquilo resultaria em assovios ou aplausos, porque atualmente nós somos os líderes invictos de nossa divisão, rumo ao nosso primeiro campeonato estadual. Quando digo "nós" é claro que quero dizer o time de futebol, no qual não tenho nenhum amigo e com o qual não tenho nenhuma relação. Mesmo assim, não dá para andar pelos mesmos corredores cheios de armários e não saber das estatísticas. Todo mundo está meio deslumbrado com nossos jogadores de futebol americano este ano.

Todo mundo exceto aquele grupo, aparentemente, porque ninguém diz nada.

Depois disso, as perguntas ficam mais aleatórias. Já fomos ao Grand Canyon? Sabemos fazer lasanha? Sabíamos que uma pessoa da sala ganhou uma medalha de ouro nas Paralimpíadas?

Ao ouvir isso, Lucas ergue as sobrancelhas, surpreso.

— *Sério?* — pergunta, parecendo genuinamente impressionado. — Quem?

Uma mulher baixinha, com um corte de cabelo parecendo um capacete, levanta a mão.

— Foi nas Olimpíadas de *Inverno* pelo *boliche*. — Ela suspira profundamente, como se estivesse meio cansada de falar daquilo.

Lucas ri. É a primeira vez que o vejo fazer isso. Não sei bem se estou imaginando, mas parece que falar sobre futebol, e em seguida *parar* de falar sobre futebol, melhorou seu humor.

— Medalha de ouro! — exclama ele. — Isso é incrível.

Depois de todos fazerem suas perguntas, Mary revela que existe uma segunda tradição para os voluntários novatos. Enquanto o restante da classe trabalha em outra atividade, Lucas e eu vamos nos juntar, individualmente, a um integrante da turma que vai nos entrevistar para que possamos ser apresentados de maneira mais completa no final da aula.

— Ótimo! — digo, alto demais, porque não quero que ela perceba o quanto aquilo me deixa nervosa. Não sei se Mary percebe que é praticamente impossível entender o que metade dessas pessoas diz. Só passamos pelas perguntas delas porque ela estava aqui, traduzindo. Felizmente, meu par é Harrison, o que tem deficiência visual e que é fácil de entender.

Mary aponta para duas carteiras no canto e diz:

— A Emily vai mostrar a você onde devem ficar, Harrison. — Ela coloca a mão dele no meu cotovelo, e ele se levanta. Fico surpresa com o alívio que sinto, guiando-o pela sala. *Posso fazer isso*, penso. *Posso ajudar de forma decente.* Então nos sentamos em duas carteiras, de frente um para o outro, e durante um bom tempo nenhum de nós dois, ao que parece, consegue pensar em alguma coisa para dizer. Depois de um silêncio bastante desconfortável, ele começa:

— Tudo bem, você gosta de Wiffle Ball?

— Hum. Acho que nunca joguei.

Ele assente.

— OK.

Segue-se mais um silêncio demorado, como se, no que diz respeito a Harrison, a entrevista tivesse terminado. Por fim, me inclino para a frente e sussurro:

— Quer me fazer mais alguma pergunta?

— Não — decreta ele. — É sua vez.

— Ah. — Olho para Lucas e seu par e percebo que ele tem razão. Aparentemente é para entrevistarmos um ao outro, porque Lucas está perguntando alguma coisa a seu par. — O que você gosta de fazer?

Harrison dá de ombros.

— Sei lá. Comer, acho.

— Tudo bem. Você tem algum hobby?

— É minha vez.

— Ah é, desculpe.

— Você tem algum hobby?

Agora que ele está me perguntando aquilo, percebo que é uma pergunta difícil. Estou no último ano do ensino médio, fazendo três aulas avançadas, com as candidaturas para as faculdades pairando sobre minha cabeça, como uma nuvem negra. Sou copresidente da Coalizão para a Ação Jovem de nossa escola, junto de meu amigo Richard, atividade com a qual me sinto bastante comprometida, mas que não considero exatamente um hobby. Começo a explicar isso, mas Harrison me interrompe:

— Tudo bem, já chega. Sua vez de perguntar. — É claro que já chega. Ele é cego e não tem como escrever nada daquilo.

Olho para Lucas para ver se ele está se saindo melhor com sua parceira. Parece que sim, mas ele está com Francine, a medalhista de ouro no boliche, que é simpática e fácil de conversar.

— Há quanto tempo está fazendo essa aula? — pergunto. Mary tinha nos dito que a maioria dos alunos cursava aquela aula havia pelo menos um ano, então se conheciam muito bem.

— Seis anos — responde Harrison. — Tecnicamente, seis anos e catorze semanas.

— Então gosta dela?

— Gosto de algumas partes. De outras partes eu não gosto. Minha vez de perguntar.

— Certo. Sinto muito.

— Há quanto tempo está nessa aula?

— Bem... — Agora fico desesperada. Olho novamente para Lucas, que parece estar contando uma piada engraçada para Francine. Ele está rindo e apontando para a folha de papel diante dela. "Escreva logo", ele está dizendo. — Hoje é meu primeiro dia! — respondo com uma risada falsa para que pareça que eu e Harrison também estamos nos divertindo. — Sou nova, lembra?

Ele puxa o lóbulo da orelha.

— Ah é. Esqueci.

Não sei se ele ficou com raiva por eu ter dado risada, mas ele fica em silêncio.

— Quer me perguntar mais alguma coisa? — pergunto finalmente.

Sinto-me péssima. Achei que seria boa nisso — ou melhor que Lucas Kessler, pelo menos —, mas aparentemente eu estava errada. Estou me sentindo constrangida e desconfortável, e tenho instintos terríveis. Fico imaginando o que Harrison vai dizer quando me apresentar. Neste grupo, parece haver uma tendência à honestidade que me preocupa.

— Só tenho mais uma pergunta.

— Tudo bem! — exclamo, esperançosa. Talvez isso seja um avanço, e ele vá perguntar sobre a escola ou o que eu quero fazer no futuro.

— Por que está fazendo esta aula como voluntária?

Meu rosto fica vermelho. Não sei por que não me ocorreu que alguém pudesse perguntar isso. Obviamente eu deveria ter preparado uma resposta, mas não preparei. Não consigo dizer uma palavra.

Harrison assente, como se entendesse. Ele pode ser cego, mas parece ter enxergado tudo que precisava enxergar em mim.

Mary espera até o fim da aula para que nossos pares nos apresentem. Ela pede a Francine, par de Lucas, que comece.

— O Lucas tem dezoito anos de idade e é bem bonito, mesmo sendo muito, muito gigante. Ele gosta de gatos, de algumas séries de TV das quais nunca ouvi falar e de futebol. Ele também joga futebol, mas não é pelos Patriots. Ele joga no time de alguma escola, mas não consigo lembrar o nome. Sua comida favorita é... — Ela dá uma espiada no papel em sua mão. — Não sei. Não consigo ler o que escrevi.

Ele se inclina para a frente e cochicha no ouvido dela.

— *Sério?* — pergunta ela. Todos riem. — Bolo de carne, acho. Mas não sei por quê.

Todos batem palmas. Francine sorri e se curva para a frente, agradecendo.

— Obrigada pelo ótimo trabalho, Francine — diz Mary. — Harrison, é sua vez de apresentar a Emily. — Meu coração dispara quando ele se levanta. Fico imaginando se ele vai dizer: *A Emily parece bem desconfortável por estar aqui.*

Mas não é o que acontece. Em vez disso, ele diz:

— Na semana em que a Emily nasceu, em 1996, a música número um das paradas musicais era "Because You Loved Me", da Celine Dion.

Fico estupefata. Quando terminamos nossa entrevista, ele me perguntou em que dia eu havia nascido, incluindo o ano, mas será que isso estava certo? Todos riem e aplaudem, como se aquela fosse mais uma piada interna. Harrison sorri, agradece e volta a se sentar. Mary pergunta o dia de meu nascimento e vai até sua mesa no canto para checar em um iPad.

— Tem razão, Harrison! Muito bem, senhor!

Todos batem palmas novamente, desta vez com alguns assovios.

Não sei exatamente o que acabou de acontecer. Aparentemente Harrison não é apenas cego, ele também tem uma habilidade espantosa para memorizar todo o histórico de músicas que ocuparam o primeiro lugar da parada de sucessos da Billboard e em que data. Ele não falou nada sobre mim, mas também não foi nenhum desastre. Passamos por aquilo numa boa, ou pelo menos todos fizeram vista grossa para o péssimo trabalho que fiz em meu primeiro dia de aula.

BELINDA

ULTIMAMENTE, TENHO ASSISTIDO MUITO A *Orgulho e preconceito*. Não a versão nova, com Keira Knightley, mas a mais antiga e mais longa, com Colin Firth. É o único DVD que vovó tem, mas ela diz que tudo bem, porque é o único DVD de que precisa. Vovó, assim como eu, ama o Sr. Darcy que também é Colin Firth.

Ultimamente, tenho assistido ao DVD o dia inteiro em vez de ir à escola.

Estudo na Westchester High School, mas é meu último ano, o que significa que eu deveria estar me divertindo para valer. Em meu primeiro dia de aula este ano, mamãe tocou uma música chamada "Anticipation", porque ela queria me deixar menos nervosa. A cantora fica dizendo "Fique bem aqui pois estes são os bons velhos tempos", o que me fez pensar que talvez eu devesse ficar aqui em casa, e não pegar o ônibus escolar, porque, às vezes, na escola, eu *não* sinto como se estes fossem os bons velhos tempos.

Mas peguei o ônibus mesmo assim. Então me sentei onde sempre me sento, no banco atrás do motorista. Alguns anos o motorista muda, e, em vez de um homem chamado Carl, temos uma mulher chamada Sue. Mesmo quando isso acontece, no entanto, eu nunca me sento em outro lugar que não seja bem atrás do motorista. Atrás do motorista significa que nenhum idiota do ônibus pode zombar de mim ou fazer aquelas brincadeiras em que finge ser meu amigo para depois me dar balas antes jogadas no chão sujo do ônibus. Sentar atrás do motorista significa que geralmente eu me sento ao lado de alunos da sétima série que também têm medo.

Frequento aquela escola há tanto tempo que isso não devia mais me assustar, mas às vezes assusta. Antes do primeiro dia de aula, vovó me faz lembrar das coisas que amo na escola, como meu trabalho no escritório principal, que é separar os papéis para reciclagem e entregar correspondências. Vovó também faz uma lista de todos os professores que adoro, como Rhonda, Carla e a Srta. Culpepper. A essa altura, geralmente me lembro de outras coisas de que gosto, como as laranjas do refeitório, as vitrines onde ficam expostos os trabalhos de arte e ouvir a banda ensaiando. Vovó é melhor em me ajudar a me lembrar dessas coisas que mamãe, que tenta, mas às vezes esquece algumas coisas.

Agora tudo é diferente. Agora, vovó está tentando me fazer esquecer. Em vez de ir à escola, ela me deixa ficar em casa o dia todo, assistindo a *Orgulho e preconceito*. Quando mamãe pergunta a ela quando vou voltar para a escola, vovó responde: "Pelo amor de Deus, Lauren, deixe-a em paz. Pelo menos aqui sabemos que ela está segura."

Mamãe e vovó não costumam brigar na minha frente. Geralmente elas não brigam muito, porque mamãe tem limitações e depressão. Mamãe faz o que pode para me ajudar, mas não preciso mais de tanta ajuda, então ela não faz muita coisa. Por exemplo, eu costumava preparar meu próprio almoço e colocá-lo na lancheira. Mas isso era quando eu ia à escola e levava o almoço. Agora não vou mais à escola, então também não preciso mais preparar meu almoço.

Fico olhando para a tela, onde Jane está tentando não chorar depois que o Sr. Bingley vai embora da cidade sem dar nenhuma explicação. Só de vê-la tentando não chorar, eu começo a chorar. Até em *Orgulho e preconceito* as pessoas são más. Elas não pensam nos sentimentos dos outros. Geralmente gosto de imaginar que sou Elizabeth, mas hoje fecho os olhos e me sinto exatamente como Jane, que achou que tinha feito um amigo e acabou descobrindo que estava errada.

Às vezes faço coisas que fazem as outras pessoas terem pensamentos desagradáveis. Se eu falo demais sobre Colin Firth, por exemplo, os professores têm pensamentos desagradáveis. Uma vez Rhonda, minha fonoaudióloga, me contou seu pensamento desagradável: "Estou entediada de Colin Firth! Não o conheço. Ele mora longe, e não quero mais falar sobre ele!"

Nós duas rimos, mesmo que eu não tenha achado o que ela disse engraçado. Não consigo me imaginar entediada com Colin Firth. Isso é porque eu o amo e, às vezes, quando ele me olha do outro lado da tela da TV, tenho quase certeza de que ele também me ama.

Sei que não devo dizer isso em voz alta, porque se disser, as pessoas vão ter muitos pensamentos desagradáveis, como achar que sou louca. Elas vão dizer que eu não conheço o Sr. Firth e que isso significa que ele não tem como me amar. E eu teria que repetir o que minha mãe me disse: que o amor é um *sentimento*. E que você nem sempre beija quem você ama. "Às vezes você apenas ama", disse ela.

Quando perguntei a ela: "Isso significa que as pessoas me amam também?", ela respondeu: "Ah, é claro, Belinda, todo mundo ama você."

Acho que ela estava falando principalmente dos professores da escola, mas acho que também poderia incluir Colin Firth. Quando ele olha para mim, eu sinto isso. Simplesmente sinto. Sinto isso com todo o meu coração.

Rhonda, minha fonoaudióloga, não concorda: "Ele é um personagem. Ele não é real. Ele está na TV, mas a TV não é real."

Não tenho certeza de como responder a isso. Para mim ele é real. Isso não o torna real?

Nem sempre assisto a *Orgulho e preconceito*. Às vezes assisto a outros filmes antigos. Gosto de *...E o vento levou* e de *A noviça rebelde*, só não gosto de quando Maria e o

Capitão se beijam, porque ele é velho demais e parece pai dela. Gosto da canção de Liesl e Rolfe, mesmo que depois Rolfe revele ser nazista, o que é algo terrível para alguém ser. Em minha mente, mais tarde, eu faço com que ele não seja nazista e deixo que eles se casem e sejam felizes para sempre.

A mesma coisa acontece com Scarlett, de *...E o vento levou.* No começo, ela ama Ashley, que tem nome de menina, mas é um homem. Ashley é muito gentil, mas não ama Scarlett. Então ela conhece Rhett, que é perigoso e atraente e a ama logo de cara. Em minha imaginação, faço Ashley mudar de ideia e resolver amar Scarlett. Para ele ter alguém com quem sabe que pode contar. Ela não pode contar com Rhett. Ele é excitante, mas não confiável. Às vezes excitante é exatamente o que você *não* deve querer em um garoto.

Aprendi isso com outros filmes sobre garotos excitantes, mas não confiáveis. Você precisa ter cuidado com eles, porque, muitas vezes, eles são bonitos também. Então é meio confuso.

"Conheço alguns homens assim — eles são tão bonitos que não consigo conversar", diz mamãe. "Estou falando sério. Minha boca fica seca. É como se alguém tivesse colado minha boca."

Conheço essa sensação. Acontece comigo toda vez que assisto a *Orgulho e preconceito*, estrelando Colin Firth. Não consigo dizer nada. Às vezes tento assistir sem piscar, e também não consigo. Fico tonta, como minha mãe diz que já aconteceu com ela em um encontro. Quando ela se levantou para ir ao banheiro, caiu de volta na cadeira e ficou morta de vergonha.

"É isso que acontece quando gosto de um homem", diz mamãe. "Não consigo ser muito simpática."

Sei como é. Já experimentei na vida real, também, não apenas assistindo a Colin Firth. Sentia isso toda vez que estava perto de Ron Moody. Às vezes só de estar perto dele, sentia vontade de rir e chorar ao mesmo tempo. Ou achava que meu coração ia explodir.

Eu não me sentia eu mesma. Era como se eu estivesse sofrendo um ataque cardíaco. Só que acontecia toda vez que eu o via, então não era um ataque cardíaco de verdade. Era amor. Foi isso que mamãe falou quando contei a ela. "Você está apaixonada, Belinda, e é um sentimento maravilhoso e especial..."

Ela não disse que era ruim se sentir daquele jeito, nem que era errado. Ela nem mesmo disse: "Cuidado, Belinda", o que provavelmente deveria ter dito. Ela disse: "Você merece ser amada tanto quanto qualquer outra pessoa", o que me deixou confusa por um tempo, e me fez pensar que talvez Ron me amasse também.

EMILY

A verdade sobre Lucas — e por que estamos sendo punidos — é um pouquinho mais complicada do que eu gostaria de admitir para qualquer pessoa, especialmente para Richard, que ama odiar o que ele chama de "a estrutura de classes heteronormativa representada pelo time de futebol americano". Não sei exatamente o que ele quer dizer com isso, exceto pela parte óbvia. Jogadores de futebol têm poder demais em nossa escola, especialmente este ano, com seu recorde de vitórias. Na hora do almoço, já vi as funcionárias os deixarem passar pela fila do refeitório sem pagar um centavo por uma bandeja cheia de comida. Já vi alunos que eles nem conhecem comprando refrigerantes para eles e carregando suas mochilas; qualquer coisa para ter três segundos de aprovação de um jogador de futebol.

Richard acha que nosso grupo de amigos é diferente, mas na verdade não é. Podemos não nos humilhar para ganhar a atenção do time de futebol, mas ainda passamos algum tempo todo almoço encarando sua mesa. Só porque *enxergamos* o problema, não significa que não façamos parte dele.

Lucas e eu nunca conversamos sobre o que aconteceu com Belinda, então não faço ideia se ele se sente culpado como eu, ou se acha que está sendo punido injustamente. Imagino que seja a segunda opção — que ele ache que o que aconteceu foi horrível, é claro, mas não sua culpa. No mínimo, ele provavelmente acha que foi mais minha culpa que dele, o que — apesar de eu não admitir para ninguém — pode ser verdade.

Ainda acho difícil entender o que aconteceu.

Na superfície, é uma história simples. Três semanas atrás, eu estava em uma partida de futebol com meus quatro melhores amigos: Richard, Barry, Weilin e Candace. Normalmente não somos grandes fãs de futebol, mas este ano todo mundo está indo aos jogos do time em casa. A cada semana, com cada vitória, o público fica maior.

Naquela noite, eu estava de péssimo humor, apesar de me sentir uma idiota ao admitir isso agora. Toby Schulz, um garoto com quem eu achava que estava flertando durante as duas semanas anteriores por meio de mensagens de texto engraçadas e pelo Facebook, estava sentado duas fileiras à frente, clara e obviamente em um encontro com Jenny Birdwell, uma garota bonitinha do segundo ano com um rabo de cavalo louro. Três dias antes, ele tinha me enviado uma mensagem dizendo: "Devíamos sair um dia desses", o que eu estupidamente presumi que quisesse dizer *um com o outro*. Aparentemente não era isso. Aparentemente significava que *devíamos nos sentar perto um do outro em um jogo de futebol e dizer "oi" um para o outro enquanto estou em um encontro com outra pessoa.*

Não que eu estivesse muito apaixonada por Toby. Ele parecia inteligente e um pouco mais engajado que os típicos novos recrutas da Coalizão para a Ação Jovem, que geralmente aparecem revoltados por causa de alguma questão, mas entediados em relação a todas as outras. Na primeira reunião da qual Toby participou, ele ficou até mais tarde para dizer como havia ficado impressionado com a variedade de nossas "ações" e todas as "coisas legais que estávamos fazendo". Ele tinha cabelos castanhos cacheados e dentes ligeiramente tortos que, por algum motivo, o deixavam ainda mais bonitinho. Apoio à causa LGBT não era sua questão principal, ele nos contou, sem olhar para Richard, mas ele certamente apoiava a causa. Sua maior preocupação era o meio ambiente. Ele amava acampar, e queria que as montanhas ainda existissem para que seus filhos desfrutassem delas. Como eu poderia *não* ter uma quedinha por ele? E quando ele me mandou três mensagens de texto na semana seguinte, como eu poderia *não* achar que talvez ele também gostasse de mim?

Mas como estou sendo honesta, preciso admitir: o fato de Toby estar lá com uma menina bonita do segundo ano não me incomodou tanto quanto uma série de julgamentos equivocados de minha parte como esse em relação a Toby. Parecia que eu ficava repetindo sem parar os mesmos erros — achando que piadas na sala de aula eram flertes, achando que garotos que pediam meu número de telefone para saber sobre algum dever de casa queriam mais meu número de telefone que o dever de casa.

Em parte culpo Richard por isso. Ele ama fingir que todo mundo é pelo menos um pouco gay e tem uma quedinha por ele. Ele se senta ao lado de Wayne Cartwright, nosso quarterback gato, na secretaria quando chega atrasado e diz que os pelos dos braços dos dois se arrepiaram na direção uns dos outros. Ele sabe que não vai acontecer nada, mas mesmo assim se apega a momentos. "Pelos dos braços não mentem. Eles não podem, na verdade. Eles não têm cérebros. Apenas instinto."

Para ele é engraçado. Ninguém espera que Wayne Cartwright milagrosamente saia do armário e misture os pelos de seus braços aos dos de Richard, mas quando eu tento sonhar grande e dizer, de brincadeira: "Acho que Toby Schulz quer me chamar para sair, mas é tímido demais", é triste ficar sentada atrás da evidência do quanto ele não é tímido na semana seguinte. Richard não disse nada, o que fez com que eu me sentisse ainda mais patética, se é que era possível. Como se subitamente eu tivesse me tornado aquela pessoa em volta de quem todos pisam em ovos.

Essa é uma de minhas explicações para o que aconteceu naquela noite. Não é uma desculpa nem uma justificativa. Apenas uma maneira de entender como eu pude ser uma decepção tão grande para mim mesma. No final do intervalo, deixei meu grupo de fininho para comprar um refrigerante e, no caminho de volta para meu lugar, comecei a chorar. Ridículas e vergonhosas lágrimas de autopiedade. Fui para a parte de trás das arquibancadas. Nunca choro em público — jamais — e não queria que meus amigos vissem, então achei que, se eu me permitisse chorar por um minuto, ficaria livre daquilo e estaria bem no segundo tempo.

Mas então não consegui encontrar o caminho de volta. Eu estava perto do vestiário, onde os jogadores ficam no intervalo. Era tarde; o time havia voltado ao campo sob aplausos ensurdecedores cinco minutos antes. Estávamos perdendo por sete pontos, o que era novidade para nós. Havíamos ficado tão acostumados a ganhar com margens confortáveis que o público estava ansioso, gritando e batendo com os pés no chão.

Mesmo com toda a comoção, no entanto, ouvi um barulho estranho vindo de baixo das arquibancadas. Parecia um animal. Talvez um cachorro caído e preso nas ferragens embaixo das arquibancadas. Aquilo não fazia sentido, é claro, mas era o que parecia. Estava escuro lá embaixo, havia apenas alguns feixes de luz, o que significou que precisei de alguns segundos para que minha visão se ajustasse. A princípio não vi nada, então me aproximei. *Só pode ser um cachorro*, pensei. Eu podia ouvir um gemido baixinho. Então, gradualmente, em meio à escuridão, duas figuras tomaram forma. Reconheci uma delas. Belinda Montgomery, uma garota que conheci anos antes em um grupo de teatro infantil, estava imprensada contra uma grade com um garoto parado na frente dela. Parecia que o cabelo estava preso na cerca, e seu vestido, rasgado. Por um instante pensei: *Ela está presa na grade, e ele a está tirando dali.*

Nada mais fazia sentido. A última vez que a vi, ela estava interpretando Chapeuzinho Vermelho.

Então me dei conta de que o garoto era Mitchell Breski, que fora preso uma vez na escola e levado embora em uma viatura da polícia. Nunca soubemos o porquê, mas circularam diversos rumores, a maioria envolvendo drogas. Saber disso tornou toda aquela cena ainda mais assustadora e, de certa forma, menos compreensível. *Espere*, fiquei pensando. *Espere um instante.*

Eu devia ter gritado aquilo, agora eu sei.

Eu devia ter gritado *qualquer coisa* para deixar claro que aquilo não era certo. Eu *conhecia* Belinda, mas meu cérebro não conseguia processar o que eu via: ela imprensada contra a grade daquele jeito, indefesa diante dele. Eles não podiam ser um casal, nem mesmo amigos. Eu devia ter chamado seu nome. Eu devia ter gritado: "Belinda, é você?", mesmo sem ter dado sequer um oi para ela durante os últimos três anos. Mas não fiz isso. Fiquei completamente muda e paralisada, e me lembro de muito pouco depois disso. Só sei que, em algum momento, um jogador de futebol saiu correndo do vestiário, o que deve ter me tirado momentaneamente do estado de pânico. Talvez eu tenha pensado: *Tudo bem eu ir embora, porque agora ele está aqui e vai cuidar disso.* Eu honestamente não me lembro.

Só sei que cambaleei para fora das arquibancadas, para os rugidos barulhentos e as luzes da multidão. Sei que encontrei uma professora, a Srta. Avery, usando um cachecol e brincos de pompom e gritando "DEFESA!", e toquei seu cotovelo.

— Tem alguma coisa acontecendo lá embaixo da arquibancada! — falei. O barulho ao redor aumentou.

— O QUÊ? — gritou ela.

— Tem alguma coisa acontecendo. Com uma garota. Embaixo das arquibancadas. — Àquela altura, as batidas de meu coração estavam mais altas que minha voz.

De uma só vez, todos ficaram de pé nas arquibancadas, gritando. Mais tarde eu soube que havíamos feito uma interceptação e corrido 45 jardas com a bola. Estávamos perdendo e viramos o jogo. Todos estavam em êxtase; gritando, se abraçando e pulando.

Então vi o jogador que estava debaixo da arquibancada correndo para o campo, e senti uma onda enorme de alívio. *Ele cuidou do assunto*, pensei. *Ele parou seja lá o que fosse que estava prestes a acontecer.*

Fiquei sentada alguns minutos até meu coração desacelerar. Quando me acalmei, voltei para a ponta da arquibancada de onde viera, e vi as sirenes de um carro de polícia piscando no estacionamento ao lado da lanchonete. A princípio fiquei surpresa, mas depois fiquei aliviada por causa do que aquilo significava: *Sim, aquele jogador chamou a polícia.*

Não dormi muito aquela noite, o que significa que meus nervos estavam à flor da pele na manhã seguinte quando li o jornal e vi um pequeno artigo na quarta página, abaixo de uma manchete que dizia: INCIDENTE LEVA POLÍCIA A JOGO DE FUTEBOL EM ESCOLA. Nenhum aluno teve o nome citado, nem foram dados muitos detalhes, mas ler aquela manchete me fez desmoronar na hora e confessar aos meus pais o que havia acontecido:

— Eu vi isso. Eu vi quando estava acontecendo e... Não sei o que me deu, mas fiquei paralisada. Não fiz nada.

Meus pais se apressaram em me tranquilizar:

— Você ficou com medo pela própria segurança, querida. Estava seguindo os seus instintos. Ninguém pode culpá-la por isso.

— Podem sim — falei para minha mãe. Quanto mais eu pensava naquilo, piores minhas atitudes pareciam. — Eu não a ajudei. Fugi e deixei outro cara cuidar daquilo. Foi horrível.

Minha mãe tentou argumentar, mas o que ela poderia ter dito? Eu não tinha feito *nada*. Finalmente, ela apertou minha mão e disse:

— Bem, graças a Deus aquele outro garoto estava lá. Parece que a garota vai ficar bem, e está na hora de todo mundo deixar isso para trás. Está *tudo bem*, Em. Da próxima vez vai ser diferente.

Era impossível saber se Belinda *estava* mesmo bem. Eu não a vi na escola, mas quase nunca nos víamos, então talvez isso não significasse muita coisa. Durante toda a semana seguinte, eu a procurei pela escola, passando na frente da sala de Competências para a Vida, onde presumi que ela passasse a maior parte do dia. Eu não a vi, mas vi alguns de seus colegas de classe, brincando uns com os outros, usando aventais uma manhã. Quando um deles me viu, perguntei:

— A Belinda está aí?

— Não — respondeu ele. — Não vemos a Belinda há algum tempo.

O que mais eu poderia fazer para descobrir se ela estava bem? Aquele dia, em vez de almoçar, fiquei do lado do escritório do departamento de esportes e li a lista de jogadores do time de futebol. Queria descobrir quem era o jogador que a salvara. Eu não tinha visto seu rosto, mas me lembrava do número em sua camiseta, o que significava que ele era Lucas Kessler, com quem eu nunca havia feito nenhuma aula e que eu não conhecia, exceto pelo tamanho. Me lembrei de alguém um dia dizendo que ele calçava 48 e que precisava comprar sapatos sob encomenda porque ninguém produzia calçados tão grandes.

Foi só no final daquele dia, quando fui chamada à sala da orientadora, que fiquei sabendo que não precisava mais lidar com aquela culpa sozinha, mas que teria de falar sobre ela — exaustivamente, com várias autoridades, descobri mais tarde —, e que também descobri isto: eu não estava sozinha. Lucas também não havia feito nada.

Demorou mais uma semana para que eu descobrisse a história toda, mas quando finalmente descobri, mal pude acreditar. No final, Belinda havia salvado a si mesma.

CAPÍTULO DOIS

BELINDA

O*RGULHO E PRECONCEITO* TEM VÁRIAS partes que eu adoro. Minhas preferidas não são as mesmas de vovó, mas às vezes ela fica falando durante todas as minhas partes preferidas, mesmo eu tendo cuidado para nunca fazer isso com ela. Fico especialmente incomodada quando ela me obriga a responder suas perguntas, porque não quero que o Sr. Firth olhe de dentro da TV e veja que não estou prestando atenção em seu programa.

Vovó diz que ele não pode me ver, e que eu não devo ser ridícula, que ele não sabe quem eu sou. Mamãe diz que nunca se sabe, que ele pode ter lido uma das cartas que escrevi para ele. A primeira vez que escrevi uma carta para ele, ele me mandou de volta um bilhete impresso, agradecendo e dizendo que, se eu quisesse uma foto autografada, deveria escrever de volta para ele e anexar um envelope com meu endereço e selos.

Eu quis fazer aquilo, mas fiquei preocupada, porque, se tivesse uma foto autografada dele, poderia ser difícil pensar em qualquer outra coisa. Sei que ficaria olhando para ela o tempo todo, e teria medo de que alguma coisa acontecesse a ela. Não sei se conseguiria dormir no mesmo cômodo que uma foto autografada do Sr. Firth, mas, se tivesse uma, não consigo me imaginar dormindo em um cômodo *diferente*. É claro que eu ia querer emoldurá-la, e mamãe provavelmente ia dizer que molduras são muito caras, que era para eu plastificar, o que ia me deixar chateada. Vovó provavelmente compraria uma moldura para mim, mas não uma muito bonita. Ela compraria uma na CVS, aonde vai uma vez por semana buscar seus remédios. Seria de plástico em vez de vidro e teria adesivos com o preço colados nela, e eu ficaria triste em colocar o Sr. Firth em uma coisa assim. Então vovó diria que vive com auxílio do governo, então o que eu esperava?

Resolvi que seria melhor não ter foto nenhuma do que ter algo especial que só me traria problemas, então nunca enviei a ele um envelope selado com meu endereço, mas continuei a escrever cartas, geralmente uma vez por mês.

Contei a ele sobre a situação de minha família e um pouco sobre minha saúde. Ele é uma das poucas pessoas que sabem que, quando eu era bebê, passei por três cirurgias no coração. Não falo sobre isso com outras pessoas porque não gosto de pensar em hospitais. Depois de um ano escrevendo para ele, no entanto, achei que era algo que ele deveria saber sobre mim.

Também contei a ele algumas histórias difíceis de minha vida. Sempre tenho a sensação de que ele não se importa de ler sobre elas. Contei a ele sobre as coisas terríveis que me aconteceram quando comecei a ir de ônibus para a escola, na sétima série. Sobre como as pessoas fingiam ser minhas amigas para pegar meu dinheiro do lanche e roubar minha comida no almoço. Isso durou um bom tempo antes de eu descobrir como impedir.

Eu não podia contar a ninguém na escola porque os garotos do ônibus diziam: "Não conte isso a ninguém, OK?" Então pensei em uma coisa inteligente. Eles não tinham falado para eu não *escrever* para ninguém. Sempre digitei muito bem, mesmo tendo problemas nos olhos e tendo dificuldade para ler. Quando estava no primário, todos os dias eu fazia um programa chamado *Aprenda Digitando*. Meus dedos memorizaram onde as teclas ficam e agora, se precisar, posso digitar de olhos fechados. Mas geralmente não faço isso. Mantenho os olhos abertos e coloco uma fonte bem grande para ver se cometi algum erro, o que acontece bastante. Ainda assim, gosto de praticar no teclado e, às vezes, essa é minha recompensa por ter feito todo o resto dos meus trabalhos na escola. O computador sabe quando começo e paro. Depois, ele consegue me dizer o quão rápido digitei um parágrafo e quantos erros cometi. Então uma vez, bem no meio de meu teste cronometrado, pensei: *Meus dedos podem digitar o que minha boca não pode dizer.*

E foi o que eles fizeram. Eles digitaram: *Garotos no ônibus estão roubando meu almoço e meu dinheiro todo dia.* Naquele teste cronometrado, cometi 321 erros, o que fez a professora se perguntar o que teria acontecido e ler o que eu tinha digitado. Fiquei surpresa. Ela entendeu imediatamente o que meus dedos estavam dizendo. Ela me abraçou e prometeu que ia cuidar daquilo, e foi o que ela fez.

Mais tarde, ela me contou que eu poderia usar uma van especial para outras crianças com deficiência, ou ter meu próprio assento reservado no ônibus normal, atrás do motorista e com um monitor que às vezes me acompanharia. Jamais andei na van de necessidades especiais porque vovó disse que não tenho deficiência como aquelas crianças. Tenho só um pouco de deficiência. Demoro a aprender coisas como matemática, que não consigo entender de jeito nenhum. Tentei aprender adição e subtração durante um bom tempo, até chegar na décima série e os professores finalmente dizerem: "Chega. Vamos parar de tentar aprender adição e subtração." Em vez disso, me concentrei nas competências matemáticas para a vida, como ver as horas em um relógio e contar dinheiro, o que também é difícil para mim. Mesmo que vovó não goste da van dos alunos com deficiência, ela queria que eu a pegasse para ficar em segurança, mas mamãe disse que sair do ônibus para sempre seria deixar aqueles garotos malvados vencerem. Então continuei indo no ônibus normal, no novo assento. Escrevi para o Sr. Firth contando tudo isso porque senti orgulho de mim mesma. E quando vi *Orgulho e preconceito* novamente depois daquilo, ele me olhou de um jeito novo. Como se estivesse um pouco triste, mas também orgulhoso de mim.

Ainda não escrevi contando a ele sobre o que aconteceu comigo no jogo de futebol porque não quero que ele fique preocupado. Também não sei o que dizer. Mesmo que eu voltasse para a escola, onde ficam os únicos computadores que uso, acho que meus dedos não saberiam o que escrever.

Ultimamente tenho achado que o Sr. Firth está me olhando diferente de novo. Como se estivesse se perguntando por que estou passando tanto tempo assistindo à TV em vez de ir à escola. Como se talvez ele já soubesse o motivo, mesmo sem eu ter escrito uma carta contando.

Hoje, baixo o olhar e percebo que, mesmo que esteja assistindo a *Orgulho e preconceito*, estou de camiseta e calça de pijama. Além disso, não penteei os cabelos.

Não sei por que não percebi isso antes.

Fico com tanta vergonha que desligo a TV e começo a chorar. Vovó entra correndo e diz:

— Belinda! O que foi? Você quase me mata de susto!

Não posso contar a ela por que estou chorando. Que não posso ver *Orgulho e preconceito* de pijama porque tenho medo de o Sr. Firth olhar para fora da TV e me ver; não quero que ele fique decepcionado.

Vovó me ajuda a sentar e me traz água. Não me lembro quanto tempo faz que não vou à escola. Não me lembro se troquei de roupa, mas acho que não. O que significa que há pelo menos algumas semanas o Sr. Firth me vê de pijama enquanto o assisto. Meu coração está disparado, mas finalmente, depois de um bom tempo, eu me acalmo o bastante para dizer:

— Preciso trocar de roupa.

No dia seguinte eu troco.

Minhas roupas estão largas, e meus cabelos, mais compridos que da última vez que me olhei no espelho. Fico tão surpresa com isso que mal me reconheço. Me olho no espelho e falo para ter certeza de que meus lábios se movem. Eles se movem. Esta sou eu.

— Olá — digo para o espelho. — Meu nome é Belinda.

Me ver faz com que eu comece a chorar novamente. Não sei se um dia vou me parecer novamente com a antiga eu. Queria que tivéssemos mais fotos da antiga eu para eu me lembrar de como era, mas mamãe não tem câmera e vovó diz que as câmeras ficaram complicadas demais para ela. Temos minhas fotos da escola emolduradas na parede, mas elas não retratam a verdadeira eu. Na maioria delas, meu sorriso parece tenso, o que significa que não me lembro de como era a antiga eu. Talvez, quando o Sr. Firth semicerrou os olhos de dentro da TV, ele não estivesse preocupado, talvez ele apenas não tenha me reconhecido.

Como minhas roupas velhas estão grandes demais, uso as roupas da vovó dentro de casa. Vovó usa basicamente vestidos com cintos e saias com camisas brancas de botão. "No meu tempo, mulheres não usavam calça, a não ser que fossem cuidar do jardim", diz ela. Geralmente isso faz mamãe colocar o dedo na garganta e se deitar no sofá. Usar vestidos faz com que eu me sinta diferente, mas não mal. Gosto das estampas florais e dos cintos combinando. Certa manhã tento usar meia-calça e sapatos ortopédicos como vovó, mas fica esquisito. Eu gosto de usar os vestidos. Eles fazem eu me sentir como um personagem em uma história à moda antiga. Não *Orgulho e preconceito*, mas alguma outra. Uma história que eu ainda não vi.

Às vezes uso um dos vestidos da vovó e imagino as pessoas me chamando pelo nome novamente. Imagino meninos dizendo: "Belinda! Oi! Olhe só você nesse vestido!"

Isso me deixa esperançosa, mas então me lembro da decisão de não sair de casa e de nunca mais ir à escola. Não sei quando verei pessoas que vão me dizer "oi" ou comentar sobre minhas roupas novamente.

Mesmo que eu esteja me arrumando agora, nada muda muito, a não ser o fato de que me permito voltar a assistir *Orgulho e preconceito*.

É difícil ter certeza, mas acho que o Sr. Firth nota meu vestido. Ele semicerra os olhos no meio de uma de suas cenas e para de falar. Isso me faz sorrir. Quase me levanto para mostrar a ele todo o vestido, mas ele precisa continuar com a história, e eu também não quero perder tempo.

Da primeira vez que vovó entra na sala e vê *Orgulho e preconceito* passando de novo, ela diz:

— Ah, ótimo. — Dá meia-volta e sai. Ela está feliz porque aquilo significa que não precisa se preocupar comigo o dia todo quando estou ocupada com o filme.

EMILY

Em minha primeira reunião com a orientadora, a Srta. Sadiq, contei a ela que não me lembrava de tudo que tinha acontecido durante o jogo, mas que me lembrava de ter tentado contar à Sra. Avery. Aparentemente, a Sra. Avery se lembrava disso, mas também se lembra de eu ter me afastado sem repetir o que dissera.

— Então por que não fez mais? — perguntou a Srta. Sadiq. — Havia três policiais no jogo. Por que não contou a um deles?

— Eu só os vi depois — gaguejei. — Eu sabia que alguém devia tê-los chamado para ajudar a Belinda.

— Mas isso foi bem depois, não? — Ela me olha desconfiada. — Quinze minutos? Vinte? — Eu sabia o que ela estava querendo dizer: *Muita coisa pode acontecer em quinze minutos.*

Fiquei sem resposta. Contei a ela que meu coração começou a bater tão forte que durante um tempo não consegui respirar. Contei a ela que senti como se estivesse engasgando e que, em seguida, perdi completamente a noção do tempo.

Ela olhou para seus papéis, onde havia anotações e um cronograma dos acontecimentos.

— Você ficou sentada esse tempo todo, sem conseguir respirar direito?

— Isso mesmo — sussurrei. Não conseguia olhar para ela. Como eu poderia explicar que achei que, se ficasse imóvel, se fechasse os olhos e prendesse a respiração, talvez pudesse apagar o que acabara de testemunhar? Ou talvez transformar aquilo em outra coisa: um jogo que estivessem fazendo. Ou talvez uma brincadeira. Talvez houvesse alguma maneira de explicar que o que eu havia visto não era o que parecia.

Então me lembrei de Lucas.

— Eu vi o outro garoto voltando para o campo. Eu sabia que ele também tinha visto os dois, e presumi que ele tivesse ajudado a Belinda.

Ela fechou os olhos e balançou a cabeça.

— Mas ele não ajudou. Sabe disso, não sabe? Ele também não fez nada.

Foi então que entendi por que seu tom de voz era tão implacável. Belinda fora deixada completamente sozinha. Ela precisou salvar a si mesma gritando alto o bastante para alertar um guarda trabalhando perto da barraquinha de comida. Ele foi correndo até lá e chamou a polícia.

A Srta. Sadiq prosseguiu:

— O que estamos tentando determinar aqui é a parcela de culpa de vocês dois no que aconteceu com a Belinda. Se uma pessoa presencia uma agressão, é sua responsabilidade *contar a alguém*. Precisamos deixar esta mensagem clara para vocês e para o restante do corpo estudantil.

Ela nem precisava me dizer isso. Todos os anos, a Coalizão para a Ação Jovem, o grupo que fundei com Richard, patrocina uma campanha antiviolência durante a qual montamos uma mesa no almoço e distribuímos fitinhas brancas para todos que assinam a declaração: *Prometo jamais cometer um ato de violência contra outro ser vivo, e prometo relatar qualquer ato de violência que eu presencie à autoridade responsável*. Apesar de Richard ter bolado a campanha e escrito a declaração, eu faço a maior parte do trabalho de campo para essa causa. Na minha gaveta em casa, tenho três fitinhas brancas, uma para cada ano no qual assinei a declaração. Fico enjoada só de pensar nisso.

— Entendo — respondi.

Na semana antes de nossa reunião com o comitê disciplinar, Lucas e eu não nos falamos. Eu não sabia bem o que ele ia dizer para se defender, mas podia adivinhar: centenas de pessoas foram até lá para assistir um jogo do time do qual ele fazia parte. Se eu sumisse durante o início do segundo tempo ninguém notaria; se ele sumisse, todos perceberiam. Eu tinha ido pegar um refrigerante; ele tinha uma posição importante na linha defensiva.

Na manhã de nosso encontro, entrei na sala de espera do gabinete do diretor e Lucas já estava lá. Eu estava com meus pais, usando uma roupa ridícula: um suéter estampado e uma saia de lã. As duas peças pertenciam a minha mãe. Tivemos uma briga naquela manhã porque eu tinha descido as escadas usando saia jeans preta e camiseta de manga comprida. "Nem pensar", minha mãe decretou. Sentado sozinho ao lado de um vaso de planta, Lucas parecia não ter dado a mínima para o que ia vestir, o que me deixou com raiva de minha mãe de novo.

— Que importância tem eu *parecer* inocente? — gritei para ela. — Eu *não sou* inocente. E eles não deveriam basear sua decisão no que estou usando hoje!

Toda essa história tinha sido especialmente difícil para meus pais, que se sentiam mal por Belinda e, ao mesmo tempo, estavam preocupados com meu futuro. Algumas noites antes da reunião, minha mãe entrou no meu quarto e me disse que eu deveria mostrar ao comitê que estava muito arrependida, mas também dizer a eles o quanto temi por minha própria segurança. Eu não discordei do que ela disse, mas discordei da ideia de entrar na reunião armada com uma lista de desculpas excessivamente defensivas. O que fiz foi indesculpável. Eu poderia ter gritado NÃO! Eu poderia ter corrido até a multidão a apenas quinze metros dali e ter gritado bem alto o que estava acontecendo. Se eu tivesse feito uma dessas coisas, teria mudado a história. Belinda ainda teria sido atacada, mas, em vez de descobrir apenas a verdade cruel a respeito de pessoas violentas, ela também teria descoberto que existem pessoas no mundo dispostas a ajudá-la.

Conforme meus pais ficavam mais ansiosos, mais eu tinha dúvidas a respeito de preparar qualquer tipo de defesa. Meu pai sentia medo de eu ser suspensa justamente no ano em que fazia o processo seletivo para entrar na faculdade.

— Talvez eu *devesse* ser suspensa — falei, quando ele tocou no assunto pela segunda vez.

— Emily, por favor. Não vejo por que a escola criaria mais vítimas para esse terrível incidente. É todo o seu futuro que está em jogo.

— Mas e o futuro da *Belinda*? Por que meu futuro importa mais que o dela?

— A Belinda vai ter um tipo de futuro diferente do seu.

— O que isso quer dizer?

— Quer dizer que ela vai ter suporte. Que cuidarão dela. Para você é diferente. Você vai ser independente. Vai precisar fazer uma faculdade para arranjar um emprego.

— E se ela também quiser isso?

Eu conhecia Belinda bem o bastante para saber que aquilo não era muito provável — ela passava a maior parte do dia na sala de Competências para a Vida com uma dúzia de outros alunos com deficiência. Eu não fazia a mínima ideia do que Belinda queria, só estava usando aquele argumento porque não estava gostando de como meus pais tinham passado três dias pensando só em mim e na minha defesa. Eu também tinha culpa. Eu *devia* ser punida.

Então entramos na sala e vi como Lucas me olhou e, em seguida, desviou o olhar. Ele achava a mesma coisa — que se alguém ali tinha culpa, esse alguém era *eu*. Certamente não ele. Não um jogador de futebol com a responsabilidade de fazer parte de um time invicto. Não um cara que tinha um trabalho a fazer aquela noite. Ele disse tudo isso sem usar uma única palavra. Disse na maneira como seus braços estavam cruzados sobre o peito. Como se, caso não fôssemos chamados para entrar logo, ele pudesse usar aquele tempo para tirar uma soneca. O fato de os pais não estarem com ele apenas enfatizava esse argumento: ele não tinha feito nada de errado e não tinha nada com que se preocupar.

Apenas alguém preocupado com a própria culpa iria a uma reunião com o conselho disciplinar vestindo as roupas da mãe e com os pais a tiracolo. (Nem ocorrera a meus pais a ideia de não irem. Com tanta coisa em jogo? Será que os pais dele não pensavam a mesma coisa? Será que ele de alguma maneira os tranquilizara: *Não precisam se preocupar, eu não fiz nada de errado. A culpa foi da garota.*)

Ele não falou nada quando eu disse "oi". Nem olhou para mim.

Aquilo me deixou com raiva. Lá estava eu, sem dormir havia uma semana, medindo a magnitude do que tinha acontecido, pensando em maneiras de expressar meu senso de responsabilidade e meu remorso para o comitê, e lá estava esse cara — de jeans e camiseta —, parecendo mais ofendido que qualquer outra coisa.

Felizmente fomos entrevistados separadamente pelo comitê. Eu fui primeiro e deixei uma coisa clara: Lucas e eu éramos igualmente responsáveis por não defender Belinda. Vimos a mesma coisa e ambos não fizemos nada. Eu não queria que ele recebesse tratamento diferenciado porque estava no time de futebol. Podíamos ter motivações diferentes, mas nosso crime tinha sido o mesmo. Entramos em pânico e não conseguimos ajudar. Expliquei a eles que teria de conviver com aquilo para sempre e que não sabia se um dia ia entender por que meus instintos não foram capazes de fazer o que meu cérebro sabia que era correto. Balancei a cabeça e disse a eles que aquilo ia me assombrar para sempre.

Minha mãe assentia sem parar enquanto eu falava, e, por fim, apertou minha mão, como se dissesse: *Está ótimo, querida, mas não precisa exagerar. Exponha seu argumento e siga em frente.*

Qual *era* meu argumento?

— Eu *tenho* culpa — admiti para o comitê. — Mas o Lucas Kessler também tem. Devíamos ser igualmente punidos.

Meu pai, ao lado, se inclinou para a frente.

— O que ela quer dizer com isso não é uma admissão de culpa, e sim um *sentimento*. Não acho que, quando um menor testemunha um crime violento, ele deva ser responsabilizado por atitudes tomadas sob coação.

— Pai — interrompi. — É melhor para mim assumir a responsabilidade por isso. Mas o Lucas tem de fazer o mesmo. É só isso que estou dizendo.

Meu coração acelerou um pouco diante de minha própria insistência. Eu mal conhecia Lucas. E se ele ficasse sabendo sobre o que eu tinha acabado de dizer ao comitê? A Srta. Sadiq, a orientadora, disse:

— Posso assegurar a vocês três que pensamos muito nisso tudo e que, no caso da Emily, ajuda o fato de ela estar falando sobre assumir responsabilidade.

Lucas e eu só ficamos sabendo qual seria nossa punição no final do dia, quando nos chamaram de volta à sala da Srta. Sadiq depois das aulas. Àquela altura eu já tinha trocado de roupa, me livrando do que Richard chamara de visual de bibliotecária dos anos oitenta. A saia de lã estava embolada em minha mochila, assim como o suéter. Eu estava usando minha roupa de escola de sempre: camiseta de mangas compridas e saia jeans.

Dessa vez, Lucas parecia mais nervoso. Ele estava sentado sozinho, roendo a unha do dedão. Ficou me encarando durante um longo tempo.

— Espere, você *trocou de roupa*?

Primeiro me senti uma idiota e, depois, fiquei com raiva de novo.

— Não é tão estranho assim se arrumar para uma reunião com o comitê disciplinar. A maioria das pessoas faz isso.

— Então você não devia estar arrumada ainda? Mudar de roupa não é tipo admitir: eu não sou realmente a Senhorita *Saia de Lã*?

Que babaca, pensei.

— Não acho que isso tenha mais importância. Eles já decidiram qual vai ser nossa punição. — Soei irritada, e as palavras saíram da maneira errada. Como se minha roupa anterior tivesse *mesmo* sido só para impressionar, e agora o show tivesse terminado.

Ele balançou a cabeça, e a porta atrás dele se abriu. A Srta. Sadiq colocou a cabeça para fora.

— Emily e Lucas, por que não entram juntos dessa vez?

Quando chegamos à porta, Lucas deu um passo para trás e fez um gesto de *primeiro as damas* com a mão. *E ele ainda vem me acusar de tentar impressionar o comitê*, pensei. Então me perguntei por que eu tinha passado tanto tempo insistindo que éramos igualmente culpados, o que poderia ter feito com que recebêssemos a mesma punição.

E se tivéssemos que cumprir detenção na mesma sala vazia depois das aulas?

A Srta. Sadiq começou dizendo que o comitê tinha ficado impressionado com o remorso que ambos demonstramos.

— A impressão é de que vocês dois são jovens bons e confiáveis, que demonstraram uma momentânea, mas infeliz, falta de bom senso. Em circunstâncias normais, isso não resultaria em uma punição de nossa parte, mas, como ambos sabem, essa não foi, de maneira alguma, uma circunstância normal. Uma jovem foi brutalmente atacada dentro da escola. Uma jovem especialmente vulnerável, cuja vida, caso ela se recupere um dia, jamais será a mesma.

Não ousamos olhar um para o outro. *Caso ela se recupere?* Eu sabia que Belinda não tinha ido à escola naquela semana, mas será que isso significava que ela estava no hospital? Ninguém contara isso para nós. Será que ela corria o risco de não *sobreviver?* Senti o conteúdo do estômago subir até a garganta. Não consegui dizer nada com medo de vomitar em meu colo. Em vez disso, me concentrei em engolir.

— Ela pode *morrer?* — perguntou Lucas.

Eu me virei e olhei para ele. De perto assim, seu rosto parecia cinzento e terrível. Ele fizera a barba de qualquer jeito, então havia partes do rosto onda ainda se viam pelos, e uma espinha estava nascendo na lateral do nariz. Eu me perguntei se tudo aquilo não o teria afetado mais do que eu imaginara.

— Não, Lucas, mas ela ficou muito traumatizada. A avó disse que ela mal falou desde o que aconteceu. Ela também não está comendo muito.

Continuei engolindo. Respirei pelo nariz e me concentrei em não vomitar.

— Como tiveram tanta dificuldade em ajudar alguém vulnerável como a Belinda, resolvemos que a punição de vocês deveria incluir algum tipo de educação no sentido de lidar com pessoas como ela. Vamos pedir que vocês dois cumpram quarenta horas de serviço comunitário no Centro de Aprendizado para a Vida, que oferece aulas para jovens adultos com deficiência. Já falei com a diretora do programa de lá. Disse a ela que vocês dois entrarão em contato.

Concordei com a cabeça, aliviada por não ter sido suspensa. Talvez isso não ficasse registrado no histórico escolar. Mas então pensei em Belinda e me senti péssima. Seu histórico também não revelaria nada, mas ela viveria com aquilo pelo resto da vida.

— E quanto a... — Lucas se inclinou para a frente. Ele parecia não querer perguntar aquilo na minha frente — minha vaga no time?

— Sim. — A Srta. Sadiq assentiu. — Falamos com o treinador Anderson. Você pode continuar a treinar com o time normalmente, mas vai ficar no banco pelos próximos três jogos.

Olhei para Lucas. Seus olhos se fecharam enquanto ele absorvia aquela notícia. Três jogos era muita coisa para alguém prestes a se formar, até eu sabia disso. Eram os jogos aos quais os recrutadores das universidades iam assistir. Lucas não era uma das estrelas do time de quem todos falavam, e eu não sabia se ele tinha chances de ganhar uma bolsa, mas se tinha, isso provavelmente estava fora de cogitação agora.

Imaginei se ele estaria contendo uma vontade de argumentar com ela. Era impossível saber. Finalmente, ele abriu os olhos.

— OK — disse ele. — Tudo bem.

Quase senti pena dele. Eu *senti* pena dele. Pensei: *Eu ainda tenho históricos para a faculdade nos quais isso não vai aparecer. Para ele é diferente.*

Depois de sairmos da sala, ficamos alguns instantes na sala de espera, recolhendo nossos casacos e mochilas.

— Sinto muito — falei finalmente. — Sobre a suspensão dos jogos. — Eu queria dizer mais; que não era justo, que ele estava sendo mais punido que eu quando não havia feito nada pior que eu. Eu tinha exigido que ele não recebesse tratamento especial por ser do time, mas não queria que isso tivesse acontecido. — Eu queria...

Ele não me deixou terminar.

— Quer saber o que isso é? — perguntou ele, passando por mim para chegar à porta. — É uma porra de uma injustiça.

No dia seguinte eu o vi no refeitório, comendo com o restante do time, incluindo duas das maiores estrelas, Wayne Cartwright e Ron Moody. Wayne era o quarterback, mas Ron Moody era líder da divisão em passes. Muita gente dizia que era por causa dele que o time estava invicto, e não por causa de Wayne, que era tão bonito que todos o chamavam de "o próximo Tom Brady". Ron tinha cabelos ruivos e não era tão bonito, então as pessoas não falavam tanto sobre ele.

Observei Lucas durante um tempo para ver se ele estava conversando sobre sua suspensão. Quando alguém falava com ele, Lucas sorria e assentia. Duas vezes ele riu alto. Ninguém parecia tratá-lo de maneira diferente, como alguém que havia sido suspenso por três jogos. Talvez ele não tivesse comentado. Era difícil dizer. Presumivelmente, todos ali eram melhores amigos. Pelo menos era essa a impressão que todo mundo tinha. Faziam as mesmas aulas, sentavam-se no capô do carro uns dos outros, usavam as mesmas jaquetas com iniciais e tênis iguais. O que mais poderiam ser se não melhores amigos? Mas era estranho observar Lucas sentado no meio deles, assentindo e rindo.

Eu me perguntei se ele tinha contado alguma coisa para eles.

CAPÍTULO TRÊS

BELINDA

A CASA DA VOVÓ TEM TRÊS quartos, o que é perfeito, um para cada uma de nós. Tem também um quarto que sai do quarto da vovó que deveria ser para bebês, mas não temos nenhum bebê, então agora ficam guardados lá seus apetrechos de costura e restos de fios de lã e material de artesanatos que começamos e não terminamos.

Amamos fazer projetos manuais. Costumávamos ir à Michaels Arts and Crafts o tempo todo comprar materiais, como frutas de plástico ou bolinhas de isopor. Se vovó tivesse todo o dinheiro do mundo, ela mudaria a decoração a cada estação. Mas ela não tem, então não fazemos isso. Além disso, muitas das coisas que fazemos não saem do jeito que queríamos, então as guardamos no quarto de costura da vovó e não pensamos muito nelas.

Em nossa casa, mamãe e eu ocupamos os quartos do andar de cima e vovó fica no andar de baixo porque, mesmo ela dizendo que está totalmente em forma, ela não gosta muito de escadas.

Os dias da vovó são todos mais ou menos iguais. De manhã ela assiste ao canal do tempo e ao noticiário e grita com as pessoas que dizem coisas que ela não quer ouvir, como probabilidade de neve ou cinquenta ou sessenta milímetros de chuva durante a noite.

— Ah, cale a boca — diz ela. — Já chega de chuva.

Toda terça, vovó vai à reunião do clube das mulheres, onde acho que elas deveriam falar sobre trabalho voluntário em hospitais, mas falam quase o tempo todo sobre como a comida está cara. Às vezes elas também falam sobre o preço da gasolina.

Outro lugar ao qual ela vai toda semana é ao cabeleireiro. Ela diz que ninguém mais vai ao salão para lavar e arrumar os cabelos, mas ela sim, porque senão não se sente bem e teria de usar um chapéu o tempo todo. Vovó não fica bem de chapéu, então ela vai ao salão toda quinta-feira para uma lavagem e um penteado.

Com mamãe cada dia é diferente. Alguns dias ela acorda cedo antes de eu ir para a escola. Ela me pergunta o que vou querer levar de almoço, mesmo que eu sempre coma a mesma coisa: espaguete, manteiga e queijo parmesão. Eu costumava achar que isso era um almoço saudável porque eu achava que espaguete era um vegetal, mas na verdade não é. Mas tudo bem, ainda como isso todo dia porque agora já estou acostumada. Nos dias bons, mamãe se arruma e sai para caminhar antes de começar seu trabalho em casa, que é registrar dados. Não sei exatamente o que isso significa, mas ela trabalha em seu computador no cantinho da sala de estar. Às vezes ela está com muito trabalho, e às vezes está sem nenhum. Ela faz caminhadas de manhã porque dessa forma pode sair sem encontrar ninguém que conheceu no passado. Mamãe não gosta de ter de conversar com pessoas que ela não vê há muito tempo. Ela acha que todo mundo age de modo falso e finge ser mais bem-sucedido do que é. Ou então todo mundo quer contar a ela que está casado e tem um monte de filhos perfeitos. "Todo mundo tem um filho de dez anos que joga futebol hoje em dia", diz ela.

Mamãe não tem um filho de dez anos que joga futebol. Mamãe fez as coisas fora da ordem e me teve quando ainda estava na escola, então, mesmo que seus amigos tenham filhos de dez anos de idade, ela tem a mim, e eu tenho vinte e um anos. "Eu não ligo, Bee. Você não é o problema, eles é que são", diz ela.

Isso faz com que eu me sinta melhor. Às vezes eu queria que minha mãe não fosse tão tímida e não tivesse tanto medo de encontrar pessoas que ela conheceu na escola. Acho que talvez *houvesse* pessoas más, mas talvez também houvesse pessoas legais. Ela não conversa com ninguém, a não ser com vovó e comigo e, uma vez por semana, pelo telefone com as pessoas que mandam material para seu trabalho de registro de dados.

Algumas pessoas têm pena de nós porque somos três mulheres em uma casa sem nenhum homem. Um garoto da minha turma me disse uma vez que sem pai não existe uma família. Eu disse a ele que existe sim. Não é culpa minha meu avô ter morrido de ataque cardíaco quando minha mãe tinha dezessete anos.

Vovó diz que somos melhores que uma família normal porque somos felizes juntas. "Todo dia eu acordo, Belinda, e me sinto feliz por ter você aqui comigo, ajudando com sua mãe. Não sei o que eu teria feito sem vocês."

Ela ainda diz isso, mesmo que mamãe esteja bem melhor agora que antes. Ela costumava não trocar de roupa durante vários dias. Agora ela sai do quarto na maioria das manhãs, vestida como se estivesse pronta para sair. Ela ainda não vai a lugar algum na maior parte do tempo, mas o importante é que ela *poderia* ir.

Vovó ainda fica nervosa. Ela diz coisas como: "Talvez sua mãe esteja melhor, mas precisamos ter cuidado. Otimistas, mas cuidadosas." Otimista significa pensar em coisas felizes, e não chorar por causa de coisas pequenas como comprar uma caixa de ovos e descobrir que um deles está quebrado ao chegar em casa. Isso aconteceu com mamãe uma vez, e ela nem conseguiu jantar de tão triste que ficou. Então vovó e eu jantamos, e ela disse: "Esses ovos estão ótimos, não tem problema que um deles tenha quebrado."

Otimista significa não falar sobre o que aconteceu no jogo de futebol.

Não devo jamais falar sobre isso. Vovó diz que eu também não deveria pensar sobre isso. "O que passou, passou, querida. O importante é que você está em casa agora e em segurança. Você nunca mais precisa voltar àquela escola nem ver aquelas pessoas novamente no que depender de mim."

Vovó costumava dizer que a escola fez um bom trabalho porque, mesmo que eu não enxergue muito bem, sei ler, colocar em ordem alfabética e digitar vinte e três palavras por minuto, o que é mais que qualquer outra pessoa de minha turma. Em nossa turma, sou considerada uma das mais inteligentes e definitivamente a melhor datilógrafa. Ninguém chega perto de mim em digitar.

Eu costumava amar meus professores na escola, como Cynthia, Clover e Rhonda, que é minha fonoaudióloga, mesmo que eu fale bem e todos entendam o que eu digo. Muitos outros alunos da turma precisam de ajuda com a pronúncia. Ela os faz soprar plumas por cima da mesa para fortalecer a boca e fazê-la trabalhar melhor. Isso supostamente vai ajudá-las a falar mais claramente, mas não tenho certeza se funciona. Parece que todos ficam melhores em soprar coisas, mas falam do mesmo jeito que sempre falaram.

Comigo, Rhonda diz que podemos apenas conversar, que é o que fazemos na maior parte do tempo. Ela diz que estamos trabalhando as habilidades sociais, que é o que você precisa ter quando está falando com pessoas que não conhecem você muito bem. Você precisa saber coisas como: não passar o tempo todo falando de si mesma. Eu costumava ter um probleminha com isso porque o silêncio me deixa nervosa, então o preencho com qualquer coisa que passe pela cabeça, o que às vezes são falas de filmes a que as outras pessoas não assistiram. Rhonda me explicou que, se alguém não viu o filme, não vai entender do que estou falando. Ela me deu uma sugestão diferente: "Tente perguntar à pessoa alguma coisa sobre a vida dela."

Acontece que as pessoas, na maior parte das vezes, ficam felizes em preencher silêncios desconfortáveis com respostas para perguntas. Às vezes elas parecem até aliviadas e fazem uma longa lista de suas comidas ou séries de TV favoritas, ou seja lá o que estejam respondendo.

Mesmo que Rhonda tenha sido de grande ajuda em algumas coisas, ela não me ajudou muito com Ron. Ela ficava repetindo que eu devia ter cuidado. Achei que ela estava agindo como uma irmã, como Lizzie faz com Jane em *Orgulho e preconceito*. Como se eu devesse ter cuidado com meu coração, que é algo que as pessoas dizem a alguém que está prestes a se apaixonar.

Não converso com Rhonda desde o jogo de futebol, nem contei a ela o que aconteceu. "Ah, eles sabem", diz vovó. "Acredite em mim, eles sabem."

Rhonda me mandou uma carta que dizia: "Espero vê-la em breve."

Cynthia assou cupcakes com alguns alunos e os enviou para mim.

Na verdade, ela os trouxe, mas eu estava no quarto. Mamãe subiu e perguntou se eu queria descer e dizer "oi", mas balancei a cabeça, respondendo que não. Eu não sabia o que ia dizer, e não queria nenhum silêncio desconfortável, então fiquei em meu quarto.

EMILY

EM NOSSA SEGUNDA SEMANA DE Limites e Relacionamentos, há um novo voluntário na classe. Ele está usando short, chinelos e um colar de macramê com uma continha de madeira. Ele se parece com Ryan Harding, um skatista por quem eu tinha uma quedinha no ensino fundamental porque ele era ao mesmo tempo muito inteligente e muito relaxado. Ele sempre tirava nota máxima nas aulas, mesmo parecendo nunca estar com a mochila nem nenhum livro.

Esse cara tem cabelos castanhos e olhos azuis iguais aos de Ryan. A semelhança é quase assustadora, exceto por uma grande diferença: durante os dois anos em que tive uma quedinha pelo Ryan, ele nunca falou comigo. Mas, quando passo pela cadeira desse cara, ele olha para mim e sorri.

— Oi. Você deve ser uma das novas voluntárias. Eu sou o Chad.

A aula ainda não começou, então teoricamente não é preciso falar baixo, mas falamos mesmo assim.

— Eu sou a Emily — digo, estendendo a mão e me sentando na cadeira ao lado dele. Geralmente não faço coisas assim. É estranho, mas com este grupo me sinto mais confiante que na escola.

— Como foi seu primeiro dia? — pergunta ele, virando para me olhar de frente.

— Ótimo! — exclamo, esperando que ninguém ao redor escute e me contradiga.

Ele se inclina para mais perto e sussurra:

— Fiquei bem nervoso em meu primeiro dia como voluntário, mas então você conhece esse pessoal e realmente se apega a eles. Eu nem *preciso* mais ser voluntário, mas ainda sou mesmo assim. Sabia que sentiria falta se não viesse.

Não consigo disfarçar a surpresa.

— Você *precisou* se voluntariar? — É difícil imaginar alguém admitindo aquilo com tanta facilidade: *Estou aqui como punição para uma coisa terrível que fiz.* É difícil imaginar alguém admitindo isso.

— Foi para uma aula de liderança no colégio. Créditos de serviço comunitário. Todo mundo precisou fazer.

Ah, tá.

— Onde você estuda?

— Estudei. Garvey High. Me formei ano passado. Agora estou na Fairfield Community.

— Certo, pessoal, vamos começar! — diz Mary, arrastando uma cadeira para que formemos um círculo. — Todos se lembram do Chad — continua ela. — Ele foi voluntário conosco na primavera passada. Ainda não veio este ano porque está se adaptando às novas aulas na faculdade, mas ele me ligou esta semana e perguntou se poderia voltar porque sentiu falta de trabalhar com vocês.

— Que *legal*! — Francine diz alto.

— *É* legal mesmo — concorda Mary. — Estamos felizes em ter você de volta, Chad.

Nesse momento a porta se abre e Lucas entra.

— Desculpem o atraso — balbucia ele, sentando-se na última cadeira vazia.

— Começamos as aulas na hora — diz Mary, parecendo surpreendentemente seca. — Se for se atrasar mais de dez minutos nem se dê o trabalho de vir, Lucas. Vamos simplesmente acrescentar uma sessão no final para compensar o que você tiver perdido.

Pergunto-me se todos ali entenderam o que ela quis dizer com *acrescentar mais uma sessão no final*. Que podemos ser chamados de voluntários, mas que não estamos ali por vontade própria? Certamente Chad entendeu, mas talvez ele ache que estamos ali como ele esteve, por causa de créditos escolares e nada mais.

Felizmente Mary prossegue logo com a atividade, um jogo chamado "*Jeopardy* dos Relacionamentos!", que aparentemente se joga como o programa de TV. Ela pega um quadro branco cheio de categorias: Boa comunicação;

Toques Aceitáveis e Inaceitáveis; Higiene; Educado/Deselegante.

Simon, que usa óculos de lentes grossas que fazem seus olhos parecerem maiores do que são, começa.

— Toques Aceitáveis e Inaceitáveis valendo cem pontos, por favor. — Ele está com os dedos cruzados à frente, como um dos participantes do programa. Mary lê a pergunta.

— Se uma garçonete é gentil e lhe traz molho barbecue extra, é aceitável tocar em sua bunda quando agradecer a ela. Verdadeiro ou falso?

Simon pensa durante um tempo. Finalmente, ele balança a cabeça.

— Não, não. Isso não é certo.

— Precisa responder com verdadeiro ou falso, Simon.

— Tocar na bunda dela? Não. Acho que não.

— Quer dizer falso?

— Definitivamente falso.

— Você está correto!

Francine é a próxima. Tecnicamente, não devíamos saber quais são as deficiências de nossos colegas de classe porque devíamos conhecê-los como pessoas, não como deficiências, Mary nos explicou durante o treinamento. Com Francine, entretanto, fica bem evidente que ela tem síndrome de Down. Seu rosto é redondo, e seus olhos, estreitos. Ela escolhe "Boa Comunicação" por 400 pontos. Aparentemente, para ganhar mais pontos, ela precisa participar de uma encenação.

— Vamos precisar de dois voluntários para ajudar a Francine nessa — avisa Mary, lendo sua folha. — Que tal a Emily e... — Ela demora um instante para decidir entre Lucas e Chad. — OK, Lucas, que tal você?

Minhas mãos começam a suar enquanto vamos até a frente da sala. Há anos não fico na frente de uma plateia, e há mais tempo ainda não tento improvisar uma cena. Sou incapaz de ignorar que Chad está assistindo.

— Eis a situação — começa Mary. — A Emily e o Lucas são seus pais, e eles disseram que você não pode ir a encontros, Francine. Você conheceu um jovem no trabalho que parece legal, e ele a chamou para sair. Como você faz para que seus pais mudem de ideia?

Francine assente e fecha os olhos, como se fosse uma atriz de verdade, tomando seu tempo para entrar no personagem. Lucas e eu aguardamos, sem olhar um para o outro.

— Está pronta? — pergunta Mary. Francine assente. — OK. Então... ação!

Francine começa a cena caindo de joelhos.

— POOOOOOOR FAVOOOOOR — implora ela. É muito engraçado, e todos riem. Então ela diz alguma coisa impossível de entender.

Olho para Lucas, que obviamente não vai ajudar muito.

— Sinto muito, querida — digo. — Mas seu pai e eu precisamos estabelecer regras.

— Es-á bem — diz Francine. É como se sua língua fosse grande demais para a boca. Ela diz mais alguma coisa que não entendo.

— Pode repetir o que disse? Nós não entendemos — diz Lucas. No último segundo, ele acrescenta "Querida?", o que arranca risadas de todo o grupo.

Ela parece estar falando alguma coisa sobre o Ursinho Puff, mas não pode ser isso. Lucas olha para Mary em busca de ajuda. Preciso admitir que também não sei o que fazer.

— A Francine quer saber quando as regras vão mudar, papai. Ela já tem vinte e dois anos — esclarece Mary.

Lucas olha para mim, confuso. Eu me lembro vagamente de uma regra que aprendi em meus dias de aula de teatro: toda cena cresce com um conflito. Um personagem quer uma coisa, o outro diz não.

— A resposta é não, Francine — digo. — Seu pai e eu concordamos a esse respeito.

Nenhum de nós está preparado para o que vem em seguida. Francine se vira e me encara com um olhar cheio de raiva e ressentimento. Por um segundo me pergunto se ela realmente me odeia. Ela começa a cerrar os dentes, e seus lábios se movem como se estivessem contendo uma explosão.

— MAH A FENDE SE AAAMA! — Ela corre até uma mesa próxima e bate com os punhos nela.

De repente é incrível; nós a entendemos perfeitamente porque ela atua tão bem.

— Vocês se *amam*? — pergunta Lucas.

Ela olha para ele, agradecida, como se existisse um longo histórico de papai compreendendo suas necessidades melhor que mamãe.

— Sim. Uito. — Há lágrimas de verdade em seus olhos.

— É... Talvez sua mãe e eu devêssemos conversar sobre isso — diz Lucas finalmente.

Mary bate palmas.

— Ótimo e corta! — Francine se afasta da mesa, ajeita os óculos e se curva em agradecimento antes de voltar ao lugar.

Mary se volta para o grupo.

— Então parece que a Francine fez um apelo bastante passional para conseguir o que queria. Isso foi um movimento inteligente?

Harrison levanta a mão.

— Sim! — exclama ele. — Porque ela conseguiu o que queria!

— Tudo bem, boa resposta. Mas digamos que você esteja no trabalho e seu chefe diga que dois funcionários não podem sair juntos. Você conheceu alguém de quem gosta no trabalho, e vocês querem sair juntos. Chorar vai ser a melhor maneira de fazer seu chefe mudar de ideia?

Ninguém diz nada.

— O Harrison apresentou um bom argumento, mas acho que em situações diferentes, provavelmente não. Se quer que as pessoas não tratem você como criança, uma das coisas mais importantes que pode fazer é não agir como uma criança. Apelos emocionais podem ser eficazes, mas temos de ter cuidado quando os usamos, certo?

Quando voltamos para nossos lugares, Chad olha nos meus olhos.

— *Ótimo* trabalho — sussurra ele. Sinto um arrepio no braço. A verdade é que ele é ainda mais bonito que Ryan Harding.

Depois que o jogo termina, Mary nos apresenta a um novo tópico: aprender a dizer não sem magoar as outras pessoas. Quando ela pede voluntários para uma nova encenação, Chad levanta a mão. Ele sorri para o resto da sala, como se estivesse surpreso por ninguém mais ter se oferecido. Francamente, eu também estou. Certamente uma das mulheres gostaria de fazer uma cena com um cara bonito como Chad, imagino, mas não.

— Mais alguém? — pergunta Mary.

Ninguém. Olho ao redor da sala e acho que já sei o que está acontecendo. Não sou a única que notou como ele é bonito. Ele tem uma aura de celebridade. Semana passada, Sheila anunciou que, se pudesse um dia sair com alguém, ela escolheria Justin Bieber. Agora, é como se Justin Bieber tivesse se juntado à turma por uma noite. Há aquela espécie de eletricidade no ar. Elas não conseguem falar e encarar ao mesmo tempo.

Não sei se é permitido dois voluntários fazerem uma improvisação juntos sem um aluno, mas levanto a mão.

— Eu faço.

Aparentemente, com o novo tópico é permitido.

— Ótimo, Emily! Obrigada!

Imagino que nossa cena vá envolver minha recusa a seu convite para sair. Já percebi que Chad tem senso de humor, pela maneira como ele dá um tapinha na barriga ao se levantar, como se estivéssemos prestes a comer uma grande refeição.

— Pronta para começar? — Ele sorri para mim. Desta vez é a sola de meus pés que formiga.

— Pronta — respondo, perguntando-me se sou capaz de dizer não a um convite de mentira para sair com esse cara. Mary nos entrega a cena, escrita em um pedaço de papel: *Jane e Adam são colegas de trabalho. Jane insiste em chamar Adam para sair, mas ele não quer e não sabe como dizer isso a ela.*

Ah, que ótimo, penso. *É claro que eu tinha de ser a garota deprimente insistindo em sair com um cara.*

Chad vai até a frente da sala e começa a cena mexendo em uma enorme e invisível panela à sua frente. Entendo a deixa e finjo carregar uma bandeja pesada com pratos vazios de volta à cozinha.

— Oi, Adam! — digo, pousando a bandeja com os pratos na bancada invisível ao lado dele. — Então, que bom que encontrei você, porque eu queria perguntar uma coisa...

Chad experimenta sua receita invisível e faz uma careta.

— Tudo bem — responde ele, fingindo acrescentar sal.

— Eu estava pensando se você gostaria de sair comigo neste fim de semana.

Ele me olha e sorri novamente, levando a "colher" até os lábios. Ele tem de dizer não, mas a cena não pode acabar tão rápido.

— Para ir aonde? — pergunta Chad.

— Talvez você pudesse ir até minha casa. Posso mostrar a você minhas músicas favoritas. A maioria é do One Direction, mas você gosta deles, certo? — Estou tentando sugerir uma coisa nada atraente. Alguns alunos entendem a piada e riem. A "colher" dele não se move, mas ele ergue as sobrancelhas.

— Eu adoro! — responde Chad.

— Ótimo. Então que tal sábado às sete?

— Espere! Não posso! — Ele ri e baixa sua "colher" invisível. — Sinto muito, Mary. Estraguei. Eu devia ter dito "não", certo?

— Isso mesmo, Chad. Tente novamente. Recomecem a cena da parte do One Direction. Emily, sugestão legal, a propósito. Podem recomeçar...

Eu recomeço.

— Então, tenho seis CDs. O que gosto de fazer é começar pelo primeiro e ouvir todos eles, um após o outro. Eles meio que se parecem, mas, se você ficar ouvindo muito, começa a pensar: uau, eles são músicos, tipo, tão incríveis! — Entrei no clima agora, imitando garotas que me lembro que falavam assim no ensino fundamental.

Chad se esforça para não rir.

— Eu adoraria, de verdade. Mas está difícil, porque tenho trabalhado muito e estou meio ocupado esses dias.

— Você tem a quarta-feira de folga. — Surpreendo a mim mesma com a rapidez com que invento uma resposta. Mais um truque do qual me lembro: quanto mais claramente um personagem quer alguma coisa, mais fácil é interpretá-lo. — Por que não nos encontramos na quarta então? Por favor, Adam?

Arranco mais algumas risadas com minha imitação de uma garota ansiosa demais. Chad baixa o olhar e, depois, o levanta de novo e abre um sorriso tão doce que paro de falar. Está sendo difícil para ele dizer não. Difícil mesmo.

— Por favor, Adam — insisto. Estamos sorrindo um para o outro, como se não fôssemos nossos personagens. E ele não consegue dizer a palavra não. Começamos a rir, porque ele é *péssimo* nisso.

Mary bate uma palma para interromper a cena.

— Bom trabalho, Chad e Emily. O Chad está mostrando a todos como às vezes pode ser difícil dizer não. O que o Chad poderia responder, pessoal? Vamos dar algumas sugestões.

Agora fico me perguntando se o silêncio de Chad teria sido intencional. Ele já fez isso antes e talvez saiba as regras — por exemplo, quando dois voluntários estão em uma cena, eles precisam que um dos dois fique em um impasse para obter sugestões do grupo. Sheila levanta a mão.

— Ele podia dizer que não gosta do One Direction, que gosta do Justin Bieber.

— Ele poderia dizer não — sugere Harrison.

— Ele devia dizer que não quer sair com você — sugere Francine. É engraçado como depois de passar mais tempo com ela fica mais fácil entender o que diz.

— Chad, quer escolher uma dessas opções? — continua Mary.

Chad se vira para mim, ainda sorrindo.

— Humm — murmura ele.

— Chad, por que não diz à Jane que não está interessado em um relacionamento com ela fora do trabalho? — sugere Mary. — Assim ela vai saber que devia parar de convidar você para sair.

Chad não desgruda os olhos dos meus.

— Tudo bem — concorda ele. — Podemos começar de novo?

— Claro. Do começo, Emily! — Mary bate palmas mais uma vez, e então faço mais sugestões, oferecendo a possibilidade de programas para todas as noites da semana. Ele me olha com um meio sorriso, como se estivesse estendendo isso intencionalmente porque gosta de minha atuação.

— Uau! — exclama ele, finalmente. — Parece ótimo, mas não posso. Estarei ocupado este fim de semana.

— E no fim de semana que vem? — Sei aonde Mary quer que cheguemos. Ele precisa recusar não apenas este convite, mas todos os outros também.

— Eu não sei. Talvez eu possa sair no fim de semana que vem.

Mary bate palmas, e paramos novamente. Não está dando certo. Estamos sorrindo demais e nos divertindo. Em vez de interromper a cena, Chad se inclina para a frente e sussurra em meu ouvido:

— Talvez eu possa sair no fim de semana que vem.

Não consigo evitar. Eu começo a rir, mesmo vendo Lucas no canto com os braços cruzados e um olhar desaprovador. Queria que ele fosse meu amigo para eu poder contar a ele sobre como é aquela sensação. Não conseguimos fazer a cena porque gostamos um do outro! Nunca flertei assim antes!

Tentamos mais algumas vezes, até Mary finalmente se cansar.

— Chad, diga à Emily que não está interessado em nenhum tipo de relacionamento com ela. Que se ela chamar você para sair na outra semana, a resposta vai ser a mesma.

Ele se vira e fixa os olhos azuis nos meus.

— Se você me chamar para sair na outra semana, minha resposta vai ser a mesma — repete ele.

Quando a aula termina, Chad sai caminhando ao meu lado.

— Foi divertido — sussurra ele. — É melhor eu pegar seu número para o caso de mudar de ideia em relação ao One Direction. — Não consigo parar de sorrir com o quanto isso parece fácil. Geralmente, uma conversa assim requer uma longa análise com Richard depois para determinar se havia algum flerte de fato acontecendo. Agora não há dúvida. O que é mais difícil de desvendar é se ele está realmente pedindo meu número. E então não consigo acreditar, mas ele põe a mão no bolso e pega o celular. — Preciso correr para encontrar uma pessoa da escola, mas consigo andar e digitar ao mesmo tempo.

Fico tão surpresa com sua naturalidade que não digo nada a princípio.

— É bom os voluntários terem os contatos uns dos outros. Assim, se eu precisar de uma carona ou algo do gênero, eu ligo para você. Ou você pode me ligar.

— Claro — concordo, lembrando tarde demais de que quem precisa de carona esta noite sou eu. Minha mãe precisou do carro e me deixou ali mais cedo.

Dou meu número a ele, que digita com uma das mãos. Quando nos aproximamos da entrada principal, ele dá meia-volta e anda de costas, sorrindo como quando estávamos no meio da nossa cena.

— Se me pedir de novo, minha resposta vai ser a mesma — diz ele, rindo e balançando a cabeça. — Nossa, fui péssimo.

Um instante depois ele vai embora, eu me viro e vejo Lucas sentado sozinho no saguão. Aparentemente ele também não veio de carro. Eu me sento a algumas cadeiras dele. Imagino que vamos ficar sentados ali em silêncio, o que já fizemos diversas vezes antes, mas Lucas me surpreende. Depois de um minuto, ele pergunta:

— O que está achando dessas aulas?

Tenho a sensação de que sei o que ele quer que eu diga. *Essas pessoas indo a encontros? Acho que não, obrigada.* De repente, não consigo me controlar. É como se flertar com Chad tivesse me dado autoconfiança suficiente para dizer o que realmente penso.

— Estou gostando. A Mary não está dizendo a eles que não deveriam pensar em sair. Ela está dizendo que existem regras para fazer isso do jeito certo e que você provavelmente não deveria ficar esperando pelo Justin Bieber. — Talvez eu esteja falando demais. Talvez o ponto dele seja apenas: *Não quero imaginar esse pessoal em encontros nem se tocando. Já vi o bastante.*

— Não ficou um pouco bolada hoje? — pergunta ele.

Não sei bem o que ele quer dizer. Para mim foi como a aula da semana passada, exceto pelo fato de Chad ter se juntado a nós. Então me lembro de outra coisa. Depois do intervalo, Annabel e Ken, o único casal assumido da classe, anunciaram que tinham terminado no fim de semana. Mary perguntou a Annabel se ela queria conversar sobre aquilo com o grupo ou se era algo particular, somente entre Ken e ela.

Annabel pensou por um instante e então olhou para Ken, que parecia péssimo. "Foi por causa de fazer sexo, então acho que é particular."

"Provavelmente tem razão", respondeu Mary. "Boa decisão, Annabel."

O assunto morreu, mas devia ser naquilo que Lucas estava pensando agora.

— Quero dizer, vai me desculpar, mas aqueles dois deviam estar falando sobre *fazer sexo*?

Não sei se ele estava pensando em Belinda ao dizer aquilo. Nunca tocamos no nome dela um com o outro.

— Bem. Parece que eles conversaram sobre o assunto e não concordaram quanto ao que queriam, então preferiram terminar.

— É, mas será que *qualquer um de nós* devia estar sentado por aí falando sobre sexo?

Fico surpresa quando ele diz "nós", como se fôssemos parte do mesmo grupo. Lucas e eu temos dezessete anos. Dos meus amigos, só Barry e Weilin já transaram (um com o outro, depois de um ano e meio de namoro), mas eu faço parte da brigada nerd. Sempre imaginei que todos do círculo de Lucas já tivessem transado muito.

— Não sei — admito. — Temos essa aula na escola, Questões da Vida Real. As pessoas falam sobre isso ali, não falam? — Nunca fiz Questões da Vida Real. Só sei a respeito porque todos os meus amigos zombam do projeto de fim de semestre dessa matéria, quando todos carregam um ovo consigo durante uma semana para entenderem as constantes exigências de ter um bebê. A professora marca os ovos, então você não pode trocá-los nem cozinhá-los. Você também perde vários pontos na nota final se for pego na escola ou pela cidade sem ele. Os alunos são incentivados a policiar respeitosamente uns aos outros, o que significa que, durante uma semana inteira, todo mundo anda por aí dizendo: "Posso ver seu ovo?" Mesmo que você não esteja inscrito na matéria, é engraçado dizer isso. Ou: "Como está seu ovo, o meu está um pouco mexido." Richard acha essas piadas tão engraçadas que fica repetindo isso por semanas depois de o projeto ter chegado ao fim, apesar de ninguém em nosso círculo de amigos jamais ter feito essa matéria. Nenhum de nós tem espaço na agenda para uma perda de tempo como Questões da Vida Real. Estamos todos tentando ganhar créditos em nossas aulas avançadas.

Lucas faz... bem, o tipo que estuda Questões da Vida Real. É só um palpite, mas descubro que tenho razão.

— Não falávamos tanto assim de sexo — revela ele. — Quero dizer, falávamos um pouco, mas não desse jeito.

Eu achava que todo o conteúdo da aula era sobre sexo. A professora, a Srta. Simon, é incrivelmente popular.

— Todo mundo não ama tanto a Srta. Simon porque ela fala muito de sexo?

— De jeito nenhum. Na maior parte do tempo ela fala de outras coisas. Ela fez essa coisa em que você podia sugerir anonimamente um assunto para discutir. Você precisa dizer alguma coisa solidária, mas também honesta. Tipo, se o assunto for automutilação, você precisa dizer: "Fico com medo pela pessoa que faz isso, mas também acho que é um pedido de ajuda."

Esse foi o máximo de tempo que já ouvi Lucas falar. Não consigo evitar a surpresa. Em grande parte por ele ter usado a palavra "solidária" em uma frase.

— Acho que devíamos fazer coisas desse tipo nessa aula.

— Falar com essas pessoas sobre automutilação?

Ele revira os olhos.

— Falar sobre alguma coisa *além* de relacionamentos e sexo.

— Nós falamos — começo a dizer, então me dou conta: o único outro assunto discutido regularmente ali além de relacionamentos é higiene, que sempre tem algum encontro por trás como motivação. "Antes de ir a um encontro, quais são as três coisas que você deve se certificar de fazer?", foi uma pergunta valendo 500 pontos no jogo de hoje. As escolhas eram: a) tomar banho, b) passar desodorante, c) escovar os dentes e d) todas as respostas acima. Lucas tem razão. Nessa aula, esses rituais não são cumpridos em nome da saúde dental nem do conforto pessoal. Eles são cumpridos para ir a encontros.

— É como se a mensagem fosse: se você não está em um relacionamento, é bom começar a se esforçar mais para estar em um. Mas talvez algumas daquelas pessoas *não queiram* namorar.

Toda essa conversa me surpreende. Sei que Lucas tem namorada. Ele está namorando Debbie Warren desde o primeiro ano, quando a vi sentada em seu colo durante o almoço. Registrei aquilo da mesma forma que registro todos os relacionamentos da galera popular, geralmente com o mesmo pensamento: *Ah, OK. Isso faz todo sentido.* Que eu saiba eles ainda estão juntos. Ela se senta ao lado dele na mesa dos populares. As únicas batatas fritas que ela come vêm do prato dele. Geralmente é assim que você sabe quem está namorando quem naquela galera.

— A aula tem "Relacionamentos" no nome. Essa é a razão para cada um ali ter se inscrito, certo?

Penso em uma das principais questões que Mary frisou durante nossa sessão de treinamento: que adultos com problemas de desenvolvimento têm vidas mais felizes se puderem expressar sua sexualidade de maneiras saudáveis. "Encorajamos as pessoas a se reunirem conosco em particular se estiverem prontas para uma discussão detalhada sobre sexo, então não precisam se preocupar com essa parte na aula. Mas a questão é que não os desencorajamos a pensar em sexo. Na verdade, é meio que esse o objetivo."

Relembro a Lucas o que Mary disse:

— Essas pessoas são adultas. Se querem fazer sexo, não deviam ouvir que não podem.

— Não, eu entendo isso. Por mim tudo bem com essa parte. Só acho que existem outros tipos de relacionamentos, certo? Como amizades, talvez? Por que nunca falamos sobre isso? — Ao dizer aquilo, ele olha ao redor no saguão. — Se quer minha opinião, outros tipos de relacionamentos podem ser até mais complicados.

Preciso admitir, é a primeira vez que escuto alguém admitir que ser parte da turma do futebol/líderes de torcida não é isso tudo que os outros acham. Isso não deveria me surpreender, eu sei, mas este ano — quando os jogadores de futebol andam pelos corredores como deuses, cercados por anjos de short-saias idênticos — me surpreende.

BELINDA

Minha mãe diz que é bom eu ter nascido agora, e não há muito tempo, porque antigamente as pessoas não saberiam o que fazer com pessoas como eu. Acho que ela está se referindo a pessoas que acreditam no amor e no romance, porque eu acredito. Acredito que um dia alguém vai se apaixonar por mim e me pedir em casamento. Casar significa que uma pessoa vai morar na casa da outra pessoa. Significa também que as duas dividem tudo, inclusive a comida. Mesmo que sejam suas guloseimas preferidas, como balinhas coloridas ou balas de gengibre, você precisa dividir a metade. Isso se chama demonstrar amor.

Ele também precisa dar a metade das coisas dele para você. Vocês compartilham. Isso também é amor.

Não significa que vocês nunca vão brigar. Às vezes pessoas que se amam brigam porque amam muito uma à outra e têm opiniões fortes. Tudo bem ter opiniões, desde que você não chore quando os outros têm opiniões diferentes. Nesses casos você precisa fazer aquela respiração da ioga, inspirando pelo nariz e contando até dez para acalmar seu corpo.

É o que eu faço quando fico triste ou me sinto frustrada na escola.

Eu costumava me sentir bastante frustrada na escola, especialmente quando fazia testes para as peças e o Sr. Bergman pedia desculpas, mas dizia que eu não podia estar em uma peça. Então eu ficava frustrada e zangada, e precisava respirar bastante como na ioga, porque sou uma atriz muito boa e adoraria estar em uma peça.

Já atuei em doze peças se você contar o Teatro de Contos Infantis como oito peças separadas, que é o que eu faço. Atuei em oito histórias, às vezes em papéis importantes, às vezes em um papel menor, como um dos habitantes da cidade ou um pato. Comecei a atuar aos dez anos e atuei todos os anos até fazer dezesseis, e a diretora do Teatro de Contos Infantis dizer que eu estava velha demais para participar das peças deles. O nome dela era Linda, e ela disse que queria poder ficar comigo porque eu era muito boa, mas que não era justo com os mais novos que queriam encenar os personagens que normalmente eu fazia, como Chapeuzinho Vermelho e Músico Número Um de Bremen.

Durante meu tempo no Teatro de Contos Infantis, eu conseguia decorar as falas e atuar melhor que a maioria das outras crianças. Também conseguia falar alto o bastante para todos me ouvirem. Às vezes eu repetia as falas dos outros se soubesse que a avó de alguém estava no fundo do teatro e não tinha ouvido. Também sei seguir as marcações de cena, o que muitas crianças não sabem. Elas acham que o segundo plano é perto da plateia, mas não é.

Eu também ajudava com adereços e troca de figurinos. Eu organizava os sapatos e mantinha a mesa de adereços arrumada nos bastidores. Gosto de ficar nos bastidores, onde você precisa ficar quieto para as pessoas na plateia não escutarem você. Gosto quando sussurram "Merda", que no teatro significa boa sorte, e não merda de verdade.

Mesmo sendo uma boa atriz, faz cinco anos que não atuo em nenhuma peça.

Na nona série tentei entrar em uma, mas o Sr. Bergman, o diretor, disse que não era possível, pois não havia ninguém para me acompanhar após as aulas nos ensaios. Vovó foi até a escola e disse que eu não precisava de acompanhante. Ela falou que eu me saía muito bem no teatro e que já tinha atuado em quatro peças. O diretor pediu desculpas, mas disse que mesmo assim não seria possível.

Não foi possível novamente no ano seguinte, nem no outro depois, nem em nenhum ano em que estudei naquela escola. Este ano, quando fui fazer o teste, ele me perguntou por que eu continuava tentando, e eu respondi: "Porque sou boa atriz. Já fiz doze peças."

Ele respondeu: "Queria que pudéssemos usar você, mas a escola não deixa. Alguém precisa ser responsável por você, e não temos funcionários sobrando."

"Quem é responsável por todos os outros?", perguntei.

"Eu. Mas você é especial. Querem que você tenha alguém só para você, e não podemos pagar. Não temos verba para pagar esse alguém a mais."

Isso costumava me deixar triste e frustrada. Agora já estou acostumada, então não me sinto mais assim.

Minha mãe diz que existem diferentes tipos de amor. Ela diz que você não pode amar um ator que você nunca encontrou. Isso não é amor, isso se chama paixonite. Mas ela diz que você *pode* estar apaixonada pelo personagem que eles interpretam porque um personagem é uma pessoa que você sente que conhece mesmo que precise se lembrar de que ele não existe de verdade. O que você faz quando se apaixona pelo personagem de um filme é descobrir do que você gosta naquele personagem e começar a procurar essas qualidades em uma pessoa que você conhece na vida real. É isso que minha mãe diz.

Já mencionei todas as qualidades de que gosto no Sr. Darcy. Ele é tímido, mas educado. Ele elogia coisas, como as habilidades da Elizabeth ao piano. Ele paga coisas, como para Wickham se casar com Lydia. Ele tem uma linda casa diferente em cada filme, mas sempre grande, geralmente com muito mármore, obras de arte e chafarizes.

Mais uma coisa de que gosto: ele nada de roupa. Ele está com calor e não sabe que Elizabeth está em sua casa, então ele nada em seu lago e sai todo molhado.

Eu gostaria de ir à Inglaterra um dia e visitar Pemberley, onde fica a casa do Sr. Darcy. Vovó acha que provavelmente existe uma Pemberley real em algum lugar, mas ela não sabe onde. Ela admite que Pemberley parece diferente em cada filme para ela também.

Só fui a um casamento e achei lindo e mágico até o fim, quando minha mãe ficou triste e disse a vovó que tinha medo de eu jamais me casar.

Eu não falei nada, mas tive vontade de dizer: "É claro que vou me casar, mãe."

Vovó sempre diz que todo mundo merece ter alguém para amar, e eu acredito que isso seja verdade. Ela foi feliz no casamento com vovô, que morreu quando mamãe tinha dezessete anos, o que significa que nunca o conheci, mas ela sempre fala que ele era um bom homem. Ele era careca e baixinho, então era diferente do Sr. Darcy, mas tudo bem. "Ele era meu", diz vovó. "É isso que acontece depois de um tempo. Você pertence a alguém, só isso. Vocês pertencem um ao outro. Ele tem defeitos, você tem defeitos. Vocês dão um jeito. Vocês aprendem a viver juntos. Isso se chama amor."

É isso que sonho que vai acontecer comigo quando eu conhecer meu Sr. Darcy. Que primeiro não vamos enxergar os defeitos um do outro porque vamos estar cegos de amor. Então as nuvens vão se dispersar e nós vamos enxergá-los. Ninguém é perfeito. Mas vamos focar na felicidade, porque saberemos que fomos feitos para ficar juntos.

Foi assim que me senti quando conheci Ron. Foi em uma festa de volta às aulas da Best Buddies. Eu estava vestindo minha camisa cor-de-rosa mais bonita, com botões de pérola e gola de renda, e uma saia, mas minha meia-calça estava torta. O lugar do calcanhar estava na frente do tornozelo, então eu estava em um canto da sala, sem sapatos, tentando consertar a meia-calça quando começou uma música e senti um tapinha no ombro. "Quer dançar?", Ron perguntou. Eu sabia que ele era jogador de futebol porque nosso professor nos contou que alguns jogadores iam ao baile. Aquilo deixou todos nós um pouco mais nervosos.

Antes daquele momento, ninguém jamais tinha me convidado para dançar. Ninguém jamais tinha me oferecido a mão para eu levantar e calçar meu sapato de volta. Ninguém jamais tinha tocado minhas costas para atravessar um salão. Havia outras pessoas dançando, mas eu não sabia dançar como elas estavam dançando. Eu só sabia dançar como tinha visto em *Orgulho e preconceito*. Aquelas danças se chamavam valsas.

Estava nervosa demais para contar a Ron que eu não sabia valsar. Em vez disso, coloquei minhas mãos em meus próprios ombros. Fiz um triângulo com os pés e me movi. Eu ri porque era minha primeira vez dançando, e eu achei ótimo! Joguei minha cabeça para trás e fechei os olhos e sorri. "Você está bem?", perguntou, porque, mesmo depois que a música acabou, continuei dançando. Eu queria continuar daquele jeito para sempre. "Talvez devêssemos sentar", ele sugeriu. E pegou meu cotovelo para me levar até o outro lado do salão.

Eram duas coisas que eu nunca tinha feito antes: dançar com um garoto e caminhar com um garoto segurando meu cotovelo. Meu coração começou a palpitar, e senti o sangue esquentando meu rosto e minhas orelhas. Fiquei um pouco tonta, então me sentei. Eu não conseguia olhar para o rosto de Ron, então fiquei encarando seus sapatos, a fivela de seu cinto e suas mãos.

Não conseguia pensar em nada para dizer. Eu me lembrei das festas em *Orgulho e preconceito*, quando as pessoas conversavam sobre o tempo e sobre a saúde dos outros. Às vezes elas ficavam tão nervosas que desmaiavam. Eu não queria que aquilo acontecesse comigo.

Tentei me sentar como Jane senta em *Orgulho e preconceito*, me inclinando um pouco para a frente na cadeira. Aprendi muita coisa sobre homens e romances assistindo a *Orgulho e preconceito*. Outra coisa que Jane nunca faz é olhar diretamente para o garoto com quem está conversando. Em vez disso, ela olha para o ar em volta dos ombros deles, que é algo que eu faço naturalmente quando estou nervosa! Sorte a minha, acho.

Ron olhou ao redor da sala, como se também estivesse nervoso. Ele tinha ido com um grupo de outros garotos maiores que todo mundo na escola. Em grupo, eles pareciam todos muito bonitos e excitantes, até os que não eram tão bonitos.

Mas na minha opinião, Ron era o mais bonito de todos. Ele tinha olhos azuis e cabelos ao mesmo tempo vermelhos e dourados. É difícil para mim descrever seu rosto, porque era difícil para mim olhar para ele por muito tempo. Posso descrever suas mãos, porque na maior parte do tempo fiquei olhando para elas. Suas mãos eram lindas. De um lado, eram cobertas de sardas e pelos loiros. Do outro, eram ásperas, com rachaduras e calos. Isso é porque ele joga futebol e precisa apanhar as bolas de couro sem luvas. A julgar por suas mãos, imaginei que aquilo devia doer.

Eu queria pegar uma de suas mãos, mas não como alguns casais fazem na escola, com os dedos todos entrelaçados. Eu queria tocar as pontas de seus dedos com as pontas dos meus. Se tudo tivesse sido perfeito, eu estaria usando luvas. Mas estávamos sentados após a dança e não havia motivo para ele tocar minha mão, então tínhamos de conversar. Durante um bom tempo fiquei com vergonha, e nenhum de nós dois conseguiu pensar em nada para dizer. Finalmente, contei a ele que jamais havia dançado com um garoto antes. Quando ele não me ouviu, toquei seu cotovelo e repeti. Eu não sabia se ele já tinha dançado com uma garota. Ele assentiu quando falei isso, como se talvez não tivesse. *Vamos precisar ir com calma*, pensei. *Nós dois somos novos nisso.*

Eu queria dizer a Ron que ele não precisava se preocupar, e que podíamos aprender aquilo juntos. Uma boa maneira de começar, pensei, seria convidá-lo para ir até minha casa assistir a *Orgulho e preconceito*. É claro que provavelmente ele já tinha visto, pensei, mas, se não tivesse, eu gostaria de estar lá, olhando para seu rosto enquanto ele assistia pela primeira vez.

CAPÍTULO QUATRO

EMILY

— Espere, então você chamou o cara para sair e ele disse *não?* — pergunta Richard na manhã seguinte antes da aula, quando conto o que aconteceu com Chad.

— Estávamos improvisando, e era para ele dizer não quando eu o chamasse para sair, mas ele não conseguiu porque tivemos essa espécie de *conexão*.

Richard sorri, um pouco incerto.

— Isso é ótimo, Em.

— Depois ele pediu meu telefone. Quando foi a última vez que um cara pediu meu número sem ter a ver com algum trabalho de escola ou alguma carona?

— Ele parece ótimo mesmo. — O sorriso dele parece ainda mais forçado que um instante antes.

Subitamente me dou conta de como o que eu disse soou horrível. Durante três anos, Richard e eu brincamos sobre nossas inexistentes vidas amorosas. Passamos a maioria dos fins de semana juntos, indo ao cinema e prometendo que nossa vida amorosa vai ser diferente quando formos para a faculdade. Lá, os garotos também vão ser diferentes: mais velhos, mais inteligentes e mais apreciadores de nossas qualidades. Era para aquela aula ser minha punição, e aqui estou eu fazendo parecer que é uma via expressa para o futuro que nós dois imaginamos, com garotos de faculdade bonitos e legais o bastante para gostar da gente *e* fazer trabalho voluntário.

— Ele provavelmente nunca vai ligar — tranquilizo Richard. — Na verdade, tenho certeza de que não vai.

— Não, aposto que ele gostou de você, Em. Ele vai ligar.

Durante o resto do dia fico pensando no que vou fazer se Chad *de fato* ligar. Vou contar a ele o verdadeiro motivo de me "voluntariar" para aquela aula? Posso sair com ele e não contar a verdade? Tento imaginar, e só consigo me visualizar paralisada antes de qualquer palavra sair de minha boca.

Uma das piores verdades sobre o jogo de futebol é que não foi a primeira vez que entrei em pânico e fiquei paralisada daquele jeito. Tenho um histórico de quase-falar-mas-não-conseguir quando deveria. Na verdade, minha amizade com Richard começou graças a um exemplo notável disso. No começo da nona série, Jackie, uma garota semipopular com quem eu fazia algumas aulas, perguntou se eu queria me inscrever na equipe de bandeiras da banda com ela. "Dizem que é bem legal. É para incentivar o espírito escolar e unir as pessoas", prometeu ela. "Não é elitista como as líderes de torcida. Eles incluem todo mundo." Depois de um mês descobri que aquilo não era verdade. Não estávamos em uma missão para incentivar o espírito escolar nem promover socializações inclusivas. Éramos cinquenta e duas meninas tentando ser líderes de torcida. Os treinos eram tomados por fofocas e competitividade, com o tom dado por veteranas amargas que se odiavam. Era horrível, e eu detestava, mas não conseguia reunir coragem para desistir. Aquelas eram as garotas com quem eu almoçava. Se eu desistisse, pensava, não teria amigos.

Então, pouco antes da Parada do Dia da Colheita — nosso maior evento do ano — escutei Darla e Sue, duas veteranas da equipe, conversando sobre um plano que haviam bolado para entrar na equipe das líderes de torcida. "Se encontrarem bebida alcoólica na bolsa onde elas guardam o uniforme, elas vão ser suspensas pelo resto da temporada. Só existem duas substitutas, então eles vão ter de escolher a gente." Darla abriu a mochila e mostrou a Sue as garrafinhas de bebida, daquelas que servem nos aviões, que ela havia guardado lá dentro.

Eu devia ter dito alguma coisa imediatamente — mas não disse. Dois dias mais tarde, enquanto nos preparávamos para a parada, ouvi que quatro líderes de torcida tinham sido expulsas da equipe por violações relacionadas a bebida. Eu não conseguia parar de pensar naquilo. Aquelas líderes de torcida ficariam com aquilo registrado no histórico. Eu poderia ter impedido, e não fiz nada porque tive medo. Meia hora depois, marchando na parada, distraída e preocupada com minha própria covardia, acidentalmente dei um encontrão com minha bandeira no bumbo bem à frente. Kenton, que estava tocando, caiu de forma desajeitada, deslocando o cotovelo. A parada foi interrompida subitamente enquanto uma ambulância era acionada.

Naquela noite, Shannon, a capitã da equipe, ligou para minha casa e disse que, por mais que ninguém me culpasse pelo que acontecera, provavelmente seria melhor que eu saísse da equipe. "Por respeito ao Kenton", explicou ela.

Quis contar a verdade a ela — eu sabia que o que eu tinha feito tinha sido ruim, mas Darla e Sue fizeram uma coisa ainda pior —, mas era tarde demais. Apesar de no fim das contas Darla e Sue terem sido desmascaradas, não foi graças a nenhuma bravura de minha parte. Na verdade, aquele episódio todo fez eu me sentir o oposto de corajosa. Nunca voltei aos treinos nem à mesa de almoço da equipe. Nunca mais falei com ninguém da equipe. Em vez disso, me escondia na biblioteca antes das aulas e durante o almoço.

Richard apareceu em dezembro, depois de seis longas semanas comendo sozinha. Fazíamos francês juntos, com uma professora que passeava pelas fileiras falando francês tão rápido que eu às vezes achava que ela estava tentando intencionalmente não ser compreendida. Richard tinha um jeito engraçado de abaixar a cabeça para tentar não ser chamado para responder. Quando ela o chamava, ele sempre perguntava na mesma voz aguda e assustada: *"Répétez, s'il vous plaît?"*

Em uma época em que nada mais me fazia rir, suas tentativas desesperadas de falar francês faziam.

Durante um almoço, eu o encontrei, sozinho como eu, na biblioteca, e disse a ele: "Você é bem engraçado na aula de francês."

Ele deu uma risadinha e respondeu: "A parte mais triste é que eu não tento ser. Fico exercitando minhas táticas de controle da mente por meio das quais eu ordeno que ela *não* me chame, mas ainda não funcionou. Não tenho a menor capacidade de controlar a mente de ninguém."

Por favor, pensei, testando minha própria versão de controle mental nele. *Fique conversando comigo pelo resto do horário de almoço.*

Ele ficou. Não estava na biblioteca para estudar, ele me contou. Tinha ido para lá porque todos os seus companheiros de almoço faziam parte da orquestra e estavam tocando para os alunos do ensino médio. Assenti e pensei: *Ele provavelmente vai ser meu amigo só por um dia.* Então ele acrescentou: "Quase todos são geeks, então não me importo em dar um tempo e conversar com você."

Eu ri e no dia seguinte ele me convidou para me juntar a eles. Não eram todos geeks; eram pessoas como Richard, academicamente inteligentes, mas interessadas em passar seus dias de escola fazendo mais que apenas tirar notas boas.

Quando olho para trás agora, me pergunto se amei Richard desde o começo por ele ser corajoso de maneiras que eu nunca havia sido. Na terceira vez em que conversamos, ele me contou que era gay, o que parecia algo ousado para um aluno do nono ano admitir, em grande parte porque também significava admitir que ele às vezes pensava em sexo. Como estávamos nos tornando melhores amigos, perguntei se existia uma aliança gay-hétero à qual pudéssemos nos juntar. Alguns dias mais tarde ele me contou que havia feito uma pesquisa e que, na verdade, *não existia* um clube daquele tipo, o que o chocou. "Não existe nenhum clube na escola que apoie o ativismo dos alunos, dá para acreditar?" Ele queria começar um, não apenas para os alunos gays, mas para sensibilizar as pessoas acerca de outras questões também. "Quer fazer isso comigo? Agora que tem as tardes livres?", Richard propôs.

Uma semana depois, preenchemos os papéis para criar a Coalização para a Ação Jovem. Desde o começo amei ser politicamente ativa, mesmo Richard sendo o presidente há três anos e fazendo a maior parte dos pronunciamentos. Faço os trabalhos de bastidores, o trabalho administrativo — cópias, pôsteres, distribuição de petições. Mesmo assim, tenho orgulho de nossas realizações, como convencer a administração do refeitório a usar apenas materiais compostáveis e a criar uma pilha de compostagem onde depositar o material, o que parecia algo óbvio, mas aparentemente não era. Quando estamos sem campanhas de ação direta, escolhemos uma questão diferente a cada mês e promovemos a conscientização. Richard escreve cartas ao editor e à administração da escola. Eu organizo uma mesa para distribuição de panfletos no almoço. O truque, aprendi, é manter um pote de chocolates por perto, para que as pessoas vejam o que vão ganhar se assinarem a petição. Já fizemos campanhas de conscientização sobre o câncer de mama, sobre os esforços da Oxfam no combate à fome e pela prevenção da violência doméstica. Acho que formamos um belo time.

Mas este ano também descobri que é possível que eu ainda não tenha aprendido o que estou tentando ensinar as pessoas a fazerem: agir no instante em que isso é mais necessário. Não contei a Richard ou a nenhum de nossos outros amigos toda a verdade sobre o que aconteceu com Belinda. Como poderia admitir que entrei em pânico de um jeito que sequer compreendi? Passamos três anos lutando exatamente contra essa mentalidade em nosso apático corpo estudantil. Como eu poderia contar a eles que eu representava o pior daquilo?

Em vez disso, contei a meus amigos uma versão alterada da verdade. Disse que, quando entrei embaixo das arquibancadas, Lucas já estava lá.

— Imaginei que ele já tivesse chamado alguém, caso contrário, por que teria gesticulado para eu me afastar? — argumentei. Depois admiti: — Eu devia ter feito mais. Meu maior erro foi confiar no julgamento dele.

Com essa história, eu colocava uns setenta por cento da culpa em Lucas, mas, conforme descobri, meus amigos ficaram mais que satisfeitos em colocar o peso todo em suas costas.

— Ah, por favor — censurou Candace. — É claro que ele devia ter impedido! Ele tem o dobro do tamanho daquele cara e estava usando as proteções do uniforme!

Eu não tinha me dado conta do quanto meus amigos se ressentiam dos jogadores de futebol até dar a eles um motivo para se ressentirem ainda mais.

— Foi terrível ele ter feito aquilo — acrescentou Weilin.

— Sempre achei que ele parecia um cara legal — suspirou Richard. — Obviamente ele não é.

Àquela altura, era tarde demais para confessar a verdade: que eu era *mais* responsável que Lucas, considerando que *eu* os vi primeiro. Meu único conforto era presumir que Lucas não se importava com a opinião de quatro nerds que ele provavelmente jamais notara, de qualquer maneira.

Depois de minha conversa com Richard esta manhã, entretanto, penso no que Lucas disse no saguão, sobre amizades serem mais complicadas que romances. Richard sabe mais segredos meus que qualquer outra pessoa. Estava comigo na única vez em que fiquei tão bêbada que vomitei no meu próprio colo. Ele me ajudou a me limpar e, quando estávamos indo embora da festa, disse às pessoas que eu tinha me molhado lavando as mãos. Foi para mim que ele ligou quando fumou maconha pela primeira vez e achou que tinham misturado com LSD.

— Não sei se meus dedos estão cobertos de pelos ou se tenho mais pelos nos dedos do que tinha me dado conta — disse ele ao telefone.

Ele estava com um grupo de amigos do acampamento de verão que ele não suportava mais, então fiquei conversando com ele quase a noite toda. Sabia que ele estava chorando. Chorando e rindo. Isso também me fez chorar. E rir.

— Odeio essas pessoas — desabafou. — Eles fazem eu me sentir um perdedor. Eu tiro os sapatos e a primeira coisa que eles fazem é zombar de meus dedões.

Lembrei da equipe de bandeiras e de como Richard me ajudou a superar aquilo. Eu disse a ele:

— Você é melhor que tudo isso. Você *é*. — Como ele estava chapado e nós dois estávamos chorando um pouco, eu disse a ele uma coisa que estava querendo dizer havia um tempo: — Você é meu melhor amigo, Richard. Não é um perdedor, e eu te amo.

Ele ficou em silêncio durante um tempo. Nunca tínhamos falado nada desse tipo. Nunca. Finalmente, ele respondeu:

— Está tentando fazer eu me sentir melhor só porque sabe que eu vou ter de começar a raspar os dedos do pé.

Não falamos sobre aquela conversa depois. Ele nunca disse que me amava nem que eu também era sua melhor amiga. Ele era amigo do Barry muito antes de eu aparecer, e talvez fosse presunçoso de minha parte ter dito aquilo.

Uma vez, mais ou menos um mês depois, Barry pediu um milk-shake de baunilha no Denny's, e Richard comentou:

— Você é meu melhor amigo há onze anos, e eu nunca vi você bebendo milk-shake de baunilha. Não acha que tem um gostinho de meleca?

Os outros podem não ter percebido, mas eu sim. Ele chamou Barry de seu melhor amigo, o que significava que eu não era.

O que Lucas disse no saguão na outra noite não sai de minha cabeça porque ele tem razão: amizades são complicadas. Amigos têm poder. Amigos podem partir seu coração. Não que Richard tenha exatamente partido o meu, mas tenho tomado mais cuidado ultimamente. Nem sempre rio de suas piadas tampouco concordo com tudo que ele diz. E quanto a Lucas, quanto mais penso no assunto, mais acho que ele estava tentando dizer que nem sempre ele ama seus amigos do time de futebol. Que ele sabe que alguns são babacas, e que não se considera como eles. Estou começando a suspeitar que talvez ele seja um cara legal, o que só faz eu me sentir dez vezes pior pelo que disse sobre ele aos meus amigos. É como se, em um planeta diferente, em um universo diferente, Lucas e eu pudéssemos ter sido amigos, e agora, obviamente, jamais seremos.

BELINDA

Q<small>UANDO PERGUNTEI A RON</small> SE ele queria assistir a *Orgulho e preconceito* em minha casa ele riu, mas acho que foi só porque meu convite o deixou nervoso.

— Tudo bem — falei. — Minha mãe disse que eu podia chamar um amigo, e minha avó também disse que tudo bem.

— Sabe, a questão é a seguinte — respondeu Ron. — Não estou no programa Best Buddies nesse sentido. Pediram que alguns de nós viéssemos a esta festa porque precisamos fazer essas coisas de serviço comunitário. Mas não somos Best Buddies oficiais nem nada do tipo.

Eu ri porque *é claro* que sei que ele não foi designado para ser meu parceiro. Eles *nunca* colocariam uma menina com um menino. Isso não faria sentido. Talvez eu tenha rido um pouco demais, porque comecei a soluçar e ficar com o rosto vermelho.

— Eu gostaria — continuou ele. — Você sabe. De ser seu parceiro. Mas simplesmente não tenho tempo. Tenho treino todos os dias depois da aula.

Ele parecia sentir muito por aquilo. Como se realmente quisesse poder ser meu parceiro. Então respondi:

— Tudo bem. Minhas parceiras são sempre meninas. Não posso ter um parceiro menino. É contra as regras.

Eu queria que ele soubesse que, se *pudesse* ter um parceiro menino, *definitivamente* escolheria ele. Desde a tarde de nossa dança eu pensava mais nele que em Colin Firth, o que nunca havia acontecido antes. Nunca uma pessoa real teve mais importância para mim que o Sr. Firth. De certa forma era assustador. E ao mesmo tempo legal.

— Então... ahh, sinto muito — disse ele. — Preciso voar. Tenho uma reunião com o treinador.

Eu ri novamente porque voar era algo que as pessoas faziam nos quadrinhos, não nas escolas.

Mais tarde, naquele mesmo dia, eu o vi no fim do corredor, conversando com um grupo de meninas. Tudo bem, pensei. Eu também conversava com outros meninos de vez em quando. Não devia pedir a ele que não tivesse outras amigas. Disse a ele que tinha me esquecido de perguntar uma coisa mais cedo.

— O quê? — indagou ele.

Dava para notar que ele estava se sentindo estranho por conversar comigo com aquelas outras garotas olhando. Eu também estava.

Perguntei mesmo assim porque era importante para mim:

— Você já viu *Orgulho e preconceito*?

Todo mundo riu como se eu estivesse contando uma piada. Mas eu não estava.

— Vamos lá, Ron — disse uma das garotas. — Conte a ela. Já assistiu?

— Ah, não. Acho que não.

Isso explicava muita coisa para mim. Explicava por que ele não entendia como se dança. Ou o que fazer depois de nossa dança ter terminado. Assistir a *Orgulho e preconceito* me ensinou essas coisas. Ele ainda não sabia.

— Então devia — comentei. E então, como eu não queria parecer mal-educada, completei: — Todos vocês deviam.

Na verdade eu não me importava com a que aquelas garotas assistiam. Eu só me importava com Ron.

— OK! — exclamou ele, e em seguida abriu um sorriso largo e bateu palmas. — Vou assistir!

Fiquei feliz. Fiquei feliz demais e com vergonha de olhar diretamente para o rosto dele. Fiquei com medo de explodir de felicidade.

— Preciso ir, tudo bem, Belinda? Mas eu aviso quando tiver assistido — prometeu ele.

Então fiquei ainda mais feliz porque foi a primeira vez que ele disse meu nome em voz alta. Eu não tinha certeza se ele sabia meu nome, mas agora tinha... ele sabia! E nem se confundiu como as pessoas fazem às vezes, dizendo Melinda ou Lucinda ou algum outro nome que rime com o meu, o que acontece bastante. Ele disse perfeitamente: Belinda.

Como se ele tivesse pensado nisso e estivesse guardando a primeira vez que diria meu nome para uma ocasião especial. O que era, no caso, agora. Então eu disse o nome dele, que eu sabia porque, depois de nossa dança, fiquei atrás dele quando ele voltou para seu grupo de amigos a fim de conversar.

— Ron, cara, olha para trás — diziam eles.

Estavam falando de mim. Eu o segui pelo salão depois que ele se despediu. Não queria que ele fosse embora tão rápido. A princípio achei que seu nome era Roncara, mas depois, quando contei toda a história para Rhonda, minha fonoaudióloga, ela disse que não, que, se ele estava no time de futebol, ele provavelmente se chamava Ron Moody.

— De cabelos ruivos? E nariz grande? É o Ron Moody.

Ela fez uma cara como se estivesse pensando alguma coisa sobre ele.

— Ele é um ótimo dançarino — contei a ela. — Ele me chamou para dançar no evento do Best Buddies, e conversou comigo depois.

— OK — respondeu ela.

— Ele queria ser meu parceiro mas eu disse que não. Um garoto não pode ser parceiro de uma garota.

— Sabe que precisa ter cuidado com alguém como o Ron — disse Rhonda.

— Eu sei — respondi. Acho que ela estava querendo dizer que eu deveria ter cuidado com meu coração. Ela estava agindo como uma irmã, do mesmo jeito que Lizzie e Jane agem como irmãs em *Orgulho e preconceito*.

EMILY

Na sexta-feira antes do fim de semana do baile de volta às aulas, a obsessão por futebol em nossa escola tinha atingido novos níveis. Todo mundo estava vestindo azul e dourado. Até em minhas aulas avançadas, as garotas pintaram estrelas no rosto ou FORÇA, AZUIS! no caderno.

Não fui a nenhum dos últimos três jogos e já decidi que não vou esta noite, mesmo que a suspensão do Lucas tenha terminado e que ele vá jogar. Na teoria, se ele vai voltar a jogar, eu também poderia ir assistir. Não que Lucas e eu tenhamos conversado sobre isso. Ainda não nos falamos na escola. Só sei que ele vai jogar porque escutei meu professor de cálculo dizer que estava feliz porque Lucas Kessler ia voltar esta semana, já que nossa defesa precisa muito dele.

No fim do dia, mal posso esperar para ir embora do festival de torcedores no qual a escola parece ter se transformado. Vou até o estacionamento para ver qual de meus amigos está esperando ao lado do meu carro. Sou a única do grupo que sempre vai dirigindo para a escola, o que não significa que sou boa motorista; significa só que nenhum de meus amigos tem carro. Na maioria das vezes fazemos brincadeiras sobre ativar os airbags antes de darmos a partida e, assim, deixar a viagem mais confortável para todo mundo. Aparentemente, ainda sou melhor que ter de pegar o ônibus. Hoje o grupo inteiro está esperando por uma carona.

Até mesmo esse grupo — que inclui Candace, uma medalhista de mérito acadêmico, e Barry e Weilin, primeiro e segundo violinistas de nossa orquestra — foi enfeitiçado pela fixação pelo time de futebol americano. Enquanto saio do estacionamento, eles ficam conversando sobre seus jogadores favoritos. Candace adora Ron Moody porque ele é ruivo e, segundo ela, "Os ruivos têm o melhor senso de humor. É um fato cientificamente provado." Candace também tem cabelos ruivos e curtos. Se não tivesse um desempenho acadêmico tão bom, ela me disse uma vez, não iria para a faculdade e seria comediante.

— Isso é literalmente a coisa mais idiota que já ouvi — rebate Barry, tirando um cílio caído do rosto de Weilin. Barry e Weilin namoram há dois anos. São o casal de segundo grau mais maduro que conhecemos, o que às vezes me dá esperança, e às vezes faz eu me sentir ainda pior a respeito de mim mesma.

— Não, é verdade. Também já ouvi isso — afirma Richard do banco do carona, ao meu lado. Como eu o deixo por último, ele sempre vai na frente.

— Como assim já ouviu isso? — questiona Barry.
— Não é nada científico. Como se *mede* senso de humor? Não dá. É uma ideia retardada.

Há anos esse é um insulto que ouço com frequência, mas fico surpresa com como subitamente me parece errado. Penso em Simon, Sheila e Francine se esforçando nas perguntas do jogo, e sinto que ele acaba de insultar a todos eles.

— Você não devia usar essa palavra, "retardada". Sabe disso, não sabe, Barry?

Barry me olha pelo espelho do retrovisor.

— Não entendo por que essa palavra é tão ruim. Que palavra devemos usar em vez dessa?

— Pessoa com deficiência intelectual.

— A Candace dizer que é cientificamente comprovado que os ruivos são mais engraçados não é uma ideia retardada, e sim uma ideia com deficiência intelectual?

— Não, a ideia é idiota. As pessoas é que têm deficiência intelectual.

Barry assente como se estivesse pensando naquilo e, em seguida, balança a cabeça.

— Continuo sem entender. É uma palavra bem útil, que significa idiota. Não estou falando de nenhuma pessoa. Estou dizendo que é uma ideia retardada. Por que isso é tão ruim?

— Porque é um insulto e, durante anos, foi como definimos todo um grupo de pessoas. — É estranho... Não sei por que, mas não é difícil para mim me posicionar sobre esse assunto. — Não é diferente de usar a palavra gay para descrever alguém fazendo algo estranho. Pense em como ela é usada normalmente: *Não seja gay.* — Eu me empolguei tanto com meu argumento que quase bati com o carro no meio-fio. Richard leva a mão ao volante para me ajudar.

— Então o que devo dizer sobre a ideia de que foi cientificamente provado que os ruivos são mais engraçados?

— Diga que é idiota.

— Tudo bem. É idiota.

— Então, Em, andei pensando nessa sua punição — diz Candace, depois de deixarmos Weilin em casa. — Acho que existe uma maneira de você dar o troco na Aberração, o Grande. — Sei de quem ela está falando, é claro. Depois que contei a meus amigos o que aconteceu debaixo das arquibancadas, ela inventou esse apelido para Lucas e o usa sempre que pode.

— Dar o troco *pelo quê*? — pergunto.

— *Alô*? Por não ter feito nada. Por ter metido você em encrenca. Você devia fazer uns jogos mentais com ele durante a aula. Passar bilhetinhos como se fossem de outro aluno.

Não consigo identificar se esta é mais uma de suas piadas ruins.

— Por que eu faria isso?

— Para assustá-lo. Deixar ele confuso. Esses caras do futebol e suas líderes de torcida não têm capacidade de lidar com ninguém fora de seu círculo.

Richard revira os olhos. Até Barry diz:

— A questão, Candace, é que às vezes você se esquece de que as outras pessoas também são seres humanos.

— Nem todo mundo, Bear. Nem todo mundo.

— Acho que não vou fazer isso, Candace — continuo.

Depois que deixamos os outros em casa, Richard fica em silêncio por um bom tempo. Finalmente ele me olha estranho e pergunta:

— Está tudo bem? Com essa aula e tudo mais?

— Com a aula está tudo *ótimo*. Eu meio que gosto dela, na verdade. Não entendo por que todo mundo fica agindo como se eu tivesse que me vingar do Lucas, só isso.

— Não acho que estejam todos dizendo isso. É possível que estejam achando um pouco estranho você não ir ao jogo de hoje à noite. Você *tem permissão* para ir, sabe? O objetivo de cumprir sua punição é poder parar de punir a si mesma. Além disso, tem o baile de volta às aulas.

Como sua suspensão acabou, Lucas provavelmente também vai ao baile. Mesmo assim, resolvi ficar em casa em vez de ir. Belinda ainda não voltou para a escola. Ninguém sabe o que está acontecendo, ou se sabem, estão escondendo da gente. Ela pode ter saído da escola de vez. Apesar de ser mais velha que a gente — as pessoas de sua sala ficam na escola até os vinte e dois anos —, este é seu último ano. Não parece certo passar por todos esses rituais como se nada tivesse mudado em minha vida quando a dela parou completamente.

— Não quero ir, Richard, mas não se preocupe comigo. Vou ficar bem.

Ele me observa cuidadosamente.

— Vai se encontrar com o Chad?

Ainda não tive coragem de contar a Richard o que aconteceu na última aula, que foi basicamente nada. Chad sorriu para mim algumas vezes, mas fiquei nervosa e com vergonha, e ele também. Trabalhamos em grupos diferentes e não fizemos improvisações juntos. No intervalo, ele saiu para dar um telefonema. No fim da aula ele tocou meu ombro e disse: "Até semana que vem!" Eu sorri, acenei e não disse nada. Não quero nem pensar nisso.

— Não — respondo. — Garanto a você que não vou fazer nada com o Chad este fim de semana.

Quando paro na frente da casa de Richard, ele parece feliz em mudar de assunto:

— OK, então posso contar uma coisa que está acontecendo comigo?

— Sim, claro que pode.

Ele sorri.

— Estou pensando em convidar uma pessoa para um encontro.

Fico chocada. Nos três anos desde que Richard virou meu melhor amigo, ele nunca chegou perto de sair com alguém.

— É alguém que eu...?

— Bem, é alguém que *eu* conheço. Importa se você o conhece?

Sim, fico com vontade de dizer. *Importa*. Meu coração subitamente começa a palpitar. Quero dizer: *Não se arrisque, Richard. Já tentei, e nunca dá certo.*

— É o Hugh Weston — diz ele, abrindo um grande sorriso.

Eu me lembro daquele nome, mas vagamente. Fiz uma aula com ele no primeiro ano, quando ele tinha um metro e meio de altura e alternava diferentes cores de calça de veludo cotelê a cada dia da semana.

— O Hugh Weston gosta de garotos?

Richard revira os olhos e olha para o lado, como se eu tivesse dito algo errado.

— Não tenho certeza, OK? Mas ficamos amigos e estou começando a pensar na possibilidade de... eu não sei. Está no ar. E quero perguntar. O Barry disse que eu devia.

— Você conversou com o *Barry* sobre isso? — Não acredito que ele falou com Barry antes de falar comigo.

— Sim. Ele acha uma boa ideia. Ele me lembrou que foi a Weilin quem o convidou para sair na primeira vez, e que nada teria acontecido se ela não tivesse feito isso, considerando que somos todos tão cautelosos. Isso inclui você, a propósito.

Parte de mim quer gritar: *Existe um motivo por sermos tão cautelosos! Olhe o que aconteceu com Belinda!*

— Quero ser corajoso pelo menos uma vez antes de me formar. É um crime tão grande assim?

— Você é corajoso o tempo todo — digo. — É o presidente da Coalizão. Você se levanta e faz discursos no meio do refeitório.

Ele revira os olhos.

— Sabe o que eu quis dizer.

Eu queria poder imaginar Hugh Weston como outra coisa que não um aluno de um metro e meio da nona série.

— Qual aula você faz com ele?

— Empreendedorismo.

Agora é que realmente não entendo. Richard não fez nada além de zombar das pessoas nessa aula de empreendedorismo o semestre inteiro, vendendo cookies de chocolate toda sexta no refeitório a fim de arrecadar dinheiro para uma instituição de caridade que eles ainda nem escolheram. Esse grupo representa o oposto de tudo que fazemos na Coalizão para a Ação Jovem. (Dizemos em nossa declaração de princípios: "Não estamos aqui para arrecadar fundos, estamos aqui para conscientizar. Acreditamos que as mentes são o bem mais desvalorizado de todos.") Será que ele andou ridicularizando aquela turma toda só para ninguém suspeitar de que ele estava interessado em alguém ali?

— Ele é um dos que vendem cookies? — pergunto.

— Sim — responde ele, abrindo a porta do carro e saindo. — É, está bem? Ele é um dos vendedores daqueles cookies idiotas. E agora não vou contar mais nada a você.

Na manhã seguinte, ainda não sei bem o que eu disse de errado, mas fico feliz quando Richard me liga para contar sobre o jogo.

— Foi *ótimo* — diz ele, soando meio ofegante. — O time jogou superbem. Estou começando a achar que alguns daqueles caras podem mesmo ser profissionais um dia. Sabia que o Ron Moody está sendo sondado pela Notre Dame?

— Não — respondo. Pela maneira entusiasmada e feliz com que ele está falando sobre tudo isso, parece que Hugh Weston também foi ao jogo.

— A parte ruim é que Lucas Kessler se machucou. Quero dizer, você provavelmente não se importa, mas todo mundo sim. Ele é parte importante da defesa. Jogou muito bem antes da lesão. Se ele ficar fora pelo resto da temporada, não há dúvidas de que vamos sentir na pele.

Ele parece tão diferente do normal que tenho vontade de pedir para que pare, mas não o faço. Hugh deve ser um verdadeiro fã de futebol.

— Ele pode ficar de fora pelo resto da temporada?

— É o que estão dizendo. Tiveram de levá-lo do campo em uma maca. Todo mundo disse que ele provavelmente rompeu o ligamento cruzado anterior.

Tento imaginar a situação. Suspenso por três jogos, Lucas finalmente volta a jogar só para perder o restante da temporada? É horrível. Realmente é.

Segunda-feira, na escola, vejo Lucas andando pelo corredor de muletas e com uma enorme bota de velcro por cima da calça de ginástica. Queria que tivéssemos tido mais que apenas umas poucas conversas — a maior parte delas ruins —, para eu poder dizer a ele como sinto muito. Queria que ele me conhecesse bem o bastante para saber que realmente sinto.

Mais tarde, tenho minha chance. Estou parada na frente do armário com Richard antes de cálculo, uma aula que nos forçamos a fazer e que agora detestamos. Por mais que fique bonita em um formulário para a faculdade, não vale a agonia que sentimos por ter de frequentá-la. Vejo Lucas com seus companheiros de time atrás de Richard. Exceto por nossas sucintas trocas de palavras nas reuniões do comitê disciplinar, nunca conversamos na escola. Jamais. Se passamos um pelo outro no corredor, fingimos não nos ver. Mas hoje parece diferente.

— Me espera? — Eu peço a Richard.

Percebo que ele estava me contando alguma coisa e que eu não estava escutando. Meu cérebro está a mil. Estou pensando no que vou dizer.

— Tá — responde Richard.

Caminho na direção de Lucas e o chamo. O sinal acabou de tocar, e o corredor está esvaziando.

— Posso falar com você um segundinho, Lucas?

Os amigos dele param e ficam me olhando.

— Pode, claro — responde ele, assentindo com a cabeça para os amigos continuarem sem ele. Um deles está com duas mochilas, o que significa que uma deve ser de Lucas.

— A gente se encontra lá — diz ele para Lucas.

— Eu só queria dizer que sinto muito por isso. — Aponto para seu joelho. — Sinto muito, muito mesmo.

— É, obrigado.

— Se precisar de carona para a aula ficarei feliz em ajudar.

Apoiando-se na muleta, Lucas balança a cabeça.

— Ah, merda, esqueci da aula. — Eu me sinto mal, como se fosse um diabinho lembrando a ele de mais um motivo para sua vida estar uma droga. — É, acho que vou precisar de carona sim.

— Se me der seu endereço, posso buscar você. — Ele me olha de um jeito estranho. — Ou talvez não. Você não devia precisar ir essa semana. Se alguém tem um bom motivo para não ir, é você.

— Não, tudo bem. Eu vou. Se eu faltar vou ter de fazer uma aula extra no final, certo? — Ele escreve o endereço em um pedaço de papel.

— Sinto muito de verdade — repito, pegando o papel. — Todo mundo está dizendo que você estava fazendo uma ótima partida antes de acontecer.

Ele levanta o canto da boca em um meio sorriso.

— Não estava lá?

— Não consegui ir.

Fico surpresa pelo jeito como ele olha para mim, com os olhos semicerrados como se estivesse tentando descobrir o que realmente estou dizendo.

— Além disso, talvez ir a jogos de futebol seja uma droga agora?

Eu rio, surpresa por ele ter dito aquilo.

— É...

Ele olha ao redor, como se não quisesse que ninguém o escutasse.

— Foi difícil me concentrar no jogo. Foi péssimo.

O sinal toca, e ele dá um passo para trás. O momento passou. Seja lá o que for que quase acabamos de admitir um para o outro — ainda nos sentimos mal, assombrados até, pelo que aconteceu com Belinda —, não conseguimos dizer.

— Preciso ir — diz ele, se aproximando um pouco. — Eu levo vinte minutos para chegar a qualquer lugar.

— Claro. A gente se vê quarta à noite.

Quando olho de volta para onde deixei Richard, ele está conversando com um cara alto para quem já sorri algumas vezes, mas que não tinha me dado conta de que conhecia; é Hugh Weston. Ele está bem mais alto, tipo com mais de um metro e oitenta, e se veste melhor do que costumava se vestir. Richard está olhando para ele, com uma expressão que nunca vi antes, como se estivesse se preparando para rir muito de qualquer coisa que Hugh diga. Na verdade é bonitinho. Hugh parece legal. Não quero que Richard pense que eu não o apoio. Vou até eles com uma das mãos levantadas em um aceno.

— Oi, gente. Oi, Hugh.

Hugh parece tão surpreso por eu ter lembrado seu nome que fica vermelho e baixa a cabeça.

— Oi — sussurra ele. E pigarreia. — Emily, né?

— Isso.

— Sr. Hartung, nona série? — Ele sorri.

Mesmo que eu também me lembre disso, fico surpresa por ele se lembrar.

— É — confirmo e rio. — Então, preciso ir... A gente se vê na aula de cálculo, tá, Richard?

— É, tá — diz ele. Apesar de poder usar aquilo como desculpa para terminar a conversa com Hugh, ele não o faz. — A gente se vê em alguns minutos.

Quando Richard chega atrasado na sala — de um professor que anota atrasos —, eu me sinto mal o bastante para escrever um bilhete para ele: *Hugh parece legal. Tudo bem?*

Dez minutos depois, recebo a resposta: *Muito bem. Vamos ver um filme sábado.*

OK, espere um minuto. Eu e ele normalmente fazemos alguma coisa aos sábados.

— Então você convidou o Hugh para sair? — pergunto, assim que ficamos sozinhos no corredor depois da aula.

— Convidei. É um filme que nós dois queremos ver. Ele achou ótimo e disse que adoraria ir.

— Ele sabe que é um encontro?

Obviamente só consigo irritar Richard de novo.

— Não usamos essa palavra especificamente, mas é um filme num sábado à noite. Parece meio óbvio, não?

Não sei mais. De repente parece que tudo está mudando de maneiras que não consigo compreender.

— OK — digo.

BELINDA

Acho que o Sr. Firth quer que eu volte para a escola. É uma sensação que tenho durante algumas cenas chatas de Lizzie viajando para visitar a amiga Charlotte.

Ele nem está na tela, mas é como se estivesse sussurrando em meu ouvido: *Você também não devia ficar em casa para sempre.*

Então eu o escuto dizer aquilo. Escuto de verdade.

Vovó diz que tenho uma imaginação fértil. Ela costumava ficar preocupada comigo quando eu brincava sozinha e fazia vozes diferentes para todos os diferentes personagens das histórias que eu estava encenando. Mamãe e ela costumavam brigar por causa disso.

— Ela precisa interagir mais com as pessoas! — dizia vovó. — Ela não devia ficar sozinha o tempo todo!

— Ela é quem ela é. Por que não podemos deixá-la simplesmente ser feliz? — rebatia mamãe.

Vovó gostava de lembrar a mamãe que eu tenho muito potencial. Quando eu era bebê, tinha muitas convulsões e ninguém sabia como eu ia ficar. Um médico disse que provavelmente eu nunca aprenderia a ler. No fim das contas, ele estava muito errado, porque eu sei ler. Também sei digitar, colocar em ordem alfabética e separar as correspondências, o que tem sido meu trabalho há dois anos na escola. Achei que esse seria meu trabalho para sempre, mas a Sra. Kretzer me disse que não, que eu só ia fazer aquilo até o final deste ano porque ela precisa dar uma chance a outras crianças de fazerem aquilo também.

Ela nem precisava dizer, sei de que outras crianças A Sra. Kretzer estava falando. Do Anthony e do Douglas. Eles estão em minha turma. Os dois têm síndrome de Down, o que é bem diferente do que eu tenho, e não somos nada parecidos. Fiquei tão chateada de pensar em Anthony e Douglas fazendo meu trabalho, que aquele dia fui para casa e chorei por um bom tempo. Anthony usa óculos de lentes grossas e está sempre sujo de comida no rosto ou na camisa. É difícil imaginar ele separando as correspondências sem sujá-las de comida. Douglas é bem bobo e nem um pouco concentrado. Eles se confundem com as lixeiras de recicláveis e misturam as folhas brancas com as coloridas. Eles conversam enquanto entregam as correspondências, algo que nunca faço. Sei que as pessoas ficam muito ocupadas enquanto estão trabalhando e que não devem ser perturbadas.

Na noite depois que a Sra. Kretzer me contou isso, escrevi uma carta a ela explicando por que eu deveria ficar com aquele trabalho para sempre.

Anthony e Douglas NÃO sabem colocar em ordem alfabética. Eles também são teimosos. Se não estão com vontade de fazer alguma coisa, eles não fazem. Não estou dizendo isso para ser má, mas só para você saber — eles não se esforçam.

Escrevi cartas assim todos os dias até ela finalmente me pedir que parasse de escrever cartas. Ela sentia muito, mas não tinha escolha. Aquilo era uma escola, não o mundo real, e, mesmo que eu pudesse fazer um trabalho melhor que eles, eu precisava pensar nos outros alunos, não só em mim.

— Você só vai ficar na escola até o final do ano letivo, Belinda. Eles ainda têm mais três anos — disse ela.

Foi quando fiquei com um pouco de medo. Foi a primeira vez que percebi que, quando eu não estiver mais na escola, também não terei mais nada para fazer. Tenho tentado arranjar um emprego, mas todo mundo diz a mesma coisa: que está difícil para todo mundo, não apenas para mim. Vovó colocou meu nome em listas de espera em várias agências de emprego. Digo a eles que sei colocar em ordem alfabética e organizar correspondências, e eles respondem que têm poucas vagas assim e candidatos demais para elas. Dizem que, se eu quiser limpar mesas e varrer o chão do refeitório de uma escola, podem conseguir algo do tipo. Vovó diz que não, que isso é trabalho de zelador e que estou acima disso.

— Ela deveria estar em um escritório entregando as correspondências — disse vovó à moça da agência. — É o que ela ama fazer.

A mulher pareceu um pouco irritada com vovó.

— Preciso dizer a vocês: para cada bom emprego em escritório como esse, temos uma lista de espera de umas duzentas pessoas com deficiência interessadas na vaga.

Tentei imaginar duzentas pessoas esperando para fazer meu trabalho de entrega de correspondências. Eu não tinha percebido como tinha sorte. Este verão, vovó não desistiu fácil. Ela ficou ligando, tentando arrumar um estágio de férias para mim em um escritório onde eu não receberia dinheiro, mas onde todos poderiam ver como eu trabalhava bem e como sou legal, também. Ela não encontrou nada. Uma hora precisou desistir.

— Depois que você se formar, vamos ficar de olhos e ouvidos atentos — garantiu vovó durante o verão. — Vamos encontrar alguma coisa para você, querida. Você trabalha bem. Merece ter um emprego.

Agora ela não diz mais isso.

Agora ela acha que eu devia ficar para sempre em casa, onde posso ficar sentada em seu sofá em segurança, e jamais voltar à escola nem a lugar algum.

— O que aquela escola está fazendo por ela, afinal? — pergunta vovó a mamãe. — Tudo que fizeram foi fazê-la trabalhar de graça por um emprego que ela não ia poder manter.

Não gosto de ouvir vovó dizendo aquilo, mas ela também tem razão. Jamais ganhei dinheiro.

Agora estou assistindo a um close do Sr. Firth olhando ao longe para suas charnecas. Seus lábios não se movem, mas eu o escuto dizer: *Você devia voltar. Termine a escola e termine seu trabalho.*

Tenho certeza de que ele está dizendo aquilo. Escuto perfeitamente.

— VOVÓ! — grito. — ELE ESTÁ FALANDO COMIGO!

Vovó leva um susto e entra correndo na sala, com o rosto todo vermelho.

— O que foi, querida?

— O Sr. Firth está falando comigo!

Logo depois de dizer aquilo, percebo que não devia ter feito isso. Eu me lembro de tudo que ela me falou sobre como ele não consegue me ver, e como pode ser que ele nem leia minhas cartas, mesmo tendo respondido a primeira. Sei que cometi um erro. Vovó vai ficar preocupada. Ela pode dizer que eu devia voltar para o hospital. Não quero fazer isso, realmente não quero.

— Nada — digo, encarando a TV como se ela tivesse falado aquilo sobre o Sr. Firth.

— Quem estava falando com você, Belinda?

Para uma pessoa velha, a audição da vovó ainda é muito boa.

— Ninguém. Não sei por que eu disse isso. Deixa para lá, OK?

Vovó estreita os olhos para mim, como se não fosse deixar para lá, e eu sei que não vai mesmo. Ela está de olho em mim. Depois que ela sai da sala, fecho os olhos para ver se ele vai falar comigo de novo. Quero escutá-lo repetindo aquilo. *Você devia voltar. Termine a escola e termine seu trabalho.*

Não o escuto dizendo aquilo de novo, mas tudo bem.

O jantar daquela noite é frango assado, brócolis e arroz. Sal é meu tempero favorito, eu coloco sal em tudo. Antes de começar a comer, digo a vovó e mamãe que quero voltar para a escola.

— Sério? — pergunta mamãe. Ela parece tão surpresa que até endireita as costas.

— De jeito nenhum — decreta vovó. — Já decidimos isso. — Ela olha para mamãe. — Já tivemos essa conversa, Lauren.

— Eu não — digo. — Nunca tive essa conversa.

— Sua mãe e eu estamos muito convictas quanto a isso. Você não estava segura na escola; eles não conseguiram proteger você.

Mamãe abaixa a cabeça e fica olhando para o prato. Queria que ela dissesse alguma coisa, mas ela não diz, então eu mesma falo:

— Eu estava segura, a não ser por aquela única vez!

Vovó fecha os olhos e inspira pelo nariz.

— Eu preciso voltar. Tenho um trabalho a fazer!

— Não é um trabalho *de verdade*, Belinda. Você sabe disso.

— É sim! Sei que não posso ficar com ele para sempre, mas é um trabalho de verdade.

Vejo mamãe me espiando. Ela quer que eu me imponha diante da vovó. Só porque ela não faz isso não significa que eu não possa.

— Eles precisam de mim! O Sr. Johnson falou! Ele falou: "Não sei o que vamos fazer sem você ano que vem, Belinda." Ele disse isso!

— Ele estava sendo gentil, querida. Todo mundo ama muito você, mas isso não significa que as coisas na escola mudaram. Não estou falando apenas sobre aquele incidente. Eles nunca aceitaram você em uma das peças de teatro. Você nunca frequentou nenhuma das aulas regulares. Você não estava segura porque nenhuma das outras crianças conhecia você bem o suficiente para ser sua amiga. Eles não conseguiram cuidar de você nem proteger você. Sei que aquele garoto não está mais lá, mas os problemas ainda estão.

Odeio vovó por dizer isso. Fico com vontade de chorar.

— Nada terá mudado, Belinda. É só isso que estou dizendo.

Talvez ela esteja certa, penso. Este foi meu último ano para tentar entrar em uma peça, e mesmo assim não fui escalada. Dessa vez o Sr. Bergman disse que sentia muito, que ele queria que desse certo antes de eu me formar, mas que houve mais cortes no orçamento e que ele simplesmente não tinha verba. Aquilo não vai mudar.

As pessoas me encarando no corredor também não vai mudar. Talvez elas saibam o que aconteceu com Mitchell Breski e me encarem ainda mais. Isso seria horrível.

Não tenho muitos amigos na escola. A maioria de meus amigos são adultos. Geralmente fico bem se há adultos por perto, mas, se não há, posso ter um ataque de pânico só de atravessar o corredor. Não tenho um há muito tempo, mas tive no primeiro ano do ensino médio. Tive de me sentar no meio do corredor porque não sabia mais para onde estava indo. Foi a primeira vez que falei com o Sr. Johnson. Achei que ele era o zelador, porque ele tinha um walkie-talkie no cinto. Então ele perguntou se eu gostaria de ir até sua sala e descobri que ele era o diretor.

Aquilo podia acontecer novamente, só que dessa vez eu já conheceria o Sr. Johnson, é claro.

Mesmo assim, vovó tem razão. Nada mais vai ter mudado. O Sr. Johnson pode gostar de mim, mas isso não significa que poderei atuar em uma peça. Então vejo uma coisa surpreendente: mamãe está olhando fixamente em minha direção. Seus olhos não estão embaçados nem vermelhos de tanto chorar. Ela está me dizendo alguma coisa com eles. Ela está balançando a cabeça. Ela está tentando dizer: *Não dê ouvidos a vovó.*

Mais tarde, depois de ter me deitado e apagado as luzes, mamãe entra no quarto e se senta em minha cama. Quando eu era pequena, não conseguia dormir a não ser que alguém se deitasse comigo na cama. Mamãe e vovó se revezavam, mas mamãe ia mais. "É a única coisa que *posso* fazer", ela costumava dizer a vovó.

Agora faz tanto tempo que parece estranho a princípio, mas logo me lembro de como gostava daquilo. Ela descansa um dos braços em cima de minha barriga. Se aninha em meu ombro, e eu sinto sua respiração.

— Você devia voltar para a escola se quiser — sussurra ela. — É isso que você quer?

— É — respondo. Aperto os olhos com força para não chorar sem querer.

— Você é tão mais corajosa do que eu era. Tenho tanto orgulho de você por isso.

— Não sou tão corajosa assim — discordo, porque não sou mesmo. Não me sinto corajosa.

— Sim, você é. É mais corajosa do que eu jamais fui. Quando cheguei à sua idade, eu tinha medo de todo mundo.

Não sei toda a história do que aconteceu com mamãe quando ela me teve. Só sei que foi difícil e que ela nunca chegou a terminar a escola.

— Não sou corajosa — insisto. — Só não quero perder minha única chance de ter um emprego. — Não abro os olhos porque tem lágrimas por trás deles, e não quero que mamãe veja aquilo. Acho que ela não sabe o que as agências de emprego disseram neste último verão. Às vezes vovó e eu não damos as más notícias a ela, porque não queremos que se sinta ainda mais triste do que já se sente.

— Sempre tive medo do que todo mundo pudesse pensar de mim. Tive medo do que iam pensar quando engravidei, e então tive medo do que iam pensar quando meu bebê teve problemas. Não quero que você tenha medo como eu tinha. Quero que volte para a escola e mostre a todos como é forte.

Agora que ela falou aquilo, gostei da ideia. Talvez as pessoas me olhem e me achem forte.

— Você vem comigo? — pergunto, lembrando-me em seguida de que provavelmente não devia pedir aquilo. Vovó diz que não se deve pedir às pessoas para que façam coisas que não podem fazer. Como durante anos tentei aprender a calcular o troco, mas jamais consegui. As moedas de dez centavos não parecem valer mais que as de cinco. E as moedas de cinco se parecem com as de vinte e cinco para mim. Sempre cometo algum erro. Finalmente, vovó falou:

— Tudo bem se não for trabalhar como caixa. Ninguém deve pedir que você faça algo que não consegue fazer. Ninguém.

Mamãe não gosta de sair de casa, e é por isso que ela nunca trabalhou a não ser em casa. Vovó não consegue abrir potes, o que significa que mamãe e eu fazemos isso para ela. Se você não consegue fazer alguma coisa, não é culpa sua, e ninguém deve forçar você a fazer essa coisa. É assim que sempre foi entre nós, exceto que agora cometi um erro e pedi a mamãe para fazer uma coisa que ela não pode fazer.

Sinto-me péssima. Não quero que mamãe chore nem pense que é tudo culpa dela. Não é culpa dela o que aconteceu com Mitchell Breski. Não é culpa dela eu não conseguir calcular o troco e ter a vista ruim. Então ela me surpreende. Ela aperta minha mão e se senta.

— Sim — diz ela. — Se quiser voltar para a escola, eu vou com você.

E então ela fica tão nervosa e excitada que se levanta no escuro e anda pelo quarto.

— Eu vou — repete ela, apertando meu braço. — Eu vou com você.

CAPÍTULO CINCO

EMILY

Passo a maior parte do domingo com vontade de ligar para Richard e saber como foi sua noite com Hugh, mas não quero forçá-lo a falar sobre o assunto. Se tivesse sido ótimo, acho que ele teria me ligado mais cedo para dar os detalhes, mas então me lembro de que estamos em um novo território. Richard nunca teve um encontro antes, então realmente não sei o que ele faria. Não sei se vai se tornar uma daquelas pessoas que larga todos os amigos quando começa um relacionamento. Isso me assusta um pouco, especialmente quando passo o dia inteiro sem uma notícia. Finalmente, antes de deitar, mando uma mensagem: *Então? Como foi?*

Eu me preparo para o pior e penso no discurso que planejei: "Mesmo que tenha sido um desastre, foi bom você ter tentado. Teve coragem, e essa é a parte mais importante."

Então ele responde: *Ótimo. Passamos a maior parte do dia de hoje juntos também. Ele precisava de uma calça arrumada para um show da banda. Ele é péssimo para comprar, então fui ao shopping com ele.*

Richard odeia fazer compras. Ele sempre diz que até iria mais às compras se não envolvesse ficar se olhando em espelhos e experimentando roupas. "Queria que a gente pudesse andar por aí com nossas roupas em cabides pendurados no pescoço", ele costuma dizer.

Aonde foram?, pergunto.

5 lojas. Não achamos a calça mas ainda foi d+. Não fiz NADA do dever. Tenho q ir.

Sinto como se eu não estivesse mais falando com Richard. Ele não abrevia palavras nas mensagens. Zombamos de quem faz isso, como se vogais fossem tão difíceis de digitar. Além disso, Richard é, no fundo, obcecado em tirar notas boas. Na maioria das tardes de sexta-feira, ele vai para casa e faz todo o dever para não precisar passar os dois dias seguintes "se preocupando" com aquilo. Agora ele passou três dias sem sequer pensar nisso?

OK. Flw. Vejo vc amanhã.

Espero que ele entenda o que estou realmente querendo dizer com essa mensagem: *Você não está parecendo você mesmo. Na verdade, está parecendo meio idiota.*

Mas aparentemente ele não entende, porque, no dia seguinte, nem falo com ele até pouco antes do almoço, quando ele diz que não vai comer com a gente porque vai sair com Hugh.

— Ele quer continuar procurando a calça. Prometi que ia com ele. Não fique brava.

— Não estou brava — digo, soando brava. — Então ele tem carro? — Não sei por que isso me irrita, mas irrita. Ainda estou imaginando Hugh baixinho como ele era antes. Eu o imagino sentado em cima de catálogos telefônicos para conseguir enxergar por cima do painel do carro.

— Sim, Em. Muita gente tem carro.
— É, eu sei. — *Sou só sua única amiga que tem.*

Richard adora lembrar que ele pode ser gay, mas que não é *tão* gay. Ele odeia Lady Gaga, por exemplo, e nunca viu nenhum filme com Judy Garland a não ser *O Mágico de Oz*, o que não conta, segundo ele. Ele não se preocupa muito com suas roupas nem com seu cabelo, nunca assiste a reality shows, nem mesmo *Project Runway*, que (segundo ele) foi feito especialmente para atrair adolescentes gays. Fico pensando nisso tudo porque só evidencia quão estranho Richard parece no almoço no dia seguinte, enquanto descreve nos mínimos detalhes a calça que eles finalmente encontraram para Hugh.

— Tem um corte enviesado, o que faz com que vista muito bem. Quase comprei uma igual para mim, mas não tenho aonde ir com uma calça social preta. Queria ter.

— Com licença — digo, desembalando meu sanduíche. — Mas quem é você e o que fez com meu amigo Richard? — Essa é uma antiga brincadeira que Richard costumava fazer no primeiro ano de nossa amizade toda vez que eu contava sobre meus dias na equipe de bandeiras.

Ele afunda um pouco na cadeira, como se eu tivesse acabado de atirar em seu peito.

— Qual é, não seja assim.
— Assim como?
— Fique feliz por mim.

Digo a ele que eu ficaria feliz por ele se toda essa história de ir comprar calça significasse que ele descobriu se Hugh é gay ou não. Ele já tinha me contado que os dois ainda não haviam conversado sobre isso. Talvez eu esteja sendo muito negativa, mas parece inteiramente possível para mim que Hugh só esteja muito feliz por ter Richard como um novo e entusiasmado amigo, e que Hugh seja tão hétero quanto eu.

Richard balança a cabeça.

— É, talvez você esteja certa, mas eu acho que não.

— Por que não *pergunta* a ele?

— Estamos gostando de nos conhecer. Só isso. Não estamos no estágio de querer falar sobre quem gostaríamos de beijar ou se deveria ser um ao outro. Por que isso é tão ruim?

Tenho vontade de dizer: *Porque você vai acabar de coração partido. Você sabe o que quer, e não é só ficar amigo dele.* Talvez eu só esteja pensando isso porque nada aconteceu com Chad e eu não tive coragem de mudar esse fato nem de sugerir nada.

— Você acha mesmo que ficaria feliz de ser apenas amigo dele, se for só isso que ele quer?

— Claro que ficaria. Ele é um cara legal.

— E o que vai acontecer daqui a uma semana quando ele contar sobre a menina que toca flauta na orquestra que ele quer convidar para sair?

— Vou dizer a mim mesmo: "Ah, bom, provavelmente não era para ser."

— E você ficaria bem?

— Sim — insiste ele, mas posso notar a sombra de dúvida em seu tom de voz. Ele não ficaria bem. Ele sabe disso, e eu também.

Dois dias depois, Richard me encontra na frente do armário de manhã, como geralmente fazemos, mas em vez de falar sobre as séries de TV que assistiu na noite anterior, ele está cantarolando. Depois de alguns minutos, finalmente pergunto:

— Tudo bem, o que está rolando?

Ele parece surpreso.

— Como assim?

— Por que está sorrindo e cantarolando? O que não está me contando?

— *Nada.* — Ele sorri.

— Nem vem. Me conta logo.

— Tudo bem, tá. O Hugh e eu finalmente conversamos. Descobri que ele gosta sim do mesmo que eu e que, sim, a ideia de termos um encontro já passou pela cabeça dele. — Ele está prestes a contar mais, mas apenas sorri, balança a cabeça e para.

— E o que aconteceu?

— Nada — responde ele, sorrindo.

— Nada? Então por que está tão feliz?

— Não sei. Talvez seja bom deixar as coisas acontecerem aos poucos. Só isso. Eu gosto dele, ele gosta de mim. Vamos ver o que acontece.

— Então... nenhum beijo ainda? Nenhum plano para sair? Nada desse tipo?

— Não. Ainda não.

Preciso admitir que uma parte horrível de mim não quer que isso dê certo para Richard. É como se estivéssemos em uma competição para ver quem consegue ser mais maduro em um relacionamento, e eu estou perdendo. Quanto mais caminhamos em silêncio, mais eu penso: *Definitivamente estou perdendo.* Posso ver estampado no rosto dele: *Quero deixar parte disso apenas entre Hugh e eu. Você entende, né? Vai entender quando conhecer a pessoa certa.*

Ah, qual é, tenho vontade de dizer. *Você conhece o cara há uma semana e meia.*

Então tenho vontade de dizer: *Cuidado, Richard. Ele vai magoar você.*

Se isso vai acontecer, no entanto, não parece muito provável em um futuro próximo. Hugh se junta a nós na mesa de almoço naquela manhã e, mesmo que eu esteja cautelosa, ele é a combinação perfeita de tímido e grato. Não fala muito, mas ri bastante de uma das piadas de Candace, o que significa que ela definitivamente vai amá-lo pelo resto da vida.

Eles saem juntos do refeitório alguns minutos antes de o sinal tocar. Observando Richard e Hugh se afastarem, tenho um pensamento aleatório: Hugh se parece com o namorado fictício que imaginei em meu futuro. Não que ele seja tão incrivelmente bonito (Chad definitivamente é mais atraente), mas chega mais perto de quem me imaginei namorando. Um cara com olhos calorosos e sorriso doce. Alguém que entende a piada, mas nem sempre precisa ser quem a conta.

E então me dou conta que não é pela *pessoa* que tenho uma paixonite, é pela *ideia*. Richard encontrou alguém, e eu não. E estou com ciúmes.

Quando os ombros deles se tocam andando pelo corredor, sinto uma agonia tão grande que viro a cabeça e olho para o outro lado.

CAPÍTULO SEIS

EMILY

Lucas mora em uma rua de casas pequenas com gramados malcuidados, cercas de ferro e nenhum jardim à vista. A única cor no gramado é um cartaz pintado a mão que as líderes de torcida devem ter feito, dizendo: MELHORAS, 89! PRECISAMOS DE VOCÊ!

— Que legal — comento, apontando para ele. — Todo jogador que se machuca ganha um desses?

— Não sei. Até agora só dois de nós estão fora da temporada.

Fico surpresa por ele dizer aquilo com tanta facilidade.

— Então está confirmado? Você definitivamente não volta mais?

— É — responde ele, enquanto abro a porta do carona. Talvez isso seja óbvio, considerando que já se passaram cinco dias e ele ainda parece estar sentindo bastante dor. Ele demora um minuto inteiro para colocar a perna machucada dentro do carro e ajeitá-la no banco. É claro que Lucas não vai voltar a jogar tão cedo.

— Sinto muito — digo ao sentar no banco do motorista.

— Sobre o quê? Por que fica se desculpando?

Agora me sinto boba.

— Bem, sou péssima motorista. Estou pedindo desculpas adiantadas.

Ele ri.

— Tudo bem. — Lucas põe uma das mãos no painel. — Estou pronto. Vamos ver como se sai.

Ligo a seta antes de entrar na rua vazia.

— Talvez eu não seja tão ruim, só exageradamente cuidadosa em um nível perigoso. Tenho tendência a dar guinadas só de ver um pedaço de papel voando na calçada. Tenho um medo exagerado de atingir pedestres que não estão nem perto de mim.

— Qual é sua média de velocidade na estrada?

— Mais ou menos oitenta, geralmente. Às vezes forço até uns 83. — Não tiro os olhos da pista enquanto conversamos.

— E provavelmente já ouviu dizer que dirigir devagar demais causa mais acidentes que correr, certo?

— Já escutei algumas teorias fracas sem nenhum fundamento, sim. A verdade é que eu *costumava* ser uma péssima motorista. Estou bem melhor agora.

Como se para demonstrar o quanto aquela declaração era mentirosa, eu acidentalmente piso no freio três metros antes de um sinal fechado. A perna de Lucas parece ter sofrido um solavanco.

— Ah, meu Deus, sinto muito. Não quis fazer isso.

— Não, tudo bem. Continue. Dá para perceber que você está bem melhor agora.

Tiro o pé do pedal.

— Acho que vou me sair melhor se mudarmos de assunto. Posso perguntar em qual posição você joga no time? Eu provavelmente devia saber, mas sinto muito, não sei.

— Jogava. Ponta defensivo.

— E o que isso significa?

— É na linha D. Sabe o que significa a linha D?

— É D de disputa, certo? Estou brincando. Sou superfã de futebol. Quase fiz um desses cartazes para o time. Ainda não fiz, mas pode ser que faça. Então o que um ponta defensivo *faz*, exatamente? Quero dizer, eu sei, mas apenas refresque minha memória.

— Nós impedimos os avanços, evitamos que as jogadas passem por nós e avancem pelas laterais. Pressionamos a linha de ataque e, nas nossas melhores jogadas, neutralizamos o quarterback adversário. Precisamos ser rápidos, e sei que soa como se eu só estivesse falando da boca para fora, mas precisamos usar a inteligência para sacar os outros times e antecipar suas jogadas.

— E você é bom nisso?

— Muito bom.

— Tipo você fica na linha defensiva, olhando para o quarterback, e pode dizer que ele está pensando: "Vou dar um passe longo."

Ele sorri para mim e ri.

— Ninguém pensa isso. Já foi a algum jogo?

Preciso admitir que o sorriso de Lucas é bonito.

— Às vezes eles dão um passe longo.

— Eles jogam a bola para os *receivers*. Precisam de um alvo. Eles não atiram a bola longe e torcem pelo melhor.

— Eu sei disso. Mais ou menos.

Pergunto se ele já fez alguma grande jogada, do tipo que muda o rumo do jogo todo por causa dele. Talvez não seja algo que eu devesse perguntar agora que a temporada acabou para ele, mas sempre quis saber qual seria a sensação de fazer algo assim.

— Uma vez fiz um *touchdown* de quarenta jardas em um *strip sack*. Foi legal, mas foi basicamente o máximo que consegui em termos de mudar um jogo. Uma vez.

— Mesmo assim deve ter sido ótimo. Ficou todo mundo batendo os pés e gritando seu nome?

— Mais ou menos. Umas garotas tiraram a blusa e jogaram para mim. — Quando olho para ele, Lucas está rindo. — Está bem, na verdade não. Acho que gritaram Kessler nas arquibancadas logo depois, mas por algum motivo soava mais como MUFF-LER para mim. Não sei por quê.

— Isso teria sido meio aleatório.

— Não é? Eu estava tão acostumado a ver as pessoas nas arquibancadas pouco interessadas no jogo ou assistindo só para ver as jogadas do Moody e do Cartwright. Não me ocorreu que elas pudessem estar gritando meu nome.

Penso em como eu e meus amigos íamos aos jogos menos pelo futebol e mais pelo espetáculo em si. As líderes de torcida, a banda, os dramas sociais se desenrolando nas arquibancadas ao redor. É como uma festa para a qual todo mundo foi convidado. Uma festa com um espetáculo para preencher todos os silêncios desconfortáveis. Acho que prestávamos atenção no jogo razoavelmente, mas Lucas tem razão, provavelmente só acompanhávamos de verdade a partida durante um quarto do tempo. Quando a bola está com nosso time. Quando estamos prestes a fazer uma jogada. Se eu estava lá naquele dia, não me lembro da intercepção e do *touchdown* de Lucas. Deve ser estranho ser o centro de tanta atenção, mas não ser realmente visto. Em vez de dizer isso, tento fazer uma piada.

— Talvez eles realmente estivessem gritando Muffler.

Ele olha para mim, mas não ri.

Experimento uma estratégia diferente e faço uma pergunta que me intriga há algum tempo.

— O que faz o Cartwright e o Moody serem tão bons? É uma coisa que nasce com a pessoa, eles treinam mais que todo mundo ou o quê?

— Quer a resposta falsa que damos à imprensa ou a resposta verdadeira?

— As duas.

— A resposta oficial é: aqueles caras são atletas natos que elevaram o nível um para o outro e o nível das jogadas para todos nós.

— E qual é a resposta verdadeira?

— A resposta verdadeira é que os dois são bem ferrados. — Só dizer aquilo parece deixá-lo nervoso. — Deixa para lá. Eu não devia ter dito isso. Não conte a ninguém que eu disse isso.

Agora ele parece tão nervoso que quero dizer: *Na verdade você não disse nada.*

— O que eles fazem? Prometo que não vou dizer nada, Lucas, só me conte. — Na verdade estou pensando: *Vou contar só para Richard porque ele adora esse tipo de coisa.*

— Eles têm essa tendência violenta. Tipo, se você atinge alguém com muita força e depois ajuda o cara a se levantar, o Moody fica irado. Ele acha que isso demonstra fraqueza. Eles acham que todo jogo é uma batalha. Se você não vai para matar, você é um bunda mole, um perdedor.

— É assim que ele fala? — Não sei nada sobre Ron Moody a não ser que ele tem um sorriso largo e muitas sardas. Honestamente, é difícil imaginar aquilo.

— Já reparam como não deixam ele falar muito para os jornais?

Balanço a cabeça negativamente porque nunca li um artigo inteiro sobre nosso time de futebol. Do que mais preciso saber além da manchete?

— Ele deu umas declarações no começo prometendo que ia haver sangue no campo depois que acabássemos com o Mansfield. Quem diz uma coisa dessas? Finalmente o técnico parou de deixar os repórteres falarem com ele.

— E quem fala com os repórteres agora?

— O Cartwright, na maior parte do tempo. Eu, um pouco. — Ele parece envergonhado ao dizer isso. — Quero dizer, não mais, obviamente. Mas falei com um repórter. — Ele parece não ter muita certeza se deve ter orgulho ou vergonha daquilo.

— O que você disse?

Quando olho para ele, Lucas está me encarando de sobrancelhas erguidas, como se dissesse: *Você quer mesmo saber?*

— Eu disse: "Só queremos dar nosso melhor e nos divertir. Amamos o jogo e temos muito respeito pelo time contra o qual estamos jogando..."

Eu rio do jeito como ele diz aquilo.

— Uau, você soa exatamente como um... jogador de futebol.

Lucas sorri.

— Devia existir uma aula na qual nos ensinassem declarações como essa, mas não existe. Bolei sozinho depois de ver sete mil jogadores dando entrevistas antes de partidas. Fiquei bem orgulhoso.

Pergunto se ele pretende continuar jogando na faculdade.

— Sim, tinha esperanças de continuar. Número um do estado, sua mente começa a dar voltas loucas. Você começa a imaginar que talvez vá conseguir uma bolsa.

— Ainda pode conseguir uma?

— Provavelmente não. Não joguei em nenhuma das partidas assistidas pelos olheiros. Posso mandar gravações, mas ficar no banco durante a maior parte do último ano provavelmente me tira do páreo.

É difícil saber o quanto ele se sente mal por causa daquilo. Talvez ele nem queira ir para a faculdade. É um assunto do qual meus amigos nunca param de falar, mas sempre presumi... *O que foi* que presumi? Que sim, que talvez Lucas vá para a faculdade, mas também pode muito bem não ir. Jamais fiz uma aula com ele, o que significa que ele deve estar cumprindo outra trajetória acadêmica. Aquela na qual alunos ganham créditos por carregar ovos pela escola. Aquela na qual todos poderíamos estar se não ligássemos tanto para ter um futuro diferente de nosso presente.

Sentada ao lado de Lucas, me ocorre um pensamento estranho: jamais imagino nenhum desses jogadores ou líderes de torcida indo para uma faculdade porque, afinal, por que *desejariam isso*? Como suas vidas poderiam se tornar *melhores* do que já são na escola? Obviamente ninguém pode ficar na escola indefinidamente, mas sempre concluí que aquela galera ia continuar em alguma *versão* da escola. Iam se tornar higienistas dentários ou instrutores de pilates. Iam se casar uns com os outros e continuar super em forma, e aquilo seria tudo.

— Você ao menos *quer* ir para a faculdade? — pergunto.

Ele me olha de um jeito indecifrável.

— Você não *precisa* ir. Não é tipo uma *exigência*.

Lucas fica em silêncio.

— É — diz ele.

— Tem muitas outras coisas que você pode fazer. Viajar. Trabalhar. — Posso ver pela expressão em seu rosto que estou dizendo a coisa errada. Gostaria de conseguir expressar o que realmente quero dizer: *Pelo menos você tem escolha. Meus amigos e eu não temos.* Ou pelo menos é o que parece. Como se estivéssemos sob uma imensa pressão para cabermos debaixo do mesmo paraquedas. Se alguém me dissesse: *Ei, não se preocupe com esses formulários de candidatura para a faculdade que parecem um peso sobre suas costas e fazem com que seja difícil respirar,* eu pensaria *Boa ideia! Eu adoraria!* Estamos entrando no estacionamento e posso perceber que ele não entendeu meu ponto de vista. Ele começa a abrir a porta antes de eu sequer parar o carro.

— Lucas! Espere um pouco!

— Desculpe — diz ele, voltando a fechar a porta. — Acho que nem todo mundo é destinado a ir para uma faculdade ou sabe quando abrir portas.

— Não foi isso que eu quis dizer. Deixe-me dar a volta no carro e ajudar você.

Ele me deixa ajudá-lo porque não tem escolha — preciso tirar as muletas dele do banco de trás —, mas, assim que ele sai do carro, caminha rapidamente até o prédio e entra sem esperar por mim.

Sei que cometi um erro. Soei mais cruel do que queria, mas não tenho tempo de pensar no assunto porque, quando entramos na sala, Mary já começou a falar.

— Hoje vão falar sobre como gostariam que fosse a aparência de seu namorado ou namorada ideais.

Meu coração para por um segundo porque não estou imaginando isso: Chad se vira e olha para mim quando ela diz aquilo. "Oi", ele me cumprimenta silenciosamente.

— Oi — respondo.

— Não quero que pensem apenas na aparência externa da pessoa — continua Mary. — Quero que pensem em como ela é *por dentro*, também.

Estou bastante certa de que sei o que inspirou esse exercício. Semana passada, Franklin, que tem trinta e poucos anos e é um dos integrantes mais velhos da turma, contou sua estratégia para arranjar uma namorada, que parecia ser: chamar todas as garçonetes do restaurante onde ele trabalha recolhendo pratos para sair até uma delas finalmente ceder e dizer sim. "Mas isso pode não dar certo, Franklin. Pode ser que todas digam não", ressaltou Mary no dia. "Não", insistiu ele. "Alguém vai dizer sim."

Agora Mary prossegue:

— Terão de pensar em quais interesses vocês dois teriam em comum e nas coisas que gostariam de fazer juntos e de compartilhar. Pensem em alguém que também possa estar enfrentando desafios, de modo que possam compartilhar suas estratégias.

Franklin não é o único com esperanças ilusórias. Todos falam sobre querer sair com celebridades ou personagens de seriados de TV. Mary está tentando fazer com que eles sejam realistas e procurem algo um pouco mais provável. É uma boa ideia, apesar de eu ter de admitir que o exercício parece desafiador. Cada pessoa deve fazer duas listas para descrever o tipo de pessoa com quem gostariam de sair um dia.

— Em uma das listas, podem descrever como seria sua aparência externa, e na outra, devem pensar em como essa pessoa seria por dentro.

É nossa primeira vez trabalhando com os alunos em dupla desde minha desastrosa entrevista com Harrison, e fico feliz por ter uma chance de me redimir. Sento-me ao lado de Ken, que está com sua folha em branco.

— Não entendo isso — confessa ele. — Como vou saber como uma pessoa é por dentro?

— Acho que ela quis dizer como você gostaria que fosse a personalidade da pessoa. — Em um esforço para que ele pare de falar alto demais, sussurro e aproximo minha cadeira um pouco mais.

— Não devia se sentar tão perto — avisa ele. — Tenho namorada, e ela vai ficar brava.

Duas semanas atrás, Ken e Annabel anunciaram seu término para o grupo. Nunca falei com ele antes, então não tenho certeza se devo dizer aquilo, mas continuo:

— Isso significa que você e a Annabel voltaram?

— Isso mesmo. Usamos camisinha agora. Toda vez.

— OK! Então talvez queira pensar no que gosta na personalidade da Annabel.

Aquela pergunta foi fácil para ele responder. Ele faz uma lista, contando nos dedos: ela gosta de baseball, é engraçada, seu cheiro é bom, é boa em *video games*, faz ele fazer coisas e não ser tão tímido. Escrevo tudo isso para ele e, em seguida, volto a encará-lo.

— Você não parece tímido, Ken. — Ele realmente não parece. É uma das pessoas que mais fala na aula.

Ele assente e ajeita os óculos, que tinham escorregado até a ponta do nariz.

— Ah, eu sou. Muito tímido. Nunca falo. Jamais, em geral. A não ser aqui. Por causa da Annabel. Ela diz que, se eu quero ter algo sério e usar camisinha, preciso falar mais, então agora eu falo. Falo o tempo todo.

Sei que ele não está tentando ser engraçado, então me esforço para não sorrir. Depois de Ken terminar sua lista, não consigo evitar — dou uma olhada para Chad, que está sorrindo para mim, como se também tivesse acabado de ouvir alguma coisa engraçada. Isso já parece diferente das últimas semanas, quando Chad e eu mal nos falamos. Depois de Ken, vou até Thomas, o que usa chapéu e luvas na aula. Ele também ainda não escreveu nada.

— Quero que ela tenha órgãos por dentro, o que mais eu deveria dizer?

— Acho que é para tentar descrever a personalidade ideal dela.

— Por que a Mary simplesmente não disse isso? — Ele ajeita o gorro com as mãos enluvadas, que é algo que faz todas as vezes que fica ansioso durante a aula. Já me acostumei com essa sua mania e comecei a notar outras coisas também. Ele tem belos olhos verdes. Usa um surpreendente colar de conchas. Se você tirasse o gorro e as luvas, ele se pareceria com um surfista bonitinho, na verdade.

Quando começa, Thomas parece ter entendido a ideia: está procurando alguém que goste de falar sobre antigos motores de popa e sobre as primeiras três temporadas de *Doctor Who* e que goste de ouvir Iron Maiden. Conforme ele escreve sua lista, tento não olhar fixamente para Chad, mas é difícil. Toda vez que dou uma espiada, ele está olhando para mim.

No intervalo, nós dois vamos lá para fora, onde está mais fresco, o que significa que ambos enfiamos as mãos nos bolsos.

— Tinha razão quanto a começar a gostar desse trabalho — começo. — Estou começando a gostar de verdade de frequentar essa aula.

— E os exercícios são coisas sobre as quais todos podíamos refletir, né? Como quer que sua namorada seja por dentro? Provavelmente teria sido bom se alguém me fizesse essa pergunta quando eu estava na escola.

— É, eu sei — concordo, mas me pergunto se soei idiota. Eu ainda estou na escola. — O que as suas duplas disseram que estavam procurando? — Depois de perguntar isso, eu me dou conta de que só vi Chad ajudando uma pessoa: Simon.

— Ah, você sabe. O de sempre: alguém que se pareça com a Angelina Jolie.

Quero que ele me faça a mesma pergunta para eu poder dar minha resposta favorita da noite, que não foi a de Ken. Foi a de Francine, a medalhista de ouro do boliche, que entrevistou Lucas em nossa primeira noite no grupo. "Quero encontrar alguém que se pareça comigo por dentro", disse ela. "Gosto de pessoas e de ajudar. Quero encontrar alguém assim."

Achei aquilo tão doce e então me dei conta: é assim que eu descreveria a mim mesma — e o que estou procurando

— também. Fiquei surpresa porque ela expressou aquilo tão bem (ou melhor) quanto eu poderia ter expressado, e ressaltou uma coisa simples sem nem mesmo ter tido a intenção: a deficiência não era a principal coisa sobre ela. Não tenho tempo de contar essa história a Chad porque Franklin coloca a cabeça pela porta e nos avisa que a aula está recomeçando.

— Já vamos — aviso a Franklin, porque não quero voltar imediatamente. Fico pensando em Richard dizendo que queria ser corajoso uma vez na vida. Também quero isso. As palavras saem antes que eu pense demais: — Então, Chad, quer almoçar um dia desses?

Ele parece surpreso, mas de um jeito bom, eu acho. Eu me apresso em completar:

— Quero conhecer sua faculdade. Estou pensando em me candidatar para estudar lá ano que vem.

— Claro. — Ele sorri. — Quando?

Fico pensando se ele acharia amanhã cedo demais. Mas eu gostaria que fosse. Queria sair da aula mais cedo e deixar Richard sozinho durante um almoço para nós dois termos segredos que não estamos contando um ao outro.

— Amanhã, pode ser? É meu dia mais livre na escola.

— Amanhã? — Chad dá uma olhada em seu telefone, o que faz com que eu me pergunte se a essa altura do ano ele ainda não memorizou o cronograma de aulas, ou se ele tem tantos almoços com garotas que precisa escrever para não se perder. — Amanhã está ótimo!

Flutuo durante o resto da aula, sorrindo, até o final, quando Mary diz:

— Emily, poderia ficar mais um minutinho?

— Claro. — Olho para Lucas, que está esperando ao lado da porta. — Encontro você no carro.

— Eu só queria conversar um pouquinho com você sobre seu trabalho nesta aula — começa Mary assim que ficamos sozinhas. — Você tem dado uma contribuição maravilhosa até agora. Tem um toque leve e bons instintos. Algumas pessoas têm medo de serem elas mesmas perto desse pessoal, ou de fazer piadas por medo de dizer algo errado. Você não é assim, o que é bom.

— Obrigada — respondo, apesar de sentir que ela não me pediu para ficar um pouco mais só para dizer aquilo.

— Uma coisa que já descobrimos sobre ter voluntários nas aulas é que nunca conseguimos prever quem vai ser bom com este grupo. Às vezes recebemos alunos de faculdade aqui que já fizeram várias aulas de educação especial, mas eles simplesmente não têm bons instintos para envolver nossos alunos. Falam com eles como se fossem crianças, o que eles não são. Na verdade, é esse o maior *objetivo* da aula, e eles nunca entendem isso completamente.

Meu coração acelera enquanto tento imaginar para onde essa conversa está indo.

— Admito que fiquei um pouco receosa ao pensar em você e no Lucas como voluntários. Achei que era arriscado demais em uma aula na qual exploramos assuntos tão delicados, mas já havíamos tido duas sessões e nenhum voluntário, e a classe não funciona bem sem pelo menos alguns. Então concordei que veríamos como vocês iam se sair. Se não desse certo, colocaríamos vocês na dança de salão ou em uma turma diferente. Observei vocês dois cuidadosamente naquelas primeiras semanas. Você, é claro, brilha nas cenas de improvisação. Adoro como estimula a pessoa na medida certa ao acrescentar elementos surpresa, mas sem levar as coisas longe demais. Você intui o quanto de dificuldade cada pessoa consegue suportar. Mas o problema é que...

De repente tenho a sensação de que ela está prestes a me dizer que Lucas não está indo bem. Durante toda essa aula ele ficou mais quieto que o normal. Tudo bem que ele ajudou os outros alunos com as respectivas listas, mas Mary falou com ele duas vezes e Lucas mal respondeu. Penso no que ele passou essa semana, na dor que está sentindo na perna e no esforço que fez para vir, mesmo podendo ter dito que estava doente. Também penso no que eu disse antes de ele sair do carro. Lucas pode não demonstrar que se importa, quero dizer a ela, mas ele se importa. Mais do que ela pode perceber. Pensar nisso tudo faz com que eu me sinta ainda pior pelo que disse mais cedo dentro do carro, presumindo que ele não se importaria em ir para uma faculdade se não fosse para jogar futebol. Ele se importa com outras coisas além de futebol. Sei disso.

— Ao longo dos anos aprendemos algumas coisas sobre as pessoas que fazem trabalho voluntário aqui. Algumas vêm porque são bons samaritanos compulsivos. Outras, como você e o Lucas, estão aqui porque suas escolas exigiram. Outras estão aqui, quer percebam quer não, porque estão lutando com algumas das mesmas questões que nossos alunos. Habilidades sociais, ansiedade, estabelecer conexões. Às vezes essas pessoas podem dar grandes contribuições para o grupo. Deixamos certas pessoas voltarem porque vemos como elas também precisam do grupo.

Não entendo.

— Estou falando do Chad. Ele foi um voluntário que não teríamos chamado de volta, mas ele quis voltar e a mãe ligou e perguntou se concordaríamos em aceitá-lo de volta, então aceitamos. Com alguma hesitação, devo acrescentar.

— Por quê?

— Ele pode ficar um pouco distraído durante as aulas. Notei que você estava ficando um pouco mais amiga dele nas aulas, então achei melhor contar a você que tivemos alguns problemas da última vez, que ele magoou algumas pessoas, então estou tentando fazer com que ele faça menos trabalhos em dupla. — Ela me olha como se estivesse esperando uma reação. — Isso surpreendeu você?

— Sim — admito. — Achei que ia dizer que o Lucas não estava se saindo bem.

— O Lucas? Ah não, ele está indo bem. Acho que até agora ele está fazendo um trabalho muito bom.

— Acha?

— Ele tem instintos diferentes dos seus, mas os dele também são muito bons. Ele tem uma maneira interessante de interagir com cada pessoa no nível dela. Vocês dois me surpreenderam, preciso admitir. São qualidades que não se pode realmente ensinar a uma pessoa. Com o Chad, não foi natural. Isso não faz dele uma má pessoa, tenho certeza de que ele provavelmente é um cara muito legal, é só que provavelmente não devesse trabalhar com essas pessoas no futuro.

BELINDA

Vovó não fala nada durante todo o caminho para a escola. Estou usando um de seus vestidos mais bonitos, com um cinto e uma estampa florida e gola de renda. Ele também está com um furo na lateral que tentamos costurar, mas mamãe não conseguiu terminar a tempo, e por isso estou com um alfinete de segurança debaixo da axila. Pinica, mas eu disse a ela que estava tudo bem.

Mamãe está sentada no banco da frente com vovó, e eu estou atrás. É legal ver mamãe usando roupas de verdade e com sua bolsa no colo. Ela está bonita. Não sei se está nervosa, mas provavelmente sim. Pergunto-me se o Sr. Johnson, o diretor, vai se lembrar dela, de quando ela estava no ensino médio, antes de abandonar os estudos. Talvez ele se lembre, e os dois se apaixonem. Não sei se ele é casado nem se isso seria possível, mas gosto de imaginar as pessoas se apaixonando. Imagino o Sr. Johnson erguendo o olhar e sorrindo ao ver mamãe parada na porta. Eu o imagino dizendo: "Lauren. É você?"

Imagino mamãe respondendo: "Sim, sou eu. Olá, Sr. Johnson."

Mas não é o que acontece. Em vez disso, todos na sala ficam surpresos ao me ver, e perguntam por que ninguém ligou para avisar que eu estava indo.

Durante todo o caminho até a escola, vovó não disse nada porque ela não acha que meu retorno seja uma boa ideia. Agora vovó, de repente, está do nosso lado outra vez.

— Ela ainda estuda nesta escola, não é? Desde quando alunos precisam ligar antes para avisar a vocês que estão vindo?

A Srta. Swanson, a secretária, me dá um abraço e diz que talvez fosse melhor eu esperar na enfermaria enquanto faz algumas ligações. Primeiro falamos com a Srta. Sa--alguma-coisa, que é orientadora educacional. E então falamos com mais um orientador. Em seguida falamos com o Sr. Welding, coordenador estudantil.

— Queremos que essa transição de volta à escola seja a mais suave possível, só isso — explica o Sr. Welding. Ele pisca muitas vezes ao dizer isso, como se tivesse alguma coisa no olho.

Conforme vamos de sala em sala, as pessoas que conheço por ter entregado suas correspondências algumas semanas antes me olham como se estivessem com medo de dizer oi. Talvez não me reconheçam, por eu estar tão diferente. Talvez achem que sou outra pessoa. Preciso acenar e dizer: "Oi! Sou eu, Belinda", mas vovó segura um de meus braços e mamãe o outro. Finalmente, elas me dizem o que ficou decidido: não vou voltar para minha antiga turma porque não querem me pressionar cedo demais.

— Vamos voltar com calma, certo? — continua o Sr. Welding. — Sabemos que a Belinda gosta de ficar no escritório principal, então por que não a mantemos aqui durante a primeira semana e vemos como as coisas ficam? Ela pode ficar na enfermaria por enquanto.

Isso parece legal, penso. Talvez eu possa ser ajudante da enfermeira. Então tento imaginar o que eu faria, mas não consigo. Na enfermaria não tem correspondência para entregar. Eles reciclam algumas coisas, mas não muitas.

— O que eu vou fazer? — pergunto.

Ele nem levanta os olhos da folha de papel que está lendo.

— Bem, por enquanto, o que quiser, Belinda. Talvez possamos arranjar alguns livros, papéis e canetas para você. Sua avó deixou claro que não quer que você volte para a sala de Competências para a Vida, na qual teve problemas com alguns dos garotos. Ela quer você em uma situação substancialmente isolada, então foi o que conseguimos pensar assim de improviso. Não vai ser para sempre, eu prometo.

Agora entendo do que se trata tudo isso. Pensei que vovó talvez tivesse esquecido, mas não. Da última vez que vim à escola, tive uma briga feia com dois garotos de minha sala, Anthony e Douglas. Talvez vovó não me queira na mesma sala que eles, ou talvez achem que a culpa foi minha e não me queiram de volta. Por isso ela está recusando minha antiga sala de aulas por mim.

— E meu emprego? — pergunto.

Ele parece confuso.

— Que emprego?

— Meu emprego — insisto. Fico com medo de começar a chorar. — Entrego as cartas todos os dias às dez, e separo os materiais recicláveis às terças e quintas. É meu *emprego*.

— Espere um minutinho. Deixe-me ver. — Ele se levanta e sai da sala.

Enquanto ele fica fora não digo nada. Também não olho para mamãe nem para vovó. Tenho medo de olhar e começar a chorar.

Quando volta, ele bate uma palma.

— Bem, tenho boas e más notícias. As más são que já temos algumas pessoas fazendo o antigo trabalho da Belinda com as cartas e tudo mais.

— Quem? — pergunto. Minha voz sai trêmula. Eu não devia nem tentar não chorar, porque agora sei que vou chorar de qualquer maneira.

— Não sei exatamente. — Ele olha um pedaço de papel. — Acho que eles se chamam Anthony e Douglas, talvez.

— Douglas — repito. Agora estou realmente chorando. Não consigo evitar. Vovó aperta os lábios. Ela vai me abraçar mais tarde, sei disso, mas não gosta de cenas em público. Acha que é importante manter as aparências. Mamãe me abraça, e choro em seu ombro.

— Está fora da escola há seis semanas, Belinda. Isso não significa que não possamos encontrar um trabalho novo para você, mas é importante que saiba que sim, algumas coisas vão ser diferentes. Estamos felizes por tê-la de volta. Podemos garantir que estará segura, mas você precisa entender que algumas coisas serão um pouquinho diferentes.

Não consigo parar de chorar. Não sei nem por quê. Simplesmente não consigo.

Ele me deixa chorar um pouco e então pergunta:

— Ainda quer voltar?

Todo mundo fica esperando eu dizer alguma coisa. Fico com vergonha, mas preciso limpar o nariz na camisa de minha mãe, não tenho escolha.

— Sim — respondo. — Ainda quero voltar.

CAPÍTULO SETE

EMILY

— Isso não é ótimo? — pergunta Chad.

Tarde da noite ontem, ele me mandou uma mensagem pedindo para que eu o encontrasse em um restaurante mexicano em frente à faculdade. O lugar é estranhamente sujo e cheio de universitários. Parece que todo mundo está gritando com alguém do outro lado do salão, mas ninguém fala com a pessoa sentada ao seu lado. Não entendo muito bem. Alguns minutos depois de entrarmos, Chad está fazendo a mesma coisa.

— Margaritas na terça, cara! — grita ele para alguém distante, que está falando ao telefone e responde fazendo um sinal de positivo.

— É! — respondo, um pouco sem fôlego. — É ótimo!

Descubro que eles não têm cardápio. O cara do balcão precisa dizer que tipo de tacos estão servindo no dia. Se você entende o que ele diz, pede uma das opções, mas eu não entendo, então respondo apenas: "Isso parece bom", para seja lá o que Chad acaba de pedir.

Há apenas quatro mesinhas, então, depois de pegarmos nossa comida, ficamos em um balcão ao longo da parede com mais ou menos outras dez pessoas. Chad cumprimenta todo mundo que se espreme para passar pela gente, apesar de não ficar sempre claro se ele conhece aquelas pessoas ou não.

— Você vem muito aqui? — pergunto, depois de pegarmos nossa comida e nossa salsa e finalmente começarmos a comer.

— Na verdade não — responde ele, dando uma mordida no taco. — Todo mundo fala muito daqui. Só vim uma vez antes.

Quando peço que ele me conte sobre as matérias que está cursando, ele diz:

— Vou dizer a verdade. Eu não queria muito fazer faculdade, mas meus pais disseram que, se eu não fizesse, teria de arrumar um emprego, então é basicamente por isso que estou aqui.

— Ah — respondo. — Então por que escolheu a Fairfield?

Ele dá de ombros, como se não tivesse resposta para a pergunta.

— A maioria de meus amigos do colégio vinha para cá, então pensei: por que não?

— É como na escola? Ainda vê muito seus velhos amigos?

— Na verdade não. Queria que fosse mais como na escola. Basicamente a gente só vem para as aulas. As festas ainda são nas casas de nossos pais, porque ninguém está morando em alojamento. Essa é a parte ruim. Se eu fosse você, definitivamente escolheria uma faculdade com alojamentos. Deve ser muito mais legal.

Tento imaginar o que Richard diria se estivesse aqui.

— Que matérias está fazendo?

— Acho que é essa a parte boa da Fairfield. Não importa realmente quais matérias você escolhe, porque você não precisa se esforçar muito por um diploma. Então tudo bem fazer apenas matérias de artes ou coisa assim.

— É isso que você faz? Arte?

— Não. Nem sei por que disse isso. Peguei uma aula de web design porque alguém me falou que você pode criar games, mas não é verdade, então acho que vou largar essa matéria.

Conforme ele lista suas matérias — cada uma delas uma decepção aleatória —, tenho uma estranha impressão: devem ser assim as conversas nas mesas dos populares. Quando pergunto o que ele costuma fazer nos fins de semana, ele sorri e responde:

— As mesmas coisas que sempre fiz. Sei lá. Me divirto.

No fim do almoço ele parece tão casual em relação a tudo, que preciso perguntar:

— Por que foi mesmo que se voluntariou no LLC?

— Ah, isso. Minha mãe me obrigou. Disse que não ia mais pagar minha gasolina se eu não arranjasse um emprego, ou pelo menos fizesse algum tipo de trabalho voluntário. — Ele sorri. — Então escolhi ser voluntário.

Quando terminamos de comer, decido que não é que Chad seja uma péssima pessoa, ele simplesmente não é uma pessoa com quem tenho muito em comum. Além disso, ele é sim um pouco péssimo. Ele faz uma imitação de

Simon, de nossa aula, que é mais cruel que engraçada, e começa a falar sobre como Mary o irrita.

— Aquela aula seria muito mais divertida se ela não ficasse tão séria o tempo todo.

— Bom, é meio que um assunto sério.

Ele olha para mim como se não tivesse certeza do que estou falando.

— Na verdade, não.

— Não acha que ajudar aquelas pessoas a se relacionarem seja sério?

— Não é como se algum deles fosse realmente namorar alguém, certo? Quero dizer, eles vão fazer amigos, é claro. Então por que não tornar tudo um pouco mais leve e amigável, sabe o que quero dizer?

Agora ele começa a me irritar.

— Não acha que aquelas pessoas sejam capazes de ter relacionamentos amorosos?

— Bem... acho que nunca pensei muito nisso, mas não, na verdade não acho. Você acha?

— *Sim* — respondo, mais enfaticamente do que eu esperava. — Veja o Ken e a Annabel. Eles passaram por um momento difícil e agora estão juntos de novo.

— É, na verdade não gosto de pensar muito nisso.

Ele quis dizer sexo. Ele não quer pensar nos dois fazendo sexo.

Saímos do restaurante e estamos no estacionamento, ao lado de meu carro. Queria poder dizer agora como ele soa errado sem parecer desagradável e presunçosa, mas não consigo pensar em uma maneira de fazer isso. Além do mais, nós dois precisamos ir embora. Tenho uma aula em alguns minutos e supostamente ele também, apesar de ser difícil saber se ele planeja assisti-la. Agradeço pelo almoço e entro no carro antes de haver qualquer possibilidade de um abraço desconfortável, e então me dou conta de algo terrível: deixei uma das portas entreaberta e a luz acesa. Minha bateria arriou. Giro a chave algumas vezes, como se esperasse que o carro vá mudar de ideia e ligar.

Chad se afasta alguns passos e então dá meia-volta.

— Tudo bem?

Obviamente não. Quero dizer a ele que estou bem, que só preciso ligar para um dos meus pais e esperar que eles cheguem, mas então me lembro — preciso voltar a tempo da aula de cálculo: tenho uma prova em vinte e cinco minutos.

— Não tem cabos de bateria, tem?

— Não.

Claro que não. Chad não sabe nem quais aulas tem hoje, por que ele teria cabos no carro? Preciso pedir que ele me leve de volta à escola. Não tenho escolha. Ele concorda, mas fica meio irritado. Se eu perder aquela prova, meu frágil B- vai virar um C, e nunca mais vou conseguir recuperar minha nota.

Paramos no estacionamento da escola, e Chad verifica seu celular para ver se tem alguma mensagem nova.

— Então, obrigada mais uma vez — agradeço.

— Ah, claro — diz ele, olhando para a tela.

— E obrigada pela carona. Sinto muito sobre meu carro. Foi burrice...

Nem assim ele levanta a cabeça. Não tenho certeza se devo sair do carro sem nem ao menos travar algum contato visual, mas assim que puxo a maçaneta da porta, alguém bate na janela.

— OI, VOCÊS DOIS! — É Lucas, sorrindo como se estivesse achando hilário ter me flagrado no carro de Chad, matando aula. — Ainda não acabaram as aulas, Em.

Abro a porta rapidamente para sair.

— Eu sei disso, Lucas. Ele veio me deixar.

Assim que salto do carro, Chad sai rapidamente do estacionamento.

— Então, nossa. Isso não foi nem um pouco estranho — comenta Lucas, depois de Chad se afastar. Ele ainda está sorrindo.

— O que está fazendo aqui fora?

— O inspetor me deixou vir aqui buscar um livro que esqueci. Lembra? Sou um jogador de futebol burro, então tenho um cronograma fácil durante o qual os professores seguram minha mão e ninguém exige nada de mim. Alguns dias eu mal tenho aula. — Imagino que ele esteja se referindo à conversa que tivemos em meu carro. Eu me sinto péssima novamente por causa do que disse. Começamos a caminhar juntos. — Meio como você, Em, pelo visto.

— Sinto muito pelo que eu disse. Jamais deveria ter dito aquilo.

Ele fica me encarando. É difícil saber se ainda está brincando.

— Eu só estava tentando dizer que a faculdade não é o ideal para todo mundo. Odeio quando todos esses professores concluem que sua vida acaba se não for para uma faculdade. Eles não reconhecem que muitas pessoas bem-sucedidas não fizeram faculdade. Foi só isso que eu quis dizer.

— Acho que odeio quando todo mundo conclui que jogadores de futebol são burros demais para entender que uma faculdade é mais que simplesmente jogar futebol.

— Não foi o que eu quis dizer, mas sei que deve ter soado assim.

Enquanto entramos, ele segura a porta para mim.

— Então, o que você estava fazendo lá fora com o Sr. Faculdade, afinal? Matar aula é uma escolha meio estranha para você, não?

Não me sinto mais tão envergonhada. É engraçado; de algumas maneiras, Lucas está começando a parecer um velho amigo. Do jeito que velhos amigos podem se alfinetar de vez em quando. E também conhecer você um pouco bem demais.

— Eu na verdade matei *duas* aulas hoje — sussurro. — Nunca fiz isso.

— Então provavelmente não sabe disso — cochicha ele de volta em meu ouvido. — Se escrever um bilhete falso, não terá problemas. — O sinal toca, o que significa que temos três minutos para chegar às salas.

— Viu, eu nunca teria pensado nisso! Muito obrigada, Lucas!

Ele sorri de um jeito que quase nunca vejo.

— Sempre pronto para ajudar.

Agora estamos nos encarando, e não sei nem por quê. Realmente preciso ir para a aula. Fiz Chad me trazer de volta porque não queria perder a aula de cálculo, mas aqui estou eu, sem me mexer.

— Então vai querer carona pra aula semana que vem? — pergunto. Um de nós dois precisa dizer alguma coisa para encerrar essa competição de quem encara/sorri por mais tempo.

— Na verdade, sim. O médico disse que ainda não posso dirigir.

— Tudo bem. Eu te ligo — prometo, recuando alguns passos. E então descobrimos que estamos indo para o mesmo corredor. Nós dois rimos um pouco porque agora temos mais alguns minutos para conversar.

— Então, como é... Está namorando com o Sr. Faculdade agora?

— Não — respondo, apesar de gostar da ideia de Lucas achar que eu poderia estar. — Somos só amigos.

— OK, então ele te contou por que ainda está usando chinelos mesmo que já seja outono e esteja bem frio lá fora?

Isso me surpreende. Essas são piadas que eu esperaria de Richard.

— Ainda não. Ainda não chegamos na parte em que falamos sobre nossas escolhas de sapatos.

— É melhor se apressarem — continua ele. — O inverno está chegando.

Não entendo por que ainda estou corada dois minutos depois, ao entrar na sala de cálculo e me sentar na frente de Richard, que me passa um bilhetinho em segundos. *O que tá rolando? Onde estava na hora do almoço?*

Desculpe, escrevo de volta. *Saí com Chad.*

Vou contar a verdade a ele mais cedo ou mais tarde — que conhecer o verdadeiro Chad definitivamente pôs fim a minha paixonite pela versão idolatrada —, mas por enquanto não digo nada. É o suficiente ele saber que não é mais a única pessoa que tem companhia para o almoço.

Então ele me surpreende. O bilhetinho reaparece. *OK*, diz. *Então o que estava fazendo com Lucas Kessler agora há pouco?*

O que eu estava fazendo com Lucas Kessler agora há pouco? Aquela pequena troca — ele ficando bravo e se defendendo, depois me acompanhando até a sala e me provocando por causa de Chad — ficou na minha cabeça. Não consigo parar de reprisá-la em minha mente. Eu me lembro de que uma vez, quando eu estava no primeiro ano, escutei Charlotte, a líder de torcida veterana mais bonita, reclamar que toda vez que ela começava a sair com um garoto, outros subitamente apareciam e a chamavam para sair também. "É como se eles só reparassem em mim *depois* que acham que estou comprometida." Parecia absurdo uma garota linda assim reclamando daquilo, mas talvez ela tivesse razão. Por mais embaraçoso que tenha sido Lucas batendo na janela do carro, eu me pergunto se aquilo significa que ele está me vendo com outros olhos agora. E daí se não gostei muito de Chad? Parecia que estávamos em um encontro. Talvez isso explique por que Lucas e eu ficamos nos encarando durante tanto tempo no corredor.

É claro que meus amigos não vão ver as coisas dessa forma. Eles veem Lucas como alguém que não apenas falhou em ajudar Belinda, mas também me impediu de ajudá-la e ainda assim se sentiu bem em me deixar levar metade da culpa. Sei que em algum momento terei de contar a verdade a Richard — terei de contar a verdade a *todos* os meus amigos —, mas esta não é a hora, especialmente quando saímos da sala e vejo algo no corredor que faz meu estômago se revirar.

É Belinda Montgomery, parada sozinha do lado de fora da enfermaria.

Ela está tão diferente que pode ser que nem seja ela. Está mais magra, e seus cabelos estão mais compridos, mas sei que é ela pelo jeito como mantém o queixo erguido. Eu me lembro dessa característica: ela sempre está de queixo erguido porque, se olhar para baixo, seus óculos escorregam. Coloco uma das mãos no braço de Richard.

— Viu quem está ali na frente?

Ele semicerra os olhos na direção que estou apontando.

— Não.

— Olhe mais uma vez.

Richard tem a vista péssima, mas se recusa a usar os óculos fora da sala de aula.

— Não estou conseguindo distinguir para quem você está apontando.

— É a Belinda Montgomery — explico. — Só que está parecendo diferente. Mais magra. E está usando um vestido engraçado. É antiquado, como uma fantasia ou algo do tipo. — O vestido faz com que ela pareça a mãe de alguém. — O que eu faço?

Nos aproximamos mais um pouco, e percebo que ela está terrível. Perdeu tanto peso que seu rosto está completamente diferente. Até seus óculos estão grandes demais agora. Sinto como se eu estivesse esperando por esse momento há mais de um mês, planejando o que dizer: *Sinto muito, Belinda. Não sei se alguém pode compensar o que aconteceu com você, mas quero tentar. Gostaria de ser sua amiga.*

— O que está fazendo? — pergunta Richard, quando começo a andar na direção dela.

— Vou falar com ela.

— Não tenho tanta certeza de...

— Preciso falar com ela — interrompo.

Deixo Richard para trás e ando até ela, surpreendentemente sem medo, como se essas semanas na Limites e Relacionamentos, improvisando ser uma pessoa mais ousada, tivessem me tornado uma.

— Oi, Belinda. Estou feliz por você estar de volta. Todos estamos.

Ela se vira e me analisa, como se seus olhos precisassem de um tempo para se ajustar e registrar quem sou. Fico pensando se eu deveria lembrá-la de meu nome e das peças que fizemos no Teatro de Contos Infantis. Então me lembro de como ela decorou as falas de todo mundo em todas as peças que fizemos, e suspeito que ela não precise de lembretes.

Ela fica me olhando por um bom tempo sem dizer nada. Naquele momento terrível, tenho diferentes flashes de uma lembrança de minha primeira semana no ensino médio, na nona série. Uma lembrança tão horrível que eu tinha conseguido suprimi-la até agora. Mas Belinda não esqueceu, sei disso. Seu desenvolvimento pode estar atrasado, mas sua memória está ótima.

Eis a terrível verdade: ela se lembra exatamente de quem eu sou, porque balança a cabeça lentamente, dá meia-volta e sai andando.

BELINDA

Eu me lembro dessa garota. Ela fez a princesa número quatro em *Princesa por um dia* e o caçador número dois em *Chapeuzinho Vermelho*. Ela também fez uma raposa em *Os Músicos de Bremen*, mas não é essa a principal coisa que lembro sobre ela. A principal coisa de que me lembro aconteceu há três anos, quando eu era uma pessoa diferente. Eu costumava ser uma pessoa que gostava de abraçar, e, às vezes, podia ser amigável demais quando via pessoas do Teatro de Contos Infantis. Eu costumava ficar tão feliz em vê-las que as abraçava e começava a pular. Então vi Emily e a abracei, mas ela ficou brava. Ela disse: "NÃO PODE FAZER ISSO! NÃO PODE SIMPLESMENTE SAIR ABRAÇANDO AS PESSOAS ASSIM!" Foi a primeira vez que soube que existem regras em relação a abraços e que as pessoas não devem sair por aí esperando abraços o tempo todo.

Agora não faço mais aquilo.

Na verdade, não gosto nada de abraços e, se alguém da minha antiga turma, como Anthony ou Douglas, pede um abraço, respondo: "Não, obrigada, não pode fazer isso, não pode simplesmente sair abraçando as pessoas assim." Eu me lembro do que ela disse porque parecia uma regra, então transformei aquilo em uma regra.

Também me lembro dela do jogo de futebol, o que faz meu coração acelerar. Sinto como se tivesse um nó na garganta, porque não consigo dizer nada. Não quero chorar na frente dela, nem cair. Sinto como se essas coisas pudessem acontecer. Como se eu não fosse conseguir respirar até ela se afastar, mas ela não se afasta.

Então faço uma coisa inteligente. Eu mesma me afasto.

Uma vez que ela não está mais na minha frente, eu me sinto melhor.

Talvez essa seja uma boa razão para eu não voltar para minha antiga turma e passar meus dias sentada na enfermaria por enquanto. Assim, se eu vir pessoas que me fazem ter ataques de pânico durante os quais não consigo respirar, não precisarei ir até a enfermaria, pois já vou estar lá.

EMILY

Era meu primeiro dia no ensino médio, e a primeira vez que eu me dava conta de que grupos de amigos são importantes e que eu não tinha um. Ninguém com quem comparar meu cronograma de aulas. Ninguém para encontrar no almoço. Ninguém para ajudar a abrir meu armário, o que já tinha tentado duas vezes sem sucesso. Era quase desorientador, como estar fora do corpo, se sentir tão sozinha no meio de um corredor lotado. Agora me lembro de tudo muito bem. Durante toda aquela manhã, a única pessoa que me dera oi fora Belinda Montgomery.

Eu estava apavorada. Pensei: *Todo mundo está olhando. Vão lembrar disso para sempre.*

Eu estava enganada, é claro. Um mês depois daquilo, nem eu me lembrava mais daquele péssimo encontro quando explodi com ela e lhe disse para nunca mais fazer aquilo.

Quando esse novo péssimo encontro acaba, Richard já desapareceu. Estranhamente, a primeira pessoa que vejo quando saio é novamente Lucas, parado sozinho no estacionamento, como se estivesse esperando alguém vir buscá-lo. Como não há ninguém por perto, não parece haver problema em falar com ele.

— A Belinda voltou. Você já a viu? — Minha voz está trêmula.

Ele fecha os olhos. É a primeira vez que um de nós diz o nome dela em voz alta. Não sei se isso vai parecer importante para ele. Considerando seus outros problemas, talvez não. Então ele me surpreende.

— Ela parece bem?

— Não, parece péssima — respondo. — Como se tivesse perdido muito peso.

— Falou com ela?

— Tentei, mas ela se afastou e foi embora.

Ele bufa, como se precisasse de um minuto para pensar naquilo.

— A Srta. Sadiq disse que podemos marcar uma sessão de aconselhamento com a Belinda se quisermos.

— Ela disse? Quando?

— Fui falar com ela sobre isso. Imaginei que a Belinda fosse voltar mais cedo ou mais tarde, e queria saber o que fazer.

Fico realmente surpresa. Durante todo esse tempo imaginei que Lucas estivesse dedicando seu tempo a nossa aula de Limites e Relacionamentos só porque o comitê disciplinar tinha mandado.

— O que mais ela disse?

— Que devíamos dar a Belinda uma oportunidade de aceitar nossas desculpas, mas que, se ela não quiser conversar, não devemos insistir. Mas ela não tinha certeza. Ela queria conversar com a mãe e a avó da Belinda antes.

Agora fico realmente perplexa. Ele pensou muito mais nessa possibilidade que eu. Lucas tira o telefone do bolso e olha suas mensagens.

— É — diz ele. — Uma mensagem dela. Diz que podemos passar em sua sala depois do sexto tempo se quisermos.

Como nenhum de nós dois tem outro lugar para estar, voltamos para dentro do edifício e vamos até a secretaria. Não fazemos nenhuma brincadeirinha como estávamos fazendo duas horas antes. Em sua sala, a Srta. Sadiq nos agradece por estarmos ali, e agradece a Lucas em especial por pedir sua ajuda.

— Estou bastante impressionada por terem vindo por vontade própria e por me perguntarem como abordar essa questão. É uma ideia muito melhor do que abordarem a Belinda sozinhos e iniciarem uma conversa.

Não olho nem para Lucas nem para ela. Eu me pergunto se ela já sabe que eu abordei Belinda e tentei iniciar uma conversa.

— Então, já falei com a mãe e a avó dela. Elas acham que a Belinda ainda está sofrendo de estresse pós-traumático. Tem estado extremamente retraída e receosa, e até agora havia se recusado a vir à escola. A avó a levou ao mercadinho uma vez, e ela teve um ataque de pânico quando viu um aluno da escola. Está tomando medicações para ajudar com a ansiedade, mas, por hora, elas querem levar isso adiante o mais lentamente possível. A Belinda não vai voltar para sua antiga turma. Vai passar a maior parte do dia na enfermaria, onde alguém possa ficar de olho nela.

Espere um instante. Na enfermaria?

Penso em Belinda quando a conheci no Teatro de Contos Infantis. Ela é três anos mais velha que eu, o que na época era muita coisa. Eu estava na segunda série quando entrei, e nem percebi que ela tinha necessidades especiais. Por que perceberia? Ela interpretava Chapeuzinho Vermelho, e eu era um dos doze caçadores que corria para o palco no final para abrir a barriga do lobo. Ela cuidava da mesa com os adereços e, antes de nossa grande entrada, ficava nos bastidores com sua capa vermelha, distribuindo nossas facas. No ano seguinte ela fez um mago que lançava feitiços batendo palmas alto na frente do rosto de alguém. Aquilo foi invenção dela mesma. Ela só entrava no palco duas vezes, mas todos concordavam que roubava a cena.

Em meu último ano no grupo, nossa peça principal foi *A menina e o porquinho* e, quando Belinda foi escalada para ser Fern, nos perguntamos se ela aguentaria a pressão. Àquela altura já tínhamos percebido que ela era diferente do resto de nós. Podia até ser capaz de decorar as falas, mas tinha dificuldade em se identificar com elas. Ela também falava alto demais nos intervalos dos ensaios, geralmente sozinha. Quando as outras meninas reclamaram, o diretor foi firme: Belinda era quem dava mais duro e a mais qualificada para o papel. Ela merecia aquele papel, e ele era dela. Então, na primeira cena da noite de estreia, ficamos todos confusos. A cortina subiu, e, antes de dizer suas falas, Belinda começou a chorar. Achamos que ela estava tendo algum tipo de colapso. Imaginei um adulto subindo ao palco para ajudá-la. E então, em um instante do qual ainda me lembro perfeitamente, ela secou o rosto com as mãos e começou a dizer suas falas. Foi então que nos demos conta: ela estava atuando o tempo todo e era mais do que apenas boa. Ela era a Meryl Streep do grupo.

É triste lembrar de tudo isso agora e pensar nela correndo e me abraçando para me dar boas-vindas ao ensino médio. A Belinda de quem me lembro era uma pessoa sociável e alegre. Ela não ficaria sentada em uma enfermaria o dia todo.

— E se alguém a ajudar um pouquinho? Talvez se fôssemos com ela às aulas ou algo assim?

— A avó dela acha que é melhor não pressionarmos demais.

— Mas... — Tenho vontade de sugerir mais alguma coisa, e então me lembro de como ela me olhou agora há pouco e se afastou. Como posso sugerir alguma coisa quando sou tão claramente parte do problema?

— A mãe e a avó da Belinda querem que ela volte com o máximo de tranquilidade possível. No começo ela só vai ficar algumas horas por dia na escola. Acham que é melhor não pressioná-la a interagir socialmente. Por exemplo, elas não querem que eu marque um encontro no qual vocês dois possam se desculpar com ela. Agradeceram a oferta, mas por enquanto acham que a Belinda ainda não está pronta para conversar sobre o incidente no jogo de futebol.

Não consigo aceitar aquilo.

— Elas não querem que digamos *nada*? Nem se a encontrarmos nos corredores?

— Isso. Foi o que disseram.

— Devemos *ignorá-la*? E não dizer nem que sentimos muito?

— Por enquanto. Elas agradeceram a oferta, mas... ainda não.

Pergunto-me se devo ser honesta e dizer que é tarde demais, que eu já falei com ela.

— Infelizmente tenho outra reunião agora, mas devemos manter o contato durante as próximas duas semanas. Vamos acompanhar todos vocês e informá-los sobre como ela está se saindo.

Quando deixamos a sala, acompanho Lucas de volta ao estacionamento.

Tenho mais uma **lembrança de Belinda**, uma da qual Lucas pode se lembrar.

— Você se lembra das apresentações do coral no ensino fundamental? — pergunto. O coral era uma aula incrivelmente popular na época. Apesar de não fazermos a aula ao mesmo tempo, cerca de cento e cinquenta alunos participavam das apresentações. Lucas provavelmente estava lá, todos os populares estavam, para poderem ir à excursão para Boston no final do ano.

Lucas me olha incerto.

— Sim.

— Você se lembra da Belinda depois das apresentações?

— É uma imagem que não consigo tirar da cabeça, como ela ficava extasiada, como abraçava as pessoas e dizia: "Fui ótima!" Aquilo fazia todos nós rirmos e, por pelo menos alguns segundos, pensar no quanto gostávamos dela. Então nos distraíamos combinando quem ia tomar sorvete junto com quem. Imagino se jamais ocorreu a um de nós, pelo menos uma vez, convidar Belinda também. Acho que não.

— É, eu me lembro — responde Lucas. Ele não está olhando para mim, está semicerrando os olhos para alguma coisa ao longe, mas posso perceber pela expressão em seu rosto que ele lembra.

CAPÍTULO OITO

BELINDA

Da minha mesa especial na enfermaria, é fácil ver o escritório central e notar que Anthony e Douglas não estão fazendo um bom trabalho entregando as correspondências. Anthony não sabe ler muito bem. Ele conhece as letras e geralmente adivinha as palavras vendo com qual letras elas começam. Na aula de culinária, toda vez que ele vê uma palavra começando com C em uma receita, ele acha que significa "colher de sopa", mesmo que possa ser "colher de chá", e que isso faça uma grande diferença. Ele também acha que meia xícara em uma receita significa qualquer coisa entre uma e duas xícaras, dependendo de seu humor. Já fizemos muffins horríveis só porque Anthony estava com vontade de usar duas xícaras de manteiga em vez de meia xícara. Aquilo não devia ser motivo para eu chorar, sei disso, mas chorei mesmo assim quando aconteceu.

Choro com facilidade demais, eu sei. Especialmente na escola, que é onde eu mais devia me esforçar para não chorar. Manter o controle significa respirar como na ioga e tentar não chorar, mesmo se você estiver com vontade.

Outra coisa sobre Anthony é que ele gosta demais de abraçar. Ele abraça tanto as pessoas que os professores da escola precisam criar regras sobre abraços e colocá-las na parede perto da cadeira de Anthony. Elas servem para todos, mas são principalmente para ele.

REGRAS PARA ABRAÇOS
– Nada de abraços durante as aulas.
– Sempre pergunte antes para a outra pessoa se você pode abraçá-la.
– Nada de abraços de corpo inteiro.
– Apenas abraços de três segundos (conte: um, dois, três).

Alguns de nós não gostam de abraços. Sou uma delas. Eu costumava gostar deles, até Emily Maxwell me dizer que não, que as pessoas não gostam deles e que eles não são permitidos. Agora não gosto de abraços porque eles amassam minhas roupas. Além disso, não quero ser má, mas muitas vezes Anthony tem restos de comida na camisa, e não quero seu café da manhã passando para minha blusa.

Eu disse "Não, obrigada" para os abraços de Anthony tantas vezes que eles colocaram outra lista ao lado da lista de REGRAS PARA ABRAÇOS. Essa foi para mim, eu acho.

COMO SER AMIGÁVEL SEM ABRAÇAR
– Cumprimente com as mãos

- Sorria e diga: "Fico feliz em ver você, mas sem abraços, por favor"
- Pergunte: "Quer jogar um jogo comigo em vez disso?"

Este ano fiquei mais boazinha. Antes de nossa briga, nem sempre eu dizia não quando Anthony pedia abraços. Às vezes eu dizia "Se você terminar suas tarefas, Anthony, aí sim eu te dou um abraço." Os professores gostaram disso porque dava a Anthony uma motivação para trabalhar. Todos temos motivações. Eu ganho um tempo para usar o computador durante o qual posso visitar sites sobre Colin Firth e ler sobre sua vida, o que não posso fazer em casa, pois não temos internet. Nesses sites descobri que o Sr. Firth da vida real tem três filhos e é casado com uma mulher que desenha vestidos verdes para sobreviver. Não entendo isso, nem por que ela não escolhe outras cores também. As motivações de Anthony são quase sempre abraços. Ele não liga para mais nada, incluindo comida, o que é uma surpresa, considerando que é pelo que a maioria dos outros garotos trabalha. Para Anthony, apenas abraços.

Então esse ano não me importei muito em abraçá-lo.

Mas talvez isso tenha começado o problema maior. O problema no qual ele começou a falar que me amava e que queria se casar comigo. No começo, eu fingia que não estava ouvindo. Então disse a ele:

— Não, Anthony, não seja idiota. Você não me ama.

Tive problemas por chamá-lo de idiota. Então tentei mais uma vez.

— Sou mais velha que você, Anthony. Garotos não têm permissão para amar uma menina mais velha. É contra a lei.

Só que isso não é verdade. Kara, uma de nossas professoras, disse que não, não existe nenhuma lei assim.

— Devia existir — argumentei.

— Não sei, Belinda. Acho que não concordo com você.

— A garota nunca devia ser mais velha que o garoto! Nunca!

Ela sorriu.

— Bem, às vezes elas são. Minha mãe é cinco anos mais velha que meu pai, e eles são muito felizes juntos.

Não gosto de ouvir professores dizendo coisas como "minha mãe" e "meu pai", porque faz com que pareçam crianças, e não professores, e isso não está certo. Odeio isso. Fico desorientada. Preciso me afastar e respirar como na ioga.

Outro motivo pelo qual Anthony não devia me amar é que ele é mais baixo que eu e o garoto nunca deveria ser mais baixo que a garota. Falei isso para ele uma vez, e ele deixou os cabelos cheios e encaracolados crescerem. Agora seu cabelo o deixa alto como eu, mas não sei se isso conta. Não sei a quem perguntar a respeito.

Anthony não é atraente como as pessoas nos filmes ou na TV, mas ele tem bonitos olhos castanhos, meio caídos, como os de um cão basset. Ele também usa aparelho. Acho que ele vai falar melhor quando tirar o aparelho. Quando Anthony chegou à nossa turma, eu mal conseguia entender o que ele dizia. Agora entendo quase tudo que ele diz, a não ser que esteja falando de boca cheia, o que ele nunca devia fazer, de qualquer forma.

De minha mesa na enfermaria, fico observando Anthony separar a correspondência, e parece que ele está fazendo tudo errado. Parece que ele está lendo a primeira letra de cada sobrenome e colocando a carta na primeira caixa de correspondência que vê com a mesma letra. Na escola existem quatro professores cujo sobrenome começa com a letra R e seis com a letra S. É difícil sequer imaginar quantos erros ele está cometendo. Provavelmente dez erros. Pelo menos.

Douglas sabe ler razoavelmente bem, mas é muito teimoso e muito preguiçoso. Hoje ele está tão preguiçoso que se sentou em uma poltrona com um monte de envelopes na mão. Ele examina alguns, lendo o que está escrito, como se tivessem sido todos endereçados a ele e ele estivesse decidindo quais abrir primeiro. De uma coisa tenho certeza — eles NÃO são endereçados a Douglas, e ele NÃO devia abri-los. "Douglas, levante-se!", sussurro da enfermaria, mas ele não me escuta. Digo a mim mesma que, se o vir abrindo um daqueles envelopes que não são endereçados a ele, vou quebrar as regras e sair da enfermaria para impedi-lo.

Até agora não o vi fazer isso.

A única coisa que vi foi os dois fazendo um péssimo trabalho. Depois que os dois terminam de misturar as cartas de todo mundo, empurram o carrinho da reciclagem, como se estivessem no meio de um jogo para ver quantas pessoas e mesas conseguem atingir com ele. "Desculpe!", Anthony diz todas as vezes, mas eu o vejo sorrir, como se estivesse ganhando pontos por cada marca que deixa em uma mesa.

— CUIDADO! — grito da minha mesa na enfermaria. É difícil assistir àquilo, mas não consigo parar de olhar.

Acho que Anthony não tinha percebido que eu estava ali, porque ele levanta a cabeça e sorri, como se estivesse muito surpreso em me ver.

— BEMINDA! — exclama ele. — VOCÊ VOLTOU!

É como se ele tivesse esquecido completamente da briga que tivemos antes do jogo de futebol. Eu não consigo esquecer, mas acho que ele sim. Ele abre seu sorriso bobo para mim e se aproxima da porta da enfermaria.

— Que bom que você voltou. Você está linda.

Se Anthony não tomar cuidado, Douglas vai se distrair e adormecer em um sofá.

— É, oi Anthony. Você devia voltar ao trabalho.

Como é típico de Anthony, ele não escuta.

— Por que sumiu por tanto tempo?

— Deixe isso para lá, Anthony. Devia fazer seu trabalho.

— Mas ficamos com saudades. A Kara disse: a Beminda está doente.

— É, não estou mais doente.

Ele parece confuso.

— Por que está na enfermaria?

— Estou aqui porque não posso voltar... — Quase digo que não posso voltar para a sala dele e de Douglas, mas lembro que pessoas têm sentimentos, até mesmo Anthony e Douglas. Posso odiá-los por estarem fazendo meu trabalho, mas não quero magoá-los. — Estou experimentando uma coisa nova — digo baixinho para ninguém mais ouvir. — Agora estou trabalhando aqui.

Anthony arregala os olhos.

— Na enfermaria? — Ele fala o "r" enrolado.

Não conto a ele que, na verdade, não tenho mais um emprego, só uma mesinha em um canto, onde alguém colocou uma folha de papel e canetinhas coloridas, como se eu estivesse no jardim de infância.

— É. Sou ajudante da enfermeira. — Imediatamente percebo que foi um erro. Mentir me deixa vermelha. Sinto meu rosto esquentar.

— O que você faz?

— Não interessa. Devia voltar e terminar seu trabalho. Se não ficar de olho nele, Douglas vai sair por aí e vai acabar dormindo.

Só de pensar naquilo, fico brava, mas Anthony ri, como se eu tivesse contado uma piada engraçada.

— Está certa! Ele vai!

— Esse Douglas não *merece* um emprego. — Soo má, como vovó falando sobre um dos vizinhos que odeia.

— Queria que você pudesse fazer esse trabalho comigo — comenta Anthony. — Seria muito legal!

— Por que eu faria com você quando eu costumava fazer tudo sozinha? — Não quero parecer má, então acrescento: — Nada contra você, Anthony. Eu ficaria feliz se me chamassem.

Ele sorri e bate palmas do jeito que costuma fazer, dando pulinhos.

— Vamos pedir! Podem dizer que sim se a gente pedir!

Este é um dos grandes problemas de Anthony. Ele é legal com todo mundo e acha que todo mundo vai ser legal com ele. Ele costumava achar que, se pedisse, poderíamos fazer cupcakes todas as manhãs, e comê-los no almoço todas as tardes. Todas as manhãs ele batia palmas e pulava e sugeria que fizéssemos cupcakes. Todas as manhãs a professora respondia: "Hoje não, Anthony."

— Vá em frente e peça, Anthony. Por enquanto é melhor eu voltar ao meu trabalho aqui na enfermaria. — Indico a mesa e espero que ele não veja o que há em cima dela.

— OK, Beminda! Estou feliz por você estar de volta! Nos vemos em breve!

— É, OK, Anthony.

Ele se aproxima mais um pouco de mim e pergunta se pode me dar um abraço. Concordo com a cabeça porque o que mais posso dizer? Alguns minutos antes eu estava assistindo Anthony e Douglas arruinarem o serviço com as cartas e os odiava. Agora Anthony está me abraçando, e estou afagando suas costas para ele não começar a chorar nem nada do tipo.

EMILY

— ESTÁ TUDO BEM? — PERGUNTO a Lucas.

Estou mais uma vez dando carona a Lucas, e ele ficou calado durante a maior parte do caminho para a escola. Quando fui buscá-lo, ele estava em pé na calçada na frente de casa com o pai. Lucas entrou rapidamente no carro, apesar do pai ainda estar falando. Depois que entrou, ele abaixou o vidro.

— Não tenho exatamente *escolha*, tenho, pai? Preciso ir nessa.

Ele fechou a janela.

— Pode ir. Está tudo bem. Converso com ele quando voltar.

Durante a maior parte do percurso, ele não disse nada, apesar de, surpreendentemente, isso não ser muito desconfortável. Ele aumentou o som durante uma música de um dos meus CDs favoritos, o que fez eu me sentir bem. Era uma de minhas preferidas, "Long Ride Home", de Patty

Griffin, uma música que eu não esperava que ele conhecesse. Quase perguntei se ele gostava de Patty Griffin, mas então pensei: *Pare de agir como se estivesse surpresa toda vez que ele não age como um típico jogador de futebol.*

— Está tudo bem, Lucas?

— Sim, claro. Meu pai acha que eu não devia continuar indo a essa aula, por causa da perna. Devia estar me movimentando o mínimo possível.

— Se você tivesse um atestado médico provavelmente *poderia* faltar a uma ou duas aulas.

— Mas por que eu faria isso? Não é como se ficássemos nos movimentando muito na aula. Estou andando bem pela escola. Só estaria usando isso como desculpa. Seria uma droga.

Mais cedo, Chad me mandou uma mensagem dizendo que faltaria à aula daquela noite. Eu não sabia exatamente por que ele estava me dizendo aquilo, considerando que não nos falávamos desde nosso almoço juntos, até ele acrescentar: *Pode avisar à Mary?*, deixando claro: Ele não queria ter de avisá-la.

— Ele vai me deixar ir a uma festa neste fim de semana, então por que eu não deveria estar fazendo isso?

Nessas idas à aula juntos, notei que Lucas quase não falava sobre seus amigos. Se ele mencionava alguém da escola, geralmente era sua namorada, Debbie, e mesmo assim era quando ele dizia algo como: "Minha namorada odeia essa calça." Ou o que ele diz agora:

— Nem quero ir a essa festa... Mas minha namorada disse que preciso ir.

Ele parece tão desanimado em relação à ideia de ir que eu rio.

— Ela *obriga* você a ir a festas? Achei que todo mundo amava festas.

— Na verdade, não. — Ele ri. — Não sou um grande fã de beber, acho.

— Bem, tecnicamente, se você beber qualquer coisa, será um grande fã de bebida porque, olhe só para você, Lucas, você é enorme.

Ele ri novamente. Estou começando a achar que talvez Lucas tenha o mesmo tipo de senso de humor que Richard e eu.

— Eu sei por que *eu* detesto festas.

Ele olha para mim.

— Por quê?

— Porque na única festa à qual já fui, fiquei nervosa, bebi demais e vomitei em mim mesma. Depois de me limpar, meu amigo Richard precisou andar pela festa dizendo para todo mundo tomar cuidado com a pia do banheiro, porque esguichava água nas pessoas. — Na metade da história eu me pergunto por que estou contando isso a ele. — Fiquei morrendo de vergonha de ir à escola na semana seguinte, mas então me toquei que provavelmente ninguém se lembrava de que tínhamos ido.

— É, são basicamente todos assim. As pessoas só notam se você *não* está lá.

Não sei se devo corrigi-lo: *As pessoas notam quando você não está lá, Lucas. Eu, nem tanto.* Duvido que a pergunta "Espere aí, cadê a Emily Maxwell?" um dia tenha sido feita em uma festa. Mas não digo nada. Em vez disso, pergunto uma coisa que sempre me deixou curiosa.

— Sobre o que as pessoas *falam* nessas festas? — Talvez eu esteja pensando em Chad ou em nossa terrível não conversa. Com Lucas nunca foi assim. Fico curiosa para saber se com seus amigos é diferente. — Alguém admite que é gay ou que se preocupa com o meio ambiente ou algo assim?

— Na verdade, não. Na maior parte do tempo ficamos assistindo TV, e, se alguém se levanta do sofá, outra pessoa pede uma cerveja da cozinha.

Penso em como eu e meus amigos falamos sobre questões mais pesadas. Geralmente é por meio de músicas e letras que analisamos até a morte. Richard e Barry discutem sobre algum refrão obscuro de uma música do Green Day. "O cara está deprimido!" "O cara está psicótico!" "Depressão não é psicose! Está misturando as coisas!"

Richard sempre foi bem aberto quanto a ter sofrido de depressão no passado. Para ele, o pior foi antes de eu conhecê-lo, quando ele ainda estava no ensino fundamental e passava todo o tempo em sites, procurando tratamentos que fizessem com que ele não fosse mais gay. Ele realmente chegava a digitar *como não ter mais pensamentos gays* no Google. Quando finalmente contou aos pais o que estava fazendo, a depressão já tinha se tornado uma questão mais difícil que a homossexualidade. Ele passou um ano fazendo terapia e ajustes nas doses de medicamentos. Apesar de deixarem sua boca seca e fazerem suas mãos tremerem, ele ainda toma uma dose baixa porque morre de medo de voltar àqueles dias.

Eu me pergunto se saber menos sobre os amigos faz com que as coisas sejam mais fáceis de alguma maneira. Talvez meus medos em relação ao que vai acontecer com Hugh se devam ao fato de eu conhecer as vulnerabilidades de Richard. Talvez isso tenha até me tornado uma amiga pior.

— E se alguém tiver algum problema sério... tipo, sei lá, a mãe com câncer...

Ele me olha de um jeito estranho, com as sobrancelhas erguidas novamente.

— Por que está dizendo isso?

— Sei lá... é só uma hipótese. Seus amigos fazem um mutirão e levam comida e coisas assim?

Durante um bom tempo ele não diz nada. Obviamente eles não fazem aquilo, e ele não fala sobre o assunto. Entramos no estacionamento. Saio do carro e vou até o lado dele para segurar suas muletas enquanto ele sai. Quando me viro, Sheila está parada atrás de mim, segurando uma daquelas molas de brinquedo.

— Vocês por acaso sabem como essas coisas *funcionam*? — pergunta ela. — Ela devia fazer alguma coisa, mas *não faz*.

Na aula, Sheila é a rainha de *non sequiturs*. Ela levanta a mão para responder a uma pergunta sobre pedir comida em um restaurante e então, como se sua boca tivesse vontade própria, começa a contar uma história sobre alguma atriz na capa da revista *US*. Sobre como ela é *estranha* e *magricela*. Quando Sheila está presente, a discussão na sala de aula pode ir de um assunto a outro completamente diferente em menos de um minuto. Como ela quer falar o tempo todo, Mary criou um plano especial para ajudá-la a "alcançar seu objetivo de conversar melhor". Agora Sheila ganha três bilhetes para falar durante cada aula. Sempre que ela muda de assunto, precisa dar à professora um dos bilhetes. Depois de usar todos os três, ela "encerra pelo dia", e só pode falar sobre o mesmo assunto que todo mundo está falando. Provavelmente é uma boa ideia; sem algum sistema organizado, é um pouco exaustivo estar perto de Sheila.

— Agora não, Sheila — digo. — Estamos tentando ajudar o Lucas a entrar. Você se lembra que a perna dele está machucada, não lembra?

— É, mas não entendo por que ele precisa dessas muletas. Não é como se ele estivesse engessado ou com alguma coisa *quebrada*.

— É o joelho dele, e ele precisa tomar cuidado. Ele não devia nem estar andando por aí.

Lucas se levanta e ri, um pouco envergonhado.

— Estou bem, Sheila. Venha, deixe-me ver esse brinquedo de mola. Não é tão difícil. — Em vez de pegá-lo, ele coloca uma das mãos ao lado da dela e cutuca o brinquedo, de modo que este desliza da mão dela até a dele perfeitamente.

— AH, MEU DEUS! — grita ela. — COMO FEZ ISSO?

— Mágica. — Lucas sorri. — Não, na verdade não é nada disso. É isso que esses brinquedos fazem. Espere só para ver como é em um lance de escadas. Se fizer do jeito certo, é como mágica.

— Você me mostra?

— Claro. Podemos usar as escadas que descem para o porão. Tenho quase certeza de que temos um tempo.

Essa é a conversa mais normal que já vi Sheila ter. Uma conversa na qual lhe fazem uma pergunta e ela de fato ouve a resposta. Eles caminham na direção da entrada, e ela faz algo igualmente surpreendente: ela abre e segura a porta para Lucas.

— Muito obrigado, Sheila — agradece ele ao passar por ela.

Naturalmente, ela não se dá o trabalho de segurar a porta para mim. Provavelmente nem se lembra mais que estou aqui, de tão concentrada que está em Lucas e na ideia de ver seu brinquedo de mola descendo alguns degraus. Ainda assim, aquilo tudo me faz pensar no que Mary disse; Lucas tem bons instintos com esses alunos. Diferentes dos meus, mas bons instintos.

— O exercício desta semana tem a ver com o que fizemos na última — diz Mary para começar. — Dessa vez, quero que façam uma nova lista na qual vão escrever uma ou duas coisas da qual se orgulhem. Podem dizer: sou muito organizado e limpo. Ou então: sou bom ouvinte e um bom amigo.

Já notei que Mary usa bastante esse truque — ao apresentar um exercício, ela dá exemplos. Quando começamos, a maior parte da turma escolhe uma dessas respostas.

Dessa vez, é Simon quem me surpreende.

— Como se soletra jogador de badminton?

Mary ri e começa a escrever uma longa lista de opções no quadro branco na frente da sala. Aos que já mencionou, ela acrescenta: *Trabalho duro. Sou bom em música, dança, atuação e/ou canto. Eu me visto bem. Sou bom em desenhar/pintar/escrever histórias.* No final da lista, ela escreve *Bom jogador de badminton* e coloca uma carinha sorridente ao lado.

Como eles têm opções para escolher, o exercício flui mais rápido. Ajudo Annabel a escrever *Faço lasanha bem*, e lembro a Francine o que ela falou tão perfeitamente na semana anterior, porque não é uma das opções no quadro.

— Lembra do que me disse da última vez? De como gosta de pessoas e é boa em ajudar os outros? — Um segundo atrás ela estava apertando os olhos para o quadro. Quando sugiro isso, seu rosto se ilumina.

— É verdade! — exclama ela. — Eu sou!

Quando passamos para a segunda parte do exercício, Mary pede que Lucas e eu peguemos um pedaço de papel e façamos o exercício junto com os outros, de modo que possam usar nossas respostas como exemplos. Enquanto ela explica o que vamos fazer, escrevo meu nome no alto da folha e tento pensar rapidamente em duas qualidades que possuo. Queria usar as de Francine, mas não posso, então olho para o quadro e escolho as duas primeiras opções que fazem sentido. *Trabalho duro* e *sou uma boa amiga*.

A próxima parte do exercício me surpreende. As folhas devem ser passadas pela sala para que cada um possa escrever sua qualidade favorita da pessoa cujo nome está no alto da página. É difícil, porque alguns alunos se conhecem há anos, e outros acabaram de se conhecer. Mary tranquiliza a todos:

— Tudo bem escrever: "Gosto das cores vibrantes que você usa." Ou: "Gostei de um comentário que você fez na semana passada." Se realmente não souberem por onde começar, podem passar o papel adiante sem escrever nada.

Agora sei por que ela incluiu Lucas e eu no exercício. Assim, presumivelmente todo mundo terá pelo menos dois comentários em sua folha.

Mas não é fácil. Há algumas pessoas na turma que nunca falaram, o que significa que é impossível comentar sobre qualquer coisa a não ser sobre sua aparência, o que não parece certo. Felizmente, começo com meu velho colega Harrison. Sobre ele, escrevo: "Você é muito esperto, além disso é muito legal como consegue decorar as paradas de sucesso da Billboard." Na segunda semana de aula ele me contou seu segredo; todos na sala nasceram em anos próximos, o que significa que ele não decorou sessenta anos dos primeiros lugares das paradas da Billboard, mas sim apenas uns cinco.

— Mesmo assim — comentei no dia —, ainda é muita coisa.

— Acho que sim — concordou ele. — Mas cinco anos é muito menos que sessenta.

Depois de terminar minha lista, me inclino até a carteira de Sheila e vejo que ela não escreveu nada.

— O que você mais gosta no Peter? — sussurro.

— Não sei — geme. — Isso é *difícil*.

É mesmo difícil com Peter, um dos mais quietos. É difícil saber o quanto ele acompanha da aula, pois sempre parece estar olhando para o espaço.

— Acho que de seu gosto musical.

— Boa... escreve isso! — sugiro. — Já conversaram sobre o assunto?

— Consigo escutar o que ele está ouvindo em seus fones de ouvido. Gosto da maior parte. Não de tudo.

Já ouvi falar sobre autistas terem dons especiais, mas será que Sheila consegue ouvir a música saindo dos fones dos outros tão bem assim? Vou ver se Peter precisa de ajuda. Negativo. Ele pode não falar muito, mas é o garoto com a letra mais caprichada que já vi. Ele também entendeu a ideia básica da tarefa. *Amelia fica bem de cabelos ruivos*, escreveu.

— Ótimo trabalho, Peter! — exclamo, tocando seu ombro, o que o faz se encolher de susto.

Conforme os papéis vão passando pelo círculo, ajudo Sheila a escrever alguma coisa a respeito de Amelia ("Seu cabelo é bem cheio"), Simon ("Eu era apaixonada pelo Simon, mas não sou mais"). Escrevo minhas próprias anotações, e finalmente, com muita adulação e ajuda, cada folha completa o círculo.

Depois do intervalo, Mary nos avisa que ainda não terminamos — há uma última tarefa. Ela quer que cada um leia sua lista e faça diferentes marcações ao lado dos comentários, indicando: 1) o que mais surpreendeu; 2) se concorda em grande parte, e 3) se é algo que quer fazer mais. Alguns alunos protestam. Thomas afunda na cadeira e diz que está cansado demais para algo assim. Simon alega que não consegue entender a letra de ninguém.

Mary espera todos acabarem de falar.

— Deixem-me explicar por que estou fazendo isso. Vocês já sabem que a primeira coisa que as pessoas reparam em vocês é que são fisicamente diferentes e agem um pouco diferente das outras pessoas. Não podem controlar isso. O que *podem* controlar é a *segunda* coisa que notam em vocês. Podem se certificar de que seja algo de que gostam em vocês mesmos, e algo de que os outros também gostam em vocês.

Sobre uma coisa Mary tem razão: eles parecem sim diferentes de uma maneira ou de outra. Simon usa camisetas fluorescentes e chamativas, calças de elástico na cintura e tênis que fecham com velcro. Francine está sempre com uma mochila de urso panda de pelúcia. Ken usa uma variação da mesma roupa toda semana — uma camiseta com estampa de motocicleta e calças de moletom. Sempre que ele fica nervoso por ter de ficar em pé na frente da turma ou atuar, ele estica a cintura da calça e coloca a camisa para dentro. Mary também está certa em relação ao seu segundo argumento. Agora que estamos há mais de um mês vindo aqui, não são mais essas coisas que reparo primeiro. Conheço essas pessoas bem o bastante para saber que Sheila, com seu guarda-roupa da J. Crew, pode parecer a mais normal, mas na verdade é com quem é mais difícil manter uma conversa. E Simon, que aparenta ser o mais estranho, é provavelmente com quem é mais fácil conversar. Ou pelo menos o que mais provavelmente vai entender uma piada e contar ele mesmo uma engraçada.

De repente estou gostando muito desse exercício. Baixo a cabeça e releio minha própria folha. Tenho algumas surpresas:

Gosto muito de sua bolsa.
Você é a pessoa mais engraçada que já conheci.
Você devia estar na TV.
Você me faz rir.

Me ocorre que, antes de frequentar este grupo, nunca pensei em mim mesma como alguém particularmente engraçada. Ser engraçado é algo reservado a Richard e Barry, que citam longas passagens de *Os Simpsons* ou de filmes como *O Âncora*. Pessoas engraçadas dão duro por esse título. Eu me pergunto se seria uma medida de como essa plateia é generosa o fato de alguém ter me chamado de "a pessoa mais engraçada que já conheci".

Logo não há mais tempo de pensar, porque todos estão precisando de ajuda na tarefa. Eu me abaixo ao lado da carteira de Simon, enquanto Lucas puxa uma cadeira e se senta ao lado de Francine. Posso ouvi-lo dizendo baixinho:

— Qual delas mostra como você *gostaria* que as pessoas a vissem?

A pergunta é abstrata demais. Lucas pensa por um instante.

— Que tal assim: de qual delas *você* mais gosta? — Ela aponta algum dos itens. — *Sério?* A coisa que mais gosta em você mesma é de suas meias cor-de-rosa e de suas presilhas de cabelo? Acho que você tem coisas melhores aí.

Os dois releem sua folha. Ela aponta para outra coisa e olha para ele. Lucas lê e concorda com a cabeça.

— Exatamente. É essa que eu teria escolhido também. Agora faça uma estrela ao lado dela.

Conforme passamos pela sala, não consigo não imitar a maneira como Lucas ajudou Francine. Com consideração e respeito. Depois que circulo pela sala, paro em sua carteira vazia e espio sua lista quando ninguém está olhando.

Sua calça jeans é bonita.
Você é muito grande.
Sua perna está machucada.
Gosto de você, mas também tenho medo de você. Por isso não somos amigos.

Lucas tem a aparência de um jogador de futebol americano. Tudo nele é grande — seu peito, seu pescoço, suas mãos. Se você não o conhece, *é* assustador se imaginar sendo sua amiga. Se você o conhece um pouquinho, no contexto de nossa escola, onde futebol é uma obsessão e todos os jogadores são celebridades, é ainda mais assustador. Mas me ocorre uma coisa: nenhum desses comentários diz nada sobre a personalidade dele. Todos falam sobre seu tamanho, sua aparência física ou sua contusão. Se ele tivesse de escolher uma favorita, qual poderia ser? Não há nada ali.

Como estamos ajudando outras pessoas, não escrevi nada na lista de Lucas. Então pego minha caneta e rabisco rapidamente: *Você tem bons instintos e é uma pessoa melhor do que eu esperava que fosse.*

Releio o que escrevi, e penso em riscar a frase toda. Não sei se falei demais ou de menos porque não sei exatamente o que quero dizer. Acho que quero dizer: *Você me surpreendeu, da mesma maneira que alguns dos nossos colegas de turma me surpreenderam. Da mesma maneira que Belinda me surpreendeu tantos anos atrás ao ser tão boa no teatro.* Espero não ter me envergonhado ou, pior ainda, ter dito algo acidentalmente grosseiro: *Você não parece um cara legal, então estou surpresa que seja.*

De volta aos nossos lugares, observo quando Lucas lê a nova anotação em sua folha, mas ele não olha para mim nem pela sala para tentar descobrir quem a escreveu. É bastante óbvio. Chad não está aqui hoje, e Mary não saiu de sua mesa durante todo o exercício. Só pode ter sido eu, mas ele não parece ter registrado isso.

Nem mesmo quando saímos da sala ele toca no assunto. Em vez disso, ficamos na sala de espera um minuto porque a turma que se reúne depois da nossa — dança de salão — está na porta de entrada, bloqueando a passagem. É um grupo surpreendentemente grande, o dobro do tamanho do nosso, com cerca de quarenta integrantes e uma mistura equilibrada de homens e mulheres. Eles precisam usar blazers e saias, apesar de alguns chegarem com seus uniformes de trabalho e se trocarem no banheiro. Lucas e eu esperamos no saguão e assistimos ao espetáculo que é todos eles se cumprimentando. Esse grupo abraça bastante. Algumas das mulheres usam ramalhetes no pulso, que ficam amassados e achatados. Como estamos parados no corredor perto do banheiro, um homem de uniforme do McDonald's, carregando um saco de papel pardo, vem correndo e aponta para nossos jeans.

— Já se trocaram? A aula está quase começando.

Lucas ergue uma das mãos.

— Não estamos nessa aula. O banheiro é todo seu.

— Ótimo! Obrigado. — Ele abraça seu saco de papel e entra no banheiro.

Quando a aula começa, espiamos pela porta aberta, onde os dançarinos já estão em pares.

— Queixos erguidos! — ordena a professora. — Braços para o alto!

Não é uma visão graciosa. Seus braços erguidos se chocam mais do que pousam suavemente nos ombros uns dos outros. Até a professora fecha os olhos. Quando ela volta a abri-los, no entanto, aconteceu: estão todos em posição de dança, prontos para começar.

— Muito bem — elogia, baixinho.

Ficamos esperando tempo o bastante para ver o homem com quem falamos mais cedo sair do banheiro, ainda vestindo sua calça do McDonald's, mas agora com uma camisa de botão amassada e uma grande gravata-borboleta.

Lucas faz sinal de positivo e sorri para ele.

— Você está incrível, cara.

— Obrigado. — O homem assente com seriedade e ajeita sua gravata. — Você não, mas tudo bem. Não está na aula mesmo.

Esperamos ele se afastar para rir do que ele disse.

— Você também não está incrível — provoca Lucas, porque eu estou rindo um pouco demais. Enquanto seguro a porta para ele, Lucas continua: — Sério, cadê sua tiara? Toda semana você aparece sem ela.

No carro, Lucas ainda não menciona minha anotação na folha. Aparentemente nós dois não conseguimos parar de pensar no grupo que acabamos de observar, porque depois de alguns minutos de silêncio ele recomeça:

— Você nunca pensa no que essas pessoas fazem no resto do tempo, quando não estão no centro?

Na verdade, penso. Penso bastante nisso. Pelo que posso notar, a maioria ainda mora com os pais, embora nem todos: alguns falam sobre casas comunitárias e sobre as regras a respeito das tarefas que precisam realizar. Ninguém dirige, o que significa que eles não devem se encontrar muito fora da aula.

Lucas continua:

— Sei que alguns trabalham, mas o que fazem o restante do tempo? Assistem à TV com os pais?

— Não tenho certeza — respondo. — Provavelmente.

— É só meio *triste*, não acha?

Talvez eu esteja irritada por ele ainda não ter mencionado o que escrevi sobre ele, ou talvez esteja irritada porque ele diz aquilo com mais emoção que costumo ouvir dele.

— Por que é *triste*? Por que ficar em casa com os pais em uma noite de fim de semana seria tão trágico?

— Não é trágico, só é... Eu não sei... *Você* não acha triste?

— Não ir a festas ou não ser parte da turma popular não é triste, Lucas. As pessoas podem ter vidas muito boas e felizes mesmo ficando em casa. — Percebo, sendo uma garota que não sai muito nos fins de semana, que soei defensiva demais dizendo aquilo, mas quero deixar uma coisa clara: a felicidade é diferente para pessoas diferentes.

— Não é isso que estou dizendo.

— E *o que* está dizendo?

Ele me encara como se tivesse percebido que sou mais estranha do que ele pensava.

— Não tenho certeza. Esquece.

Fico pensando naquela conversa por muito tempo depois de deixar Lucas em casa. O que ele acharia de minha vida, imagino, se soubesse que a maior parte de minha vida social gira em torno de ir ao cinema com Richard? Suspeito que ele teria pena de mim, da mesma maneira que tem pena de todos os nossos colegas de turma. É uma sensação horrível. Não quero que ele tenha pena de mim. Minha vida é ótima.

Ao pensar nisso, eu me pergunto se gosto de estar nessa classe porque me sinto conectada a essas pessoas por alguma solidão intangível que todos compartilhamos. Em casa, pego minha folha e estudo as letras para tentar descobrir quem disse que eu era a pessoa mais engraçada que ele ou ela já tinha conhecido. Seria Harrison, meu primeiro amigo lá, que ri de minhas improvisações mesmo quando não estou tentando fazer graça? Ou Simon, com quem agora tenho algumas piadas recorrentes? É impossível saber. Todas as caligrafias são bagunçadas e difíceis de ler. Então percebo uma pequena anotação no final, algo que tenho certeza de que não estava lá mais cedo. Está escrita em vermelho — a mesma cor da caneta que Lucas estava usando para ajudar as pessoas a colocarem estrelas em suas qualidades favoritas. Ela diz:

Emily pensa muito em fazer a coisa certa. Isso me faz pensar em fazer a coisa certa também.

CAPÍTULO NOVE

BELINDA

Na escola, todo ano precisamos preencher Planos de Transição, nos quais dizemos como queremos que seja nosso futuro. Algumas pessoas escrevem coisas diferentes a cada ano, como Douglas, que diz que quer ser fazendeiro em um ano e jogador de futebol profissional no outro. Isso só mostra que ele não é realista. Tem medo de tratores e cortadores de grama, mas acha que pode ser fazendeiro.

Sempre escrevo a mesma coisa: quero ser atriz e me casar um dia. Tento ler artigos de revista sobre estar casada porque na minha família ninguém é casado. Sempre que vejo um artigo com a palavra casamento, guardo para aprender mais sobre o que esperar. Às vezes isso significa que preciso ler sobre sexo, o que não gosto nem um pouco de fazer. Não me importo de pensar em beijar ou dar as mãos, mas não gosto de pensar sobre sexo. Na aula, toda vez que Douglas chama uma garota de "gostosa e sexy", preciso fazer a respiração da ioga e pedir a ele para, por favor, não dizer coisas daquele tipo.

Uma vez Anthony disse: "Você é gostosa e sexy também, Beminda", mas aquilo só piorou ainda mais as coisas.

Aquela foi uma das coisas que falei durante nossa grande e terrível briga. *Você não devia imitar o Douglas, porque todo mundo odeia o Douglas.* Foi uma coisa horrível de se dizer. Além disso, não é verdade. Eu só odeio quando Douglas chama as garotas de gostosas e sexy, mas não o odeio de verdade.

Não gosto de lembrar dessa briga com Anthony, então não costumo pensar nela.

Só vou dizer uma coisa: se não tivéssemos tido aquela briga alguns dias antes do jogo de futebol, eu nunca teria implorado a minha vizinha Annemarie para me dar carona até o jogo. Eu nunca teria ido ao jogo, o que torna tudo que aconteceu lá meio que culpa deles.

Acho que eles não sabem disso.

Por isso eu disse a vovó que não consigo nem mais olhar para Anthony nem para Douglas, nem ficar na mesma sala que eles.

A briga começou porque Anthony ficou repetindo que a gente devia se casar um dia.

— Isso é idiota — falei, mas não podemos usar essa palavra na aula para nos referir a outra pessoa. Se usamos, perdemos uma estrela para obter uma escolha livre, então perdi uma estrela. Aquilo me deixou furiosa. Estou sempre perdendo estrelas quando Anthony se senta ao meu lado. Os professores não veem como ele faz os lápis dele tocarem os meus nem como acontece o mesmo com sua perna. Não tocando muito, só um pouquinho, como se fossem só os pelos de suas pernas se ele estivesse de short.

Isso me deixa brava porque às vezes eu gosto de Anthony. Acho ele engraçado e legal, e então tento me imaginar dançando valsa com ele, mas não consigo. Ele não é uma pessoa nada graciosa nem dança bem. Uma vez, em uma festa da Best Buddies, ele se deitou no chão e fez uma dança chamada "o inseto que eu nunca queria ter visto". Só de pensar nisso fico brava com Anthony. Parecia que ele queria comer o chão e vomitar ao mesmo tempo.

Outra coisa que não gosto em Anthony é que ele faz coisas que os outros mandam ele fazer porque acha que depois disso todo mundo vai ser amigo dele. Isso se chama ser ingênuo, que é uma palavra que aprendemos depois que ele disparou o alarme de incêndio porque uns garotos mandaram. Eles disseram que iam comprar uma pizza para ele no refeitório depois, mas nunca fizeram isso, porque era um alarme de incêndio, e todo mundo precisou sair do prédio. Acontece que eles estavam só querendo se livrar de um teste de matemática. Ele acreditou na história da pizza, o que faz dele um ingênuo.

Depois que aprendemos essa palavra, todo mundo começou a chamar todo mundo de ingênuo, não importa o que a pessoa tivesse feito. Se Douglas falava alto demais no corredor, Anthony mandava ele parar de ser ingênuo, o que mostra que Anthony não entende o sentido real de muitas palavras que usa.

Foi esse um dos motivos pelos quais eu disse que ele era um idiota por falar sobre "se casar um dia". Anthony provavelmente acha que "se casar" significa dar uma grande festa com um monte de tigelas cheias de M&Ms (sua comida favorita), durante a qual você beija alguém. Ele não entende que significa ter de dançar uma valsa junto na festa e depois viver com a outra pessoa.

Anthony diz que quer se casar, mas também diz que quer morar com a mãe pelo resto da vida. Eu expliquei a ele que não dá para fazer isso a não ser que você se case com sua mãe, e ele respondeu: "Tudo bem, então eu caso com minha mãe."

No dia em que brigamos, ele me pediu em casamento e eu respondi:

— Não seja idiota, e sua mãe?

Ele disse que tinha perguntado e que ficou sabendo que não podia se casar com a própria mãe.

— É por isso que quer se casar comigo? — perguntei.

Ele sorriu como se eu estivesse brincando, mas eu *não* estava.

— Sim. Além disso, não quero me casar com outra pessoa. Quero uma namorada chamada Beminda.

Está vendo por que ele me irrita?

— Não posso ser sua namorada nem sua mulher! — gritei. — Esquece, Anthony.

Foi quando ele ficou muito zangado comigo. Ele disse que eu não ouvia o que ele dizia, e então me chamou de ingênua. Disse que eu devia parar de falar de filmes como *Orgulho e preconceito*, e que eu devia olhar em volta e viver no mundo real como essa turma, que estava cheia de pessoas legais que eu ignorava.

— Isso não é verdade. Eu não ignoro ninguém — respondi. Então ele me perguntou se eu sabia o nome de todo mundo ali, e ele estava certo, eu não sabia.

— Você se acha melhor que todo mundo — continuou ele. — Mas você não é.

Eu queria dizer a ele que não me achava melhor que todo mundo da turma, mas que sim, eu era melhor que alguns deles. Ele também não achava isso? Tem pessoas na nossa turma que não sabem fazer quase nada, incluindo se alimentar ou ir ao banheiro sozinhas.

— Não sou melhor que ninguém — disse Anthony.

— Sim, você é — insisti. — Você sabe andar e falar e comer!

Foi quando olhei e vi Eugene, um garoto de nossa sala que usa uma cadeira de rodas motorizada e fala com a ajuda de um computador. Ele teve uma paralisia cerebral muito grave, mas também é bem inteligente, talvez porque saiba jogar xadrez e Minecraft no computador.

Não gosto de pensar em Eugene nem de olhar para ele porque ele me confunde. Talvez seja esperto por dentro e não consegue demonstrar. Talvez ele seja legal e sorria para todo mundo ou talvez sua cara esteja paralisada em um sorriso. Ele nunca fala durante a aula, fica só sentado e sorri e baba um pouco. Foi então que a coisa ficou feia. Eu não queria que Eugene pensasse que eu estava falando dele, então fiquei nervosa e disse bem alto:

— Eu sou melhor que você em muitas coisas, Anthony!

Anthony ficou zangado e disse que não queria mais se casar comigo. Ele disse também que a maioria das pessoas da turma não gostava muito de mim, e que ele tentava me defender, mas que não ia mais fazer isso.

— E aí você não vai mais ter amigos — disse ele. — Experimente só para ver como é.

Depois daquilo, comecei a chorar tanto que até Eugene se aproximou com sua cadeira e respirou um pouco perto de mim para ver se eu estava bem. Eu chorava e chorava porque tinha bastante certeza de que Anthony estava certo, que todo mundo me odiava. Foi quando comecei a pensar em Ron novamente e em outras pessoas que tinham sido legais comigo no baile do Best Buddies da última primavera. *Tudo bem*, pensei. *Vou ser amiga dos garotos normais*. Os legais, que são simpáticos, não os malvados do ônibus escolar que roubam minha comida.

No dia seguinte, encontrei Ron no refeitório e me sentei ao lado dele. Eu me sentei com ele de novo no corredor antes da aula. Eu ia até ele toda vez que o via durante os dias seguintes. Geralmente não conseguia pensar em nada para dizer, então só dizia "oi" e ficava sentada ali. Na maioria das vezes era OK, mas às vezes eu me sentia desconfortável. Como se talvez os amigos dele estivessem rindo de mim. Mas eu nunca ouvia eles dizerem meu nome, então talvez não estivessem rindo de mim. Talvez só rissem muito. Ron sempre dava "oi" de volta, mas não dizia mais nada. Ele não era como Anthony, que estava sempre pegando meus lápis emprestados, me fazendo perguntas e tocando meu ombro.

Com Ron, eu só ficava sentada quietinha enquanto ele conversava com as outras pessoas. Não perguntei mais se ele queria ir até minha casa assistir a *Orgulho e preconceito* porque sabia que ele provavelmente não poderia fazer algo assim durante a temporada de futebol. Ele já tinha me contado como era ocupado, e eu entendi. Ele mal tinha tempo para comer e dormir. E foi por isso, quando ouvi uma garota dizendo que ia se encontrar com ele depois do jogo, que eu disse a ela:

— Ele não pode. Ele não tem tempo para coisas assim. Ele precisa comer e dormir.

Ela ficou me olhando um bom tempo e então riu, bem alto. Foi uma risada malvada, pude perceber. E me fez pensar: que bom. Agora Ron vai ver que ela é má e que não devia ser seu amigo. Quanto mais ela ria de mim, mais eu sorria, até Ron realmente me surpreender. Ele pegou uma das mãos dela e disse:

— Vamos, Janelle. Vamos embora.

Enquanto ele a puxava, ela me disse:

— É melhor você deixar Ron em paz. Sabe disso, não sabe?

Talvez ele a estivesse puxando para dizer que não poderia mais ser amigo dela, pensei. Mas então ele passou um dos braços em volta dela, e ela passou o dela em volta dele e fez aquela coisa que não entendo, na qual a garota coloca uma das mãos no bolso de trás da calça jeans do garoto.

Não entendo isso.

EMILY

Não sei o que é pior: a notícia em si ou como fico sabendo dela. Como fico sabendo é bem ruim. Estou em pé na fila do refeitório, atrás da namorada de Lucas, Debbie, e de um grupo de amigas dela. De perto, Debbie é ainda mais bonita que de longe, o que é difícil de acreditar, mas é verdade. Como seus poros são tão pequenos e a pele tão perfeita? Não entendo.

Durante um tempo, não presto atenção no que elas estão conversando, mas então ouço:

— Não sei nem se estão realmente *obrigando* ele a fazer. Acho que ele só está indo porque desde que a mãe morreu, ele fica procurando motivos para sair de casa, para ficar longe do pai.

Sei que ela está falando de Lucas pelo modo como revira os olhos, daquele jeito como se aquela fosse uma das coisas que ela tem de aturar por ele ser seu namorado. Nem Debbie nem nenhuma das amigas sequer olhou em minha direção. Ela parece tão inconsciente de minha presença a quinze centímetros de sua conversa que não deve nem saber quem sou, o que me deixa perplexa. Tenho levado Lucas para as aulas há duas semanas, mas aparentemente ela nunca pediu a ele para mostrar quem eu sou. Não consigo imaginar ser tão desatenta, mas tem muitas coisas que não consigo imaginar. Como esse horrível fato, deixado claro pelo restante da conversa:

— Como foi que a mãe dele morreu mesmo? — pergunta uma de suas amigas.

— Câncer.

— Quando foi?

— Tipo dois anos atrás, acho.

A mãe dele morreu de câncer há dois anos? Penso em minhas perguntas idiotas para Lucas no carro e me sinto tão mal que saio da fila, porque não lembro mais o que ia comprar e também não estou mais com fome. Volto para minha mesa e me sento de frente para Richard.

— Está tudo bem? — pergunta ele. Richard e eu parecemos estar no meio de uma disputa esses dias para ver quanto tempo conseguimos ficar sem mencionar nossa vida amorosa. Tentei perguntar outro dia, e ele disse: "É meio que particular, na verdade", o que me deixou tão irada que resolvi não tocar mais no assunto. Presumivelmente está tudo bem entre ele e Hugh, só não estamos conversando sobre o assunto, o que significa que tudo que dizemos fica meio desconfortável.

Talvez ele não veja as coisas assim. Talvez sua vida não tenha mudado tão radicalmente. Ele ainda come com a gente todos os dias (Hugh fez uma única visita a nossa mesa). Ele ainda faz as mesmas piadas. E ainda consegue fazer isso — perceber que estou chateada, mesmo sem eu dizer nada.

— Estou me sentindo uma babaca — confesso.

Conto a história toda para ele, e ele me encara.

— Você não sabia que a mãe de Lucas tinha morrido?

Não consigo saber se ele está brincando.

— Você sabia?

— Sabia. Quero dizer, ela morreu de câncer no primeiro ano do ensino médio. Ele faltou às aulas durante duas semanas.

Como Richard sabe disso?

— Você conhecia o Lucas no primeiro ano?

— Não, eu só... — Ele dá de ombros. — Eu sei lá. Eu notava coisas assim.

— Atletas grandalhões com problemas?

Ele fica vermelho.

— É.

— Todo mundo sabia disso menos eu?

Todos concordam com a cabeça.

— Claro — acrescenta Weilin. — Foi bem triste. Eu conhecia um pouco a mãe dele... Ela era voluntária na biblioteca onde eu ficava depois das aulas no primário.

Agora me sinto pior ainda. No primário, a biblioteca era uma das únicas opções depois das aulas para as crianças cujos pais trabalhavam. Eu ia três vezes por semana até a quarta série.

— A mãe dele era uma das moças da biblioteca?

— Era... O nome dela era Linda. Você lembra, aquela ruiva dos projetos de faça-seu-próprio-livro?

Sinto-me péssima. Ela era minha favorita. Uma vez me disse que gostava tanto de meus livros que ia colocá-los nas prateleiras da biblioteca durante uma semana para ver se alguém os pegava. "São melhores que alguns dos livros que temos aqui", cochichou. Mas então nos demos conta de que, se ela fizesse aquilo, eu não ia poder ficar com os livros para mim nem mostrá-los para meus pais, então resolvemos não fazer.

— *Aquela* era a mãe dele?

Weilin e eu devíamos frequentar a biblioteca na mesma época, mas não nos conhecíamos. Ela provavelmente era uma das alunas mais estudiosas, que fazia os deveres de casa antes da hora de o projeto começar. Naquela época eu passava a maior parte do meu tempo tentando ser convidada para festas do pijama na casa de garotas de quem eu não era realmente amiga. Queria poder voltar no tempo e ser uma pessoa diferente, alguém que não se importasse com a turminha das garotas populares e que teria notado uma amiga melhor no canto, fazendo seu dever quietinha. Me ocorre mais uma coisa.

— Isso significa que o Lucas estava naquele grupo?

— Acho que sim — responde Weilin. — Ele não era tão grande na época. Nem tão fácil de notar. Além disso ele era bem tímido. Acho que ele ficava a maior parte do tempo com a mãe e a ajudava.

Tento me lembrar dele mas não consigo. É como se na época eu só notasse as coisas erradas.

Não consigo juntar coragem para dizer alguma coisa a Lucas até estarmos de novo no carro, indo para a aula. Quando saímos da entrada de sua casa, eu me viro para ele.

— Sinto muito sobre aquelas perguntas idiotas que fiz semana passada. Eu não sabia sobre sua mãe. Fiquei me sentindo péssima quando soube.

Ele não está olhando para mim, e sim pela janela.

— Tudo bem. Você tem razão. Meus amigos são uns babacas, basicamente.

— Fui mais babaca ainda. Conheci sua mãe na biblioteca. Eu não fazia ideia de que ela havia morrido, nem de que era sua mãe. Sinto muito.

Ele se vira e olha para mim.

— Você a conheceu?

— Ela não se lembraria de mim, mas eu me lembro dela. Eu adorava um projeto que ela fazia no qual você criava os próprios livros. Eu ficava querendo fazer um diferente toda semana, e ela sempre deixava, ela era bem legal em relação a isso. Eu me lembro disso.

Ele sorri um pouco, como se estivesse agradecido por eu ter contado aquilo.

— Ela era bem legal até adoecer. Então ela teve câncer de mama e foi horrível. Mudava muito de humor, mas não era realmente culpa dela.

— Quando ela adoeceu?

— A primeira vez foi quando eu estava na oitava série. Então voltou no primeiro ano.

Eu me pergunto se os amigos dele só a conheciam como a mãe que teve câncer. Talvez nenhum tivesse a mesma imagem que eu guardava dela.

— Eu me lembro de que sua mãe tinha uma risada tão boa.

Agora ele sorri. Um sorriso de verdade.

— É.

— E ela ria para valer das coisas bobas que as crianças às vezes diziam. Ela gostava muito de crianças. Eu me lembro disso.

Ele parece feliz em ouvir aquilo. E grato.

— É, ela gostava.

Não há muito mais a dizer depois disso. Como vai sua família agora? Ou: como é perder um dos pais? Qualquer uma das opções parece errada. Acusei seus amigos de nunca fazerem perguntas, mas a verdade é que eu pergunto demais às vezes. Às vezes cutuco e instigo até meus amigos me pedirem para, por favor, simplesmente parar. Não quero arruinar esse momento fazendo isso, então durante o resto do caminho, ficamos ouvindo música e não dizemos mais nada.

A aula dessa semana é um jantar estilo festa americana, para o qual cada um deve levar um prato preparado por si mesmo ou um prato que tenha ajudado a fazer. No final da aula da semana passada, Mary pediu que Lucas e eu não levássemos nada.

— Sempre acabamos tendo coisas demais. Precisamos fazer isso para que todos possam praticar a socialização envolvendo alimentos, mas toda vez é a mesma coisa. As pessoas chegam com três pratos mais uma caixa de chocolates. — Ela balança a cabeça. — É mais que suficiente, posso garantir.

E ela estava certa. Há uma mesa lotada de comida, e todos levaram a sugestão de "prato favorito" ao pé da letra. Há pouquíssimas entradas e nenhum tipo de salada. Duas pessoas levaram biscoitos natalinos comprados semiprontos. Outra levou uma grande e sofisticada lata de pipoca doce. Mary aponta para a lata e pergunta:

— Ken, você *fez* essa pipoca?

— Tudo bem — responde Ken. — Eu ligo para pedir a pipoca. Mamãe diz que tudo bem. Para a festa pode. Eu mesmo pago.

Mary ri.

— Bem, obrigada, Ken. Foi muito gentil de sua parte.

Antes de comermos, Mary relembra a todos as regras: não encham demais o prato, não peguem demais de uma coisa só, não comam todas as sobremesas. Depois de cada um pegar sua comida e se sentar novamente, Mary tem mais uma lista de sugestões que escreveu antes e colou no quadro:

- Sentem-se *com* alguém enquanto comem.
- Entre cada garfada, baixem os talheres e conversem com essa pessoa.
- Usem seus guardanapos!
- Se derramarem alguma coisa, limpem!
- Se tiverem de se levantar para pegar alguma coisa, perguntem se mais alguém quer algo também.

Nós, voluntários, esperamos todos se servirem antes de começarmos. Não vi mais Chad desde que saímos para almoçar duas semanas atrás, então fico surpresa quando ele aparece atrás de mim na mesa de comida e sussurra por cima do meu ombro:

— Estou achando que não devíamos ter esperado. Parece que já acabou todo o algodão doce.

Eu rio e pego uma colherada de uma coisa chamada ensopado de taco, e então, quando estou saindo de perto da mesa, Chad diz:

— Tem um cantinho ali sem ninguém sentado. Vamos até lá comer juntos?

Olho ao redor da sala. Apesar das instruções de Mary, cerca de metade da turma está sentada sozinha.

— Acho que não, Chad. Acho que é para comermos com os alunos. — É sério que preciso mesmo explicar isso a ele?

Eu me afasto e me sento com Simon, que cobriu a maior parte de seu prato com o ensopado de taco. Na hora de comer, ele abaixa a cabeça para encurtar a viagem entre o prato e sua boca. Dou uma olhada ao redor da sala e percebo que Mary estava certa: todos eles comem como se tivessem se esquecido de que estão em uma sala onde outras pessoas podem vê-los. Não que sejam todos tão desastrados; eles simplesmente abordam a comida de maneira apaixonada, com uma vontade quase embaraçosa. Ken estica a língua para colocar um Doritos sobre ela e em seguida fecha os dentes diante dela, sorrindo como se tivesse enganado o pobre salgado até capturá-lo. Peter está a mais de um metro de todo mundo, comendo um fio de macarrão de cada vez, que ele abaixa até a boca segurando o garfo no alto.

Semana passada Peter surpreendeu a todos ao dizer que só existia uma mulher que ele ia amar para sempre, então não fazia muito sentido aprender a conversar com outras mulheres ou começar conversas. Em todas essas semanas, foi a primeira vez que ele falou de uma namorada. Mary nos olhou tão chocada quanto o resto da turma.

— Quem é ela, Peter?

— Vocês não a conhecem — respondeu ele. — Ela me dava aulas de piano, e eu a amo. Só isso. Sua voz, seus cabelos, seu peito, tudo. Amo tudo nela.

Ficamos todos estupefatos. Aquilo fora mais do que Peter jamais dissera na aula.

— E qual é o nome dela? — insistiu Mary.

— Sra. McCarthy.

Ninguém riu nem revirou os olhos diante da ideia de Peter ter um grande amor na vida, mas não saber nem ao menos seu primeiro nome. Tampouco lembraram a ele que a Sra. McCarthy provavelmente tinha um Sr. McCarthy em algum lugar. Mary geralmente fica em uma saia justa diante dessas revelações. Ela não quer menosprezar os sentimentos de ninguém, mas também não quer perpetuar fantasias. Ela lembra a Sheila regularmente de que Justin Bieber não é uma opção de namorado para ela e que, se ela quer ir a encontros ou fazer mais amigos, precisa ser mais realista. Ao longo do último mês e meio, descobri que todos eles têm alguma versão desses apegos apaixonados. Daniel ama tanto *tae kwon do* e seu mestre dojo que Mary permite que ele use seu uniforme a cada duas semanas, e que encerre a aula com uma rápida demonstração de algum novo movimento. Geralmente isso envolve um chute circular, alguns golpes e um grito de "Iááááá!". Ele sempre recebe uma rodada de aplausos e faz uma reverência formal no fim. Não tem nada a ver com o material que cobrimos na aula, exceto que talvez tenha. Depois que ele termina, Mary sempre diz: "Adoro ver como você ama o *tae kwon do*, Daniel", e é exatamente assim que me sinto ouvindo eles falarem sobre as coisas que mais amam. Fazem com que eu me lembre da minha antiga eu, a garota que adorava criar livros e atuar em peças.

Mas eles não são infantis; apenas não perderam os apegos entusiasmados que associo a crianças.

Eu me volto para Simon. Ele está quase terminando seu ensopado de taco, então parece uma boa hora para fazer uma pergunta.

— Então, onde você trabalha, Simon? — Todos eles falam vagamente sobre empregos. Garotas bonitinhas do trabalho. Chefes malvados. Mas eu nunca soube muito bem onde são esses trabalhos.

— Agora em lugar nenhum — responde ele, erguendo seu prato para poder derramar o que sobrou na boca. — Mas eu já trabalhei. Só que há muito tempo.

— Ah! — Fico surpresa. Simon é um dos alunos que parece mais capacitado. Ele nunca erra uma pergunta de *Jeopardy!*, e seus comentários durante as aulas são quase sempre apropriados. — Onde gostaria de trabalhar?

Ele empurra os óculos para cima no nariz.

— Gosto de restaurantes, mas toda vez que tento restaurantes me deixam trabalhar por um mês e depois dizem que de jeito nenhum.

— Por quê? — É difícil acreditar naquilo. As peculiaridades de Simon, seus óculos de lentes grossas que deslizam pelo nariz, seus cumprimentos entusiasmados, suas perguntas queixosas, são quase todas cativantes. Como ele poderia não conseguir encontrar um restaurante que gostasse dele?

— Regras para serviços envolvendo alimentos. Se você toca na sua boca ou no seu nariz, precisa lavar as mãos. Toda vez. Se esquece, está quebrando a regra. — Sem parecer se dar conta do que está fazendo, ele limpa o nariz com a manga da camisa. — Às vezes eu esqueço. Simplesmente esqueço. — Ele dá de ombros exageradamente. — O que eu posso fazer? Eles dizem que se eu quebrar a regra mais uma vez, vou precisar ir embora. É assim.

— Então já está procurando um novo emprego?

Reviro minha mente, tentando pensar em lanchonetes e restaurantes afastados onde limpeza talvez não seja a maior prioridade.

— Já tentou no Roosters? — pergunto. O Roosters é um restaurante de café da manhã onde alunos do ensino médio param depois de uma festa que vara a madrugada. Eu nunca fui, mas já ouvi pessoas falarem sobre o lugar. E já vi o anúncio de vagas quase permanentemente colado em uma das janelas. Aparentemente eles não conseguem achar muitos funcionários que gostem de acordar cedo.

— Roosters, não. Eles disseram não. Não têm seguro para contratar gente como eu. — Ele repassa uma longa lista de pessoas que dizem não por motivos similares: McDonald's, não. Wendy's, não. Stop and Shop, não. — O Stop and Shop contrata pessoas com deficiência, mas estão lotados agora. Só isso. Não dá mais.

Fico chocada com a quantidade de lugares nos quais ele tentou e não conseguiu arranjar um emprego.

No intervalo, pergunto a Mary se ela sabe quantas pessoas da turma têm empregos de verdade.

— Não muitas — esclarece ela. — A maioria frequenta oficinas supervisionadas ou então tem um emprego no qual ficam cinco, talvez oito horas por semana. Temos mais ou menos a mesma quantidade de empregos para o pessoal com deficiência do que tínhamos vinte anos atrás. O único problema é que agora temos cerca de quatro vezes mais adultos com deficiência.

Penso em como as expectativas moldaram a todos nós. Em como Lucas acha que só tem uma chance de entrar na faculdade e em como meus amigos e eu achamos que não temos escolha a não ser entrar na faculdade. Mas... e se o mundo não tivesse *nenhuma* expectativa em relação a você? E se estivéssemos saindo da escola sem nenhuma perspectiva?

Ao final da refeição, pergunto a Simon o que ele faz no dia a dia. Ele pensa por um instante e, em seguida, dá de ombros.

— Não muito. Às quartas-feiras eu venho aqui.

— Ai, Lucas, é *péssimo* — digo no caminho para casa. Fico grata por ter este assunto sobre o qual conversar e ele não ter a oportunidade de me provocar por causa do momento mais constrangedor da aula, quando Chad se levantou para sair mais cedo e interrompeu Mary para fazer um gesto de *te ligo depois* para mim. A turma inteira virou a cabeça para me olhar. Depois que a aula terminou, Sheila me perguntou se Chad e eu íamos nos casar.

— Claro que não — respondi, ficando muito vermelha.

— Por que não? — perguntou ela.

Vi Lucas me encarando, o que me deixou ainda mais nervosa.

— Bem, em primeiro lugar sou muito nova.

— Não é — insistiu Sheila. — Você pode. Você devia. Casar. Eu me casaria se o Justin Bieber me pedisse em casamento.

— Eu também — concordou Lucas. — Se fosse o *Justin*? Com certeza.

Sheila não riu. Ela apenas revirou os olhos. Achei que Lucas ia passar o trajeto inteiro da aula até sua casa zombando de mim por causa de Chad, o que me fez introduzir aquele assunto com mais zelo que o normal.

— Essas pessoas precisam de ajuda para arranjar emprego. Algumas coisas precisam *mudar*.

Lucas sorri e fica mexendo em sua bota imobilizadora.

— O que foi? Vai virar assistente social agora?

— Não. Estou falando de ativismo político. Mudanças legislativas. Essas pessoas precisam de uma *voz*. — Penso no tempo que passei fazendo as pessoas se comprometerem a fazer doações regulares para o fornecimento de arroz e feijão pela Oxfam na escola. Eu devia estar procurando restaurantes com Simon para apontar a responsabilidade moral que temos como sociedade de encontrar um lugar onde ele possa trabalhar na comunidade. — Não choca você o fato de a maioria daquelas pessoas não ter emprego? Todas elas são capazes de trabalhar.

— Não tenho certeza quanto a isso.

— A maioria delas é. Com ajuda.

— Tudo bem, mas quantos chefes querem dar a elas esse tipo de ajuda? Quem pode pagar por isso?

— Então deveria haver incentivos para empresas que contratam funcionários com deficiência. Como para empresas que contratam veteranos. Alguma coisa!

Olho para ele e paro. Ele está sorrindo para mim de um jeito que me confunde.

— Talvez esse deva ser seu novo slogan — opina ele. — "ALGO PRECISA SER FEITO!" Pode fazer as pessoas assinarem compromissos em sua mesa de almoço. — Ele nunca tinha mencionado meu trabalho na Coalizão antes. Eu achava que ele nem sabia que eu fazia aquilo. — Ou que tal esse: "VOU MUDAR A VIDA DE TODO MUNDO!"

O primeiro comentário foi engraçado. O segundo parece maldoso, especialmente considerando o que ele escreveu em minha folha. Teoricamente isso é o que ele *gosta* em mim.

— Não estou falando de mudar a vida de todo mundo. Estou dizendo que esse é um grupo vulnerável que está sendo ignorado. Ninguém está ajudando essas pessoas a ter o que realmente precisam, que são *empregos*. A sensação de que são produtivos. Esqueça relacionamentos, eles precisam *trabalhar.*

— Quer sair por aí e arranjar vinte empregos para essas pessoas?

— Bem, alguém devia fazer isso! Meu Deus, Lucas, você os conhece tão bem quanto eu. São pessoas capazes. Você gosta deles.

— Eu gosto *mesmo.*

— Então por que não está concordando comigo? Só estou dizendo que deveriam existir leis que tornassem mais fácil para essas pessoas arranjar empregos.

— Tudo bem, eu concordo. Só não acho que gritar sobre o assunto em um carro vá ajudar alguém. Prefiro pensar em alguma coisa que eu possa fazer.

— Como o quê?

— Não sei. Ainda estou pensando.

— Como se voluntariar para participar dessa aula? Acha que isso ajuda alguém?

— Não sei. — Ele fica pensando por um instante e balança a cabeça. — Não muito.

Parece que estamos chegando bem perto de dizer o que eu realmente queria dizer, aquilo sobre o que nós dois evitamos falar desde que Belinda voltou para a escola. Nosso crime envolveu Belinda, e nossa punição não fez absolutamente nada para ajudá-la.

Dirijo em silêncio por um tempo até entrar na rua de Lucas.

— Me avise se pensar em alguma coisa — peço. Por algum motivo soa mais sarcástico do que eu pretendia. Sei que ele se importa. É um voluntário melhor e mais confiável que Chad. Pode ser que Lucas entenda o que eu não quero admitir: que nada do que estamos fazendo está ajudando Belinda. Tampouco, se pararmos para pensar bem, qualquer outra pessoa.

Aquela noite me ocorre uma ideia tão simples que não sei como não pensei nela antes.

Espero até o dia seguinte, na escola, para contar a Lucas. Sei onde ele fica sozinho, esperando a van que o leva para casa temporariamente, enquanto continua machucado. É no estacionamento dos fundos, onde nenhum de nós dois precisa se preocupar em sermos vistos conversando.

Começo contando a ele sobre a época em que Belinda participava do Teatro de Contos Infantis.

— Ela era boa atriz — explico. — Era mais que boa. Era a melhor de todos nós. Em tudo: adereços, figurinos, atuação, tudo. Tinha um verdadeiro dom, e no entanto jamais a vimos em uma das peças do ensino médio, vimos?

Lucas dá de ombros.

— Eu não sei dizer.

É claro que não. Por que um jogador de futebol teria visto todas as produções da escola como Richard e eu?

— Confie em mim, ela não participou de nenhuma. Então, e se eu e você montássemos uma peça que Belinda estrelaria?

Não consigo saber o que ele está pensando. Sua expressão é de ceticismo.

— Acho que devíamos. Se quisermos fazer alguma coisa que realmente a ajude, é isso. Tenho certeza.

Olho para sua bota imobilizadora; com sorte não vou precisar constatar o óbvio: *Suas tardes estão bem livres esses dias. Não pode alegar que não tem tempo.*

— Que peça você montaria?

— *Nós montaríamos*. Precisaria envolver nós dois. Não tenho amigos o bastante.

Ele ergue as sobrancelhas.

— E eu tenho?

— Ah, por favor, Lucas! Tenho quatro amigos. Você tem umas dezessete vezes mais. Com certeza existem alguns reservas e algumas líderes de torcida que não se importariam de ficar na escola até mais tarde alguns dias para ajudar. — Ele dá de ombros. Estou certa, provavelmente existem mesmo.

— Em que peça está pensando?

— Ela foi ótima em *A menina e o porquinho*.

— Está brincando? — Ele ri, como se eu estivesse mesmo. Em seguida balança a cabeça. — Não ia precisar que alguém vestisse uma fantasia para interpretar o porco?

Eu me esqueci que se passaram dez anos desde que Belinda arrebatou o coração de todo mundo com sua fenomenal interpretação de Fern. Eu me esqueci dos rabos de pelúcia e das orelhas de papelão que usamos para interpretar animais da fazenda. Eu me esqueci que estamos velhos demais para encenar peças infantis.

Ou talvez não.

— É um clássico, Lucas. Pode zombar à vontade, mas não é uma ideia tão ruim assim. Foi uma ótima peça, e ela se saiu fantasticamente bem. Garanto que, se você a visse interpretando, ficaria impressionado.

Ele assente, como se estivesse considerando a possibilidade. Uma coisa preciso admitir: ele não está me dispensando nem se afastando, dizendo: É, *vou pensar e a gente se fala*. Em vez disso, ele sorri.

— E alguém não teria de interpretar a aranha?

— Usamos um fantoche. Alguém ficava atrás de um pedaço do cenário e dizia as falas. Foi surpreendentemente eficaz.

Ele sorri de um jeito engraçado, como se adivinhasse o que não contei.

— Foi você, não foi?

Eu desvio o olhar porque, de repente, olhar em seus olhos verdes está me confundindo.

— Não vou dizer.

Agora Lucas está realmente sorrindo.

— Você interpretou a aranha Charlotte.

— Tudo bem. Fui eu. Foi o auge de minha carreira como atriz, se precisa mesmo saber.

Lucas solta uma gargalhada.

— Ainda tem o fantoche?

— É claro que não. Ninguém tem permissão para ficar com os adereços depois, mas provavelmente poderíamos pegar tudo emprestado do Teatro de Contos Infantis se eu explicasse a eles o que vamos fazer.

Ainda não consigo saber o que ele está pensando. Ele não está dizendo sim, claro, mas também não está dizendo não.

— Não sei — diz ele. — Não temos nem permissão para falar com ela. — Lucas está se esquivando.

— Certo, eu sei disso, mas... e se falarmos com a avó dela? Vale a pena tentar, não?

Não sei por que isso é tão importante para mim nem por que sinto como se fosse começar a chorar se Lucas optar pelo caminho mais fácil e responder que não.

Mas não é o que ele faz.

Em vez disso, sua van chega e ele começa a caminhar na direção dela apoiado nas muletas.

— É, tudo bem — diz Lucas. — Deixe-me pensar no assunto.

CAPÍTULO DEZ

BELINDA

Isso me surpreende muito. Esta manhã entro na enfermaria e o jogador de futebol número 89 está sentado em uma das camas, com um saco de gelo sobre o joelho. Não sei o nome do número 89, então não digo nada nem olho para ele. Ele não estava no baile do Best Buddies e não é meu amigo. Mas estar sentada aqui sem olhar para ele faz meu coração palpitar. Sinto como se muito em breve não fosse mais conseguir respirar. Não devo ficar sozinha em lugares com pessoas que me dão medo. É por isso que tenho ficado na enfermaria, para não precisar ver pessoas como o número 89.

Minhas axilas estão suando, e meu rosto também.

Eu devia sair, mas a única porta fica do outro lado da sala. Eu teria de passar por ele e não consigo.

Não consigo me mexer.

— Oi, Belinda. Desculpe estar no seu espaço. Preciso colocar gelo no meu joelho durante vinte minutos antes da aula, mas posso ficar em outro lugar se você preferir.

Fico surpresa por ele saber meu nome porque eu não sei o dele. Geralmente é o contrário.

— Tudo bem — consigo forçar minha boca a dizer.

— Sou Lucas Kessler — diz ele. — Nunca fomos apresentados oficialmente.

Meu rosto esquenta novamente.

— Sei que sua mãe e sua avó não queriam que a gente se falasse, mas agora que estamos aqui sozinhos, eu só queria dizer como eu e a Emily sentimos muito pelo que aconteceu com você. Temos ido a essa aula...

— Ah, meu Deus! Belinda, você está aqui! — A Srta. Weintraub, a enfermeira, está parada diante da porta. Ela parece nervosa, porque sabe que esse garoto não deveria estar aqui. — Só esperava que chegasse daqui a meia hora. Lucas, por que não fica aqui no escritório principal?

Ele se levanta da cama e vai mancando até a outra sala, segurando o gelo sobre o joelho. Fico feliz por ele não estar mais na mesma sala que eu, mas durante o resto do dia fico pensando no que ele ia dizer quando a Srta. Weintraub entrou. A que aula eles estão indo?

Na manhã seguinte ele aparece novamente. Cheguei na escola cedo o bastante para ter certeza de que a Srta. Weintraub não estaria aqui de novo. Fiz a vovó me trazer cedo. Queria ver se ele estaria aqui, e ele está. Deve ter ido sozinho até a geladeira, onde pegou seu saco de gelo. Dessa vez não estou mais com medo. Eu me sento a duas cadeiras dele porque aprendi sobre espaço pessoal e nunca me aproximo mais que a um bambolê de distância de pessoas que não conheço.

— Oi — cumprimenta ele, quando sento. Ele parece feliz em me ver, mas não sei. Aprendi com Ron que não devo esperar que as pessoas fiquem felizes em me ver.

Não sorrio, mas continuo falando para poder fazer uma pergunta a ele.

— Meu nome é Belinda. Você é o Lucas. — Sei que já sabemos os nomes um do outro, mas estou nervosa, então digo isso.

— Isso mesmo. Oi, Belinda!

— O que você ia me contar ontem?

Ele parece confuso.

— Ah, é! Temos ajudado em uma aula no Centro de Aprendizado para a Vida... Já ouviu falar desse lugar?

— Não.

— Tem várias aulas diferentes, como Relacionamentos e dança de salão. Acho que qualquer um pode fazê-las, mas são principalmente para pessoas com deficiência.

Olho para a perna dele.

— Você tem uma deficiência?

— Não. Quero dizer... — Ele também olha para a própria perna. — Bem, mais ou menos.

— Você faz dança de salão?

— Não. — Ele ri, como se tivesse sido uma pergunta muito engraçada. — Não danço muito bem. Acho que eu não conseguiria.

— Eu gosto muito de valsa.

— *Sério*? Então você sabe dança de salão?

— Não. — Penso em contar a ele sobre *Orgulho e preconceito* e sobre as danças a que assisto no filme, mas então me lembro de que não devo ser amigável demais. Pessoas como Lucas não gostam que você seja amigável demais com elas.

Lucas olha para a porta. Alguém está acendendo as luzes no escritório principal.

— Olha... alguém vai me mandar ir embora logo logo, então acho que vou simplesmente perguntar de uma vez... A Emily teve uma ideia de montarmos uma peça. Só que precisamos de pessoas para atuar nela. Existe alguma chance de estar interessada em fazer algo assim?

Meu coração começa a bater forte. Ele deve saber quem eu sou. Deve se lembrar de minhas atuações no Teatro de Contos Infantis. Ele se lembra de mim de quando eu era famosa e as pessoas me abordavam na mercearia e diziam como eu era boa.

— Talvez eu esteja interessada — respondo. Estou com uma sensação de animação no estômago. — Qual peça?

— Não temos certeza ainda. Mas pode ser que se interesse?

— Não sei. Estou velha demais para o Teatro de Contos. Não tenho mais permissão de fazer peças infantis.

— Ah, tudo bem. Certo.

— Tenho vinte e um anos agora.

Ele parece surpreso. Talvez não saiba que os alunos de minha turma ficam na escola mais tempo que os outros. Talvez ele me ache velha, eu não sei.

— Que tipos de peça gosta de fazer hoje em dia? Ainda não escolhemos uma, então estamos abertos a sugestões.

Não acredito que ele está me perguntando isso. Fecho os olhos e respiro pelo nariz para acalmar meu corpo.

— Bem, eu tenho uma história favorita — respondo.

— Tem?

Tenho medo de falar em voz alta. Penso em Ron e em seus amigos rindo, mas me forço a parar de pensar naquilo.

— *Orgulho e preconceito* — digo. Sai quase como um sussurro.

— *Sério?* — pergunta ele. — Aquele filme com a Keira Knightley?

— Aquele não. O de verdade, estrelando Colin Firth.

— Ah.

— É uma minissérie. Oito horas de duração.

— *Hum.*

— Provavelmente não poderíamos fazer a coisa toda.

— Não, provavelmente não.

Agora que já falei, eu me sinto mais calma. Abro os olhos e vejo que ele está me olhando. Ele tem uma expressão estranha no rosto, como se estivesse me vendo pela primeira vez.

— Ok — diz ele. — É uma ótima ideia. Vamos fazer *Orgulho e preconceito.*

Mais tarde naquela mesma manhã, ou Douglas faltou ou está com tanta preguiça que não ajudou Anthony a fazer seu trabalho, então pergunto à Srta. Weintraub se posso ajudá-lo.

— É muito gentil de sua parte, Belinda. Obrigada — responde ela.

Anthony não é tão simpático comigo hoje como costumava ser há alguns dias. Talvez ele se lembre de nossa briga. É difícil saber. Às vezes Anthony não se lembra de nada, e às vezes se lembra das coisas que eu digo.

— Posso ajudar. A Srta. Weintraub disse — informo a ele.

— Ah — diz ele, vindo até mim e parando na frente das caixas de correio também. Tiro a pilha de cartas que ele já fez para ver se ele cometeu algum erro. Fico surpresa. Ele não cometeu nenhum erro.

— Deixe isso aí. Faço direito — avisa ele. — Você faz as novas.

Fico surpresa com como ele parece irritado. Não é Anthony de sempre. Ele soa como eu quando estou irritada.

— OK — concordo.

Depois que já estamos trabalhando há algum tempo, pergunto:

— Cadê o Douglas?

— Quem se importa? Estou de saco cheio do Douglas. Eu o odeio.

Nunca ouvi Anthony dizer nada desse tipo. Ele é dois anos mais novo que Douglas, mas seus pais são amigos, então eles se conhecem desde que nasceram. Sei que são escoteiros e que acampam juntos.

— Você não odeia o Douglas — discordo. — Talvez só odeie como ele é irritante às vezes.

Anthony parece confuso.

— Ele não é irritante.

Honestamente, ele é sim. Douglas só liga para comida e para dizer: "Ela é gostosa e sexy" toda vez que alguém toca no nome de uma garota que nem em um milhão de anos sairia com ele.

— Ele é, Anthony. Ele só liga para doces e garotas sexy. Isso é irritante.

— Ele diz que você nunca vai ser minha namorada. Diz que você nunca mais vai voltar para a sala porque me odeia.

Alguns minutos atrás eu estava feliz por causa da peça e da minha conversa com Lucas. Agora me sinto triste.

— Eu não odeio você — digo, porque não odeio mesmo. Odeio o fato de ele estar fazendo o trabalho que eu amo fazer. Odeio o fato de ele estar no décimo ano e achar que tudo bem pedir a pessoas que estão prestes a se formar para saírem com ele, só isso.

— Não odeia?

— Não, é claro que não.

— Por que não volta para nossa aula?

Agora que ele me perguntou não tenho mais certeza. Me lembro de nossa briga e me lembro de dizer a vovó que nunca mais queria ver Anthony nem Douglas. Mas agora que estou vendo, tudo bem. Talvez melhor que tudo bem. Quero contar a Anthony tudo sobre a peça. Já contei a ele sobre *Orgulho e preconceito* antes. Ele assistiu ano passado, quando tive de operar a hérnia e fiquei uma semana sem ir à escola. Quando voltei, ele disse que assistir à minissérie fazia com que ele tivesse menos saudades minhas. Ele disse que eu lembrava exatamente a menina no filme, a não ser pelo fato de que ele não se lembrava do nome dela nem de mais ninguém.

— Vou voltar quando tiver tempo, Anthony — respondo. — No momento estou muito ocupada. Vou atuar em uma montagem de *Orgulho e preconceito*.

Anthony pisca, como se estivesse confuso, do jeito que sempre está.

— Que montagem de *Orgulho e preconceita*? — Anthony nunca diz todas as palavras corretamente, mas tudo bem. Estou acostumada.

— Vamos encenar *Orgulho e preconceito* aqui. Você também devia tentar participar, se quiser. Acho que seria um bom ator. Só precisa pronunciar suas palavras com cuidado para as pessoas entenderem.

Ele fica em silêncio durante um bom tempo.

Finalmente, Anthony diz:

— Acha mesmo que eu devia ser ator, Beminda?

— Sim, acho. Se não conseguir um papel, pode me ajudar a manter a mesa de adereços organizada. Geralmente faço isso também, além de atuar.

Só de pensar naquilo fico tão feliz que tenho vontade de abraçar Anthony de novo. Sei que ele está pensando a mesma coisa, porque olha para mim de braços abertos.

— OK — digo. — Se concordar em fazer o teste comigo, podemos dar um abraço, Anthony.

— OK — responde ele, e eu o abraço. Fico surpresa pela segunda vez naquele dia. Não é ruim abraçar Anthony. Não mesmo.

EMILY

APESAR DE, NATURALMENTE, AS DUAS coisas não poderem estar conectadas, ainda assim a coincidência me faz pensar: na mesma semana em que Belinda voltou à escola, perdemos nossa primeira partida de futebol. Agora já faz três semanas que ela voltou e na sexta passada o impensável aconteceu: perdemos as eliminatórias de nossa divisão. Estamos fora da briga pelo campeonato estadual que todos achavam que íamos vencer.

Na segunda-feira após a derrota, os pôsteres afixados pelo conselho estudantil continuavam nas paredes, em pedaços que ninguém tinha coragem de limpar. No almoço, Weilin se pergunta se não seria mais fácil para todo mundo se tivéssemos perdido mais algumas partidas no caminho.

— Assim teríamos tido mais prática. — Antes desse ano, como ela mesma admitiu, Weilin tinha comparecido a *talvez* quatro eventos esportivos em toda a vida. Agora ela está genuinamente deprimida. — Honestamente, eu achava que eles *nunca* iam perder.

— É como se estivéssemos todos com *raiva* deles — acrescenta Barry, balançando a cabeça. — O que não é realmente justo, porque não os *conhecemos* de verdade.

— Fale por si mesmo — discorda Richard. — Os pelos de meu braço já tocaram nos pelos do braço do Wayne Cartwright. E não estou com raiva dele, e sim muito mais desapontado. Ele errou duas jogadas que poderiam ter virado o jogo.

— Não foi só culpa dele — argumenta Weilin. — A linha ofensiva não estava apoiando o Wayne como deveria. — De repente todos viraram *quarterbacks* amadores revivendo um jogo que gostariam de poder esquecer.

No fim do dia, as frases duras viraram pena. Todo mundo acha que os jogadores não vão mais receber as ofertas que esperavam receber das grandes faculdades. Bolsas integrais para Michigan e Notre Dame não são mais opções realistas. Todos estão dizendo que eles terão sorte se conseguirem bolsas parciais para faculdades estatais. Conforme os rumores aumentam, penso em mais uma coisa. Agora que a temporada de futebol acabou, os antigos colegas de time de Lucas terão tardes livres. Talvez não fosse uma ideia tão bizarra pedir para três ou quatro deles nos ajudarem com a peça. Não precisamos de muita coisa. Apenas de alguns caras legais. O objetivo seria juntar o máximo de pessoas possível para comparecer a um teste — talvez para *A menina e o porquinho*, talvez para outra coisa — e ver como Belinda é uma atriz incrivelmente boa.

Quanto mais penso no assunto, melhor a ideia me parece. Os jogadores já estão meio deprimidos. Talvez se dedicar a um projeto como esse, com o qual se sintam bem, faça os jogadores parecerem grandes novamente — ou pelo menos parecerem ter corações grandes — aos olhos de quem for assistir ao espetáculo. É claro que não teríamos um público grande, como os dos jogos, mas jogadores de futebol americano atuando atrairiam um público razoável, o que é tudo de que precisamos para conseguir o que quero: que as pessoas testemunhem o talento de Belinda; que ela se sinta bem novamente em estar na escola; que uma lembrança substitua a outra. Eu a imagino no palco, à frente da cortina, se curvando para agradecer, de mãos dadas com os jogadores que passamos o outono inteiro admirando.

Percebo então que posso estar sonhando. Não esqueci o que Lucas disse sobre esses caras, mas, em minha fantasia, eles são legais o bastante para fazer bem o trabalho, levando Belinda a se sentir valorizada por seus colegas. Estou tão convencida dessa ideia que, assim que vejo Lucas sozinho, vou até ele e falo:

— Não diga não de cara. Apenas escute e me diga o que pensa.

Depois de dizer aquilo, me ocorre que o encontrei em um lugar incomum: sentado no corredor do lado de fora da biblioteca durante o horário de almoço. Ele provavelmente não sabe que, durante o almoço, essa parte do chão é reservada aos supergeeks que comem rapidamente aqui antes de desaparecer novamente em seus esconderijos repletos de livros. Apesar de eu não vir aqui há um bom tempo, conheço esse lugar muito bem. Era onde eu almoçava todos os dias antes de conhecer Richard e me juntar ao seu grupo. Não acho que Lucas jamais tenha tido necessidade de almoçar escondido aqui. Imagino que esteja aqui pelo único motivo que faz atletas irem à biblioteca — ele deve estar colocando trabalhos atrasados em dia, ou correndo o risco de repetir em alguma matéria.

Ele está com um livro da biblioteca — uma edição antiga, de capa de couro vermelho — aberto no colo, o que sugere que o problema é com a aula de inglês. Talvez tenha perdido seu exemplar e agora precise usar a única cópia que conseguiu achar.

— O que é isso? — Aponto para baixo.

Ele cobre o livro com uma das mãos.

— Por que não me conta sua grande ideia antes?

— Está bem. Aí vai. Acho que devíamos chamar alguns jogadores do time para participarem da peça com a Belinda! E talvez algumas líderes de torcida também. Agora elas têm as tardes livres, não? Seria ótimo. As pessoas vão assistir porque amam tanto vocês, e, no processo, verão como a Belinda é boa atriz.

— Não está se esquecendo de alguma coisa?

— Do quê?

— Jogadores de futebol americano não sabem atuar. Vão parecer idiotas.

— Eles não vestem saias todo ano para os jogos beneficentes das garotas?

— Isso é totalmente diferente.

— E quanto ao cabaré? Todos cantam no karaokê também, certo?

Lucas dá de ombros.

— É verdade. Alguns sim.

— Não precisamos de todos. Só de cinco ou seis que sejam legais. E algumas líderes de torcida. Vão aceitar se você pedir, não vão?

Ele estreita os olhos como se estivesse pensando.

— Não sei.

— Ainda acho *A menina e o porquinho* uma boa ideia. Especialmente se conseguirmos que um dos mais baixinhos faça o Wilbur.

Não consigo saber o que ele está pensando pela expressão em seu rosto. Finalmente ele responde:

— Belinda não quer fazer *A menina e o porquinho*.

Paro de falar e olho para ele.

— Como sabe disso?

Ele sorri.

— Falei com ela. Duas vezes. Ontem e hoje de manhã. Foi um acidente, ou quase. Na verdade, da primeira vez foi. Acho que da segunda não. Acho que ela quis falar comigo.

— E o que ela disse?

— Contei a ela sobre nossa ideia da peça, e, preciso admitir, ela pareceu ter gostado bastante.

— *Mesmo?* — Meu coração para por um instante. Eu estava certa! E se Lucas já chegou até aqui, significa que ele também quer fazer isso! E, se ele quiser, vai acontecer!

— Eis a questão — continua ele. — Ela já sabe qual história quer encenar. Nem hesitou quando perguntei. Está pronta? — Ele tem uma expressão engraçada no rosto. Então levanta o livro que estava lendo: *Orgulho e preconceito*.

— Não é uma peça.

— Verdade.

— É um livro.

— Exatamente. E alguns filmes, acho. Mais que alguns.

— Ela quer encenar uma das versões do filme?

— É. Acho que a versão de oito horas é sua preferida.

Começo a rir alto. Quando não paro, ele me pergunta o que é tão engraçado.

— Estou tentando imaginar seus amigos em um palco durante oito horas.

— Certo. Isso nunca vai acontecer.

— Ainda assim...

De repente parece que peças desconexas estão se encaixando — a derrota no futebol, a volta de Belinda, a lesão de Lucas. Tudo está se alinhando para fazer minha ideia dar certo.

— Pode ser ótimo — opino.

— Não estou prometendo que meus colegas de time vão aceitar fazer — adverte Lucas.

É interessante como ele os chama de colegas de time, e não de amigos.

— Use seu poder de persuasão — peço, enquanto ele se levanta desajeitadamente, usando meu ombro e a parede para se apoiar. Segundos depois, o sinal toca e nós desaparecemos em direções opostas.

Naquela noite, depois de duas horas procurando no Google por versões de *Orgulho e preconceito*, ainda não descobri muita coisa. Então meu telefone toca. É Lucas. Meu coração para por um instante. É a primeira vez que ele me liga sem ser para combinar a carona, penso, e então ele diz:

— Descobri uma coisa. Chama-se *Primeiras impressões*. É uma versão de *Orgulho e preconceito* com um elenco menor. Tem doze personagens, mas algumas pessoas poderiam interpretar mais de um. Basicamente é *Orgulho e preconceito* passado em uma escola. Só que os dois personagens principais usam roupas antigas. Todo o resto dos personagens se parecem com líderes de torcida ou coisas assim, mas esses dois usam vestidos compridos e cartolas.

Penso naquilo. *As patricinhas de Beverly Hills* — basicamente *Emma* ambientado em uma escola contemporânea — é um dos meus filmes preferidos de todos os tempos. E, se for bem escrito, pode ficar fabuloso, mas não temos tempo de montar uma peça completa com cenários e figurinos.

— Não devíamos tentar nada ambicioso demais, certo?

— Certo, mas pense nos vestidos que Belinda tem usado para ir à escola. É quase como se ela já estivesse interpretando o papel.

Fico surpresa. Ele tem razão.

— OK — digo. — Mas vamos precisar encontrar alguém experiente disposto a dirigir. Existem diversas questões envolvidas quando se monta algo assim...

Ele fica um tempo em silêncio. Obviamente está esperando que eu sugira alguém. Nenhum amigo de Lucas dirige peças. Mas minha fase de teatro foi há muito tempo, e nenhum dos meus amigos atuais está envolvido com dramaturgia.

Finalmente, Lucas assovia.

— Parece que vai ter de ser você.

— *Eu*? Não posso. Nunca dirigi uma peça. — Quero ressaltar que eu estava planejando uma leitura, algo discreto. É ele quem está dizendo que devíamos montar uma produção com figurinos e adereços.

— Vai se sair bem, Srta. Charlotte, a aranha. Vai se lembrar de tudo rapidinho.

— Isso foi na sexta série, Lucas. Com fantoches. Não quero que a peça se pareça com... — Faço uma pausa. Do que exatamente estou com medo? De parecer que estou forçando a barra? De me tornar a garota que enfiou a bandeira em um bumbo? — OK, você tem razão. Vamos fazer isso. Vamos nos jogar nesse projeto e fazer os figurinos e a coisa toda.

Levo apenas vinte e quatro horas para ficar animada. Leio a peça e a amo tanto que termino todas as minhas redações para as faculdades em uma noite, de modo que possa concentrar toda a minha atenção no projeto. Meus pais ficam chocados. Quatro redações em uma noite? Eu venho adiando essas redações há séculos, achando que preciso de mais inspiração para fazer do jeito certo. Não era disso que precisava, é claro. Eu precisava de um motivo para escrevê-las logo.

Não consigo acreditar em como a adaptação é boa; surpreendentemente engraçada e tocante. Mas me preocupo se o que funciona tão bem no papel seria executável na vida real. Especialmente se Belinda interpretar Elizabeth. Há muitas falas para decorar, e um tema que não é exatamente sutil, mas que precisa ser transmitido sutilmente. Os dois personagens principais, Darcy e Elizabeth, não se vestem como os outros, mas são os únicos que não enxergam o óbvio: são diferentes dos outros e perfeitos um para o outro.

Apesar de não haver nada confirmado, Lucas diz que vai pensar em falar com seus amigos.

— Não temos muito tempo — aviso. Nos últimos quatro dias me encontrei com o diretor da escola e com o diretor do departamento de teatro. Eu os convenci a chamarem a montagem de "produção estudantil" e de nos deixarem usar o menor teatro de nossa escola daqui a cinco semanas. — Precisamos definir logo o elenco.

— É, eu sei. Estou tentando decidir a quem vou pedir.

— O que acha de algumas garotas? — Apesar de Lucas nunca falar dela, ainda o vejo almoçando todos os dias com sua namorada, Debbie. Presumo que ele vá chamá-la, e talvez algumas de suas amigas líderes de torcida também.

— Tudo bem. Estou tentando convencê-las da ideia.

— E o que elas dizem? — Sei que estou sendo insistente, mas não temos escolha; precisamos que essas pessoas nos ajudem. Se não conseguirmos pelo menos quatro ou cinco do grupo dos populares, ninguém jamais vai assistir à peça.

— O que acha que estão dizendo, Em? Estão dizendo que é uma ideia meio estranha e que não entenderam direito, mas que sim, talvez apareçam no teste e vejam qual é.

— É o melhor que você consegue? Não pode fazer com que elas se comprometam?

— Você não conhece essa galera — dispara ele. Obviamente estou forçando demais a barra. — Eles não gostam de se comprometer com nada. E quanto aos *seus* amigos? — pergunta ele, o que é um questionamento válido.

Se eu o estou pressionando a chamar seus amigos, provavelmente devia chamar os meus, mas aquilo envolveria contar a eles a verdade sobre o que aconteceu debaixo das arquibancadas, e por isso fico adiando. Resolvo esperar até nossa próxima reunião da Coalizão para a Ação Jovem. Digo antes a Richard que tenho uma proposta, sem dar maiores detalhes.

Na reunião, começo com uma curta introdução:

— Essa ideia pode exigir que comprometam um pouco mais de tempo do que já pedimos de vocês no passado. — Faço contato visual com todos que compareceram: nossos quatro amigos de sempre e um calouro de olhos esbugalhados exibindo uma expressão de surpresa, como se tivesse acidentalmente entrado na reunião errada e estivesse envergonhado demais para sair. — Mas vai ser ótimo e vai valer a pena, eu prometo.

Alguns minutos depois de começar a explicar, Candace me interrompe.

— Espere, está falando de montar uma peça inteira?

— Bem, sim. É exatamente sobre isso que estou falando.

— Já trabalhou em alguma peça no ensino médio?

— Não, nunca — admito.

— Então talvez não esteja se dando conta de quantas pessoas precisa. Uma equipe para trabalhar nos bastidores, pessoas que controlem as luzes e as mesas de som. Também precisa de um diretor de palco e de produtores para cuidarem da organização de tudo. Provavelmente está falando de no mínimo trinta pessoas. E isso sem contar o elenco. De quantas pessoas precisaria no elenco? Quinze? Vinte?

Vejo nosso novo integrante calouro olhando sonhadoramente para a porta. Está claro que já o perdi. Se tiver sorte, meus melhores amigos não vão me abandonar, e ainda terei uma equipe de quatro pessoas.

— Olha, não precisa ser nada muito elaborado. A questão é que a Belinda está em nossa escola há séculos, ama atuar e é boa nisso, mas nunca teve a chance de estar em num espetáculo. Vamos dar isso a ela. Vamos dar a ela uma chance de mostrar ao mundo algo além de sua deficiência. Vamos deixar que todos vejam sua *eficiência*.

Gosto tanto de como aquilo soou que nem acredito que inventei na hora. Sorrio para Richard, que é geralmente nosso gênio dos slogans. Ele não sorri de volta.

— A questão, Em, é que nenhum de nós é do teatro — argumenta ele.

— E daí? — pergunto, exasperada. — Não estamos todos fartos de sermos subdivididos por rótulos? Só quem está no teatro pode montar peças. Só a galera descolada pode ir a festas. Não é esse o problema? Não é contra isso que estamos lutando?

— Sim, mas também tem a questão de que o pessoal do teatro sabe o que está fazendo. A Candace tem razão. Nenhum de nós entende de iluminação, nem entende... você sabe, nada sobre atuar.

Weilin levanta a mão.

— Odeio dizer isso, Em, mas o Barry e eu temos testes para a Orquestra Juvenil do Estado em breve. Gostaríamos de ajudar, mas não teremos muito tempo quando começarmos a ensaiar três vezes por semana depois das aulas.

Barry assente.

— Esses testes são bem importantes para nós.

Nem cheguei ao final de minha proposta e já perdi todos eles, percebo. Até Richard tem uma desculpa — de repente ele começa a balbuciar alguma coisa a respeito de um emprego dando aulas particulares. No carro a caminho de casa, ele tenta fazer com que eu me sinta melhor.

— Não é má ideia, Em, mas não pode pegar pessoas tímidas e forçá-las a entrar no *show business*. Algumas pessoas simplesmente odeiam estar no palco.

É triste considerar a outra verdade que decorre disso: que algumas pessoas — como Belinda — amam.

— Além disso, não tem realmente a ver com nossa missão, se parar para pensar.

— Como assim?

— Estamos chamando atenção para questões sobre pessoas que não têm onde morar e coisas assim. Não ficamos por aí procurando um desabrigado e nos certificando de que ele terá um teto debaixo do qual dormir por uma noite. Estamos nos certificando de que todos olhem ao redor e notem: sim, existem desabrigados em nossa cidade, e gays, e pessoas com deficiência...

— Mas não se pergunta às vezes qual é o sentido disso? Não seria melhor ajudar muito uma pessoa do que ficar por aí apontando para todos que têm problemas?

Richard não responde.

— Quero dizer, qual é? Como todas essas campanhas bobas com fitinhas ajudam alguém? Ajuda sua vida ver pessoas usando fitinhas em prol da causa gay?

Percebo, um pouco tarde demais, que pergunta péssima foi aquela. Passamos três anos trabalhando nisso, e agora falo como se estivesse fazendo aquilo só como um favor a ele e não acreditasse em nada, o que não é verdade. Só estou chateada por ninguém querer me ajudar com a peça.

Durante um longo tempo, Richard não diz nada. Finalmente, quando paro na frente de sua casa, ele diz:

— Às vezes me pergunto se trabalhar em prol de toda a humanidade torna difícil para a gente enxergar as pessoas como indivíduos. Talvez seja esse seu ponto. Talvez seja a hora de fazermos isso.

Suspeito que ele esteja querendo dizer alguma coisa sobre Hugh — que eles são apenas duas pessoas se conhecendo, e não representantes da causa gay —, mas não quero perguntar porque não quero dar a ele a chance de me magoar mais do que ele já me magoou.

— Preciso ir para casa — digo. — Tenho muito trabalho.

— É — diz ele, saindo do carro. — Eu também.

Depois de fechar a porta do carro, ele se abaixa e bate na janela para eu abrir.

— Talvez alguns de nós estejam se perguntando o que está rolando com o Lucas e por que você subitamente está fazendo de tudo para ajudar esse babaca. Se ele se sente culpado por causa da Belinda e quer montar uma peça com ela, tudo bem. Mas por que isso envolve você? Você fica repetindo para mim que preciso ter clareza no meu relacionamento, mas talvez devesse pensar nisso também.

Antes que eu possa responder, ele dá meia-volta e vai embora.

BELINDA

Em meus primeiros anos de escola, foi difícil para mim descobrir quem eram meus amigos. Eu achava que era amiga de qualquer um que reconhecesse do ensino fundamental ou das peças. Mesmo que essas pessoas não dissessem "oi", eu achava que, se as abraçasse, elas se lembrariam de mim e seriam minhas amigas. Então aprendi com Emily que aquilo não era verdade.

Por isso estou ensinando Anthony a não abraçar todo mundo o tempo todo. Porque você precisa tomar cuidado com abraços. Pode cometer erros terríveis e abraçar pessoas que não são legais.

Nunca abracei Ron Moody, a não ser uma vez, rapidamente, depois de nossa dança. Durante um tempo, eu queria abraçá-lo toda vez que o via, mas tive cuidado e não fiz isso. Pensei em como as garotas precisam ser reservadas e tímidas em *Orgulho e preconceito*. Toda vez que há um garoto por perto, elas colocam as mãos no colo e olham para os próprios joelhos. Era isso que eu fazia quando via Ron Moody na escola.

Às vezes ele me dava "oi", mas muitas vezes não dava, e eu achava que era porque ficávamos ambos tímidos perto um do outro. Eu achava que Ron me amava tanto quanto eu o amava. Achava que, quando ele conversava com outras garotas, só estava sendo educado. Nunca o vi dançar com elas do jeito que ele dançou comigo. Achava que isso significava que nossa amizade era diferente.

Depois que ele se afastou de mim com aquela garota Janelle, comecei a pensar mais ainda nele. Acho que talvez eu falasse um pouco demais sobre ele em casa, porque vovó criou uma regra segundo a qual eu só podia dizer o nome dele uma vez por dia, o que me deixou brava com ela. Naquela noite, mamãe entrou no meu quarto e disse que, em vez de falar sobre Ron o tempo todo e de brigarmos umas com as outras, devíamos fazer alguns projetos de arte e artesanato, como fazíamos antigamente.

— Quer dizer fazer presentes para ele? — perguntei, pois estava tentando não dizer seu nome.

— Claro — respondeu mamãe. — Talvez possa dar de presente para ele alguma coisa feita por você. Vamos apenas trabalhar em alguns projetos sem contar à vovó para quem eles são.

Foi uma boa ideia, porque significava que vovó e eu podíamos ir à loja de tecidos Jo-Ann e à Michaels para comprar material de arte e artesanato. Amamos essas duas lojas. Dessa vez, fizemos flores de papel de seda e colares de miçangas, e decoramos porta-retratos e dois porta-copos de mosaico. Ficou tudo lindo. Acidentalmente escrevi *Ron* em um dos porta-retratos que planejava dar a ele e soletrei R-O-N em um dos colares de miçangas com letrinhas. Em ambos os casos, vovó disse que aquilo contava como a vez do dia.

Passamos duas semanas fazendo nossos projetos e, depois que terminamos, nós os guardamos em uma caixa de sapato. Mamãe me disse que era para eu tomar cuidado, que não devia dar muitas coisas a Ron e que definitivamente não devia dar tudo a ele de uma vez. Eu disse a ela que não daria, mas não consegui me segurar. Fiquei tão animada que levei a caixa para a escola.

Foi o que deu início a minha pior briga com Anthony. Só de estar com a caixa na sala de aula, fiquei tão animada que levantei a mão na reunião matinal e perguntei se podia mostrar todas as coisas que havia feito. Eu não ia contar a ninguém para quem eram as coisas, mas esqueci que tinha escrito Ron em duas delas.

Quando Anthony viu, ele exclamou:

— Isso é idiota!

— Você é idiota, Anthony! — gritei, o que me colocou em mais encrenca.

Depois daquilo, Anthony e eu tivemos de trabalhar em mesas diferentes. Só que ele ficava vindo para perto de mim para usar o apontador.

— Você acha que ele ama você, mas ele não ama — sussurrou ele por cima do meu ombro. Quando estava voltando para a própria mesa, ele cochichou de novo: — Ele é uma má pessoa. Não merece seus presentes.

Aquele truque de sussurrar sempre me colocava em encrenca. Os professores não o escutavam. Eles só me escutavam gritando:

— ELE NÃO É, NÃO! CALE A BOCA, ANTHONY!

Eu não ouvi nada do que Anthony estava me dizendo, a não ser uma coisa que me assustou um pouco. Ele disse:

— Se der esses presentes para o Ron, ele vai rir de você com os amigos dele. É isso que ele faz.

Eu soube com certeza por que as pessoas riam quando eu falava com Ron sobre ele ir até minha casa assistir a *Orgulho e preconceito*. A princípio achava que era porque ficavam todos animados com a ideia. Eu não queria que os amigos de Ron fossem também, mas também não queria ser mal-educada. Então eu ria junto e ficava achando que

Ron ia responder algo como: "Que dia devo aparecer lá?" ou "Que tal nessa sexta?".

Mas ele não respondia.

Tentei algumas vezes. Uma vez eu disse:

— Minha casa estará livre o fim de semana inteiro.

Ele virou as costas e saiu andando como se não tivesse me escutado. Depois que Anthony falou aquilo, eu já não tinha tanta certeza.

Anthony me fez pensar que talvez Ron não me amasse, e talvez a timidez não fosse o motivo pelo qual ele não falava mais comigo. Isso fazia meu estômago se revirar como se eu fosse vomitar. Comecei a pensar em mais coisas que Ron andava fazendo desde que voltamos para a escola. Coisas como me ver no corredor, trancar seu armário e sair andando rapidamente. Ou uma vez que me aproximei enquanto ele conversava com outra garota, e ele disse:

— Se importa de nos deixar sozinhos, Belinda? É particular.

No começo fiquei feliz, porque fazia muito tempo que ele não dizia meu nome, mas depois que Anthony disse todas aquelas maldades, comecei a pensar mais em tudo aquilo. Ron nunca pediu que ninguém saísse de perto para ter uma conversa particular comigo. A não ser no dia de nossa dança, nunca tivemos conversas em particular. Não dizíamos nem sequer um "oi" em particular, tampouco sorríamos ou acenávamos um para o outro. Ele basicamente desviava o olhar quando me via, o que eu achava que era timidez, mas talvez fosse outra coisa. Talvez fosse mais como se ele não quisesse me ver, como se me odiasse.

Quando pensei nisso, foi difícil respirar. Talvez ele fosse como o **Sr.** Darcy e só estivesse fingindo que me odiava, ou talvez ele realmente me odiasse. Era horrível não saber como ele se sentia.

Guardei a caixa de presentes em minha mesa e tentei pensar em pessoas para quem eu podia perguntar o que achavam que Ron sentia por mim. Finalmente, perguntei a Rhonda, e ela respondeu:

— Provavelmente nenhuma das duas coisas, Belinda. Em minha opinião, ele provavelmente pensa muito menos em você do que você pensa nele.

Eu não entendi. Ele era a coisa na qual eu pensava com mais frequência desde a última primavera. Durante todo o verão não o vi. Mas me imaginei casada com ele e vivendo em uma casa que eu mantinha muito limpa, do jeito que mantenho a casa de vovó limpa. Imaginava ele chegando em casa e perguntando: "O que tem para jantar?", e então eu respondia: "Arroz e feijão esta noite", ou talvez: "Porco assado".

Eu pensava tanto nisso que fiquei confusa e comecei a achar que algumas dessas situações já tinham acontecido. Como quando imaginei que fizemos um piquenique e no dia seguinte achei que tínhamos feito mesmo.

Eu não entendia como eu podia pensar nele se ele também não estava pensando em mim.

— É uma paixonite — disse Rhonda. — Ele é a primeira pessoa de verdade por quem você tem uma paixonite. É mais difícil que amar alguém de uma série de TV. É mais complicado. Ele está bem aqui, fazendo algumas coisas legais e algumas coisas não tão legais.

— Mas ele gosta de mim ou me odeia?

— Não posso responder isso, Belinda. Não sei como as outras pessoas se sentem. Se quer realmente saber a resposta, a única pessoa que pode lhe dar uma é o próprio Ron. Mas deve tomar cuidado. Você pode ouvir algo que a magoe.

Mesmo assim eu queria saber. Não saber fazia com que até comer fosse difícil para mim. Eu chegava a acordar, às vezes, no meio da noite, e não conseguia mais dormir porque ficava pensando em Ron.

— Tudo bem — respondi a ela. — Eu só quero saber.

Durante toda a semana foi impossível falar com Ron na escola. Toda vez que eu o via, ele estava cercado de outras pessoas, a maioria garotas, de quem eu estava começando a não gostar.

Então tive uma ideia. Eu me lembrei de que uma vez vovó disse que algumas pessoas se sentem pressionadas a agir como pessoas descoladas na escola e por isso não se comportam de uma maneira muito legal, mas fora da escola elas são legais. Isso é o que acontece com minha vizinha Annemarie, que conversa comigo no caminho até o ponto de ônibus, mas nunca fala comigo na escola.

Agora que Ron tinha parado de falar comigo na escola, achei que pelo menos ele falaria comigo fora dela. Assim poderíamos ser legais um com o outro novamente. O único problema era que eu não sabia como encontrar Ron fora da escola. A única coisa que eu sabia sobre ele era que ele jogava futebol. Eu não sabia nem se ele tinha um emprego. Não sabia onde ele morava. Não sabia se ele morava em uma casa grande ou em uma casa pequena, nem se tinha irmãos e irmãs.

Então eu teria de ir a um jogo de futebol, decidi.

Tinha de ir ao jogo para encontrá-lo e fazer minhas perguntas. Eu as digitei durante o intervalo, para não esquecer, pois estava muito nervosa. Imprimi a lista em segredo para ninguém ver, especialmente Anthony, com quem eu ainda estava brigada.

Estas eram as perguntas: você me ama? Se não ama, por que me chamou para dançar com você? Por que ficou vinte minutos comigo se não queria ser meu namorado?

Eu sabia que, se Anthony visse aquelas perguntas, ele ia dizer que eram idiotas, que eram para uma pessoa idiota que também parecia um babaca que não se importava. Eu estava começando a achar que ele podia estar certo, mas ainda assim queria saber. Queria dar a Ron a caixa de presentes para pelo menos ele saber que, se ele correspondesse meu amor, eu faria coisas bonitas para ele pelo resto da vida. Eu sabia que ele provavelmente não me amava, mas mesmo assim levei a caixa comigo.

Pedi uma carona a Annemarie para o jogo enquanto caminhávamos até o ponto de ônibus, porque sei que ela agora dirige, não para ir à escola, mas depois da escola.

Ela ficou surpresa, deu para perceber.

— Quer ir a um jogo de futebol, Belinda? Sério?

— Sim — respondi.

— São supercheios e barulhentos. Tipo, todo mundo passa a maior parte do tempo berrando.

— Eu sei — insisti, mesmo que não soubesse, e que ouvir aquilo tivesse me deixado nervosa. Não gosto de lugares com muita gente e muito barulho. Às vezes tenho ataques de pânico e preciso cobrir as orelhas e gritar para abafar o barulho. Aquilo me amedrontou, mas continuei disposta a ir. — Tenho um amigo no time — continuei. — Quero vê-lo.

— Tem? — perguntou ela, surpresa. — Quem?

Contei a ela e deu para perceber que Annemarie ficou impressionada.

— Tudo bem — concordou ela. — Posso te dar uma carona até lá e de volta para casa, mas não vou poder passar o tempo todo com você. Vou encontrar um cara.

— Tudo bem. — Não consegui saber se ela queria que eu perguntasse quem era o cara. Sempre achei Annemarie tímida e não tão bonita, mas talvez eu estivesse errada.

— Também vou encontrar uma pessoa lá.

— Ah, que bom! OK! — exclamou ela. Então estava tudo certo.

Eu disse a vovó e a mamãe que ia sair com Annemarie, mas não contei aonde estávamos indo. Sabia que, se contasse, mamãe diria que "talvez", e ia olhar para vovó, que diria: "Nem pensar" ou "Só por cima de meu cadáver".

Vovó gosta de ser bem clara. Sempre que alguma coisa é arriscada ou barulhenta ou acontece depois de anoitecer, é isso que ela diz.

Disse a elas que Annemarie tinha me convidado para ir ao cinema. Não sei se elas acreditaram em mim. Não vou ao cinema com ninguém além de vovó desde a terceira série.

Eu esperava que vovó dissesse: "Por que a Annemarie está sendo tão legal com você depois de todos esses anos?" Se ela tivesse perguntado aquilo, eu não saberia o que responder. Nunca menti para vovó antes. Também nunca menti para mamãe, a não ser quando digo a ela que está tudo bem mesmo quando não está, só para ela não ficar triste.

Aquela era uma grande mentira e me deixou tão nervosa que esperei por Annemarie na entrada de nossa garagem. Eu estava com meu casaco e meu chapéu e a caixa de sapato cheia de presentes. Eu a enchera de papel higiênico para os presentes não chacoalharem quando eu me movesse. Também colei a tampa com fita adesiva para que nada caísse lá de dentro.

Eu não sabia se estar no time significava que você ficava ocupado o tempo todo durante uma partida de futebol. Estava preocupada com isso, mas naquele dia mais cedo eu tinha falado com Ron pela primeira vez em duas semanas.

— Vou ao jogo hoje à noite — avisei, e ele sorriu.

Meu coração começou a palpitar, e ele continuou sorrindo.

— A gente se vê lá — respondeu ele.

O que significava que ele devia ter intervalos durante os quais podia ver as pessoas e falar com elas.

— O que é isso? — perguntou Annemarie, olhando para minha caixa quando entrei no carro. Dava para notar que ela estava nervosa com seu encontro. Estava usando um batom muito brilhoso e não muito bonito.

— Não é nada — menti.

— Precisa me contar o que é, Belinda. Não é tipo uma arma, uma bomba ou algo assim, é?

— Não. São presentes. Para meu amigo do time.

Ela me olhou de um jeito estranho.

— OK — respondeu, voltando a dirigir.

Compramos nossos ingressos, e ela me disse para esperá-la ao lado da bilheteria às dez e para não me preocupar se eu não a visse durante o jogo.

— Pode ser que a gente dê uma saidinha. O Jacob não curte muito futebol.

Eu disse que tudo bem, mesmo sem ter nada para consultar as horas e não ter certeza de como a encontraria no horário marcado.

No começo, o jogo foi excitante e um pouco assustador. Havia muita gente, e todos estavam gritando e batendo os pés, mas de um jeito alegre. Ninguém estava zangado, só estavam animados para o jogo começar. Precisei ficar sentada com a banda porque não havia mais lugares vazios. Perguntei ao garoto do meu lado se eu podia tocar em uma das borlas douradas de seu uniforme. Ele disse que sim e depois que eu a toquei durante um tempo, ele me mandou parar.

A parte ruim de ficar sentada com a banda era que toda vez que alguma coisa boa acontecia no jogo, eles pegavam seus instrumentos e tocavam. Era tão alto que fiquei com vontade de mudar de lugar, mas não sabia se era permitido. Nas peças da escola você tem um lugar marcado e não tem permissão para mudar, mesmo que alguém bem alto se sente na sua frente. Então continuei sentada ali.

Não dava para ver o jogo direito, mas tudo bem, porque havia tantas outras coisas para olhar, como as líderes de torcida e suas pirâmides! Toda vez que elas subiam umas nas outras, meu coração começava a bater forte e eu precisava fechar os olhos para acalmá-lo. Eu não conseguia nem olhar de tanto medo de uma delas cair. Mas então eu abria os olhos e elas estavam bem! Era como assistir a uma apresentação de circo! Eu só fui ao circo uma vez, quando era pequena e minha mãe me levou. No começo eu adorei, mas depois ficou confuso. Eu não conseguia entender para onde devia olhar. Fiquei tão confusa que comecei a chorar e a tremer. "Ela ficou um pouco impressionada demais", disse mamãe a vovó quando chegamos em casa. Vovó tinha avisado a ela que era uma má ideia me levar ao circo. "Ela adorou, até tudo ficar um pouco demais para ela, mãe."

Dessa vez, entretanto, não fiquei impressionada demais. Adorei tudo! Estar lá me fez rir tanto que meu rosto começou a doer. Desejei ser uma líder de torcida ou integrante da banda ou jogadora de futebol ou tudo aquilo junto! Às vezes o que faço quando fico agitada assim é fechar os olhos e imaginar que sou várias partes diferentes da história. Sou uma líder de torcida e também toco tuba e estou no campo, pegando água para os jogadores. Sou parte de tudo! Todos estão sorrindo e felizes em me ver.

É dessa parte que tento me lembrar agora. Eu não estava triste nem zangada quando fui falar com Ron no intervalo. Estava tão feliz e queria que ele soubesse que, se ele não quisesse, eu não ia mais perturbá-lo nem amá-lo. Queria agradecer por ele ser o motivo de eu ter ido ao jogo e ter me apaixonado por tudo aquilo.

Queria dizer isso a Ron.

Queria dizer a ele que não precisava se preocupar mais comigo.

CAPÍTULO ONZE

EMILY

— Parece que o Chad vai precisar ficar algumas semanas sem vir para se concentrar nas aulas da faculdade — anuncia Mary no começo da aula.

Sheila gira para me olhar.

— Vocês brigaram ou algo assim?

— Não — respondo, desejando, mais uma vez, que Chad não tivesse feito aquele gesto, avisando que ia me ligar, na frente da turma toda semana passada.

— Eles não podem ter brigado — diz Annabel. — Eles vão se *casar*.

— Não vamos nos casar — sussurro. — Não somos nem amigos, na verdade.

Mary levanta uma das mãos.

— Certo, chega de falar sobre o Chad. Queria que soubessem que ele não virá à aula durante um tempo só para vocês saberem o que esperar, só isso.

Por uma fração de segundo, Mary fixa seu olhar em mim. Eu não esperava que Chad me ligasse essa semana, mas me surpreende ele ter desaparecido completamente do grupo. A mãe não tinha dito que ele precisava vir? Apesar de não achar que vou sentir falta de Chad, admito que vou sentir falta da novidade de ter um garoto bonito prestando atenção em mim. É vaidade e bobeira, sei disso, mas também vou sentir falta de todo mundo na sala achando que estávamos saindo juntos.

Incluindo Lucas, aparentemente.

Do outro lado da sala, eu o vejo olhando para mim. Ele não está sorrindo, como se mal pudesse esperar para fazer alguma piada a respeito de Chad. Ele parece solidário. *Sinto muito*, diz ele sem emitir som. E é só isso. Ele volta sua atenção para Mary e para o exercício que ela está apresentando na frente da turma.

A verdade é a seguinte: estou ficando cada vez mais nervosa quanto a fazer a peça. O que eu achava anteriormente — que com a ajuda de Lucas não teríamos problemas em arrumar mais uma dúzia de pessoas para ajudar — pode não ser verdade. Na segunda de manhã ele me encontra na frente de meu armário e pergunta se seria possível cortar alguns personagens da peça.

— Precisamos de pelo menos doze atores — digo. — Já encurtei toda a história. Ela agora só tem três irmãs e nenhum tio ou tia.

Lucas parece confuso. Eu me pergunto quão bem ele conhece a história. Ele provavelmente assistiu ao filme com Keira Knightley, que é ótimo, mas Belinda tinha razão, a versão com Colin Firth é a melhor. Assisti às duas versões com Richard. Ele acha que a fotografia da versão com Keira é uma obra de arte e que o Sr. Bingley nessa versão é gay, e não tímido. Garotas estudiosas e garotos gays que passaram a maior parte do ensino médio sem namorar conhecem *Orgulho e preconceito* um pouco bem demais. Aparentemente, meninas com necessidades especiais e avós fãs de obras-primas do teatro também. Existe uma lógica para o cantinho que *Orgulho e preconceito* ocupa no coração de todo adolescente solitário, mas o que Lucas saberia a esse respeito?

— E Wayne Cartwright ou Ron Moody? — pergunto.
— Conseguiria que um deles topasse?

— Por que está tão interessada nesses caras? Eu já falei que eles são meio que uns babacas.

Eis a questão: sei que eles são babacas, mas mesmo assim os quero.

— Se conseguíssemos que um deles participasse, todo mundo ia achar que é uma coisa bacana de se fazer. Além disso, muito mais gente vai querer assistir. Podem até escrever um artigo para o jornal. Seria ótimo para eles, e para a gente. E talvez eles não sejam tão babacas assim. Eu acho que já vi a Belinda conversando com Ron Moody.

— De jeito nenhum vou pedir nada para aquele cara.
— Por que não?
— Confie em mim.

Entendo seu argumento — precisamos ter cuidado com quem vai estar perto de Belinda —, mas não acho que ele entenda o meu: o objetivo final disso tudo é envolver o máximo de pessoas possível. Ainda não falei com Belinda sobre a peça — Lucas falou porque foi o primeiro a mencionar o projeto para ela —, mas sei que ela também vai querer o máximo de gente possível. Marcamos testes para esta quinta-feira, o que significa que durante toda a semana passo as noites em claro, imaginando como vai ser, alternando entre uma fantasia na qual hordas de espectadores apareçam, e outra na qual acontece o oposto, apenas um punhado de espectadores comparece e ficamos todos lá, sentados desconfortavelmente durante meia hora, esperando mais gente chegar.

Obviamente, prefiro o primeiro problema ao segundo. Para mim, Ron Moody parece ser o astro mais acessível a quem recorrer. Wayne Cartwright não é apenas talentoso e atlético, também é ridiculamente bonito. Ele anda pelos corredores rodeado por duas ou três garotas lindas, não importa aonde esteja indo. Ron Moody parece um Shrek de cabelos ruivos e sardas. Presumi que ele fosse um pouco mais acessível.

— Ron Moody é um babaca — diz Lucas.

— Está bem. — Levanto as mãos. — Então não fale com ele.

Não entendo a hesitação de Lucas em chamar esses caras, porque, tirando isso, ele está se esforçando bastante para fazer tudo acontecer. Ele conversou com a presidente do clube de teatro e a convenceu a nos deixar usar os figurinos do acervo. Ela também prometeu chamar alguns caras da luz e do som para nos ajudar. O problema é que a maioria da galera do teatro está ocupada com *Guys and Dolls*, o musical de primavera que vai ocupar o grande palco no fim de semana seguinte a nossa peça no palco menor. Tentei deixar claro para Lucas que precisamos encontrar pessoas *de fora* da galera do teatro.

— E algumas das garotas? — pergunto.

— Acontece que elas têm uma competição de líderes de torcida no mesmo fim de semana da apresentação. Elas até querem, mas não podem.

Ultimamente parece que tenho visto Lucas cada vez menos com Debbie, sua namorada. Um mês atrás ela ficava empoleirada ao seu lado todos os dias no almoço. Recentemente não tenho mais visto isso, mas também não ouvi ninguém dizer nada sobre término. Ela parece perfeitamente feliz. Toda vez que a vejo no refeitório, está rindo de alguma coisa. Debbie tem aqueles cabelos loiros superlisos, ótimos para jogar de um lado para o outro quando se está rindo, o que ela sempre faz.

— *Todas* elas vão à competição de líderes de torcida? Não tem algumas que vão ficar?

— Algumas. Algumas das garotas disseram que pode ser que façam o teste. Só não vai ser muita gente.

— Nós meio que precisamos de muita gente, Lucas. É esse o objetivo dos testes. Você precisa que muita gente vá para escolher os melhores.

Ele se apoia nas muletas, como se estivesse farto de falar daquilo.

— Estou tentando, tá legal?

Sei que ele está, e que eu não deveria culpá-lo, mas estou ficando cada vez mais nervosa.

E tem mais uma coisa: desde nossa única conversa no corredor, quando ela deu as costas para mim, não falei mais nenhuma vez com Belinda. Toda vez que a vi depois, havia outras pessoas em volta e fiquei nervosa demais.

No dia dos testes, encurralo Lucas no refeitório, ao lado da cozinha.

— Me diz que conseguiu pelo menos quatro caras para irem hoje à tarde. — Sei que pareço ríspida, mas nossas conversas na escola geralmente são assim. Imagino que nenhum de nós dois queira ser visto falando um com o outro, então sempre vamos direto à questão.

— Não sei se tenho quatro. *Pode ser* que sim.

— Quantos tem com certeza?

Ele continua andando sem responder.

— Me diz logo, Lucas.

— Veremos quando chegar a hora, não é? — Queria que ele não soasse tão casual. — O que aconteceu com seus amigos? O que eles disseram?

Desvio o olhar.

— Eles estão ocupados no momento. Todos estão com essas cargas pesadas de aulas...

— Além disso eles não querem participar, não é?

Respiro fundo.

— Além disso eles não querem participar.

Ficamos lado a lado por um pouco mais tempo do que geralmente ficamos na escola. Finalmente, Lucas diz:

— Vamos ver o que acontece hoje à tarde. Talvez a gente tenha uma surpresa.

BELINDA

Quanto mais durava o jogo, mais nervosa eu ficava com minha caixa de presentes. Ainda queria dá-la a Ron, mas não sabia bem como. Havia uma cerca e uma pista de corrida e uma fileira de líderes de torcida entre o público e o time. Não dava para as pessoas irem até eles conversar. Então vi um dos treinadores correr para debaixo das arquibancadas. Perguntei ao garoto ao meu lado para onde ele estava indo, e ele respondeu:

— Para o vestiário.

Esperei para ver se o time também ia para lá depois de terminar de jogar, e eles foram! Foi quando bolei meu plano. Um vestiário para jogadores de futebol era como um camarim para atores. Isso significava que eu poderia esperar por ele do jeito que as pessoas esperavam por mim quando eu estrelava peças. Às vezes elas me levavam flores, ou criancinhas me pediam para autografar o programa da peça. Eu era sempre educada. Sempre parava para conversar com qualquer um que estivesse esperando por mim.

Ron também vai fazer isso, pensei. Sei que vai.

— Foi um ótimo jogo — comentei com o garoto sentado ao meu lado. Mas ele respondeu:

— Ainda não terminou. É só o intervalo.

Eu não sabia o que aquilo significava, mas havia uma movimentação como se todo mundo estivesse indo embora, então peguei minha caixa e desci até a base das arquibancadas. Encontrei um portão que levava ao túnel. Tinha um cadeado, mas não estava trancado, então abri o portão e passei por ele.

Eu só havia feito algo assim uma vez antes, quando mamãe, vovó e eu fomos ver um cantor chamado Jimmy Martin, que mamãe amava quando era criança. Depois do show, fingi abrir acidentalmente um portão e ir até onde ele estava só para mamãe correr atrás de mim e cumprimentá-lo. Foi engraçado e ficamos rindo daquilo um bom tempo. Às vezes tudo bem passar por portões que ninguém mais está usando.

Às vezes significa que você pode cumprimentar alguém e conversar com essa pessoa por um minuto.

Dessa vez, no entanto, não foi assim. O túnel além do portão era bem escuro. Durante alguns segundos não enxerguei nada. Então meus olhos se acostumaram e eu vi como muita gente não joga seu lixo na lixeira. Haviam copos e papéis de cachorro quente pelo chão e lugares onde parecia que alguém tinha derramado um saco inteiro de pipoca.

Comecei a ficar com um pouco de medo por causa do barulho dos passos das pessoas, mais alto ali embaixo que lá em cima. Parecia que havia elefantes pisoteando as arquibancadas acima de mim. Eu também não conseguia identificar para onde os jogadores tinham ido. Estava tudo simplesmente escuro e sujo demais. Então a porta do túnel atrás de mim se fechou.

— Estou aqui! — gritei, mas ninguém respondeu.

Foi quando ouvi algo do outro lado das arquibancadas. Parecia uma risada. Fiquei tão aliviada que corri na direção dela, mas não vi ninguém lá. Apenas o som de passos e da banda tocando.

Fui na direção de uma luz no fim do túnel. Quando cheguei até ela e pisei onde havia luz, escutei uma voz perto de mim.

— Aí está você. Não estava conseguindo vê-la antes.

Agarrei minha caixa de sapato contra o peito. Não falei nada.

— Como veio parar aqui? Parece meio perdida.

Eu não conseguia enxergar quem estava falando. Via apenas um cigarro aceso subindo e descendo.

Escutei uma porta se abrir e o som de garotos gritando: "FORÇA, COUGARS!" A princípio fiquei aliviada. Pensei: "Tudo bem. Deve ser o time saindo. Quando eles nos alcançarem, vai ficar tudo bem." Então vi um uniforme. Não era o número de Ron, que é o 47. Era o número 89.

— SAIA DAÍ! — gritou ele. Olhei em volta para ver com quem ele estava gritando. Não consegui ver nada. — VOCÊ! — repetiu ele. — SAIA DAÍ AGORA! ANTES QUE ELES SAIAM!

Seja lá quem fosse a pessoa com quem ele estava gritando, ela não se mexeu, porque ele continuou gritando até o time surgir atrás dele, um enorme bando de jogadores correndo em minha direção.

Procurei pelo número 47 para saber qual deles era Ron. Sabia que ele provavelmente não teria tempo de responder a minhas perguntas porque eles estavam correndo como se participassem de uma competição para voltar ao campo. Isso significava que a única coisa que eu podia fazer era entregar minha caixa para ele abri-la mais tarde. Talvez no campo mesmo, depois da partida. Ele veria o que havia dentro, e entenderia o que eu estava querendo dizer. Que eu pensava muito nele. Que, se ele quisesse se casar um dia, eu ficaria feliz. Com sorte ele saberia que eu também entenderia se ele não quisesse se casar.

Mas eles estavam correndo tão rápido que foi difícil ver Ron.

Estendi minha caixa quando ele se aproximou. Minhas mãos tremiam. Eu não queria deixá-la cair nem quebrar nada dentro dela. Então vi o 47 de novo e vi sua mão. Ele esticou o braço, e eu achei que era para pegar a caixa.

Mas não era.

Ele a empurrou de volta para mim. A caixa bateu no meu peito. Eu caí e não conseguia respirar direito. Escutei ele gritando para mim:

— TODA VEZ QUE ME VIRO VOCÊ ESTÁ ATRÁS DE MIM, PORRA! NÃO AGUENTO MAIS ISSO! NÃO AGUENTO MAIS ESSA PORRA! ME DEIXE EM PAZ!

Fiquei caída no chão tentando respirar, mas não conseguia.

Escutei o resto do time passar correndo. Eu estava no caminho, então cobri minha cabeça e meus ouvidos. Fui chutada algumas vezes. Alguém pisou no meu cabelo, o que doeu mais que os chutes. Alguém perguntou:

— Que porra é essa?

Não sei se estavam falando de mim. Depois daquilo, não me lembro mais de muita coisa.

Abri os olhos uma vez, e ainda havia pés passando. Alguém pisou em um copo de plástico e espirrou coca-cola em mim, então fechei os olhos de novo.

Quando todos passaram, eu me sentei. Minha saia estava molhada de refrigerante, e minha blusa estava suja. Uma das mangas rasgou. Olhei ao redor e vi que a caixa de presentes que eu tinha feito para Ron havia caído, e que todo o conteúdo tinha se espalhado. O colar de letrinhas e miçangas, as flores de papel de seda e o porta-copos de mosaico. O porta-copos estava quebrado.

Não consegui me levantar, então engatinhei de volta até a caixa e comecei a catar as coisas. Eu não sabia o que fazer.

Estava tudo sujo e molhado. Havia pipoca em meu cabelo.

Agora eu tinha minha resposta. Anthony tinha razão. Ron não me amava.

Eu soube porque ele me chutou e cuspiu em mim e me disse para ficar longe dele. Foi o bastante. Só comecei a chorar quando vi as peças do porta-copos quebrado. Aquele tinha sido o presente que ficara mais bonito, e agora eu não o tinha mais, porque estava quebrado. Pensei: *Essa foi a pior coisa que já me aconteceu.*

E então ouvi uma voz e me lembrei de que não estava sozinha.

— Precisa de ajuda? — perguntou a voz.

CAPÍTULO DOZE

EMILY

São 15h05 e não tem ninguém aqui.

Os testes vão acontecer no teatrinho ao lado da sala de música, onde o coro pratica depois da aula. Através da parede, consigo ouvir um menino e uma menina fazendo um dueto ao som de um piano. Parece uma canção de amor, mas eles param tanto que é difícil ter certeza. Os testes começam oficialmente às 15h15, então separo as cenas das quais tirei cópias e a lista de presença para os candidatos preencherem com seu nome e telefone. Há trinta espaços a ser preenchidos.

Escuto vozes vindo do corredor, mas, quando olho, não há ninguém esperando para entrar.

Às 15h14, começo a entrar em pânico. Nem Lucas apareceu.

Vou até o corredor para ver se ele está chegando. Talvez esteja trazendo um grupo de amigos do estacionamento, penso. Então olho para a porta principal que leva ao estacionamento. Não há ninguém lá. Corro rapidamente até seu armário.

Vazio.

São 15h19, e não sei bem o que estou fazendo, a não ser evitando a sala onde ninguém apareceu. Finalmente, volto para lá e abro a porta o mais devagar possível. Há uma pessoa sentada na última fila. Lucas.

Ele nem se vira para ver se sou eu.

— Ninguém? — pergunta ele.

— Ainda não — digo, mas nós dois sabemos a verdade. A escola está deserta. Os ônibus partiram há vinte minutos. Ninguém vem.

— O que aconteceu com seus amigos? — pergunto baixinho. Sei que não devia culpá-lo, mas culpo.

— Eles não são meus amigos — responde ele rispidamente. — Já disse isso.

— Mas pediu a eles, certo? — Não sei por que não consigo deixar isso para lá. Imagino a mesa do almoço dele ocupada por trinta pessoas. Não é essa a vantagem da popularidade? Conseguir que as pessoas façam as coisas?

— Não, eu não pedi para a maioria. Não consegui.

— O que quer dizer com não conseguiu?

— Não consegui... pedir a esses caras para ficarem perto da Belinda. Não seria certo.

— Por que não? Do que está falando?

Durante um bom tempo, ele não diz nada. Através da parede, escutamos um piano e duas vozes discutindo sobre uma progressão.

Há algum tempo me pergunto se não há mais por trás da história de Lucas do que ele contou ao comitê disciplinar, assim como havia mais por trás da minha do que consegui contar. Que eu conhecia Belinda. Que em nosso primeiro dia de aula no ensino médio gritei com ela e falei para ela jamais me abraçar. Que ainda me lembro de seu rosto, de como ela ficou feliz em me ver e de como fui dura para que ela não achasse que éramos amigas. Mas por que Lucas se sentiria culpado?

Pergunto o mais gentilmente possível:

— Você já conhecia a Belinda antes?

— Eu *sabia sobre* ela. Nenhum de nós a conhecia a não ser o Ron e alguns caras que foram ao baile do Best Buddies na primavera passada. — Ele respira fundo e se vira, como se para se certificar de que não há ninguém chegando que possa ouvir o que ele está dizendo. — Todos no time precisam fazer serviço comunitário todo ano. O Ron e o Wayne ainda não tinham feito, então o treinador mandou que eles fossem ao baile. Ficamos com raiva porque eles iam se safar indo a apenas um evento, enquanto o resto de nós precisava trabalhar vinte horas, mas é assim que as coisas são. Eles sempre se safam de coisas assim.

A música na sala ao lado recomeçou, dessa vez mais alta. Vou até onde Lucas está sentado. Sua voz está mais baixa, e é difícil escutá-lo.

— Só que dessa vez o feitiço se virou contra o feiticeiro. O Ron achou que ia se livrar da obrigação fazendo apenas aquilo, ficando lá no baile uma hora, mas conheceu uma garota que não parou mais de segui-lo. Ela achava que eles estavam saindo só por que ele a chamou para dançar. Ela ficava convidando o Ron para ir à casa dela na frente das outras pessoas, o que o deixava furioso. Finalmente, ele reclamou com o treinador, antes do jogo contra o Mansfield.

Lucas para e vira a cabeça ao escutar um barulho no corredor. Posso notar que ele vai ter problemas com sua turma se descobrirem que está me contando essa história. Mas mesmo assim ele continua:

— Aquele jogo devia ter sido mole. Tivemos catorze pontos de vantagem durante todo o primeiro tempo, mas não conseguíamos nos organizar. Não estávamos nos conectando. Nossa vantagem baixou para sete no intervalo. No vestiário, estava todo mundo puto, culpando uns aos outros, coisa que nunca devemos fazer. Então alguém olhou pela janela e viu a Belinda parada do lado de fora do vestiário, segurando uma caixa. Foi como se, naquele momento, ela tivesse unido o time inteiro de novo. De repente, todo mundo estava dizendo que *aquele* era o problema esse ano. Que as pessoas esperavam demais da gente. Precisávamos ganhar todos os jogos e, ao mesmo tempo, nos comportar como malditos escoteiros. Então tudo piorou. Eles começaram a dizer que a culpa por estarmos perdendo era dela. Começaram a fazer ameaças sobre o que iam fazer com ela quando saíssem dali. Iam parti-la ao meio por estar importunando o Ron no meio de um jogo. Iam mostrar a algumas pessoas o que acontece quando você exige demais de jogadores de futebol.

Ele para por um segundo e balança a cabeça, como se estivesse se lembrando de ameaças piores, mas não quisesse me contar. Então respira fundo e continua:

— Essa é a pior parte: eu não disse nada. Poderia ter dito. Alguns caras ficavam tentando dizer: "Ignore ela, cara", mas eles estavam sendo ofuscados por aquele tsunami de xingamentos. Foi quando percebi como esses caras são canalhas. Eles têm todo esse poder, mas são tão inseguros que querem bater nessa pobre garota só porque nós *estamos jogando como uns merdas?*

Estou sentada ao lado de Lucas. Nossas pernas estão tão próximas que nossas calças jeans se tocam. Quero que ele saiba que tudo bem ele estar me contando aquela história, então faço a coisa mais ousada que já fiz com um garoto: eu pego sua mão. E a aperto para ele entender que sou sua amiga e que está tudo bem. Se ele fica surpreso com aquele gesto, eu fico ainda mais com o que acontece em seguida: ele toma minha mão nas suas e a leva até a boca. Ele a beija e pressiona minha palma contra o rosto.

É um milhão de coisas acontecendo ao mesmo tempo, e aquilo faz eu me contorcer por dentro. É um beijo se for dado na sua mão, que está, bem, a um braço de distância de sua boca?

Parece que é.

Ficamos um minuto sentados com minha mão contra sua bochecha. Seus olhos estão fechados, como se ele quisesse ficar naquele momento para sempre. Eu não me importaria em fazer isso, mas preciso perguntar:

— O que aconteceu depois que vocês saíram do vestiário?

Lucas abre os olhos. Há luz suficiente para eu notar que estão cheios de lágrimas. Também percebo que ele não quer me contar o resto. Mas ele finalmente conta. Que tentou avisá-la. Que correu na frente dos outros e mandou ela correr. Que o treinador o chamou de volta para repreendê-lo por sair do vestiário antes. E depois que o resto dos jogadores saiu, o treinador lhe deu um sermão, cutucando seu peito com o dedo. "Mantenha a cabeça no jogo. Pense nas suas jogadas e nos seus colegas de time. Não fique pensando em outras pessoas. Há um milhão de historinhas tristes lá fora, mas você não pensa em nenhuma delas. Você fica concentrado bem aqui, no jogo."

Foi quando Lucas correu e viu algo que esperava — a caixa de Belinda e seu conteúdo espalhado para todo lado — e algo que não esperava: Mitchell Breski encurralando Belinda contra uma cerca.

— Meu cérebro congelou.

É uma sensação da qual me lembro bem até demais. Ele ainda está segurando minha mão, só que agora nossos dedos estão entrelaçados e seu polegar está acariciando a cutícula do meu.

— Achei que o treinador estava me vigiando, achei que era um teste para ver o que eu ia fazer, para ver se eu ia parar e perder o foco. Como se isso fizesse sentido, mas foi o que pensei na hora. Passei por um cara tentando estuprar uma pobre menina e a única coisa que me permiti pensar foi: "Pelo menos não é um de meus colegas do time fazendo isso."

Entendo o que ele está dizendo. Sei que a lógica do pânico não faz sentido.

Agora que ele me contou tudo isso, quero ser honesta também. Provavelmente vai ser minha última chance de fazer isso, considerando que depois de hoje a peça não vai mais acontecer e não seremos mais amigos. Não como temos sido. Quero contar que eu mesma também já fui cruel com ela. Antes que possa começar, entretanto, a porta se abre.

Meu coração para por uma fração de segundo. Soltamos as mãos e vemos duas pessoas paradas ali.

Uma delas é Belinda.

— Os testes são aqui? — pergunta ela.

Lucas se levanta. Naquela manhã, eu estava tão nervosa pensando em quem ia aparecer, que mandei Lucas pedir para Belinda não ir. "Diga a ela que já sabemos como é a atuação dela e que já sabemos que vamos querê-la", sugeri, para que ela não ficasse magoada.

Agora, como que para se explicar, ela anuncia em voz alta:

— Trouxe uma pessoa que quer fazer um teste. Este é o Anthony.

Ela aponta para o menino magro com óculos de lentes grossas parado ao seu lado. Acho que nunca o vi, o que significa que ele provavelmente é do primeiro ou do segundo ano, alguém que anda pelos corredores de cabeça baixa, tentando chamar o mínimo de atenção possível. Ele ainda usa aparelho. E tem espinhas. Parece que nem sequer começou a fazer a barba.

Lucas acena para Anthony.

— A questão é que estávamos tentando resolver o que fazer. Não apareceram tantas pessoas quanto esperávamos.

Não apareceu ninguém. Ele está tentando enrolar, mas precisamos contar a verdade a ela.

— Parece que não vamos conseguir montar a peça, Belinda — digo. É a primeira vez que falo com ela desde aquele dia horrível no corredor. — Não temos nenhum ator. Estão todos ocupados fazendo *Guys and Dolls*. — Gesticulo para a sala ao lado com o piano. — Queríamos fazer isso. De verdade, Belinda, mas todo o pessoal do teatro está ocupado.

Ela se aproxima e para debaixo da luz, de modo que consigo ver seu rosto e suas sobrancelhas franzidas. Belinda parece preocupada, mas não em pânico.

— Bem, eu trouxe o Anthony. Ele quer tentar um papel pequeno, não um grande. Não podemos fazer o teste e depois vemos o que acontece?

Não sei bem o que dizer ou sentir, exceto gratidão quando Lucas se inclina para a frente e sugere:

— Bem, temos uma cena com a Elizabeth e seu pai, não temos, Em? Por que não pedimos para eles fazerem uma leitura e vemos como se saem?

Os dois assentem. Preparei cópias das cenas, que entrego a cada um. Sei que Belinda sabe ler, mas que sua visão não é muito boa. Em nossos antigos ensaios, o diretor sempre fazia as cópias de seus roteiros em letras grandes. Não esperávamos que ela aparecesse hoje, então não fiz nenhuma cópia daquele tipo para ela.

— Não sei como vamos fazer isso. Não tenho um roteiro que a Belinda possa enxergar bem o bastante. — Digo aquilo baixinho para Lucas. Não quero envergonhá-la na frente de Anthony.

Aparentemente, não a envergonhei.

— Não preciso de roteiro — diz Belinda.

Lucas e eu nos entreolhamos.

— Não precisa?

Ela fecha os olhos. Ela não sorri, mas posso sentir o orgulho por seu talento. Seu velho dom.

— Já decorou todas as falas? — pergunto.

— Nem todas. Mas as das garotas, sim.

Lucas sorri e bate palmas.

— Ótimo, então. Por que não fazemos a primeira cena com seu pai?

Belinda leva tão a sério sua atuação que às vezes se esquece do objetivo: relaxar e se divertir. Sua cena com

Anthony é uma recitação tensa de Elizabeth implorando que o pai a ajude a colocar limites nas irmãs mais novas, paqueradoras demais. Ainda assim, há falas tocantes ditas baixo demais por Anthony:

— Nem todos são tão inteligentes como você, querida Lizzie.

É quase impossível entender o que ele diz, mas o modo como olha para Belinda, com tanta ternura e admiração, me mata. E me lembra também de que estou esquecendo um dos principais pontos da história: Elizabeth é intelectual demais para o próprio bem. Ela pensa demais. Não confia na intuição. Talvez seja melhor não montarmos o espetáculo, penso. Em vez de provar algo em relação às habilidades de Belinda, pode ser que façamos o contrário.

Quando eles terminam, Lucas pergunta se gostariam de tentar ler outra cena. Talvez uma com Elizabeth e o Sr. Darcy. Anthony fica vermelho e cobre o rosto com as mãos.

— Não sou o Sr. Darcy. Eu não.

— Tudo bem — diz Lucas. — Eu posso ler as falas dele se quiser tentar mais uma cena, Belinda.

É tão gentil da parte dele, que fico com vontade de apertar sua mão novamente. Se não vamos poder fazer a peça, ele pelo menos está dando a ela uma chance de interpretar Elizabeth Bennett por uma tarde.

— Sim — responde ela. — Eu gostaria disso.

— Por que não lê a primeira cena em Pemberley? Se lembra dela? Quando ela o vê inesperadamente?

Belinda confirma com a cabeça. É claro que ela conhece a cena.

Lucas pula para o palco, limpa a garganta e balança a cabeça para entrar no personagem e então — bum — ele o incorpora. Não usa o sotaque britânico afetado que Belinda está experimentando usar, mas sua voz é diferente da voz monótona de sempre. Ela enche a sala e nos surpreende: estranhamente, até o piano na sala ao lado para de tocar.

— Por que está aqui, Elizabeth, se isso ofende tanto sua sensibilidade?

Belinda dá uma olhada para ele, sorri, e encontra sua fala.

— Não tive escolha, senhor. Vim com minha tia e meu tio.

— Devia saber que é bem-vinda a qualquer hora.

Conforme os dois continuam, fico maravilhada. Lucas realmente entende a história. Ele entende que grande parte do que eles dizem é o oposto do que querem dizer. É possível até que ele esteja demonstrando como fazer aquilo de maneira que Belinda perceba. Porque essa não é mais uma das cenas curtas que copiei, eles avançam além do roteiro, interpretando toda a cena. Belinda precisa de indicações em algumas falas, mas não muitas. A cena fica cada vez melhor conforme eles prosseguem. Anthony sai do palco e se senta na primeira fila para assisti-los.

É tão convincente que eu nem sequer escuto a porta se abrir atrás de nós.

Só percebo que outras pessoas entraram depois que escuto vozes, me viro e vejo Debbie, namorada de Lucas, sentada lá atrás com duas amigas. Uma delas está cobrindo a boca com a mão, como se não pudesse acreditar no que está vendo. Debbie está olhando fixamente para Lucas, não como se estivesse surpresa com o fato de ele ser um bom ator, mas como se estivesse zangada.

Mais do que zangada, na verdade. Ela está furiosa.

O que me faz pensar: espere, ele não pediu para ela vir e fazer o teste? As líderes de torcida não deviam estar em uma competição? E é quando percebo — não tem competição alguma.

Lucas não contou nada a eles a respeito da peça.

CAPÍTULO TREZE

BELINDA

Exceto pela polícia logo depois, ninguém mais me perguntou o que aconteceu com Mitchell Breski. Vovó não quer nem que o nome dele seja pronunciado em nossa casa, então mamãe não pode perguntar. Cynthia e Rhonda, minhas professoras, também não me perguntaram.

Acho que não quero falar sobre o assunto, mas às vezes gostaria que alguém me explicasse o que ele estava fazendo. No começo achei que estava tentando me ajudar. Ele sabia que eu estava chorando e com vergonha, e ele ficava repetindo:

— Shh, shh... tudo bem. Eu ajudo a catar suas coisas.

Eu agradeci, porque precisava de ajuda. Estava tudo quebrado, e havia muitos pedacinhos. Então ele começou a esfregar meu braço, o que não fez sentido, porque meu braço não estava machucado. Ele falou que aqueles caras eram um palavrão e que eu não devia dar bola para eles.

Ele estava me tocando mais do que eu gostaria, então tentei engatinhar para longe, mas ele agarrou meu suéter e disse:

— Ei, gatinha, não tão rápido. Você não pode sair engatinhando daqui assim, toda suja de terra. Me deixe limpar você antes.

Fiquei de pé perto do portão que dava para o campo. Estava muito escuro onde eu estava e claro mais à frente. Achei que talvez ele tivesse razão; se eu saísse daquele jeito todo mundo ia saber o que tinha acontecido e todo mundo ia rir de mim. Sabia que não podia voltar e me sentar ao lado da banda, com a saia suja de coca-cola e pipoca no cabelo.

— Deixe que eu ajudo você – repetiu ele.

E então ficou tão perto no escuro que senti seu hálito, que era horrível, como se ele tivesse comido metal. Ele tocou meu cabelo e colocou a boca no meu pescoço. Foi como quando um cachorro lambe você. Você quer afastar o cachorro, mas vovó sempre diz que devemos ser boazinhas com cachorros, eles são apenas cachorros, então você não deve empurrá-lo. Tentei afastá-lo, mas ele ficava fazendo uma coisa com a boca, como se quisesse comer meu pescoço.

— Você tem cabelos louros bonitos — disse ele.

— Preciso ir — falei. Eu definitivamente não queria que ele continuasse colocando sua boca em mim, mas ele estava segurando minha caixa de sapatos. — Pode me devolver isso, por favor?

Ele afastou a caixa, como se quisesse fazer daquilo um jogo, no qual eu tentaria pegá-la e ele a deixaria cada vez mais longe. Eu não queria brincar daquilo, mas o resto do corpo dele estava me encurralando contra a cerca. Ele ficava se debruçando em cima de mim, então tive de agarrar a cerca para me afastar. Meu cabelo ficou preso na cerca e doeu quando eu puxei. Comecei a chorar de tanto que doía e de tão assustada que estava.

— Shh, não chore — disse ele.

Então ele começou a tocar meu peito, mas acho que ele não estava gostando do que estava fazendo. Seu rosto estava vermelho e suado, e ele fazia barulhos, como se aquilo o estivesse machucando.

Então ele disse:

— Não olhe. — E abriu o zíper da calça.

Eu olhei, mesmo que ele tivesse dito para não olhar. Olhei, e foi naquela hora que gritei tão alto que chegou um zelador.

Eu sabia como se chamava, mas nunca havia visto nada daquele tipo antes. Eu me assustei porque era feio e o rosto dele estava vermelho e feio quando ele o colocou para fora. Na escola aprendemos sobre espaço íntimo e toques bons/toques ruins. Toques bons são coisas como abraços de sua família. Toques ruins vêm de pessoas que abraçam quando você não quer ser abraçada ou tocam suas partes íntimas. Partes íntimas são qualquer lugar do corpo que um traje de banho esconda.

Quando falamos sobre isso na aula, todo mundo ficou perguntando: "O umbigo é íntimo?", "O pescoço é íntimo?" Quando Anthony perguntou isso, pedi a ele para, por favor, pensar antes de fazer perguntas como aquela. "Seu pescoço fica coberto por um traje de banho? Acho que não."

Fiquei zangada com Anthony porque eu não achava que meninos e meninas deviam estar juntos na mesma sala aprendendo essas coisas. Achei que isso só daria ideias aos meninos, e que eles já eram loucos demais por meninas para início de conversa. Douglas só quer saber de falar sobre garotas, garotas e garotas. Às vezes acho que não devemos falar sobre certas coisas, assim como fazem em *Orgulho e preconceito*, quando ninguém quer falar sobre como Mary canta mal ou como Lydia está flertando demais. Eles são educados e não dizem nada. É assim que acho que devíamos nos comportar em relação ao sexo. Devíamos simplesmente não dizer nada.

Quando contei isso a Rhonda, ela disse que não era boa ideia. Disse que mais cedo ou mais tarde todos vamos sentir vontade de tocar outra pessoa, e mais cedo ou mais tarde alguém vai ter vontade de nos tocar, e precisamos aprender a dizer não se não quisermos.

Praticamos bastante aquilo na aula. Nós nos revezávamos dizendo: "Não, você está invadindo meu espaço íntimo. Não quero que fique tão perto."

Funcionou bem na aula, onde os outros alunos sabiam que precisavam dar um passo para trás se você pedisse. Mas Mitchell Breski não deu um passo para trás. Agora acho que talvez Rhonda tivesse razão — tudo bem falar sobre algumas dessas coisas, porque eu gostaria de entender o que aconteceu e o que fiz de errado.

Anthony se saiu bem no teste, mas ele estava nervoso demais, especialmente em torno das axilas. Quando ele perguntou se dava para ver que elas estavam suadas, eu respondi que sim, porque não gosto de mentir para ninguém, especialmente para Anthony.

— Mas tudo bem, porque ninguém mais viu — garanti, o que não era verdade. O rosto dele estava molhado, e todo mundo estava notando isso também.

Para mim, esses testes são divertidos. Eles não me deixam mais nervosa porque já tenho prática. Para Anthony foi diferente. Parecia que ele estava dizendo as falas com a boca cheia de comida. Era muito difícil entendê-lo. Mesmo assim, depois eu disse que ele tinha sido ótimo, porque achei que tinha mesmo.

Então chego em casa naquela noite e começo a me preocupar: E se eu conseguir um papel, e Anthony não? Vou me sentir péssima se isso acontecer. Talvez eu procure Lucas ou Emily amanhã e diga a eles que Anthony trabalha muito duro e que melhora muito nas coisas com a prática. Quando ele entrou no ensino médio, não conseguia abrir o armário, o que não me surpreendeu, porque ninguém de nossa turma usa os armários que ganhamos na nona série. Todos tentamos abri-los uma vez e não conseguimos, então deixávamos as nossas coisas na sala e esquecíamos dos armários, mas Anthony não parou de tentar. Toda manhã ele voltava e finalmente em novembro ele conseguiu abrir o armário sozinho. Então ofereceu aulas particulares chamadas "Como Abrir Seu Armário". Nós nos revezamos como alunos. Anthony me ensinou em três dias, o que fez de mim sua melhor aluna, contou ele.

Talvez tenha sido nessa época que percebi pela primeira vez que Anthony gostava de mim, mas eu não podia sentir o mesmo porque ele estava na nona série e eu no segundo ano.

Agora ele diz que a idade não importa quando se está apaixonado.

Eu digo a ele:

— Não estamos apaixonados, Anthony! — O que é verdade.

Exceto pelo fato de que estou tão preocupada se ele vai conseguir um papel ou não na peça que é quase como se me importasse mais se ele vai estar na peça do que eu. O que não faz sentido, só que não consigo evitar.

EMILY

Não acredito em quanto tempo passei sentada na cama, olhando para o telefone e esperando Lucas me ligar para decidirmos o que fazer a respeito de nosso projeto de peça arruinado, mas na verdade o que quero é que ele me conte o que houve com Debbie depois do teste. Quando ela nos interrompeu já eram 16h15, e só tivemos tempo de encerrar os testes de Belinda e Anthony e colocá-los no ônibus. Enquanto guardávamos nossas coisas, tentei não dar bandeira, mas fiquei observando Lucas conversar com Debbie no canto. Ele parecia menos envergonhado que cansado de seja lá qual fosse a conversa que os dois estivessem tendo. Ela falou a maior parte do tempo. Ele escutava e assentia.

Se não tinha contado a ela o que estávamos fazendo — o que parecia evidente pela expressão no rosto da garota —, que tipo de casal eles podiam realmente ser?, pensei, mas talvez eu estivesse entendendo tudo errado.

Quando vi Debbie no fundo no teatro, achei que ela sabia o que estava acontecendo. O motivo de ninguém ter aparecido foi que Lucas não tinha contado a nenhum de seus amigos — inclusive a namorada — o que estávamos fazendo. Hoje mais cedo, aquilo teria me deixado furiosa. Eu achava que queria que os populares aparecessem para podermos provar a Belinda que muita gente estava disposta a ajudá-la, mesmo que nós dois não a tivéssemos ajudado daquela vez. Agora entendo que a história é um pouco mais complicada. Lucas se afastou daquele grupinho porque ele é formado por pessoas que jamais demonstrariam nada por Belinda, muito menos generosidade.

Seus colegas de time foram horríveis com Belinda. Ron foi o pior, mas todos tinham passado correndo por ela sem parar para ajudá-la a se levantar. Lucas tinha razão. Nenhuma daquelas pessoas teria participado de nosso espetáculo. Ele entendia aquilo, e eu não.

Agora enxergo todas as maneiras pelas quais Lucas se distanciou de seus colegas de time. Ele não só concordou em participar de uma peça, mas também encontrou a peça perfeita. Quando ninguém apareceu, ele se sentiu tão mal quanto eu e alguma coisa aconteceu — algo real — naquele momento em que ele segurou minha mão. Tenho certeza disso. E é por isso que concluí que ele me ligaria assim que terminasse de terminar tudo com Debbie.

Só que ele não liga.

Tudo bem, penso. Ele não precisa me ligar, mas *não pode* continuar saindo com ela. Simplesmente não pode. Ele é bom demais, decente demais, esperto demais para ficar com uma garota como ela. É só isso que quero dizer a ele. *Você não precisa namorar comigo, apenas não namore com ela. Por favor, como sua amiga, estou implorando: não namore uma pessoa que não dá valor a você.*

Eu *sou* amiga dele, penso, ainda encarando o telefone. E bons amigos conversam assim. Eles dizem: *Você é inteligente demais para essa pessoa.* Richard me diz isso o tempo todo, mesmo quando não é verdade. Ele sempre me diz que sou boa demais para todos os garotos de quem já gostei e que não gostaram de mim de volta. No meu caso não era verdade, mas no de Lucas isso é tão verdadeiro que fica quase difícil respirar. Ele não é um idiota que só joga futebol e namora líderes de torcida. Ele é tão diferente do resto daquela galera que quero que nunca mais perca tempo com eles. Ele devia estar passando tempo comigo e com meus amigos. Devia estar rindo com a gente e sendo ele mesmo. Devia conhecê-los de verdade, para que eles o conheçam também e vejam o que eu vejo: como ele é surpreendente, incrível e doce.

É claro que também percebo por que isso está me deixando tão nervosa. Penso em como ele beijou o dorso de minha mão e a segurou contra o rosto. Eu não quero que sejamos só amigos, quero mais que isso. Quero beijá-lo. Quero andar pelo corredor com um de meus dedos enlaçado no passador de sua calça jeans. Quero tudo que Debbie tem e não valoriza. Quero coisas que não posso ter porque as leis da estratificação social em uma escola de ensino médio podem permitir que sejamos amigos durante um tempo, mas jamais permitiriam nada além daquilo. Não sou cega; disso eu sei. Ele não se sentiria confortável na mesa em que almoço, assim como eu não me sentiria na dele.

Penso nele no palco interpretando o Sr. Darcy com seus gestos contidos e perfeitos: os lábios, um único dedo erguido. Lembro dele olhando para Belinda, depois para mim, depois de volta para Belinda. Ele sentiu também. Sei que sentiu. Meu coração se acelera estupidamente ao pensar naquilo. Pelo menos eu acho que sentiu. Para mim estava tão óbvio, ao fim de sua cena com Belinda, que quase esperei que ele olhasse para a plateia e terminasse com Debbie ali mesmo. Depois do dia que tivemos, como ele poderia não fazer aquilo? Mas agora quatro horas tinham se passado e nada acontecera. Ele não ligou. Não mandou mensagem nem e-mail. Sinto o nó de expectativa no estômago se desfazendo a fim de abrir espaço para a história que vou ter de contar a mim mesma amanhã, e no dia seguinte, e no outro, quando nos encontrarmos e conversarmos sobre tudo, menos isso.

Já posso imaginar, e não suporto a cena. Vamos conversar sobre a peça e concordar que não vai ser possível montá-la. Foi uma boa ideia, admitiremos, mas não dá para montar um espetáculo sem atores. Vamos dar de ombros e virar as costas para essa coisa na qual estamos trabalhando há semanas por não termos outra escolha.

Todos esses pensamentos são confirmados no dia seguinte, quando vejo Lucas pela manhã, falando com um menino que não reconheço, mas que, a julgar pelo tamanho, deve ser jogador de futebol americano. Lucas ergue um dedo em minha direção, mas não consigo distinguir se ele está querendo dizer *Espere, quero falar com você*, ou se é um simples "oi".

Ele não para de falar com o garoto, então continuo andando com um sorriso que soa falso, porque é falsa mesmo.

No almoço eu o vejo mais uma vez, mas ele não me vê nem olha em minha direção. Percebo que ele está fazendo uma escolha ao não olhar para mim. Durante duas semanas abandonamos todo o desconforto em relação um ao outro. Conversávamos com naturalidade no corredor ou no refeitório. Tínhamos um propósito que eliminava a timidez entre nós dois. Era como se, por estarmos falando de uma peça a que poucas pessoas iam assistir, achássemos que ninguém ia nos notar conversando.

Agora, só olhar na direção de Lucas, para a mesa repleta de seus amigos, parece pesado e perigoso. Como se mil pares de olhos fossem notar a idiota que fui. Como se fossem ver o que estou pensando porque está escrito em minha testa: por que fizemos tudo aquilo se íamos simplesmente desistir? Não ficamos três minutos de mãos dadas porque a história de Belinda não era a única coisa que nos entristecia, mas a ideia de não fazer a peça também?

Fico pensando que não podemos passar o dia inteiro sem dizer nada, mas aparentemente podemos, porque é isso que acontece.

CAPÍTULO CATORZE

EMILY

Passo a maior parte do fim de semana sozinha, em casa. Durante três dias Lucas não ligou nem mandou mensagem. A única explicação na qual consigo pensar agora é que o que aconteceu antes de Belinda e Anthony chegarem não teve nada a ver comigo, e sim com a história que ele tinha acabado de contar. Ele odeia aqueles caras. Me contar aquilo foi um alívio. Segurar minha mão foi uma cortesia. Beijá-la foi um agradecimento. Foi só isso, decido. Agora que nosso tempo no curso de Limites e Relacionamentos está quase terminando — só temos mais três aulas —, nem isso vamos compartilhar mais. No próximo semestre, pode ser que digamos "oi" um para o outro quando nos esbarrarmos no corredor, mas é possível que nem isso a gente faça. É possível que esse tempo todo tenha sido algo que nenhum de nós vai compreender bem o bastante para discutir.

Nós nos sentimos mal pelo que aconteceu com Belinda. Mal mesmo. E então superamos.

Como se Lucas estivesse querendo provar que minha teoria está certa, não nos falamos na semana seguinte na escola. Ele não pede carona e, na quarta à noite, não vai à aula de Limites e Relacionamentos.

Mas tenho uma surpresa: Chad vai.

— Oi! Como você está? — pergunta ele, sorrindo para mim ao girar em sua cadeira quando passo por ele em direção a uma cadeira vazia. — Estava pensando em você outro dia mesmo.

— Oi — sussurro, e então aponto para a frente da sala. — Acho que a Mary já vai começar.

Mary bate palmas e anuncia:

— Temos um novo assunto, pessoal! Hoje vamos falar sobre expectativas.

Olho para a cadeira vazia na qual Lucas geralmente se senta. Até Mary faz uma pausa quando se dá conta de que ele não está aqui. Durante todo esse tempo — mesmo com a lesão — ele nunca perdeu uma aula.

— Quem pode me dizer o que a palavra expectativa significa? — Duas pessoas levantam a mão. — Sim, Thomas?

— É quando você espera alguma coisa, como uma encomenda pelos correios.

— Ótimo! — exclama Mary. — É algo que você espera que vá acontecer, mas que também acha que provavelmente vai acontecer. Como uma encomenda chegando. Foi um bom exemplo, Thomas. Obrigada. Quais são as expectativas que as pessoas podem ter quando entram em um relacionamento?

A pergunta é confusa para o grupo. Ela foi rápida demais; de encomendas para relacionamentos. Ninguém diz nada. Ficam apenas piscando e se entreolhando.

— Sheila, quando se imagina tendo um namorado, quais são algumas das coisas que se imagina fazendo com aquela pessoa?

Sheila não precisa pensar muito. Ela enumera uma lista com os dedos:

— Ir ao shopping, mas não para comprar velas. Odeio velas. Ir ao cinema. Comer tacos em um restaurante. Talvez andar de patins, talvez não. Provavelmente não.

— Ótimo! — Mary bate palmas. — Perfeito.

Sheila abre um largo sorriso.

— Se for com o Justin Bieber, posso escolher outras coisas.

— Certo. Com pessoas diferentes, você pode querer coisas diferentes. OK, Simon, e você, quando se imagina com uma namorada, o que se vê fazendo com ela?

— Não entendi a pergunta.

— Se você tivesse uma namorada, o que faria com ela?

— Tocaria na bunda dela.

Chad gargalha e ergue o polegar em um sinal de positivo para Simon. Mary lança um olhar de desaprovação para ele, apesar de eu não ter certeza se Chad nota.

— OK, e o que mais?

Simon franze os lábios enquanto pensa.

— Tocaria na barriga dela?

— OK. Você se imagina fazendo coisas com ela, como ir ao cinema ou sair para jantar?

Simon balança a cabeça.

— Cinemas têm cheiro de cocô. Não vou mais ao cinema.

— Eles sempre têm esse cheiro, Simon, ou isso só aconteceu uma vez?

— Só aconteceu uma vez, mas foi muito ruim.

— OK, ótimo. Obrigada, Simon. Vamos analisar a diferença entre o que a Sheila espera fazer com um namorado e o que o Simon espera fazer com uma namorada.

Ela vai até o quadro e pede ajuda do grupo para criar duas listas. Devo admitir que é um exercício muito bom: a mulher quer sair, o homem quer ficar em casa e tocar em coisas que tecnicamente não são partes íntimas, mas que obviamente têm deixado Simon louco há anos. Quando completa a lista (agora ela inclui "tocar no ombro, abraçar, cheirar o cabelo), ele está com o rosto vermelho.

— Alguém lê essas listas e percebe os problemas que possam surgir? — questiona Mary.

A princípio não. Eles apertam os olhos para focar no quadro. Alguns ficam brincando com fios soltos de suas roupas ou olham pela janela. Para eles, a conversa ficou difícil demais na primeira parte da primeira frase: "Quando você imagina...". Mas aos poucos eles parecem entender a questão que ela está tentando frisar: homens e mulheres esperam coisas diferentes de relacionamentos. Mulheres são mais públicas, elas querem fazer coisas em par e "exibir o namorado". Homens são mais reservados. Eles preferem ficar em casa com a namorada e não colocar outras pessoas na equação.

Penso em Lucas e em mim, sentados na escuridão do auditório vazio, dizendo uma coisa com nossas mãos que nenhum de nós dois teve coragem de dizer em voz alta. O que quer que estivesse acontecendo entre nós durante as duas últimas semanas foi assustador e desconhecido, porque também parecia real. Não foi a emoção temporária de um universitário pedindo meu telefone. Com Lucas foi completamente diferente. Nós conversamos, nós planejamos, nós discordamos. Até o dia dos testes, eu não tinha expectativas. Estava admirada com o quanto tinha começado a gostar de Lucas, mas meu cérebro não tinha dado nenhum salto para o futuro. Eu não imaginava nada além de montar um espetáculo decente estrelando Belinda. O que ele também queria. Nossas expectativas eram as mesmas. Talvez tenhamos nos surpreendido com nossa inexplicável intensidade. Sem conversar sobre o porquê, incentivamos um ao outro no sentido de nos dedicarmos mais àquela ideia. Imaginávamos que a escola inteira apareceria para assistir a Belinda. Ficariam impressionados com seu talento, e a vida dela mudaria para sempre. Nós dois acreditávamos que nossos colegas iam pensar como nós, que iam aparecer para tentar um papel em uma peça, e que iam ser legais com uma garota pela qual todo mundo sentia compaixão. Agora, quando penso nas agendas lotadas de todo mundo — os treinos esportivos, as redações para as universidades, as provas —, não fico brava por ninguém ter aparecido. Fico intrigada por um dia ter achado que apareceriam.

Lucas e eu queríamos tanto que tivesse acontecido que nos convencemos de que ia de fato acontecer.

Expectativas são coisas tristes e complicadas.

No intervalo, faço uma coisa que tenho me prometido fazer há semanas: eu me sento ao lado de Sheila e folheio um álbum de fotos de Justin Bieber que ela trouxe de casa. Ela tem um monte deles, aparentemente, mas só tem permissão para trazer um de cada vez, que pode mostrar a uma pessoa a cada aula. Esta é a maneira de Mary lembrar a ela de que certos assuntos devem ser limitados. Em uma reunião com Lucas e eu no começo das aulas, Mary explicou da seguinte maneira: "Ela pode ter apenas uma boa conversa sobre Justin Bieber por aula. Dessa forma, será capaz de aprender que é um tópico aceitável em *pequenas* doses."

Apesar de Sheila estar explicando cada foto para a qual aponta, Chad puxa uma cadeira para meu outro lado e começa a falar:

— Quer ir até as máquinas de lanche — murmura ele.
— Para eu contar sobre uma festa maneira que vou dar este fim de semana?

Até Sheila parece estar confusa com a interrupção.

— Agora não, Chad — respondo. — Finalmente estou tendo a oportunidade de ver o álbum do Justin Bieber da Sheila. — O que estou fazendo é importante, apesar de parecer que Chad nunca teve aquela conversa com Mary, ou pelo menos não prestou atenção ao que ela falou.

Ele se debruça em minha direção e sussurra:

— Estou tentando salvar você. É nosso intervalo.

— Não, obrigada — respondo.

Depois que Chad sai da sala, Sheila se volta para mim e diz:

— Ele é mal-educado.

De repente me dou conta: aquelas pessoas viram isso em Chad muito antes de mim. Foi por isso que ninguém se ofereceu para atuar com ele na primeira aula. Era por isso que ele me pedia com tanta frequência para ser sua dupla. Ninguém mais o queria.

No fim da aula, Chad desaparece rapidamente, e Mary sai da sala comigo para perguntar se está tudo bem com Lucas. Quase respondo: "Não sei, nós brigamos", o que não faz sentido, porque não brigamos. Só que parece que brigamos. Sem nos falarmos na escola. Sem dizermos "oi".

— Bem, avise a ele que ele vai ter de repor uma aula no final por ter perdido essa.

— Eu aviso — prometo. Noto que ela nunca pede que Chad reponha nenhuma das aulas que ele perde.

— Sentimos falta dele hoje — continua Mary. — Diga isso a ele também.

De certa forma o que Mary disse, combinado à atividade em aula sobre expectativas, me fez pensar de um jeito diferente sobre tudo que aconteceu. Em vez de ficar com raiva de Lucas por me ignorar na escola e faltar à aula, ligo para ele quando chego em casa e confesso que sinto muito por nosso plano não ter dado certo.

— É — suspira ele, como se não nos falássemos há apenas uma hora e não seis dias. — Eu também.

É um pouco estranho, mas fico surpresa; não é nem de perto estranho como imaginei que seria. Depois de conversarmos um pouco, concordamos que não temos escolha. Precisamos cancelar o espetáculo. Pela tristeza na voz dele fica bastante claro: o motivo para não termos conversado mais é que nenhum dos dois queria ter de admitir isso.

— O que vamos dizer à Belinda e ao Anthony? — pergunta ele. — Não quero que ela pense que é culpada. Ela é uma atriz realmente boa. Fiquei surpreso.

Depois de tudo isso, parece tão fácil conversar com ele que eu mesma me surpreendo.

— Você também, Lucas. Quem imaginaria que você tinha um pouco de Sr. Darcy...

— O quê... Sou arrogante? Pretensioso?

Faço uma pausa e então resolvo dizer logo:

— Não... Mais para o lado contido e sensível. Você foi quase tão bom quanto o Sr. Darcy da Keira Knightley.

— Eu *poderia* ser tão bom quanto ele. Só precisava da capa e dos cabelos de palha marrom.

Eu rio.

— Vendo vocês, eu ficava só pensando em como queria que pudéssemos resumir aquela peça a três atores, ou talvez até a apenas dois.

Dessa vez é ele quem ri.

— O Anthony não foi muito bem, né?

— Mas ele foi tão doce. — Nós gargalhamos juntos ao lembrar dele gritando falas impossíveis de entender. — Talvez pudéssemos arranjar um trabalho diferente para ele.

Há uma pausa.

— Não acho que devemos tentar montar uma peça com duas pessoas, Em.

Sinto um frio no estômago toda vez que ele me chama de Em.

— É, tem razão.

— Então, como foi a aula hoje?

— Foi boa. Sentimos sua falta. Onde você estava?

— Meu pai e eu tivemos uma briga, e ele me colocou de castigo. Ele disse que, se eu não arranjar uma bolsa por meio do futebol, vou precisar entrar para um programa como o CTOR. Acho que tive uma reação meio exagerada e mandei ele se foder.

— O que é CTOR? — Já ouvi falar, mas não lembro o que é.

Durante alguns segundos ele não responde.

— Não sabe mesmo?

Admito que não.

— É o Corpo de Treinamento para Oficiais da Reserva, do Exército. Se eu quiser fazer faculdade, vou ter de me alistar.

Ele explica que o irmão mais velho perdeu a bolsa do futebol depois de uma lesão no primeiro ano, e que precisou arranjar uma bolsa por meio do programa para continuar estudando. Depois de se formar, passou dezoito meses no Afeganistão. Depois que voltou, jamais falou sobre como foi ou o que fez por lá, mas estava diferente.

— Onde ele está agora? — pergunto.

— Ele voltou. Não teve escolha. Se eles pagam a faculdade, você precisa continuar no Exército por mais quatro anos — explica Lucas.

Ficamos um tempo em silêncio, de tão triste que é aquilo tudo e por não haver muita coisa que possamos dizer. Eu me pergunto se ele contou a Debbie sobre a briga. Fico imaginando o que ela teria dito. Não posso perguntar, é claro. Por ora estou apenas feliz por ter ligado para ele... por podermos conversar e agir normalmente de novo, como os verdadeiros amigos que nos tornamos.

— Que bom que você recusou. Mesmo que ele tenha ficado zangado, eu admiro isso.

— Admira? Por quê?

— Você não tem medo de dizer o que pensa. É mais corajoso do que eu esperava.

Meu coração está batendo forte. Estou entrando em um território perigoso, mas não consigo me segurar. Mesmo que ele tenha sido medroso demais para conversar comigo na última semana, ainda admiro outras coisas que ele fez: se importar com Belinda e escolher a coisa certa. Não consigo imaginar mais ninguém no time de futebol se esforçando tanto quanto ele.

— Então, sobre aquela coisa de a Debbie ter entrado na sala durante o teste.

Por mais que eu quisesse conversar sobre isso na semana passada, agora fico apavorada diante do que ele pode dizer.

— Acho que ela entrou no auditório mais cedo, antes da Belinda e do Anthony. Ela viu o que estávamos fazendo. Aquela coisa das mãos dadas.

Ela viu? Não digo nada. Estou chocada por ele estar falando sobre aquilo de um jeito tão direto.

— Ela não ficou muito feliz.

— E o que você disse? — Me preparo para o pior: *Eu disse a ela que não significava nada. Estávamos chateados porque ninguém tinha aparecido.* Mesmo que ele diga isso, lembro a mim mesma que vai ficar tudo bem. Gosto tanto de Lucas que posso entender a situação na qual ele se encontra: estamos ligados de maneiras que fazem a gente se sentir mais velho, mas a realidade é que ainda estamos no colégio, em lados opostos da hierarquia social.

E então ele dispara:

— Eu disse a verdade. Que gosto de você.

Ele para aí. Eu me pergunto se ele está escutando meu coração batendo loucamente do outro lado da linha.

— E aí?

— Ela não disse muita coisa. Bem, sim, ela disse. Disse que eu era um babaca. E então terminamos.

— *Terminaram?*

— Basicamente.

Agora eu *realmente* não entendo. Por que ele não me ligou, então?

— Qual era seu plano? Íamos simplesmente não falar mais sobre isso pelo resto do ano?

— Não sei. Eu ficava nervoso toda vez que via você, então, sim, acho que era esse meu plano. Apenas me comportar de maneira bem esquisita toda vez que você estivesse por perto.

— OK. Então devemos seguir com esse plano ou pensar em outra coisa? Como talvez ir tomar um café um dia desses e nos conhecer. Exceto pelo fato de que eu odeio café, então, que seja: chocolate quente.

— Viu, é por isso que você me preocupa.

— Por quê?

— Porque com a Debbie, era fácil. A Debbie nunca queria sair e conversar.

Penso em contar a ele sobre a aula de hoje, sobre Sheila e Simon e suas listas de expectativas.

— O que a Debbie queria fazer?

— Ela queria almoçar na nossa mesa e ter um namorado ao lado de quem se sentar. Além disso, ela não tem carro, então precisava de carona para as festas.

Ele está falando sério? *Todo* o relacionamento se resumia a isso?

— Eu sou estranha porque estou dizendo para sairmos e conversarmos? Não é tão estranho assim, Lucas.

— Não, é só mais difícil. Você já sabe coisas sobre as quais nunca converso com garotas. Tipo, nunca.

— Você nunca foi amigo de uma garota antes?

— Não. Quero dizer... Na verdade, não. E você?

Como posso contar a ele que fui *apenas* amiga de todos os garotos que conheci? Se ele é ruim de conversa — e ele não é, posso assegurar que não é —, eu sou ruim em todo o resto. Por fim, eu simplesmente digo:

— Olha, eu sou péssima em sair com pessoas. Já fui a talvez cinco encontros em toda a vida, e isso contando com um almoço com o idiota do Chad.

Ele ri quando digo isso.

— Então o Sr. Universitário é um idiota?

— Muito. Quero dizer, sinto muito, mas é. — Sinto um tipo de necessidade de explicar minha confissão. — Não saí muito porque meu amigo Richard e eu estávamos planejando nos apaixonar só quando fôssemos para a faculdade.

— Hum. Não um pelo outro?

— Não, ele é gay, então não um pelo outro. Mas aí ele começou a sair com uma pessoa e mudou de planos, acho.

— Eu me pergunto como aquilo soa para ele. — É assim que pessoas como nós sobrevivem ao ensino médio. Esperamos nos divertir muito mais quando o deixarmos para trás. — Talvez eu soe meio esnobe. Ou talvez muito mais fracassada do que ele já deve achar.

Ficamos um tempo em silêncio, e então Lucas me surpreende.

— Mas você é tão bonita.

Sinto como se estivesse prestes a morrer.

— Bem, obrigada, Lucas, mas não sou bonita para o ensino médio. Não uso um quilo de maquiagem nem ando pela escola com um top de biquíni. Meu charme é mais sutil.

— Não se preocupe com a maquiagem. Você não devia usar. Os caras não gostam disso de verdade. Mas o biquíni não é má ideia.

— Cale a boca.

— Só estou dizendo para você não fechar todas as portas. Explore suas opções.

— Tudo bem, vou usar um biquíni se você usar uma sunga por aí o dia todo. Que tal?

— É, provavelmente não.

— Então vamos pular a ideia do café? Considerando que não gosto de café e que você não gosta de conversar, parece que não vai dar muito certo.

— Mas essa é a questão. Eu provavelmente devia crescer e aprender a conversar com alguém enquanto tomamos um café, e você definitivamente devia crescer e aprender a tomar café. Então estou mudando de ideia. Acho que devíamos ir fundo.

Eu sorrio e respondo:

— Tudo bem.

— Quer tentar na próxima quarta, depois da escola? Assim eu podia te dar uma carona para a aula.

Sugerir algo para daqui a uma semana parece estranho, como se talvez ele não estivesse tão animado com isso quanto eu. *Quer esperar uma semana?*, tenho vontade de dizer, mas não digo. Toda essa conversa acabou com minha energia. Estou coberta de suor e exausta.

— Claro, parece ótimo — respondo.

CAPÍTULO QUINZE

BELINDA

Agora que passamos pelo teste, Anthony está muito animado, mas também muito nervoso com a ideia de estar na peça. No dia seguinte, na escola, ele anda pela nossa sala dizendo:

— Sim! Sou um ator muito bom!

Então ele fica com medo e muda de ideia. Na terça à tarde, ele não volta do almoço na hora certa. Pergunto se posso ir procurá-lo, e o encontro parado ao lado do armário, balançando a cabeça.

— Não sou ator, Beminda. Não posso fazer uma peça. Estou com medo demais.

— Anthony, você já teve medo antes, mas nunca deixou que isso o impedisse. Todos nós tivemos medo de nossos armários. Todos tivemos medo do refeitório, mas você foi o mais corajoso de todos nós. Lembra?

Eu digo isso para fazê-lo se sentir melhor. E também porque me lembro de como foi bom quando mamãe me chamou de a pessoa mais corajosa que ela conhecia antes de eu voltar para a escola. Corajoso é como você quer se sentir quanto está com muito medo de alguma coisa.

— Não sou ator — insiste ele.

— Não é ator ainda — digo. — Você precisa praticar e trabalhar duro, só isso.

— Nenhuma fala! Não consigo me lembrar das falas.

— Não precisa se preocupar com isso. Eu vou lembrar suas falas. Se você esquecer, eu falo. Fazia isso nas minhas antigas peças, dava supercerto. Todo mundo dizia que eu era ótima.

— Você *é* ótima.

— Não sou tão boa. Preciso de sua ajuda.

Ele parece confuso.

— Precisa?

— Preciso de sua ajuda para ficar de olho nos bastidores. Pode ficar uma verdadeira bagunça se as pessoas não forem organizadas.

— Eu sou organizado.

Não, ele não é, mas não digo isso.

— É por isso que preciso de você. Agora somos um time.

— Um tio?

— Um time. ME. Diga ME.

— Mmmmmeeee. — Agora ele está sorrindo, o que faz eu me sentir melhor.

— Mas não posso fazer isso se você não estiver comigo.

— Não pode? — Anthony parece surpreso.

— Não, Anthony, não posso. Preciso de você.

Fico meio tonta ao dizer isso. Olho para o rosto de Anthony. Dá para notar que ele ficou feliz. Está com um sorriso largo, exibindo seu aparelho e pedaços da comida do almoço.

— Não vou te decepcionar. Nunca vou decepcionar Beminda. Sem decepcionar.

Eu me lembro de uma coisa engraçada. No primeiro dia que Anthony apareceu na nossa sala, todo mundo teve de dizer seu nome e alguma coisa sobre si mesmo. Muita gente disse que tinha um bicho de estimação ou qual era sua comida favorita, mas Anthony falou: "Às vezes eu tenho síndrome de Down."

Rhonda, nossa professora, perguntou:

— Só às vezes?

— Isso mesmo — respondeu ele. E então sorriu. — Na maior parte do tempo eu sou mais *up*! Animado!

— Está tudo bem — digo agora. — Você não vai me decepcionar. Sei disso. Você não é *down*, você é *up*!

Agora nós dois estamos sorrindo.

— Às vezes estou *down*! Mas na maioria das vezes estou *up*! — Ele aponta para o alto com o dedo, e nós dois gargalhamos. Nem percebo quando ele me abraça sem perguntar antes. Ele simplesmente me abraça. Nós nos abraçamos. Não me incomoda nem dói nem tira meus óculos do lugar. É fácil.

Além de abrir o próprio armário, outra coisa que Anthony faz que o resto de nós não faz é comer no refeitório. Todos chegamos a tentar quando entramos na escola, porque lá tem batatas fritas e um buffet de salada no qual você escolhe seu molho todo dia. Então tivemos problemas, porque o refeitório é cheio e confuso e mais cedo ou mais tarde você comete algum erro, como deixar sua bandeja cair ou tocar nas saladas. E aí as pessoas são muito más, e é mais fácil simplesmente almoçar na sala de aula. Se você fizer o pedido de manhã, uma das professoras vai buscar a comida para você, o que torna tudo ainda mais fácil.

Menos para Anthony.

Anthony gosta de ir ao refeitório. Ele nunca tem problemas com sua bandeja nem com as saladas. Ele come lá todo santo dia, mesmo se tiver levado almoço de casa. Às vezes Doug vai com ele ou uma de nossas professoras, mas às vezes ele vai sozinho e simplesmente come. Às vezes eu ia mais cedo para meu trabalho no escritório só para poder passar pelo refeitório e ver se ele estava mesmo sentado lá sozinho. E ele sempre estava. Ele não tem medo de nada, o que é mais um motivo pelo qual acho que vai se sair bem na peça. Ele ficou nervoso e suado antes do teste, mas em nenhum momento disse: "Estou com medo demais para fazer isso." Por isso gosto de Anthony. Também gosto dele por comer no refeitório mesmo quando ninguém vai com ele.

Foi por isso que eu disse: "OK, sim, vou almoçar com o Anthony hoje." Percebo que todos ficam surpresos quando digo isso. Porque tenho algumas histórias ruins no refeitório. Na nona série, deixei a bandeja cair e voou comida para todo lado, incluindo meu pudim de chocolate, e eu chorei durante tanto tempo que tiveram de chamar a enfermeira para me ajudar a parar de chorar. Mas não quero falar sobre isso.

A caminho do refeitório, vamos olhar o quadro de avisos do Departamento de Teatro. Já faz uma semana que fizemos o teste e ainda não há nenhuma lista de elenco.

— Nenhuma lista — diz Anthony. — Tudo bem.

— Tudo bem *nada*! — exclamo. — Precisamos saber! Não temos muito tempo para ensaiar. Precisamos nos organizar! Peças não dão certo a não ser que você seja organizado.

— Beminda é *orgamizada*.

— Isso mesmo, sou mesmo. Acho que talvez eles precisem de minha ajuda.

— Você ajuda. Eu ajudo também.

— Podemos acabar fazendo muitas coisas, Anthony. É isso que acontece às vezes. Você pinta os próprios cenários e faz os próprios figurinos. Às vezes é assim no teatro.

— T-tá bom.

— Não pode esperar que as outras pessoas façam todos os trabalhos. Você vê um trabalho, você diz: "Eu faço."

— Eu faço.

— Isso mesmo. A equipe dos bastidores é tão importante quanto a do palco.

— T-tá bom.

Digo isso porque tenho quase certeza de que Anthony é o motivo pelo qual ninguém colocou a lista com o elenco no quadro. Eles não querem que ele se sinta mal, mas não acham que ele seja capaz de interpretar um papel grande. Acho que vou falar com eles. Vou dizer a eles que ele *pode* ter um papel. Vou dizer a eles que ele *precisa*. Não consigo me imaginar fazendo a peça sem ele, então talvez tenhamos de trabalhar nos bastidores. Vai ser bom também. Vou mostrar a ele o que fazer, e ajudá-lo. Somos um time assim agora. Como amigos, só que talvez sejamos mais que amigos. Como se fôssemos melhores amigos agora.

Eu nunca tive um melhor amigo antes, além de vovó e mamãe, é claro. Mas acho que é assim que deve ser ter um melhor amigo. Quando você se importa com a felicidade dele tanto quanto se importa com a sua. Talvez até mais.

Isso me assusta um pouco, porque talvez eu me importe mais com Anthony do que com estar na peça, o que não é de meu feitio. Imagino se não estou só parecendo diferente desde que fui àquele jogo de futebol. Acho que talvez eu esteja diferente. Não sei se isso é bom ou ruim.

Às vezes tudo isso me faz rir sem motivo, e às vezes me faz chorar sem motivo também.

EMILY

NA MANHÃ SEGUINTE LOGO CEDO, vejo Lucas em frente ao seu armário e digo a ele o que fiquei pensando desde que desligamos o telefone na noite anterior.

— Não se preocupe, não vou almoçar com todos os seus amigos e não vou fazer você almoçar com a brigada nerd. Vamos manter as coisas separadas na escola, OK?

Ele olha por cima de ombro, como se não tivesse certeza de onde estava vindo aquilo.

— Bom dia, Emily. Foi legal falar com você ontem à noite. — Ele fecha o armário. — Bem, eu gostei, pelo menos. Talvez você tenha perdido algumas horas de sono pensando em todas as ramificações.

Sinto-me péssima, porque ele tem razão. Realmente perdi algumas horas de sono, em parte por excitação, em parte porque fiquei pensando nas ramificações.

— Só não quero forçar a barra. Não quero que ache que precisa mudar sua vida na escola por minha causa. Fico pensando como seria mais fácil se não frequentássemos a mesma escola. Assim poderíamos nos conhecer sem todas essas questões de escola.

Só de estar perto dele fico nervosa. Não consigo parar de pensar em segurar sua mão. Quero tocá-la agora mesmo, mas o corredor começou a encher de gente.

— Isso é meio que dizer que seria mais fácil se nunca tivéssemos nos *conhecido*.

— Não estou dizendo isso. Você sabe o que eu quis dizer.

Agora que tudo mudou entre nós, os olhos deles parecem ridiculamente lindos... verdes com alguns risquinhos dourados. Quero ficar aqui olhando para eles o dia todo, mas não posso.

— Só estou dizendo que acho que nada precisa mudar na escola.

A meu ver, sou *eu* quem tem de dizer isso. Mesmo que eu não ligue para seu tipo de popularidade, uma coisa é fato: ele tem muito mais poder que eu nessa situação. Não suporto a ideia de ficar esperando para ver se ele vai falar comigo na hora do almoço.

— Tudo bem — diz ele, e eu o flagro bem ali: os olhos que acabei de fitar fixamente rondando pelo corredor, olhando por cima do meu ombro nervosamente para um de seus amigos. Tudo bem a gente conversar no corredor antes, quando precisávamos, mas agora as coisas mudaram, e percebo que ele está diferente. Mais inseguro. Mais nervoso em relação ao que os outros possam pensar.

— Então a gente se vê na quarta-feira para o café! — exclamo meio alto demais. — OK?

— É, OK.

Dou meia-volta e me afasto, antes de vê-lo olhando ao redor em busca de mais amigos.

Naquele dia, durante o almoço, Hugh se junta a nós pela segunda vez na mesa em que almoçamos, o que devia nos deixar mais confortáveis, mas infelizmente não deixa. Analiso a maneira como Richard o observa comendo, e tento adivinhar o que está rolando entre eles como casal. É claro que a essa altura os dois já se beijaram, mas Richard não me contou nada nem eu perguntei. Vendo como Richard parece nervoso — como se não quisesse comer demais ou ficar com comida no rosto —, imagino que eles não tenham passado do beijo.

Mas o que é que eu sei sobre como um casal deve progredir?

Até agora, descobrimos que Hugh toca clarinete na banda e por isso não tivemos nenhuma aula com ele nos últimos três anos (Integrantes da banda costumam ter um cronograma ligeiramente diferente.) Barry e Weilin brincam com Hugh sobre algumas histórias da banda das quais ouviram falar. Mesmo sem entender muito bem a piada, eu rio também, caso Lucas esteja olhando e se perguntando como deve ser meu grupo de amigos. Quero que ele ache que somos hilários e divertidos, mas então, no meio da minha risada falsa, levanto a cabeça e vejo uma coisa que me faz parar: Belinda e Anthony almoçando no refeitório.

Não sei bem onde eles comem normalmente, mas sei que nunca a vi aqui antes. Endireito as costas e os observo. Não parecem estar conversando; estão apenas almoçando e olhando ao redor.

Fico com vontade de fazer alguma coisa. Ir até eles e dizer "oi". Chamá-los para nossa mesa. Se for a primeira vez de Belinda no refeitório, é um evento que deve ser reconhecido. Ou até mesmo comemorado. Então olho para Lucas e meu coração derrete um pouco. Ele notou a mesma coisa. Está olhando para mim e para eles. E faz um gesto com as mãos como se perguntasse: *O que devemos fazer?*

Aponto para mim mesma: *Deixe eu ir até lá e dizer alguma coisa. Eu vou atrair menos atenção.* Odeio sugerir isso, mas é verdade. Se Lucas se levantasse e atravessasse o salão, todo mundo ia notar. Se eu fizesse o mesmo, meus amigos iam notar, mas ninguém mais o faria.

Fico tão nervosa que paro no chafariz antes de caminhar até a mesa deles.

— Oi, gente! — digo, como se tivesse sido pega de surpresa ao passar por eles.

Anthony sorri e usa toda a mão para acenar quando me vê.

— Oi! Olha, Beminda! É a garota da peça.

Belinda revira os olhos em minha direção, mas não sorri nem diz nada. Ela obviamente está chateada.

— Vocês dois foram ótimos naquele teste — elogio.

Belinda bufa e cruza os braços sobre a mesa.

— Mas a lista com o elenco ainda não saiu. Ficamos olhando o quadro toda hora, e não tem nenhuma lista!

— Ah, meu Deus! — Eu puxo uma cadeira e me sento à mesa praticamente vazia. — Queríamos muito fazer a peça, mas o pessoal do teatro já está ocupado montando *Guys and Dolls*. Não conseguimos gente suficiente para os testes, então tivemos de cancelar o espetáculo.

Belinda parece não conseguir registrar essa informação.

— *Como assim?* Só precisamos ensaiar. Depois montamos. O Anthony consegue decorar suas falas. Eu decorei as minhas. Sei todas elas.

Olho para Lucas sem saber o que fazer. Ele está em pé com sua bandeja, então aceno para que ele venha até a mesa.

— A Belinda já decorou todas as falas — explico, assim que ele se aproxima.

— Posso até não ficar com o papel de Elizabeth, mas posso ajudar a escolhida a decorar as falas.

Lucas puxa uma cadeira e se senta.

— Olhe, acredite em mim, você ficaria com o papel. Sem sombra de dúvida. Ninguém foi melhor que você, Belinda.

Ela fica vermelha, e fica claro que não importa quantas vezes possamos dizer, ela nunca vai entender que *ninguém mais foi fazer o teste.*

— O problema não é nenhum de vocês. É que não temos atores nem equipe suficiente. Precisaríamos de algumas pessoas operando a luz e mais algumas nos bastidores, e não temos ninguém.

Belinda mergulha a cabeça entre os braços cruzados. Não consigo saber se ela está chorando ou não.

— Beminda? — pergunta Anthony. — Está chorando?

Ela assente com a cabeça, mas não a levanta.

Sinto um gosto amargo na boca. Não consigo nem olhar para Lucas. Tenho a terrível sensação de que Richard estava certo: jamais devíamos ter começado isso sem ter certeza de que conseguiríamos ir até o fim. Talvez o que fizemos tenha sido pior do que jamais levantar a possibilidade.

— Beminda? — repete Anthony, afagando sua nuca. — Por que está chorando?

Ela levanta a cabeça.

— Estou chorando de felicidade.

Lucas e eu nos entreolhamos. *Chorando de felicidade?* Não sei bem o que aquilo significa.

— Eu consegui o papel! — Ela se endireita na cadeira, sorrindo. Antes de nos darmos conta, ela está se abraçando e depois abraçando Anthony. Anthony fica tão feliz com o abraço que não a larga. — O Anthony também conseguiu um papel? — pergunta ela em meio ao abraço esmagador. — Ele não precisa de um grande papel. Ainda não é um ator muito bom. Só precisa de um papel pequenininho.

— Sim — responde Lucas. Ele não está pensando, obviamente, mas não o interrompo nem digo nada também. — Anthony definitivamente conseguiu um papel. Não poderíamos ir em frente sem ele.

Anthony soca o ar com um dos punhos.

— Isso! — grita ele. — Consegui um papel!

BELINDA

Naquela tarde, a Srta. Sadiq passa na enfermaria para ver como estou.

— Ótima! — exclamo. — Vou interpretar Elizabeth em *Orgulho e preconceito*.

Ela ergue as sobrancelhas, como se estivesse surpresa ao ouvir aquilo.

— Vai?

— Sim! Com meus amigos Lucas e Emily! Eles disseram que sim, que definitivamente o papel é meu!

— Não sei bem quanto a isso, Belinda. Preciso verificar. Você precisaria da permissão de sua avó para fazer algo assim. — A Srta. Sadiq está me olhando como se soubesse que vovó provavelmente não vai concordar. — Você está se lembrando disso, certo?

— Sim, eu me lembro — respondo. — Mas posso pedir para minha mãe em vez de para minha avó?

— Pode, mas eu gostaria de ter certeza de que todos concordam que é uma boa ideia.

— Ah, é uma boa ideia. É uma ideia muito boa.

— Certo, você pode achar que sim, Belinda, mas será que sua mãe e sua avó vão achar também?

Não digo nada porque não sei o que elas vão dizer. Elas adoravam quando eu participava das peças do Teatro de Contos Infantis. Vovó e eu sempre fazíamos uma visita especial à loja de tecidos Jo-Ann para eu escolher as cores mais bonitas e ela poder fazer para mim o melhor figurino de todos. Acho que, se eu pedir a vovó um vestido bonito para interpretar Lizzie, ela vai dizer: "Tudo bem, Belinda. Parece excitante."

Imagino-a dizendo aquilo. Eu me imagino olhando os tecidos e ela dizendo: "Não, esse é rígido demais para costurar." Ou: "O caimento da saia não vai ficar bom com esse." Vovó consegue olhar um tecido e saber para que tipo de vestido ele serve. Não consigo fazer isso, nem mamãe. Acho que a maioria das pessoas é como eu e escolhe apenas os tecidos mais brilhantes.

Já imaginei tanto tudo que esqueço de ir com calma quando peço a elas durante o jantar. Estamos comendo costelinhas de porco com arroz e vagem quando conto tudo rápido demais.

— Adivinhem-só-estamos-fazendo-uma-peça-na-escola-é-*Orgulho-e-preconceito*-e-fui-escolhida-sou-Elizabeth!

Elas ficam piscando para mim. Eu me lembro de que não cheguei a contar a elas sobre o teste, porque vovó me disse que nunca mais queria que eu fizesse teste para mais nada se aquele diretor nunca ia me colocar numa peça. "Você é boa demais para ele!", disse ela na época. "Temos orgulho! Não vamos implorar pelas coisas se as pessoas não nos querem."

Agora ela está me olhando com os olhos semicerrados, e sei que provavelmente está pensando em como não tive orgulho. Implorei por um papel, e eles finalmente me deram um. Recomeço a contar e, dessa vez, falo lentamente, para poder explicar:

— Não é com o professor de teatro. É uma peça de alunos. Isso significa que são alunos fazendo tudo. Nós vamos dirigir e conseguir os adereços e tudo mais.

Mamãe sorri, mas sua testa está meio engraçada.

— Parece maravilhoso. Imagine só eles escolherem logo sua história favorita...

— Que alunos? — interrompe vovó. Sua boca parece uma linha reta de tão séria.

— Meu amigo Anthony e um garoto chamado Lucas e uma garota chamada Emily.

Vovó olha para mamãe.

— De jeito nenhum. Sabe quem são esses dois, não sabe?

— Sim, mãe, é claro. Mas parece que eles estão tentando fazer algo legal por ela — diz mamãe.

Agora vovó está suando e balançando a cabeça.

— É meio tarde demais para isso, não acha? Não foram muito legais com ela no jogo de futebol, foram?

Fico surpresa por ela estar dizendo isso, porque quebra a regra de não falarmos sobre o jogo de futebol.

— Tudo bem, mas talvez... — Mamãe baixa o garfo. — Mãe, você está bem?

— Sim — diz vovó, se afastando da mesa como se fosse levantar, mas sem se levantar. Durante um bom tempo ficamos esperando ela dizer alguma coisa, mas ela não diz nada. Em vez disso, ela se debruça e, do nada, vomita no chão.

Mamãe se levanta tão rápido que sua cadeira cai para trás, o que me assusta e me faz gritar. Vovó ainda está dobrada, então só consigo ver o topo de sua cabeça, onde seu cabelo já está ralo e dá para ver a pele rosada.

— MÃE? — pergunta mamãe bem alto. — PODE ME RESPONDER?

Vovó está respirando rápido, mas não responde. Um fio de vômito ainda está pendurado em sua boca, o que é nojento e não é nada do feitio de vovó.

— PEGUE O TELEFONE, BELINDA! — grita mamãe. — AGORA!

Pego o telefone, mas não entendo por que ela vai fazer uma ligação com vovó parecendo tão mal. Então a escuto dizer:

— Alô? Sim. Temos uma emergência. Minha mãe está tendo um ataque cardíaco.

Quando os motoristas da ambulância chegam, eles não dizem muita coisa, apenas fazem perguntas difíceis demais para mamãe responder. *Quais medicamentos ela toma?*

De quais condições crônicas ela sofre? Mamãe está tão abalada que só consegue balançar a cabeça. Ela responde algumas perguntas, mas não todas. Vou buscar os remédios da vovó porque sou eu que limpo e organizo seu banheiro uma vez por semana e sei onde eles ficam. Coloco os remédios dela em uma bandejinha. Levo a bandeja lá para baixo enquanto colocam vovó em uma maca. Tive cuidado para não derrubar nenhum deles, mas o motorista da ambulância abre um saco e enfia todos os comprimidos lá dentro. Ele não toma cuidado, o que é grosseiro e me deixa zangada.

Quando conto isso a mamãe, ela diz que não é culpa deles, pois precisam levar vovó para o hospital o mais rápido possível. Quando pergunto por que, ela me olha como se não tivesse entendido a pergunta.

— Porque ela pode morrer — diz ela. — Pessoas morrem de ataques cardíacos.

Eu não sabia disso.

Achei que ela estava tendo um episódio como o da Sra. Bennett em *Orgulho e preconceito*, só que com vômito. Eu não sabia que ela podia morrer.

Vamos dirigindo até o hospital o mais rápido possível. Pouco antes de sairmos de casa, mamãe diz:

— Não comece a chorar agora, Belinda. Por favor. Estou falando sério. — Não dizemos nada no carro, pois não sei o que dizer e estou tentando me concentrar para não chorar.

Durante todo o caminho fico engolindo em seco, porque sinto que talvez eu esteja tendo um ataque cardíaco também e precise vomitar. Meu peito dói muito, e não consigo respirar. Quando entramos, digo a mamãe:

— Também estou morrendo.
— Ah, pode parar, Belinda. Agora não.

Se eu morrer, ela vai se sentir mal, mas não digo isso a ela.

Ficar na sala de espera do hospital dá medo. Tem muita gente aqui, mas ninguém se olha. Cada um ali tem uma pessoa com quem se preocupar. Algumas pessoas falam alto ao telefone, como se não percebessem que dá para escutar tudo que estão dizendo.

Algumas pessoas dizem coisas pessoais e particulares que não devíamos estar escutando, como: "Ele bebeu demais. Avisei a ele que isso ia acontecer se fizesse de novo."

Tem uma placa dizendo "Proibido falar ao celular no hospital, por favor, tenha sua conversa lá fora", o que aparentemente eu consigo ler, mas as outras pessoas não.

Mamãe parece muito preocupada. Não sei se ela está preocupada com vovó ou com medo de ter estudado com algumas daquelas pessoas. Estou preocupada com vovó e também estou preocupada porque, se vovó tiver sofrido um ataque cardíaco, eu realmente não vou poder fazer a peça. Terei de ligar para Emily e contar a ela, só que não tenho seu número e não tenho como procurá-lo, pois as letras na lista telefônica são pequenas demais para eu enxergar. Terei de contar a ela na segunda-feira que minha avó quase morreu de tanto que não quer que eu participe da peça.

Acho que talvez vovó não queira que eu participe da peça porque ainda está zangada com Emily e Lucas por causa do jogo de futebol.

Ainda não sei bem o que penso a esse respeito. Às vezes fico muito zangada quando me lembro e às vezes penso: as pessoas erram, incluindo eu. Não sei bem por que nunca falei sobre o assunto. Achei que talvez eles fossem dizer alguma coisa no dia do teste, mas Anthony estava lá e fiquei grata por não terem dito nada. Agora, quando os encontro, Anthony está sempre junto, então continuamos não dizendo nada. Mas quando eu avisar a eles que não posso fazer a peça, provavelmente vou dizer algo como: "Peças são legais, mas as pessoas não deviam ter de gritar pela polícia para ter ajuda quando precisam. Aquilo não foi OK."

Só de pensar naquilo fico com vontade de chorar por não participar da peça, quando eu devia estar chorando por vovó. Eu não devia nem estar pensando na peça, mas não consigo e penso, então minha garganta fica seca e meus olhos derramam lágrimas.

Mamãe encontrou um pacotinho de lenços de papel na bolsa, o que é sorte minha, mas eles acabam depois de um tempo e preciso reutilizar os que já estão amassados em meu colo. Já estamos há um tempo aqui. Conversamos com um médico. Ele disse que por enquanto ela está estável, mas que vão fazer mais alguns exames antes de interná-la. Mesmo sabendo que ela vai ficar bem, não consigo parar de chorar.

Isso faz mamãe começar a chorar também.

— Ela vai ficar bem, Bee. Acho que devíamos nos controlar.

— Não estou chorando por causa da vovó — digo, assoando o nariz.

— Não? — Ela parece surpresa.

— Não. Estou chorando porque não vou poder participar da peça se isso fez a vovó ter um ataque do coração.

Mamãe faz um som engraçado. Como uma risada misturada com choro.

— Achei que estava triste porque, como vovó vai ficar um tempo no hospital, serei apenas eu em casa para cuidar de você. Achei que não queria ficar sozinha em casa comigo.

— Não.

Eu rio, porque aquilo parece bobagem. Mamãe e eu nos divertimos. Fazemos coisas diferentes das coisas que faço com vovó, mas mesmo assim é divertido. Mamãe e eu costumávamos brincar muito de adivinhação, e de jogos como Payday e Who Will Be My Date. Mamãe gosta de jogos de tabuleiro, assim como eu. Geralmente eu ganho, o que significa que consigo o salário mais alto em Payday e consigo um encontro com o garoto mais bonito. Mamãe sempre comenta "Fazer o quê" e ri quando perde, o que se chama ter espírito esportivo. Eu quase nunca tenho espírito esportivo. Geralmente choro quando perco em jogos ou fico zangada com quem ganha, porque não parece justo perder. Mamãe me diz que todo mundo precisa perder às vezes. É assim que as coisas são.

— Podemos jogar, e eu posso deixar você ganhar algumas vezes — digo, porque mamãe ainda está chorando e quero ajudá-la a parar. Não é legal ficar perto de uma pessoa chorando, especialmente se você a ama.

— Eu ficaria feliz. Sinto muito por estar chorando. Sei como você é próxima da vovó e às vezes tenho ciúmes, e sei que não devia me sentir assim. Todas nós nos amamos igualmente, mas você é meu bebê, não dela. Queria poder dizer isso a ela. Queria poder dizer a ela que eu gostaria de tomar algumas decisões... que não deviam ser sempre vocês duas a decidir tudo.

Penso naquilo. Faz sentido, exceto pela parte sobre eu ser um bebê, porque definitivamente não sou um bebê.

— O que você quer decidir? — pergunto. Se vovó vai ficar no hospital por um tempo, mamãe poderia decidir o que vamos jantar. Geralmente é vovó quem prepara o jantar, então na maioria das vezes comemos coisas das quais ela gosta: costelinhas de porco talvez, ou frango com vagem. Apesar de macarrão ser minha comida preferida, ela nunca faz macarrão para o jantar. Vovó diz que massa é um prato italiano, e que ela não sabe fazer comida estrangeira.

— Você pode ficar encarregada do jantar — continuo.
— Provavelmente seria bom.
— É, seria bom, não seria? — Mamãe ri, o que é melhor que chorar. — Talvez pudéssemos dar um tempo nas costelinhas.
— Você podia fazer espaguete ou algo assim.

Ela ri mais uma vez.

— Por que é que eu sabia que você ia sugerir isso?

Dou de ombros.

— Você decide.
— Talvez *nós* possamos decidir. Se eu decidir qual vai ser o jantar, você pode decidir outras coisas. Que tal?
— Como o almoço? — Para o almoço, vovó geralmente esquenta uma lata de sopa com torradas ou biscoitos de água e sal.
— Como participar de sua peça.
— Não posso participar da peça — relembro. — O fato de eu estar na peça fez a vovó ter um ataque cardíaco.

— Não fez, não — diz mamãe. Ela parece séria agora.
— Vovó sempre teve problemas de coração e nem sempre faz o que o médico manda. Foi isso que provocou o ataque cardíaco.

— Isso significa que posso participar da peça?

— Acho que deveria ser decisão sua. Acho que precisa conversar com esses dois sobre o que aconteceu. Nunca concordei com a decisão da vovó quanto a ninguém tocar no assunto perto de você. Não acho que isso ajude.

Minha garganta fica apertada como se eu fosse começar a chorar de novo. Não sei se quero falar sobre o que aconteceu, mas sei que quero participar da peça.

EMILY

— Então, eu tive algumas ideias — começa Lucas. — Uma provavelmente é péssima, e a outra pode não ser tão ruim.

Finalmente é quarta-feira, e finalmente chegou nosso encontro para tomar um café, mas sei que Lucas não está falando de ideias sobre nós. São ideias em relação a Belinda e Anthony. Para a peça da qual eles estão tão felizes em participar que a Sra. Sadiq repreendeu Lucas por falar sobre ela para Belinda, mas, ao mesmo tempo, agradeceu a ele por ter encontrado uma coisa que a deixou tão feliz.

Temos trocado mensagens todas as noites durante a última semana, sem saber bem o que fazer. Naquele momento precipitado em que dissemos aos dois que ambos estariam no elenco, sua euforia foi tão esmagadora que não conseguimos esclarecer o que realmente estávamos dizendo: *Sim, vocês dois foram escalados para peça, mas infelizmente ela nunca vai acontecer.* Desde aquele dia, temos trocado ideias, mas a maioria não é muito boa. A ideia de Lucas: esperar até *Guys and Dolls* terminar e ensaiar uma semana e meia com quem quer que aceite participar de nossa peça. Minha ideia: nós quatro — Belinda e Anthony, Lucas e eu — encenamos a peça na rua com nossos figurinos, como um *flash mob* só que sem a multidão.

— Ah, não — respondeu Lucas. — Sinto muito, mas não.

Analisamos diversas opções como essa. Algumas engraçadas, outras não. Fiquei com medo de esse ser o único assunto sobre o qual conversamos. Desde aquele papo ao telefone, quando marcamos esse encontro, não falamos mais sobre nós dois, nem sobre Debbie, sequer fizemos alusão, nem de longe, ao episódio das mãos dadas. Nem flertamos muito. Só falamos sobre a peça e sobre se havíamos cometido um erro terrível ao encher Belinda e Anthony de esperanças em relação a algo que pode nunca acontecer.

As palavras de Belinda depois de terminar de comemorar com Anthony têm nos perseguido:

— Desde *A menina e o porquinho* nunca mais fui escalada para uma peça! O Sr. Bergman me deixa fazer os testes para todas, mas ele sempre diz: "Você sabe que não posso escalar você, Belinda. Queria eu poder."

Não consegui acreditar.

— Ele disse isso a você? O professor de teatro?

— Ele não tem ninguém extra na equipe, então não posso participar de uma peça. Não tenho permissão. Só posso ir aos testes. É isso que ele diz.

Lucas pareceu tão chocado quanto eu.

— Não parece certo, Belinda.

Belinda balançou a cabeça.

— Tenho permissão para tentar. Mas não posso estar na peça. Essa é a regra. Nenhum clube depois das aulas. Nenhuma atividade.

— Espere um instante — interrompi. Queria ter certeza de que tinha entendido direito. — Foi a escola que criou essa regra ou sua mãe?

— O Sr. Bergman me disse: "Desculpe, mas essa é a regra."

— Olha, Belinda, ele não devia dizer isso. Ele não pode dizer que você não pode participar de nenhuma peça porque ele não tem ninguém extra na equipe. Isso é ilegal. — Eu esperava estar certa quanto àquilo.

— Ah. — Belinda parecia confusa. — E o Anthony também tem permissão?

— É claro. Vocês dois deviam poder participar de qualquer clube extracurricular que quisessem.

Conforme eu ficava mais enfática, também ficava mais nervosa por talvez estar errada. Mas naquela noite pesquisei e vi que estava certa — segundo o site que consultei, todos os alunos têm direito a ensino igual, incluindo acesso a todos os esportes, clubes e atividades extracurriculares. Se um aluno com alguma deficiência quiser praticar um esporte ou participar de um clube, as devidas adaptações devem ser feitas. Não podem ser impedidos de praticar um esporte se quiserem praticá-lo.

Eles têm feito isso com Belinda há quatro anos, escrevi para Lucas aquela noite. *Ela tem feito aproximadamente dois testes por ano, para toda peça, todo musical, e lhe dizem que ela pode fazer o teste, mas que não podem lhe dar um papel por causa dessa questão de equipe. São umas quinze violações à lei federal!*

Ele respondeu de volta: *Tem certeza de que está na aula de cálculo avançado?*

Doze violações, que seja. Isso é muito sério. Eles nem se preocuparam em disfarçar, dizendo que ela não era ideal para o papel. Disseram que não, por causa de sua deficiência, você nunca vai estar numa peça. Quando entendi isso, fiquei com tanta raiva que escrevi um e-mail para a assistência legal gratuita para vítimas de violações da Lei da Educação para Indivíduos com Deficiência.

Agora estamos sentados de frente um para o outro, tomando chocolate quente. Essa questão nos deixou menos nervosos quanto aos aspectos de "encontro" desse encontro.

— Eis a questão — diz ele. — O objetivo é dar uma chance à Belinda de atuar em sua peça favorita, não consertar cada violação que a escola já cometeu contra os alunos especiais.

Ele tem razão.

— OK — admito.

— Então minha ideia é a seguinte: E se montarmos a peça com quatro pessoas? Você e a Belinda serão Lizzie e Jane, o Anthony e eu seremos Darcy e Bingley.

— O Anthony como Sr. Darcy? — Não quero ser má, mas também precisamos ser realistas. — É quase impossível entender qualquer coisa que o Anthony fala.

— Não, eu serei Darcy. Quero dizer... você não acha melhor?

Penso na história que ele contou sobre Ron. Sobre como todos os problemas começaram quando ele chamou Belinda para dançar em um baile.

— Eu realmente acho que é melhor, mas... e se ela desenvolver uma paixonite por você? Ou deslocar seja lá quais sentimentos que teve por Ron para você? Precisamos tomar cuidado com isso.

— Na verdade, acho que isso não vai acontecer. — Ele sorri ao dizer isso. — Acho que ela e o Anthony estão se tornando um casal. Falei com ele sobre isso outro dia. Ele me disse que a ama desde a sétima série e que parece que ela finalmente está cedendo. Ela concordou em não sair com mais ninguém até a peça terminar. Então essa parte eles já esclareceram.

Eu me pergunto se Lucas está pensando a mesma coisa que eu: *Eles esclareceram as coisas melhor que você e eu.*

Ele continua:

— Ensaiamos a peça depois das aulas durante as duas próximas semanas, apenas algumas cenas com os figurinos, e então nos apresentamos no último dia de aula no Centro de Aprendizado para a Vida. Talvez pudéssemos convidar a turma de dança de salão para se juntar a nós, assim teríamos mais público. Vamos falar com Mary hoje e perguntar a ela. Afinal, *Orgulho e preconceito* é uma história sobre limites e relacionamentos, certo? Sei lá... — Ele balança a cabeça e sorri. — Isso soou melhor em minha cabeça quando pensei. Dizer em voz alta faz parecer uma ideia boba.

— Não parece bobo. — Estico uma das mãos sobre a mesa e toco seu pulso com o dedo. — É uma *ótima* ideia.

Ele olha para meu dedo e, em seguida, de volta para mim.

— É?

Não sei flertar. Odeio a ideia de ser óbvia e tímida ao mesmo tempo. Durante anos assisti às líderes de torcida fazendo joguinhos para chamar a atenção de todos os garotos escola, perguntando para a turma de matemática inteira se dava para ver seu sutiã por baixo da blusa, ou se alguém tinha conseguido fazer o dever na noite anterior porque ela com certeza não. Flertar faz você se sentir bobo. Força você a sair do próprio corpo e se observar flertando. Flertar faz você pensar: *Ah, meu Deus. Estou agindo e falando como todas as garotas que odeio.* Ao mesmo tempo, é difícil me segurar. Adoro essa ideia; adoro o fato de ele ter pensado tanto naquilo.

— É uma ótima ideia porque dá para fazer. Não temos muitas opções. Assim a Belinda vai poder atuar em uma peça com uma plateia garantida de o quê? Umas quarenta pessoas, talvez? Mas faríamos apenas uma apresentação para a turma?

— Por enquanto sim. Talvez, sei lá, pudéssemos encontrar outros lugares. Vamos ver como nos saímos. Sei que falamos sobre convencer os alunos de nossa escola a ver o que a Belinda e o Anthony são capazes de fazer, mas talvez isso não seja o mais importante para eles. Talvez fosse legal para a Belinda conhecer o centro. Depois que ela terminar o ensino médio, pode fazer aulas lá. Talvez possa se inscrever nas aulas de dança de salão.

Ele tem toda razão, e me mata ele ter pensado naquilo, e eu não. Por mais que estejamos com medo do desconhecido no ano que vem, com certeza Belinda, sem emprego e nenhum lugar para ir, está com mais medo ainda. Eu me adianto um pouco: me imagino apresentando Belinda e Anthony a Mary, contando a eles um pouco sobre a aula que ela ministra. Como ela ajuda pessoas que querem começar a namorar. Como ajuda você a se comunicar e a lidar com expectativas. Me ajudou muito, tenho de admitir, porque é meio que verdade. Não é meio que verdade. É simplesmente verdade.

— É uma ótima ideia, Lucas — elogio, sorrindo. — Queria ter pensado nisso.

Ele sorri para mim de um jeito que diz muitas coisas sem dizer de fato: ele não esqueceu que era para isso ser um encontro.

Quando saímos, ele me pergunta como acho que foi.

— Quer dizer aprender a tomar café? Infelizmente acho que uma pessoa precisa pedir um café antes de aprender a gostar.

— Não isso — explica ele. — A outra parte. A parte da conversa.

— Nunca achei você ruim nisso, Lucas. Você é melhor do que pensa.

— Eu me lembro de que algumas das nossas conversas não foram tão bem. Talvez no começo, quando você estava saindo com o Sr. Faculdade.

— É... — Penso naquilo por um instante. — É remotamente possível que parte disso tenha sido minha culpa. Acho que talvez eu tenha julgado você mal.

— Como assim? Achou que eu era burro e insensível só porque jogo futebol? — Ele se aproxima ao dizer isso. Fico nervosa, mas não me afasto. Ele cheira a sabonete e café, uma combinação surpreendentemente intoxicante.

— Mais ou menos.

— Só porque oitenta e cinco por cento do time é, não significa que todos nós somos. — Lucas dá mais um passo. Ele já fez isso tudo antes. Ele sabe como se aproximar e brincar com a manga da camisa de alguém. Eu não. Estou apavorada com a possibilidade de ele me beijar e eu ficar tão nervosa que vou fazer algo que não quero, como começar a gargalhar. Ou pisar no pé dele. Meus nervos estão à flor da pele e imprevisíveis. — Nós não somos todos uns babacas — continua ele. — Assim como nem todos de sua galera são esnobes do Mérito Acadêmico Nacional.

Agora ele está segurando ambas as mangas de minha camisa e se inclinando mais em minha direção. Fico tendo certeza de que vamos nos beijar, mas não nos beijamos.

— Só para ficar claro, eu não tenho nenhum título de Mérito Nacional em nada. A Candace tem. Além dela, o Barry e a Weilin foram finalistas.

— *Os dois?* — Ele se inclina para trás, surpreso. — Isso é meio intenso, considerando que eles também estão namorando... Devem ter colado, né?

Antes de começarmos a ir juntos de carro para a aula, ele não sabia o nome de nenhum de meus amigos. Isso não me surpreendeu, é claro, mesmo que eu soubesse o nome da maioria dos amigos dele. O que me surpreende agora — me deixa sem fôlego, na verdade — é que, mesmo sem nunca ter sido apresentado a eles, ele os conhece bem o bastante para fazer uma brincadeira.

— Né? Os dois são superinteligentes e ainda por cima são um casal. Também acho que eles colaram. É muita coincidência se não tiverem colado.

Ele ri, e então, de repente, estamos nos beijando. A princípio tocamos apenas os lábios, não nossos corpos. Não é um beijo louco. Apenas um beijo suave e lento.

— Isso foi bom — diz Lucas. — Talvez devêssemos tentar de novo um dia desses.

Tenho vontade de dizer: *Que tal agora mesmo? Vamos nos beijar de novo agora.*

— Talvez pudéssemos nos encontrar e discutir os detalhes da peça esse fim de semana — digo. Então percebo que é quarta-feira e que provavelmente estou parecendo afoita demais. Não, definitivamente pareço afoita demais. Beije a garota na quarta, e de repente a sexta-feira e o sábado dela estão livres de quaisquer planos.

— Eu gostaria, mas não posso. Preciso trabalhar para meu pai o fim de semana todo.

Não consigo identificar se isso é uma desculpa ou não. Ele nunca mencionou trabalhar para o pai antes. Apenas brigar com ele.

— *Precisa*? Não sabia que você trabalhava.

— É meio embaraçoso. Acho que não falo muito sobre o assunto.

— O que você faz? — Tento imaginar empregos embaraçosos, mas não consigo.

— Ele é canteiro.

Analiso sua expressão facial, mas é impossível decifrá-la.

— E o que isso tem de embaraçoso?

— Sabe o que é cantaria?

— Não. Quero dizer, talvez. Não sei o que é exatamente.

— Nossos melhores trabalhos são construindo e restaurando muros de pedra. Isso até que é meio legal, mas não fazemos muito. A maior parte do trabalho é misturar cimento e dispor os tijolos. Isso não é tão legal. Significa trabalhar com um monte de caras que estão entre uma temporada e outra na cadeia, se é que me entende.

— Sério? — Não sei nem o que dizer. — Jamais conheci alguém que tenha estado preso.

— É, resumindo, eles não são muito divertidos. Se eu pudesse ir para a faculdade e *não* fazer isso para sempre, é o que eu escolheria.

Agora entendo o que ele está realmente querendo dizer. Entendo por que ele ficou tão bravo comigo quando eu disse que ele tinha sorte por ter escolhas e não *precisar* ir para a faculdade. Lucas não tem mais escolhas que eu; ele tem menos. Se não for para a faculdade no ano que vem, esse vai ser seu emprego. E talvez o fato de não ter mencionado isso nem uma vez durante todo esse tempo seja uma medida do quanto ele não quer fazer isso.

BELINDA

Uma coisa sobre vovó é que ela nunca joga nada fora. Como jornais ou cupons de desconto para coisas que ela talvez um dia queira comprar. Nem as roupas de meu avô ela jogou fora. Sempre que pergunto, ela diz: "Nunca se sabe quando outro homem que precise delas pode aparecer na sua vida."

Fico com vontade de dizer: "Mas ele não teria as próprias roupas?"

Não digo isso porque, às vezes, vovó fica zangada quando alguém faz perguntas assim a ela. Agora que vovó está no hospital há alguns dias, mamãe faz uma coisa surpreendente. Ela pega uma pilha de revistas velhas e as coloca na lata de lixo reciclável. Depois volta, pega o resto da pilha e coloca tudo para reciclar. Só de ver ela fazer aquilo fico nervosa. Vovó não gosta de pessoas mexendo nas coisas. Quando alguém faz isso, ela não encontra nada quando vai procurar.

Vejo mamãe colocando mais pilhas na lata de lixo. Ela nem olha para o que está jogando fora. Podia haver correspondências ali ou cupons ainda válidos.

— Por que está fazendo isso? — pergunto. — Vovó vai ficar uma fera.

— Íamos precisar fazer isso mais cedo ou mais tarde, ou íamos começar a viver como acumuladoras. Se eu fizer isso agora, ela vai ficar tão furiosa comigo quando voltar para casa que nem vai ter tempo de pensar em você e na sua peça.

Ela sorri ao dizer isso, como se tivéssemos um segredo nosso. É legal da parte de mamãe, mas significa que ela também está preocupada com o que vovó vai dizer sobre eu estar na peça.

Talvez isso não importe, porque fico feliz o dia todo na escola por fazer meu primeiro ensaio à tarde, no pequeno teatro onde fizemos o teste. Lucas foi até a enfermaria e me entregou um bilhete explicando tudo, o que me deixou tão feliz que explodi em gargalhadas. Tenho imaginado as cenas de festa, quando alguém vai fazer uma reverência e me chamar para dançar. Vai haver música e outros dançarinos, e todos estarão usando lindos vestidos, mas o meu vai ser o mais bonito.

É por isso que não acredito quando chego ao ensaio e só vejo quatro pessoas lá.

— Cadê todo mundo? — pergunto.

— Você se lembra do que explicamos, Belinda? — pergunta Emily — Que vai ser só a gente? Ninguém mais foi ao teste.

Ela continua. Diz que não vamos montar a peça inteira, apenas algumas cenas, porque somos só nós quatro. É difícil ouvir o que ela está dizendo porque meu coração está acelerado e minhas mãos começando a suar. Quero dizer a ela: "Mas todas as cenas são importantes!" Esqueço de fazer minha respiração de ioga, o que me deixa meio tonta. Fico pensando em como não se pode encenar apenas pedaços de uma peça ou cenas de uma peça. Você precisa encenar a peça inteira, é essa a regra.

— Não temos escolha quanto a isso, Belinda — insiste Emily. — Precisa ser assim, mas deixe-me terminar. Vamos apresentar a peça para uma plateia especial. O Lucas e eu estamos trabalhando em um centro para adultos com deficiência chamado Centro de Aprendizagem para a Vida. Fazemos uma aula chamada Limites e Relacionamentos, durante a qual encenamos cenas de pessoas tentando começar relacionamentos e depois da cena conversamos sobre ela. Falamos com nossa professora sobre a ideia, e ela achou boa. Ela disse que também podemos convidar os alunos de uma aula de dança de salão da sala ao lado para assistir também. Vai ser muito interativo, Belinda. Não vai ser como uma peça normal. Vamos poder conversar sobre cada cena e sobre o que está acontecendo entre Elizabeth e o Sr. Darcy.

— Você disse dança de salão? — pergunto. Uma vez perguntei a vovó se eu podia fazer uma aula dessas. Ela disse que queria que eu pudesse, mas que ninguém mais faz dança de salão.

— Isso mesmo — responde Emily. — Tem uma aula de dança de salão na sala ao lado da nossa.

Isso faz meu coração se acalmar um pouco.

— Eles dançam valsa?

— Na verdade, não sei. — Ela olha para Lucas. — Você sabe? Imagino que sim. Valsa é uma dança meio básica, não?

Anthony levanta a mão, mesmo que só haja quatro pessoas ali e não seja necessário levantar a mão para falar.

— Eu danço muito bem — declara ele.

— Isso é ótimo — diz Emily. — Talvez pudéssemos ensaiar uma das cenas de dança.

Tenho uma ideia diferente. Levanto a mão para ser educada.

— Sim, Belinda?

— Talvez pudéssemos encenar nossa peça, e eles pudessem nos dar uma aula de valsa.

Emily bate palmas.

— Ótima ideia! Lucas, o que acha?

Lucas não diz nada. Ele está sorrindo para Emily e balançando a cabeça como se talvez quisesse ter uma chance de dançar com ela, mas estivesse nervoso. Como eu fico nervosa diante da ideia de dançar com Anthony. Se ele é tão bom dançarino, talvez perceba na hora que só dancei uma vez antes e que foi com Ron Moody.

— É uma ideia boa — concorda Lucas. — Pode significar que faremos um espetáculo mais curto, mas então poderemos trabalhar mais nessas cenas e fazer com que fiquem realmente boas.

Vejo Anthony balançando a cabeça. Dá para perceber que ele está ficando nervoso de novo. Está fazendo uns barulhos esquisitos, como se estivesse prestes a chorar, o que já aconteceu na aula algumas vezes. Achei que eu o tinha convencido a não fazer mais aquilo, mas acho que não.

— Não sei não, pessoal — diz ele. — Não sou bom ator. Vocês fazem a peça sem mim.

— Não, Anthony! — Minha voz sai tão alta que até eu mesma me assusto. — Não comece com isso agora!

— Por favor, Anthony — suplica Emily. — Precisamos muito de você.

Lucas me surpreende. Estamos sentados nas carteiras em círculo, então estamos perto uns dos outros. Ele estica o braço e coloca uma das mãos no ombro de Anthony.

— Anthony, meu amigo — começa ele —, não me deixe na mão como o único homem nessa peça tão centrada em garotas.

Anthony não sabe o que significa centrada. Eu também não sei o que significa, mas é uma palavra engraçada e faz Anthony sorrir. De repente seu humor melhora. Ele abre os braços e se inclina na direção de Lucas, e eu penso: *Ah, não, Anthony precisa de mais uma lista de regras para abraços.*

- Não abrace jogadores de futebol.
- Não abrace namoradas de jogadores de futebol.
- Não abrace ninguém enquanto estivermos atuando na peça.
- Não abrace pessoas da plateia que você não conhece depois da apresentação.

Mas fico surpresa. Lucas não se importa com o abraço. Ele abraça Anthony de volta e diz:

— Sério, cara, isso pode ser ótimo, mas não podemos ir em frente sem você.

— OK, tá. OK, vou fazer. Vou fazer, Beminda, não se preocupe.

CAPÍTULO DEZESSEIS

EMILY

Avisei a Lucas que, se eu ia dirigir, ele teria de ser meu produtor.

— Claro. — Ele sorri. — Só que não sei o que isso significa.

— Significa que você fará todo o trabalho administrativo. Vai reservar o espaço para os ensaios depois das aulas, vai tirar xerox, coisas assim.

Durante três anos esse tem sido meu trabalho para a Coalizão. Richard pensa nas grandes ideias, e eu cuido dos detalhes administrativos — reservando mesas, tirando cópias de petições. Significa que ele fica na linha de frente, se expondo um pouco mais, mas sou eu quem faz as coisas acontecerem.

Assim que delego esse papel a Lucas, fico imediatamente com medo de ter pedido demais. O que ele sabe sobre o pesadelo burocrático que é preencher os formulários no escritório da diretoria para reservar salas? Mas até agora ele fez um bom trabalho com tudo que pedi. Ele reservou a sala, criou um cronograma de ensaios e agora, dois dias depois, está com os scripts copiados nas mãos. Belinda e Anthony também estão aqui... olhando para mim e esperando instruções.

A única pessoa que não está preparada, aparentemente, sou eu. Entro um pouco em pânico. Não esperava que todos estivessem tão prontos de primeira. Não tenho ideias; não sei por onde começar.

E então as coisas acontecem. Em nosso primeiro ensaio, relemos o roteiro. No segundo, preparamos as quatro cenas nas quais escolhemos focar. A marcação de cena é meio bagunçada. Nem Belinda nem Anthony sabem muito bem a diferença entre esquerda e direita, então Lucas os direciona inclinando a cabeça. Em nosso primeiro intervalo, Belinda parece chateada com alguma coisa. Escuto Anthony dizer ao lado dela:

— Tá tudo bem, Beminda. Somos muito bons.

— Eu não sei — diz Belinda. Ela obviamente não está feliz. — Fazer só uma apresentação para só uma turma faz parecer que pouca gente vai ver. Estamos tendo todo esse trabalho... Eu queria que passasse na TV ou algo assim.

Então eu me lembro de mais uma coisa sobre Belinda da época do Teatro de Contos Infantis. Quando ela se convencia de alguma coisa, podia ser bastante teimosa e dar chiliques nas horas mais inoportunas — como uma vez durante o último ensaio geral, quando não queria sair do banheiro porque seu figurino não estava perfeito.

— Não, Belinda — digo, tão vigorosamente que me surpreendo. — Atuar não é uma questão de estar na TV e ser uma grande estrela.

Belinda me olha e ajeita os óculos.

— É sim. Quando fui Chapeuzinho Vermelho, eu era famosa. As pessoas me paravam na loja e me diziam como eu era boa.

— Isso é legal, mas não é esse o objetivo.

Posso notar que tanto Belinda quanto Anthony ficam intrigados.

— Não? — pergunta Belinda.

— Não. O objetivo é contar uma história para uma plateia em particular que possa aprender alguma coisa com ela. Essas pessoas não conhecem nada de *Orgulho e preconceito*. Estamos encenando a história para você poder mostrar a elas por que a ama tanto e as lições que podem tirar dela. Qual você acha que é a principal lição em *Orgulho e preconceito*?

Belinda fica pensando por um bom tempo antes de responder:

— Eles se amam e se casam?

— Mais ou menos. O que acontece *antes* de eles se apaixonarem um pelo outro?

Temo que Anthony já tenha perdido o fio da meada. Parece que ele parou de escutar e se limita a encarar o teto.

— O Sr. Darcy vai nadar de roupa?

Acho que, se eu deixar, Belinda vai ficar tentando adivinhar o dia todo.

— Sim, mas você se lembra da parte principal, de como eles fizeram julgamentos equivocados um sobre o outro baseados nas aparências? — Falei do jeito errado. — Eles decidem que nunca poderão gostar um do outro por causa da aparência de cada um. Mas então *eles se conhecem* e se apaixonam.

Descubro que Anthony *estava* ouvindo o tempo todo porque ele abre um largo sorriso para mim e se vira para Belinda.

— Eu sempre amei a Beminda. Na primeira vez que a vi a amei.

Belinda se vira e dispara:

— Isso *não* é verdade, Anthony. Você era novo demais e baixo demais, e eu disse: "Não, você não pode me amar, está só na nona série."

Não consigo fazer nada além de olhar para Lucas e sorrir. É difícil não rir de como isso ilustra bem a história. Além disso, a surpresa me enche de tranquilidade: Belinda *é* amada, por esse garoto de quem ela deve gostar também, porque ela o levou para um projeto feito apenas para ela.

Lucas cobre a boca com uma das mãos, e percebo que ele está sorrindo por trás dos dedos.

— E agora você mudou um pouco de ideia, não foi Belinda? — É tentadora a vontade de dizer o nome dela da forma doce com que Anthony diz. — Você é uma boa amiga do Anthony agora que passou a conhecê-lo.

Ela se endireita na cadeira e me olha.

— Sim. — Ela assente. — Ele é meu melhor amigo.

Ele sorri, ri e balança o corpo para a frente e para trás enquanto bate palmas.

— Viu? Eu disse para minha mãe: "Ela vai me amar um dia! Ela ainda não sabe, mas ela vai!"

Ao seu lado, Belinda nem sequer sorri, o que acho que entendo. Aquilo tudo não foi fácil para ela. Existe a complicação de Mitchell Breski e o medo terrível que ela deve ter de ficar perto demais dos desejos ardentes de um garoto. Também tem a questão das incontáveis vezes que ela assistiu a *Orgulho e preconceito*. Ela aprendeu sobre o amor observando pessoas que não agem nem se parecem com ninguém que conhecemos. Talvez de certa forma todos nós tenhamos. É um ajuste para todo mundo, penso, olhando para Lucas. Toda vez que faço isso, fico surpresa mais uma vez, às vezes por perceber como ele é fofo, outras vezes por alguma coisa que não tinha notado antes — *Os ombros dele! São tão largos! E suas mãos! Elas têm sardas!* Mas às vezes é uma sensação completamente diferente. É como: *Espere, ele? É realmente nessa pessoa que fico pensando obsessivamente à noite?* De repente Lucas parece comum para mim mais uma vez, como uma pessoa normal. É quase como se eu tivesse que me afastar dele de novo para supervalorizá-lo outra vez em minha cabeça. Mas é interessante; quanto mais tempo passo com ele, menos quero fazer isso. Quero ficar aqui com ele e continuar me surpreendendo. Que é o que acontece quando ele tira a mão da frente da boca e se inclina para mim.

— Na verdade, Em, tem um jeito de passar na TV se a gente quiser — sussurra ele, como se não quisesse enfraquecer meu grande argumento.

Belinda se vira.

— Como? — pergunta ela. Ela definitivamente está interessada.

— Minha mãe trabalhava na estação pública local. Eu podia ligar para eles e ver se alguém podia vir filmar.

De repente, Belinda está balançando o corpo e batendo palmas e é só sorrisos.

Nossa, penso. *Ela fica impassível diante da doce declaração de amor verdadeiro de Anthony, mas praticamente dá cambalhotas diante da possibilidade de estar na frente de uma câmera.*

— Sim! — exclama ela. — Ligue pra eles agora! Assim minha mãe vai poder ver, e minha avó também. E minhas primas. E as duas irmãs do Anthony. — Ela continua, citando todas as pessoas que poderão assisti-los agora. Ela está obviamente animadíssima; Anthony está feliz porque ela está feliz.

Lucas me olha, como se pedisse desculpas.

— Tudo bem por você?

Eu meio que desejo que não tivesse feito dele o produtor.

— Sim. — Obviamente, ninguém captou minha mensagem maior de que não estamos fazendo isso por nós mesmos, e sim por quem vai estar na plateia.

Paciência, penso. Talvez estejamos fazendo isso por nós mesmos.

BELINDA

Depois de nosso segundo ensaio, Anthony e eu caminhamos até o ponto de ônibus juntos. Isso significa que não estamos pegando o ônibus escolar para casa, e sim que vamos pegar um ônibus normal. Nós dois fizemos cursos para aprender a andar sozinhos pela cidade, então sabemos como é, mais ou menos. Anthony precisou fazer o curso duas vezes, porque se confundia com os trajetos. Para mim a parte mais difícil é contar o dinheiro certinho e ler a placa que diz para onde o ônibus está indo. Desde que você pergunte ao motorista onde precisa descer e se sente bem atrás dele para ele não esquecer de avisar, é fácil. Assim, mesmo que você não consiga ler as placas das ruas, tudo bem. Às vezes digo ao motorista que sou quase cega, o que não é verdade. Não sou quase cega, só enxergo pontos embaçados que se movem e, às vezes, não consigo ler as placas das ruas.

Conto isso a Anthony enquanto esperamos no ponto de ônibus.

— Você precisa se sentar atrás do motorista, Anthony. É assim que sabe onde vai saltar. Ele avisa.

— Vou me sentar ao seu lado, Beminda.

— Bem, eu vou me sentar atrás do motorista.

Anthony faz o que a maioria das pessoas faz, que é ficar olhando para o final da rua o tempo todo enquanto espera o ônibus chegar. Às vezes as pessoas até pisam no asfalto para ver se ele está vindo, mas isso é contra as regras do curso de andar pela cidade sozinho, então é algo que nunca faço. Também não vai fazer o ônibus chegar mais rápido, meu professor me contou. Anthony não quer ficar olhando para ver se o ônibus chega, ele quer me fazer perguntas que sempre quis fazer, como por que eu gosto tanto de *Orgulho e preconceito* e como é que ele nunca viu meu pai em nenhuma das festas das famílias.

— O Douglas acha que ele provavelmente está morto, então falei que ia perguntar a você — diz ele.

— Ele não está morto, Anthony.

— Que bom!

— Também não é bom porque a última vez que o vi foi há sete anos, talvez, eu esqueço. — Na verdade eu não esqueço, só finjo que esqueço.

— Ah! Por que você não o vê se ele é seu pai?

— Essa é uma pergunta pessoal e particular, Anthony. Você não tem permissão para fazer perguntas pessoais e particulares às pessoas.

— Tudo bem, sinto muito — diz ele. Então acho que ele pensa melhor. — Mas se você é minha namorada, então acho que tenho permissão.

— Não, acho que não.

— Tenho quase certeza de que sim.

— OK, tá legal. Não vejo meu pai porque não sei por que não o vejo. Ele não é uma pessoa muito responsável e, além disso, não gosta muito de mim, acho.

— Isso é impossível, Beminda. Ele gosta muito de você, sei que gosta.

— É legal você dizer isso, mas ele não gosta não. Às vezes é melhor apenas encarar os fatos, é isso que minha avó diz. Então esse é um dos meus fatos.

— OK.

É estranho. Fico um pouco contente por estarmos conversando assim. Como se talvez eu pudesse contar outras coisas a Anthony, como o que aconteceu no jogo de futebol. Mas eu não sei. Talvez não. Então, em vez disso, pergunto a ele:

— Você tem algo pessoal e particular que eu deva saber?

É claro que ele tem. Ele me conta tudo com um grande sorriso no rosto. Como às vezes não sacode depois de fazer xixi e molha a cueca. E como às vezes ele finge ler coisas que não consegue ler. E como uma vez atravessou acidentalmente a rua bem na frente de um carro e quase morreu.

— Tudo bem — interrompo. — Já chega.

Ele sorri para mim.

— T-tá.

Quando nosso ônibus chega, embarcamos e mostramos ao motorista nossos passes, que dizem que podemos andar de graça durante o dia, mas não à noite, porque pessoas como nós nunca devem andar de ônibus à noite. Então nós nos sentamos no lugar em que eu disse a Anthony que devíamos sentar, bem atrás do motorista.

Mesmo que ele tenha ganhado o certificado do treinamento para se locomover pela cidade, acho que Anthony nunca andou de ônibus assim, sem um professor, porque nunca fizemos parte de um clube antes nem tivemos outro motivo para ficar na escola depois da aula. É legal termos um motivo agora. É legal pegar um ônibus da cidade para casa como todo mundo. Sei que Anthony está feliz, porque ele segura minha mão, o que ele nunca fez antes.

Uma mulher do outro lado do corredor olha para nós. A princípio fico com vergonha, como se talvez dar as mãos não fosse permitido em ônibus. Mas já vi outras pessoas de mãos dadas no ônibus, então sei que não é verdade. Eu não puxo minha mão de volta nem digo para Anthony parar. Somos como todo mundo agora. Temos permissão para andar de ônibus e temos permissão para dar as mãos.

É bom, a não ser pelo fato de que provavelmente não deveríamos fazer barulhos altos como o que Anthony faz quando chegamos a nossa parada e ele se levanta e grita:

— UHU, BEMINDA! NÓS CONSEGUIMOS!

No dia seguinte, digo a Emily que não posso ir ao ensaio número três porque tenho uma reunião do PEI. PEI significa Programa de Educação Individualizada, acho. Costumavam ser reuniões nas quais vovó e mamãe conversavam com os professores sobre o que eu devia estar aprendendo na escola. Mas desde que fiz dezesseis anos, eu tenho ido às minhas reuniões do PEI, uma vez por ano. Agora na maior parte do tempo falamos sobre quais deveriam ser meus planos para o futuro. Minha parte favorita das reuniões do PEI é o começo, quando todos os professores dizem coisas legais sobre mim. Rhonda diz: "A Belinda é a melhor datilógrafa da turma." Ou então: "Adoro como a Belinda mantém sua mesa e seu espaço tão limpos e organizados. Ela é um bom exemplo para os outros alunos."

As coisas legais devem nos ajudar a pensar no que vamos fazer quando sairmos da escola, o que chamam de MINHA VISÃO DO FUTURO. Costumávamos dizer que eu devia ser secretária em um escritório. Agora não dizemos mais isso, pois descobrimos que lá fora não existem empregos como esse para pessoas como eu.

Essa é a primeira vez que vovó não vai a uma de minhas reuniões do PEI, o que é estranho, mas talvez seja bom, porque dessa vez mamãe fala mais e dá sugestões.

— Talvez ela pudesse registrar dados como eu — propõe ela.

Os professores dizem que, com meus problemas de vista, não é uma possibilidade prática.

— Que tal organizar correspondências? Ou trabalhar em uma agência dos correios?

É uma boa ideia, dizem eles, mas a agência dos correios tem demitido funcionários recentemente. E para ser carteira eu precisaria dirigir, o que não sei fazer.

Gosto de ver minha mãe na reunião, usando roupas de sair e falando, mas posso notar que talvez ela esteja ficando meio triste.

— Vocês não estão nos dando nenhuma opção para depois que a Belinda sair daqui. Ela passou os últimos dezoito anos na escola trabalhando duro, melhorando suas habilidades, e estão nos dizendo que não há *nada* lá fora para ela?

— Ah, não — respondem eles. — Existem programas diurnos. Programas diurnos bons e bem administrados, nos quais ela terá uma gama de atividades entre as quais escolher.

— Mas não temos trabalhado esse tempo todo juntos para conseguir um emprego para ela? Não era esse o *objetivo*?

Ninguém diz nada. Eles ficam apenas se entreolhando. Não quero que minha mãe chore na frente de toda essa gente. Eles mal a conhecem, e quero que vejam a mãe que amo.

— Mas eu tenho um emprego — digo.

Costumo falar tão pouco nessas reuniões que todo mundo leva um susto.

— É claro, querida. Seu trabalho na diretoria da escola, é verdade — diz Rhonda.

— Não esse trabalho — respondo, porque talvez ela tenha se esquecido de que esse emprego não é mais meu, e sim de Anthony e Douglas. — Tenho um emprego diferente agora. Tenho o emprego de atuar em uma peça e apresentá-la para pessoas como eu, a não ser pelo fato de que elas não conhecem *Orgulho e preconceito*.

Olho para mamãe, sentada do outro lado da mesa. Ela parece estar com orgulho de mim. Está feliz por eu estar fazendo isso, mesmo que vovó tenha me dito para não fazer. Ela está chorando um pouquinho, mas é de felicidade, então tudo bem.

É assim que explicamos para vovó quando voltamos ao hospital e contamos a ela o que está acontecendo:

— Ofereceram um emprego a Belinda, mamãe! — diz minha mãe. Vovó arregala os olhos, como se estivesse animada, mas então, bem rápido, mamãe continua: — Um trabalho atuando em uma peça que ela vai apresentar para outros jovens adultos com deficiência. É uma ferramenta de ensino. Ela será como uma professora. Uma atriz-professora.

Vovó estreita os olhos.

— Isso não é emprego.

Eu não acredito. Mamãe respira fundo como na ioga; inspira pelo nariz e expira pela boca.

— Sim, é sim, mãe. É verdade que ela pode não estar ganhando um salário, mas é um trabalho importante e ela vai estar se relacionando com pessoas com quem precisa se relacionar.

Vovó balança a cabeça.

— É um erro, Lauren. Ela não é como essas outras pessoas. — Vovó sussurra aquilo como se não quisesse que eu escutasse, mas escuto mesmo assim. Estou bem ali.

— Ela é sim, mãe. Ela *é* como essas outras pessoas. Isolá-la não ajuda em nada. Não proporciona a ela uma vida melhor... e sim uma vida incompleta.

Fico surpresa quando mamãe diz tudo aquilo. Ela quase nunca discorda de vovó.

Vovó não pode falar muito. Está respirando por um tubo e tem medicação intravenosa na mão, então ela não pode se sentar nem ficar brava com mamãe. Em vez disso, ela balança a cabeça e parece estar prestes a começar a chorar.

— Isso me deixa triste — diz ela.

— Não é triste, mãe. Estou feliz por ela estar fazendo isso. E ela também.

Mesmo que ela esteja falando sobre felicidade, ninguém sorri.

CAPÍTULO DEZESSETE

EMILY

Quando chegamos a nosso quinto ensaio, algumas coisas já ficaram evidentes: Belinda e Anthony são ambos muito bons, mas têm fraquezas parecidas. É difícil entender Belinda e quase impossível entender Anthony. Belinda tenta ajudar repetindo as falas de Anthony: "Você acabou de dizer...?", e então ela repete a fala dele, palavra por palavra. No começo é engraçado, mas depois percebo que aquilo vai alongar o show uns quarenta minutos. Além disso, a pronúncia de Belinda não é tão boa quanto costumava ser quando éramos crianças. Ela balbucia demais e diz muitas de suas falas olhando para o chão.

— Levante a cabeça! Queremos ver seu rosto, Belinda! — exclamo da cadeira do diretor na primeira fila do teatro onde estamos ensaiando. — Seu rosto é lindo, Belinda, mas está sempre escondido. Precisamos de seu queixo erguido, peito aberto. Precisamos ouvir sua velha voz imponente.

Ela se corrige durante uma ou duas falas, mas logo em seguida volta a balbuciar.

Uma fala depois, quando a interrompo e peço mais uma vez "Mais alto! Vocês dois!", ela desaba no chão.

— Não consigo — diz ela. — É difícil demais. O Anthony e eu desistimos.

— Não, Belinda! — Eu me levanto de um salto. — A culpa foi minha. Eu não devia ter interrompido vocês. Estavam indo bem. Estavam ótimos.

Anthony balança a cabeça.

— Não pode desistir, Beminda. Esse espetáculo é importante.

Infelizmente, esse não foi o único colapso de Belinda. Ela teve outro ontem, quando falei em usar maquiagem.

— SEM MAQUIAGEM! — gritou ela. Achei que maquiagem a faria se sentir mais como uma verdadeira atriz, considerando que não tínhamos palco nem luzes especiais.

— Maquiagem entra na minha boca e machuca meus olhos — insistiu ela.

Até agora, cedi em quase todos os aspectos. Tudo bem, sem maquiagem. OK, pode usar o chapéu de palha com as flores de plástico que certamente não existiam na época de Jane Austen. Idem para o leque japonês que ela quer estar segurando na cena em que conhece o Sr. Darcy.

— Mas tem uma gueixa pintada nele — observou Lucas.

— E daí? — vociferou ela. — Não me importo!

É como se Belinda não tivesse ideia de como trabalhamos duro para fazer isso acontecer nem de como ela parece mimada diante desses esforços. Quando ela se senta no chão durante mais esse ataque, tenho vontade de dizer: *Tudo bem, Belinda, tem razão. Vamos cancelar a apresentação.*

Fico grata por Lucas ter consulta no médico no dia seguinte, de forma que precisamos cancelar o ensaio. Fico ainda mais grata quando ando até meu carro no estacionamento depois das aulas, e encontro Richard parado ao lado da porta do passageiro. Desde que meus amigos se recusaram a ajudar com a peça, tenho contado muito pouco sobre o que estamos fazendo. Também não os tenho visto muito, pois não tenho dado carona a ninguém ultimamente.

— Rola carona? — pergunta Richard. — Eu não tinha certeza sobre seus... sei lá. Horários.

— Rola, claro! — Estou estupidamente feliz em vê-lo. Quero perguntar a ele sobre Hugh, o que nunca consigo fazer durante o almoço, porque parece que tem gente demais escutando. Quero saber o que anda acontecendo. Parece que estávamos brigados, só que não estávamos. Ou era como se uma briga de fato nunca tivesse acontecido, mas houvesse aquela sensação ruim de depois. Não pergunto a ele sobre Hugh há duas semanas.

— Não tem ensaio? Ou outra pessoa para quem dar carona? — Sua voz está meio vacilante. Como se ele também estivesse nervoso.

— Não, Richard. Vamos. Entre no carro.

Não contei nada a Richard (nem a ninguém) sobre Lucas. Não sei se ele reparou em Lucas e eu conversando no corredor, mas fazemos isso com tão pouca frequência que não me parece provável. Há uma semana penso em como poderia contar a ele o que tem rolado, mas ainda não consegui encontrar as palavras certas: *Lembra do menino com quem eu estava furiosa no início do ano? O que culpei por não ajudar à Belinda? Acontece que ele é um cara legal! E também descobri que estou gostando dele!* É difícil me imaginar dizendo a ele o que realmente quero dizer: que o problema nunca foi Lucas, e sim eu. Posso ser cofundadora da Coalizão para a Ação Jovem, mas tenho um probleminha em agir quando preciso.

Antes que eu consiga tocar no assunto ou perguntar sobre Hugh, Richard pergunta como está indo a peça.

— Bem. Quero dizer, está péssima, mas está indo bem. Espero conseguir mantê-la o mais curta possível. Quão ruim uma apresentação de trinta minutos pode ser, certo?

Só o fato de dizer aquilo já parece errado. Estou sendo cruel em relação a uma coisa com a qual me importo muito, e não sei nem ao menos por quê. É difícil se importar e, ao mesmo tempo, ser a pessoa sarcástica e irônica que seus amigos conhecem.

— Está montando uma versão de *Orgulho e preconceito* em trinta minutos?

— Cenas de *Orgulho e preconceito*. É como uma montagem de GIFs do Colin Firth encenados ao vivo com diálogos impossíveis de entender.

Ele ri. Talvez tudo bem ser um pouquinho cruel, penso. Richard é um velho amigo, e é assim que conversamos. Mas, quando estou pensando isso, olho para Richard no banco do carona e percebo que ele não está rindo, está chorando.

— Ah, meu Deus, o que aconteceu? — Piso no freio mesmo sem estarmos nem perto de um sinal. Nunca vi Richard chorar.

— Aconteceu que o Hugh é meio que um babaca — responde ele, secando o rosto. — Um babaca gostoso, mas um babaca.

— O que houve? O que ele fez?

— É mais tudo que ele não fez. — Ele fecha os olhos para tentar parar de chorar, mas não dá certo. Quando volta a abri-los, seus cílios estão encharcados. — Tipo me apresentar para um dos amigos dele.

— Tudo bem, me conte *exatamente* o que aconteceu.

— Eu nem estava falando sobre ele me apresentar como namorado nem nada do tipo. Só falei que queria conhecer os amigos dele. — Ele interrompe a história para procurar um pacote de lenços na mochila. — E ele falou: "Sinto muito, mas não é uma boa ideia."

— O Hugh disse isso?

Richard assente miseravelmente e assoa o nariz.

— Além disso, ele não se assumiu para a família, então não posso ligar para a casa dele. A mãe lê suas mensagens de texto, então não posso mandar mensagem. Entendo ir com calma, mas assim parece que nada está se movendo. Para lugar nenhum. Nunca. Estamos meio que paralisados.

— Isso é problema do Hugh. Não seu, sabe disso, né?

— Eu sei. Só que é frustrante. Quando estamos só nós dois, é bom. De verdade. Mas com que frequência isso acontece? É como se aquela primeira semana, quando fomos comprar calças, tivesse sido nosso auge. Não demos de cara com ninguém da escola. Foi o paraíso.

Tenho vontade de consolá-lo e dizer a ele que Hugh está sendo mesmo um babaca, mas só de pensar naquilo vejo como estou sendo hipócrita: Hugh está com medo de contar a seus amigos sobre Richard, e eu estou com medo de contar aos meus sobre Lucas. Queria poder dizer: *Não é em relação a você que ele fica inseguro, é em relação a ele mesmo.*

— Estar com você provavelmente faz ele se sentir diferente, e ele não sabe ser essa pessoa e ao mesmo tempo estar com os amigos — opino.

— É legal você dizer isso, mas não estamos falando de vovôs de setenta anos. São adolescentes que estão cientes da existência de pessoas gays.

— É só estranho para algumas pessoas. Você provavelmente não é a pessoa com quem eles esperavam que o Hugh ficasse. Leva um tempo para se acostumar, só isso.

Ficamos mais algum tempo em silêncio enquanto dirijo. Será que é tão errado ter medo do que os amigos possam pensar? Quero contar a Richard sobre Lucas, mas toda vez que quase consigo, tenho um estranho miniataque de pânico durante o qual fico sem fôlego. A cada dia que passa gosto mais de Lucas. Mesmo quando mal falo com ele, não consigo evitar: vejo Lucas no corredor, sorrimos um para o outro, e fico sem ar durante alguns segundos. Não sei como explicar isso aos meus amigos — como isso é libertador, como é novo, como é igual a estar de férias de minha velha eu —, então não conto.

Quando chegamos à casa dele, Richard parece melhor. Ou pelo menos bem o bastante para fazer uma piada:

— Estou começando a me perguntar se estávamos certos antes. Se ajudar grupos não é uma ideia melhor que conhecer indivíduos.

Penso em Belinda e em todas as suas queixas.

— Pessoas de verdade são mais difíceis, isso é fato.

Ele sorri com tristeza.

— Acho que prefiro lutar para organizar uma formatura gay que tentar entender se meu namorado de verdade iria a uma comigo.

BELINDA

NA TERÇA, ACONTECE UMA COISA inesperada. Rhonda, minha professora, vai à enfermaria e pergunta se estou pronta para voltar a minha sala para ver meus velhos amigos. Primeiro digo que não sei, mas então penso em Eugene rodando em sua cadeira.

Mal conheço Eugene e é meu último ano na escola, então é minha última chance de conhecê-lo direito. Talvez eu devesse voltar por um tempinho. Para dizer que sinto muito por achar que eu era melhor que as outras pessoas da sala. Não acho mais isso.

Durante todo o outono, quando estava tão apaixonada por Ron que não conseguia parar de pensar nele, fui má com outras pessoas. Sei disso agora. Queria que Ron achasse que eu devia estar com ele e com seus amigos mais do que com o pessoal da minha sala. Mas agora sei como Ron realmente é. Ninguém da nossa sala nunca foi mau daquele jeito. Às vezes eles eram irritantes, como Douglas, mas isso é diferente de ser mau.

A pessoa irritante você pode ignorar. Para a pessoa irritante você pode dizer: "Já chega, Douglas."

Contra a maldade, você não pode dizer nada, porque não consegue nem respirar.

Digo a Rhonda que eu gostaria de voltar às atividades da manhã e ver como seria. Não sei se alguém além de Anthony vai ficar feliz em me ver. Eles provavelmente ainda se lembram das coisas maldosas que falei.

Talvez tenham planejado algumas coisas maldosas para dizer de volta.

É claro que Eugene teria de digitar com a ajuda de alguém, mas ainda teria tempo de sobra para dizer algumas coisas ruins. Ele podia dizer: "Você não é melhor que eu", porque é verdade, não sou. Ele podia dizer: "Devia tentar me conhecer melhor", porque ele estaria certo, não conheço. A cadeira de rodas me deixa nervosa. Assim como seus sapatos, que parecem sempre novos porque ele nunca anda com eles. Ele podia dizer um monte de coisas, mas não diz. Quando entro na sala, ele levanta uma das mãos, que funciona mais ou menos, e diz: "Uuuh", que é sua versão de "oi".

Ele dá sua versão de um sorriso, que não é bem um sorriso, apenas abre mais a boca e a deixa aberta. Quando Rhonda conta a todos que estou de volta, uma pessoa bate palmas e Eugene abre ainda mais a boca.

Todos querem que eu mostre as coisas nas quais tenho trabalhado. Acho que eles fizeram jogos americanos enquanto estive fora, porque a maioria me mostra jogos americanos parecidos, só que com cores diferentes. Digo a todos que gostei das cores que escolheram, pois não há muito mais a dizer.

Anthony diz:

— Vou dar o meu para você! Eu fiz o meu para a Beminda.

Antes de tudo que aconteceu com Ron, eu teria ficado com vergonha de Anthony fazendo presentes para mim e me entregando na frente de todo mundo. Eu poderia até ter dito: "Não, você não pode fazer isso Anthony. Não tem *permissão*." Mas não digo, em vez disso, respondo:

— Obrigada, Anthony. Tem certeza de que sua mãe não quer?

— É. Tenho certeza.

Atrás dele, Eugene está nos encarando. Sua boca está bem aberta. Acho que ele está feliz por nós. Fico tão aliviada que começo a chorar um pouco.

Então Douglas se aproxima e diz:

— Não pode ficar com meu jogo americano, então não tente roubar.

Então perco a vontade de chorar e tenho vontade de dizer a Douglas que talvez ele arranje uma namorada um dia se observar Anthony e aprender umas lições de como ser legal com garotas.

Naquela tarde, durante a aula de habilidades sociais, Rhonda pergunta se Anthony e eu gostaríamos de contar ao resto do grupo sobre a peça que estamos montando. Antes de podermos dizer qualquer coisa, Douglas responde:

— É uma peça de beijinhos.

— Não é NÃO! — exclamo, talvez um pouco alto demais. — Precisa parar de ser tão imaturo, Douglas.

Tenho quase certeza de que não perco estrelas por chamar pessoas de imaturas, só que Rhonda me olha como se estivesse querendo criar uma nova regra. Fecho a boca, porque não posso perder estrelas esta semana. Esta semana Anthony e eu estamos nos esforçando para ganhar mais horas de prática na sala de Terapia Ocupacional. Se eu perder uma estrela, Anthony vai ficar lá sozinho, e ele realmente precisa de minha ajuda para praticar.

— SINTO MUITO, DOUGLAS — digo bem alto, mesmo sem perceber. — Se não gosta de peças, não precisa assistir a essa. Na verdade, você provavelmente não devia mesmo. Nenhum de vocês devia assistir, porque provavelmente não vão entender.

Rhonda cruza os braços.

— Belinda, isso foi uma coisa gentil de se dizer?

— Eles não vão. Precisa ser maduro para entender Jane Austen. Ninguém aqui é.

— Belinda!

— O quê?

Ela me olha como se eu já tivesse perdido algumas estrelas.

— Precisa aprender a tratar seus amigos melhor. Participar de uma peça é excitante e uma coisa que você gostaria de compartilhar com os outros, imagino. Não faz muito sentido montar uma peça que ninguém veja, faz? Não seria muito divertido, seria?

Não quero mais falar daquilo. Não quero que aquelas pessoas assistam porque estou começando a ter medo de que montar essa peça tenha sido um grande erro. Pode ser que Anthony não seja a única pessoa que se saia mal na peça. Lucas e Emily estão tentando, mas também não são muito bons. A pior de todas, no entanto, posso ser eu.

Não entendo por que isso está acontecendo. Às vezes estou bem, e às vezes abro a boca para dizer uma fala e não sai nenhum som. Movo os lábios, mas nada acontece. Então não consigo respirar, fico tonta e preciso me sentar. Esta semana isso aconteceu duas vezes nos ensaios. Da primeira vez, Anthony achou que eu estava morrendo e começou a chorar e me abraçar como se estivesse fazendo a manobra de Heinz. Depois eu disse a ele que não precisava se preocupar, que eu não estava morrendo, que estava só entrando em pânico.

— Você provavelmente devia ficar calmo se acontecer de novo — aconselho.

E então no dia seguinte aconteceu de novo.

E ele realmente ficou calmo. Ele segurou minha mão e disse:

— Respiração de ioga, Beminda. Respiração de ioga.

Acho que meu corpo tem medo de Mitchell Breski estar na plateia assistindo, mesmo que saiba que isso é impossível, porque ele não pode sair do lugar onde mora agora, que se chama detenção juvenil. Mesmo assim me lembro de estar debaixo da luz perto dos vestiários, e de como não o vi porque ele estava no escuro. Foi como estar em um palco. Aquela foi a primeira coisa na qual pensei quando ele me chamou de querida e saiu do escuro. Pensei: Ele estava parado ali, me observando.

E não entendi por quê, mas no começo achei gentil.

Exceto pelo fato de que agora me lembro que ele não me chamou pelo nome. Ele disse: "Ei, você", como se nos conhecêssemos, mas não nos conhecíamos. Ele não me conhecia.

Sei que o que Mitchell Breski fez comigo não deve acontecer. Sei que não foi amar nem sequer gostar. Não foi romance.

Vovó disse algumas vezes que, se eu quisesse, podia conversar com a médica boazinha que conheci no hospital sobre o que tinha acontecido. Toda vez que ela diz isso, eu respondo que não, obrigada. Tenho medo de falar sobre Mitchell Breski e me sentir como se tudo aquilo estivesse acontecendo de novo. Às vezes palavras fazem isso. Elas fazem uma coisa acontecer de novo na sua cabeça. Por isso fiquei tanto tempo sem dizer nada depois que aconteceu. Fiquei com medo de que, se eu falasse o nome dele acidentalmente, pareceria que ele estava no mesmo cômodo que eu. Foi isso que aconteceu quando eu disse o nome dele à polícia. Foi como se ele estivesse ali, cobrindo minha boca com a mão.

Depois, a policial que estava me fazendo perguntas disse:

— Fique com a caixa de lenços de papel se precisar de mais no caminho para casa.

Ela foi muito legal e disse que achava que nunca ia se esquecer de nossa conversa. Isso me surpreendeu, porque achei que ela passava o dia todo conversando com pessoas com quem haviam acontecido coisas terríveis. Quando perguntei a ela por quê, ela respondeu:

— Você é tão corajosa. — E começou a chorar também. — Não teve a ajuda daqueles cretinos que viram o que estava acontecendo, mas impediu mesmo assim. Conseguiu ajuda sozinha. E agora você identificou o autor. Você é uma estrela, Belinda. De verdade.

Aquilo fez com que eu me sentisse bem. Ainda chorei no caminho para casa, o que fez vovó dirigir pior do que ela normalmente dirige, mas ser chamada de estrela fez com que fosse mais fácil voltar a respirar.

Toda vez que fui uma estrela, eu adorei. Linda, que dirigia o Teatro de Contos Infantis, dizia que todos eram estrelas, quer tivessem um grande papel quer não, mas isso não é realmente verdade. O Morador Número Três da Cidade não é uma estrela. Nem o peixe-palhaço de *A pequena sereia*. Quando interpretei Fern e Chapeuzinho Vermelho, *fui* uma estrela. Eu me sentia uma estrela, e todo mundo disse isso depois.

No caminho da delegacia para casa com vovó, eu ainda estava triste e assustada, mas não conseguia parar de pensar no que aquela policial acabara de dizer. Fez com que eu me sentisse melhor. Como se o que tivesse acabado de acontecer não fosse real. Como se eu fosse uma atriz em um filme de terror e tivesse feito um bom trabalho interpretando meu papel. Mas agora é confuso. É como se, agora que estou atuando novamente, eu ficasse com medo de a mesma coisa acontecer. Como se, quando eu estivesse sob a luz, alguém fosse sair do escuro e fazer uma coisa horrível.

Às vezes sonho com isso e acordo tão suada que fico achando que fiz xixi na cama. Uma vez eu fiz xixi na cama, mas não contei para vovó nem para mamãe. Lavei eu mesma os lençóis, então foi como se nunca tivesse acontecido. Tenho permissão para fingir que as coisas nunca aconteceram se eu mesma me limpar e não parecer mais que aconteceu. Do mesmo jeito que Anthony não precisa saber o que aconteceu com Mitchell Breski. Se eu não quiser contar a ele, não preciso.

E eu definitivamente não quero contar a ele. Se ele souber, vai me olhar de um jeito diferente. Acho que ele provavelmente também vai parar de dizer o tempo todo que me ama e que quer se casar comigo. Eu costumava odiar quando ele dizia isso, mas agora não odeio mais. Agora entendo que ele não quer dizer que a gente devia se casar agora. Significa que ele quer ser meu amigo e quer que nos ajudemos em coisas como peças de teatro. Posso ajudá-lo a ser corajoso e a se tornar um ator, e ele pode me ajudar a ser corajosa e a almoçar no refeitório. É bom sermos um time agora, porque ele se preocupa bastante.

Uma vez ele ficou tão preocupado que achei que ele ia chorar, então o abracei sem ele pedir. Ele começou a rir e a se balançar para a frente e para trás, e me perguntou se agora eu era sua namorada.

Não dei minha resposta de sempre, que é: "Não, Anthony. Sou velha demais para ser sua namorada."

Em vez disso, falei:

— Talvez. Prometo que não vou ser namorada *de mais ninguém*, mas agora estamos ocupados com essa peça. Vamos terminar a peça, e depois, talvez, eu seja sua namorada.

Deu para perceber que ele achou que aquilo significava sim. Ele riu, ficou vermelho e cobriu o rosto com as mãos.

— É uma decisão importante, Anthony. Ser namorada de alguém significa que sua vida muda muito.

Ele parou de rir e olhou para mim.

— Significa?

Expliquei algumas coisas que teriam de acontecer se fôssemos namorados. Precisaríamos dividir a comida e assistir à televisão juntos, e às vezes teríamos de assistir a programas dos quais não gostamos.

— Por exemplo, você gosta de luta e eu não — expliquei. — Mas, se eu fosse sua namorada, eu teria de dizer: "OK, vou assistir um pouquinho de luta."

— Vamos ter de nos beijar também, Beminda.

Desviei o olhar porque aquela era a parte que eu estava esperando que ele talvez não soubesse. Parte de mim não liga para a ideia de beijar Anthony, e outra parte de mim tem muito medo de fazer qualquer coisa desse tipo. Acho que, se ele soubesse o que aconteceu com Mitchell Breski, ele diria não, obrigado, em relação a ser meu namorado. Ele me acharia suja por ficar no chão daquele jeito, cheia de coca-cola na saia e pipoca no cabelo.

Ele me odiaria tanto quanto eu me odeio quando penso naquilo.

Queria poder tomar um comprimido e não pensar naquilo. Eu disse a Anthony que algumas pessoas são casais, mas que nunca se beijam. É assim que elas são. Elas não gostam de beijar, então não beijam.

Ele respondeu:

— Na-na-não. Se você ama alguém, você beija essa pessoa.

Isso me deixa ainda mais nervosa. É como se Anthony já soubesse de algumas coisas.

Em nosso próximo ensaio, começo a achar que talvez Emily e Lucas se gostem. Ele olha bastante para ela quando ela está nos dando ordens, depois escreve tudo que ela falou para não esquecer. Uma vez Emily disse:

— Não precisa escrever tudo isso, Lucas. É só para pensar.

Acho que ele se sentiu burro, como eu me sinto às vezes quando alguém me diz: "Não precisa se esforçar tanto, Belinda, apenas relaxe."

Eu quis dizer a Emily: "É difícil relaxar quando tem muitas coisas acontecendo ao mesmo tempo. Ele devia escrever o que tiver vontade de escrever." Ela não sabe que o deixa nervoso. Uma vez ela disse:

— É como aquela cena de *Razão e sensibilidade*.

Lucas perguntou:

— O que é *Razão e sensibilidade*?

Eu comecei a explicar:

— É um filme estrelando Emma Thompson e Hugh Grant.

Mas Emily disse:

— É o segundo livro mais famoso de Jane Austen, Lucas. Não faz você se lembrar de nada?

Acho que ela não quis parecer cruel, porque foi até ele e deu um tapinha em suas costas, mas sei que ele ficou com vergonha. Pensar em Lucas e Emily me ajuda a não pensar demais em Anthony e Mitchell Breski, nem nas coisas sobre as quais estou tentando não pensar.

Quando o pessoal da TV vem falar com Emily e Lucas sobre filmar a peça, Emily abraça Lucas e depois agradece com um sorriso. Abraçar Lucas deve ser difícil por ele ser tão grande. Ela precisa ficar na ponta dos pés para passar os braços em volta de seus ombros. Depois disso ele segura a mão dela um pouquinho. Parece que a mão de Lucas engoliu a de Emily. Acho que não devíamos estar vendo os dois de mãos dadas, porque quando Anthony pergunta bem alto: "O que eles disseram?", eles se lembram de que estamos ali e param.

— Eles vão filmar tudo com luzes e equipamento de som, e vão exibir a filmagem três vezes na semana seguinte! — Emily sorri novamente e olha para Lucas.

Mesmo que eu achasse que queria que filmassem nossa peça, agora não tenho mais tanta certeza. Queria que mamãe e vovó pudessem assistir, mas agora fico pensando que, se passar na TV, significa que Mitchell Breski ou Ron ou o resto do time de futebol podem ver. Só pensar nisso me faz achar tanto que preciso pedir desculpas a Emily e Lucas, e dizer que eu estava errada, que não quero aparecer na TV. Vou ter de dizer: "Eu *achei* que queria isso, mas agora sei que definitivamente não quero."

Eles provavelmente vão dizer que estou sendo exigente demais. Posso até ouvir vovó dizendo: "Ninguém vai querer ser seu amigo se for tão mandona, Belinda."

Quero que Lucas e Emily sejam meus amigos. Quero ser namorada de Anthony quando tudo isso acabar. Não quero que eles achem que sou uma pessoa mandona que muda de ideia o tempo todo.

Posso fazer isso, digo a mim mesma, mas não sei se é verdade.

Tem muitas coisas que não posso controlar, como ataques de pânico e de choro, e não conseguir respirar. Não consigo controlar o fato de escutar a voz de Mitchell Breski às vezes na minha cabeça.

Não consigo controlar o fato de seu rosto aparecer em minha mente quando fecho os olhos à noite.

EMILY

Eis uma surpresa: Estar perto um do outro com mais frequência, todos os dias após as aulas durante uma hora e meia, parece deixar Lucas e eu mais tímidos um com o outro. Quando chegamos ao teatro antes de Belinda e Anthony, rimos de surpresa por estarmos sozinhos, e sussurramos como se tivéssemos medo de ser pegos a qualquer momento. Eu disse a ele que não queria que Belinda e Anthony soubessem que havia alguma coisa rolando entre nós dois.

— Seria *péssimo* se ela descobrisse — falei. Isso não é mais a vergonha-normal-de-escola que sentimos um perto do outro. *Seus amigos não são como meus amigos* é completamente diferente de *Nós nos conhecemos porque você foi atacada e agora estamos saindo juntos*. — Precisamos estar completamente focados na peça. Isso é sobre Belinda em primeiro lugar e acima de tudo. É isso. Ponto.

Lucas entende. Ele nunca me pressiona nem flerta como Chad costumava fazer. Nunca se refere a coisas que fizemos ou dissemos fora do ensaio quando estamos no ensaio. Não que tenhamos feito muita coisa além de trocar mensagens e conversar pelo telefone à noite. Preciso admitir que gosto de como as circunstâncias nos forçaram a nos conhecermos lentamente. Nos ensaios, eu o observo de canto de olho e noto um milhão de pequenas coisas: ele não passa mais tanto tempo ao telefone, lendo mensagens de texto. Ele lê mais e até anda com um livro enfiado no bolso de trás da calça jeans. Quando Belinda perguntou qual livro era, ele o mostrou para que todos pudéssemos ler o título: *Nada de novo no front*.

— Minha mãe sempre quis que eu lesse esse livro — revelou.

— Por quê? — pergunto em voz baixa. O ensaio ainda não havia começado. Belinda e Anthony estavam conversando.

Ele sorriu, apesar de seu rosto parecer triste.

— Para eu não me alistar no exército, acho.

Não consegui dizer mais nada. Era uma conversa particular demais, considerando a briga com o pai sobre a qual ele me contara, mas entendi tudo. Percebi que Lucas lia para conhecer suas opções. Notei que ele estava mencionando a mãe com mais frequência. Uma vez, durante um ensaio, tocou no nome dela, e Belinda perguntou se ela ia à apresentação.

— Não — respondeu ele. — Ela morreu há alguns anos.

Ao ouvir aquilo de novo, entendi por que ele quase nunca toca no assunto. Nada interrompe uma conversa como esse tipo de informação. O que alguém pode responder quando todas as opções — *Sinto muito! Que tristeza!* — parecem erradas? Ou pelo menos é o que parece para a maioria das pessoas. Mas não para Belinda e Anthony, que se animaram, cheios de perguntas. Eles começaram perguntando como ela havia morrido e continuaram daí.

— Ela perdeu todo o cabelo e precisou usar peruca? — perguntou Belinda.

— Sim — respondeu Lucas. — Acho que todo mundo que faz quimioterapia perde os cabelos.

Belinda assentiu. Era a vez de Anthony:

— Os olhos dela estavam abertos quando ela morreu?

— Não. Ela estava dormindo, então seus olhos estavam fechados.

— Ela fez algum barulho quando aconteceu? Ou disse alguma coisa?

Mesmo que estivesse na hora do ensaio, deixei eles continuarem, porque Lucas parecia não estar se importando e eu também estava curiosa. Ele até sorriu quando respondeu:

— Não, nenhum som. Ela estava em casa, então essa parte foi boa.

— Ela estava sozinha quando morreu? — pergunta Belinda.

— Não. Meu pai e eu nos revezávamos dormindo no chão ao lado da cama, para ela não ficar sozinha — explica ele.

Imaginei Lucas, grande daquele jeito, deitado no chão ao lado da mãe, a mão segurando a dela. É tão completamente o oposto de minha primeira impressão: sentado do lado de fora da sala da orientadora, braços cruzados sobre o peito, pernas esticadas. Imagino quanto tempo eu teria demorado para ouvir essas histórias se Belinda e Anthony não tivessem feito suas perguntas. Talvez nunca. Talvez eu nunca tivesse na cabeça a imagem de Lucas deitado no chão segurando a mão da mãe em seu leito de morte.

Nesses instantes, fico grata por Belinda.

Conforme nos aproximamos da data da apresentação, entretanto, temos menos instantes assim. A ansiedade de Belinda cresce até passarmos boa parte de cada ensaio assegurando a ela que nada de ruim vai acontecer enquanto estivermos nos apresentando.

— Vai ser uma plateia muito amigável — garanto. — Você vai ver. Provavelmente vão nos aplaudir de pé.

— Eles não podem assoviar — argumenta ela. Belinda agora rói as unhas, um hábito que não me lembro de notar antes. — Assovios machucam meus ouvidos. Precisa pedir para não assoviarem.

— Tudo bem, Belinda. Vamos pedir para que não assoviem, mas não devia se preocupar com isso.

Ela assente, mas posso perceber que continua preocupada. Suas sobrancelhas estão juntas, e o olhar, vidrado, como se ela estivesse esperando para subir em uma montanha-russa apavorante na qual outras pessoas a estão forçando a andar. Não sei o que fazer em relação a isso, nem se eu devia tocar no assunto.

Em nosso penúltimo ensaio — nosso "ensaio técnico", como o chamamos porque Belinda adora usar as expressões próprias do teatro —, ela parece um pouco melhor. Está focada e mergulhada no personagem e ajuda Anthony quando ele pula uma cena inteira e começa a dizer falas que estão dez páginas adiante na história.

— Ainda não, meu bom senhor — diz Belinda, permanecendo no personagem. — Precisamos falar sobre o baile antes.

Ao editar a peça, resumi a história a oito cenas. As partes contemporâneas típicas de ensino médio, e mais divertidas, se foram. Seria confuso demais para essa plateia. Em vez disso, são dois casais usando roupas de época que se encontram uma cena sim, outra não, e passam as cenas em que não se encontram discutindo suas concepções erradas um do outro.

Da forma como eu editei, algumas das cenas praticamente não fazem sentido. Não sabemos por que ele a pediu em casamento nem temos o cenário da história de Wickham para explicar por que ela recusa tão veementemente. Com essa plateia, imagino que isso não vá importar. Conheço nosso público e sua capacidade de atenção. Não precisam de detalhes da trama, pois não vão conseguir acompanhá-la de qualquer maneira. Vão gostar do drama da briga sem entender os motivos por trás dela.

Então me surpreendo: no caminho para nossa última aula de Limites e Relacionamentos antes de encenarmos a peça na semana seguinte, Lucas me conta que perguntou a Mary se podia conversar com o grupo sobre a história antes.

— Só para prepará-los um pouco para a trama. Preencher algumas lacunas.

— Que lacunas? — disparo.

Tenho estado um pouco sensível demais ultimamente. Hoje no ensaio ele sugeriu uma mudança, e não consegui não ficar irritada.

— Por que não continuamos com um diretor só, pode ser, Lucas? — falei.

— Tudo bem — disse ele, erguendo as mãos em um gesto de rendição. — Você é quem manda.

Depois pedi desculpas. Disse a ele que estava nervosa e que não queria confundir Belinda e Anthony com mudanças de última hora.

— Eles finalmente estão melhorando, mas ainda não é o ideal. Ainda existe a possibilidade de isso ser um desastre de proporções bastante épicas — argumentei.

Ele concordou.

Agora, no carro, Lucas continua:

— Por isso perguntei a Mary se podia conversar com o grupo sobre o que devem esperar.

Parece uma ideia meio arriscada para mim. Um resumo chato sobre a trama pode desestimulá-los completamente. Quando digo isso a ele, ele responde:

— É, posso fazer as coisas de um jeito meio diferente, se estiver tudo bem por você.

Olho para ele e me pergunto o que ele teria em mente.

— Não vai ser nada demorado. Só cinco minutos, eu prometo.

— OK, tudo bem. Vá em frente.

Trinta segundos depois de Lucas começar seu resumo na frente do grupo, aquilo já parece um grande erro. Ele começa dizendo que quer falar sobre o "show" que vamos encenar na semana que vem, o que confunde todo mundo. Eles acham que vai ser um show como os da TV, com atores de quem ouviram falar. Sheila espera que Justin Bieber participe.

— Não, Sheila, sinto muito — diz Lucas. — Não conseguimos o Bieber dessa vez.

— Mas vocês pelo menos o *convidaram*? — insiste ela.

— Não é esse tipo de show, pessoal — diz Lucas, mantendo uma das mãos erguidas a fim de parar as interrupções. — É uma *peça*, OK? A Emily e eu somos os atores, junto com dois amigos nossos da escola. Eles também não são famosos, então não fiquem esperançosos demais.

Lucas abre um sorriso para mim, e eu retribuo. É legal que ele tenha se referido a eles como amigos e não tenha mencionado suas dificuldades. A sala agora está em silêncio, escutando Lucas.

— É uma história de antigamente escrita por uma mulher, Jane Austen, que escreveu alguns livros há muito tempo sobre todas as regras que cercam pessoas tentando iniciar relacionamentos. Na época, essas regras eram diferentes. Elas tinham mais a ver com quão ricos seus pais eram, mas tem uma coisa que continua igual. Todo mundo julga todo mundo baseado nas aparências. Eles se conhecem em uma festa e pensam certas coisas, tipo como ele é convencido, como ela é meio boba. Eles não param para fazer perguntas uns aos outros e realmente se conhecerem direito.

É difícil saber quantos ali estão entendendo o que ele está dizendo.

— Alguém já fez isso? Quando você achou que uma pessoa era de um jeito e depois que você a conheceu descobriu que ela era completamente diferente?

Fico surpresa. Três pessoas levantam a mão.

— Ah, eu sim! Eu sim! — exclama Annabel. — Eu odiava a salada de frango do Subway e, quando a provei, vi que não era tão ruim, só que o frango tinha um gosto engraçado e tinha maçã no meio.

— A história é mais ou menos sobre isso, Annabel. Só que não é sobre salada de frango, é sobre pessoas gastando um tempinho a mais para se conhecerem antes de se julgarem. Alguém consegue pensar em mais um exemplo?

Sheila levanta a mão. Posso notar que Lucas está hesitante. Com Sheila, há uma chance bem grande de a resposta a essa pergunta ser uma reclamação sobre o motorista do ônibus que ela pegou hoje, ou um anúncio de que ela comprou sapatos novos. Infelizmente, continua sendo ela a única pessoa de mão erguida.

— Sim, Sheila?

— Não gostei de você quando apareceu na sala.

Ele ri ao ouvir isso.

— Exemplo perfeito! Por que não?

— Achei que você era grande demais para ser uma pessoa normal, e achei que poderia me bater.

Lucas sorri.

— E agora?

— Acho você legal e acho que provavelmente não bate em ninguém.

Ele vai até Sheila e aperta a mão dela, fazendo uma reverência engraçada.

— Era exatamente sobre isso que eu estava falando.

Ele tem razão, acho. Era. É claro que aquele lindo momento não dura muito. Quando ele pergunta se alguém tem mais perguntas, todos têm.

— Vão servir refrigerante?

— Podemos falar enquanto vocês encenam a peça?

— As pessoas terão de prestar atenção ou podem ir embora se não estiverem gostando?

Fico admirada com a maneira como Lucas lida bem com aquilo sem nenhuma ajuda de Mary.

— Não, Ken, é uma peça, o que significa que as pessoas estarão bem ali na sua frente, atuando. Trabalhamos duro e ensaiamos muito, então acham que seria educado simplesmente sair se estiverem entediados?

Ken parece espantado por um minuto, então balança a cabeça negativamente.

— Não!

— Isso mesmo. Não seria algo muito legal de se fazer.

Mais tarde, no carro, estou meio efusiva.

— Você conduziu tudo tão bem, Lucas. Sério. Não importa o que aconteça semana que vem, acho que vai ficar tudo bem. Eles serão educados e terão paciência. Vão entender a principal questão que estamos querendo frisar. E depois vamos dançar e comer um lanchinho, e não vai importar se o espetáculo tiver sido horrível ou não. Estou tão feliz por você ter feito isso.

Ele olha para mim.

— Olha só para você.

— O quê?

— O animal burro aqui teve uma ideia decente.

Fico atônita por ele ter dito isso.

— Eu *não* acho que você é um animal burro, Lucas. Meu Deus...

— Certo, tudo bem.

Olho para ele.

— Não mesmo.

— Tudo bem. — Ele está sorrindo, o que espero que signifique que ele acredita em mim, mas não tenho certeza. Essas caronas viraram o único tempo que temos juntos sem outras pessoas rondando ao nosso redor, e até mesmo nesses momentos somos tímidos um com o outro, como se houvesse questões sobre as quais temos medo de falar. Lucas realmente tem medo de eu achá-lo burro? Gosto tanto dele que não entendo. Não sei o que poderia dizer para que ele tenha certeza disso, a não ser algo que faria eu mesma parecer meio boba: *Eu gosto de você. Gosto muito, muito mesmo.*

BELINDA

ENQUANTO ESTAMOS FAZENDO MEU FIGURINO, temos uma surpresa. O médico liga e diz que vovó está bem o bastante para sair do hospital e voltar para casa.

No caminho até lá, mamãe diz que está com medo de vovó ficar brava por ela ter limpado a casa e jogado coisas fora. Eu digo a ela que estou com medo de vovó ainda estar brava por causa da peça.

Mas nós duas somos pegas de surpresa. No fim das contas, a única coisa que vovó critica depois de estar em casa há uma hora é o chapéu que mamãe está fazendo para meu figurino.

— Não tem nenhum elemento decorativo. Não tem orla, e esse laço não tem graça nenhuma.

— Provavelmente tem razão, mãe. — Mamãe sorri. É legar ouvir vovó soando como antes, especialmente porque ela parece tão diferente agora. Está muito magra e curvada, e parece que sua pele ficou grande demais. Até suas mãos estão meio diferentes. No carro, a caminho de casa, ela nos contou que desejou ter morrido quando teve o ataque. Agora ela vai precisar mudar toda a sua alimentação. Nada de sal. Nada de enlatados.

— Só não sei se faz sentido — explica ela.

Pareceu com como eu me senti depois do jogo de futebol. Eu nunca tinha fome, nem achava que fazia sentido comer, porque nada tinha gosto bom.

Agora, mamãe pergunta:

— Se importaria em me ajudar então, mãe? Você sempre costurou melhor que eu.

Mais tarde, enquanto as duas estão trabalhando, conto a elas que Emily não tem chapéu, e mamãe responde:

— Bem, a vovó vai ter de fazer um então, eu não tenho tempo. Preciso terminar o resto de sua saia.

Mamãe fica acordada quase a noite toda para terminar meu vestido e os dois chapéus a tempo do ensaio geral. Na manhã seguinte, ela me leva até a escola com vovó dentro do carro. Cada uma de nós leva uma coisa diferente para minha sala. Eu levo o vestido. Mamãe leva um chapéu, e vovó o outro. Vovó caminha tão devagar que é difícil esperar por ela. Finalmente pedimos que ela se sente em um banco enquanto levamos tudo. Mas dá para perceber que ela não quer fazer aquilo. Ela quer que as pessoas vejam seus chapéus e que digam que estão lindos.

É quando Emily vem até nós e exclama:

— Ah, meu Deus, é seu figurino!

Não havia contado a ela sobre o chapéu que fizemos para ela, porque aquela seria minha grande surpresa. Então agora eu digo:

— Este é para você. — Aponto para o chapéu que vovó está segurando.

Quero que ela fique superfeliz, então estou dando a ela o chapéu com mais enfeites.

— Nossa, isso é tão gentil! — exclama ela, e, mesmo que vovó não goste muito de abraços, ela lhe dá um grande abraço. — É lindo! Amei! — Emily o coloca na cabeça rapidamente, o que faz ela parecer boba, porque o resto de suas roupas são uma camiseta e calça jeans. — Obrigada a vocês por fazerem isso e por deixarem a Belinda participar da peça. Ela é incrível. Esperem só até vê-la.

Fico feliz por ela dizer aquilo olhando para vovó e mamãe. Faz eu achar que talvez fique tudo bem. Vovó vai ver que fazer a peça foi uma boa ideia e vai perdoar mamãe por ter dito que eu podia participar. Não sei com certeza se isso vai acontecer, mas parece que vai.

Depois da aula, no último ensaio, Anthony e eu usamos nossos figurinos, que são tão melhores que os de Emily e Lucas que parece que estamos atuando em peças diferentes, uma com figurinos bons e outra com figurinos ruins.

— Vocês estão tão bonitos — diz Emily. Ela está usando uma saia longa que enrolou em volta da cintura como um avental. Parece uma exploradora, não uma dama. O chapéu ajuda um pouco, mas não muito.

— Você devia estar com um vestido de verdade — digo a Emily. E em seguida digo a Lucas: — E você não devia estar usando essa roupa de jeito nenhum. — Ele está de calça bege e terno azul. Parece um adolescente grande demais indo à igreja, e não um homem do século XIX.

Então me lembro de mais uma coisa que preciso fazer, e fico nervosa de novo. Essa semana toda tive dificuldade em dormir. Na noite passada eu não consegui dormir, então me levantei e digitei uma carta:

Querido Sr. Firth,
  Espero que esteja bem, e sua esposa e seus filhos também. Queria escrever para contar a você que tenho novidades. Vou interpretar Elizabeth Bennett em uma versão curta para o teatro de Orgulho e preconceito. *Estou muito animada, mas também muito nervosa. Não atuo há oito anos. Eu costumava ser uma atriz muito boa. Aconteceram algumas coisas comigo que ainda não quero contar a você. Não sei se coisas ruins que aconteceram com alguém podem mudar esse alguém para sempre. Estou muito nervosa, e eu não costumava ficar nada nervosa. Às vezes os outros alunos ficavam com um medo terrível do palco, e eu precisava ir em frente e fazer a parte deles. Agora estou com medo de acontecer comigo. Você se sente assim às vezes? Como se pudesse vomitar ou talvez ter um ataque cardíaco? Perguntei a minha mãe, e ela disse que pessoas de vinte e um anos de idade não costumam ter ataques cardíacos, então acho que estou com fobia de palco.*
  Estou com medo de estragar o espetáculo inteiro por causa de um ataque de pânico. Minha mãe tem ataques de pânico, e eles são terríveis de ver. Se tiver tempo, pode me escrever uma carta ou apenas pensar em mim. Isso pode ajudar.
    Sua amiga,
    Belinda

Escrever para o Sr. Firth ajudou um pouco, mas continuei sem conseguir dormir ao voltar para a cama. Toda vez que fechava os olhos, ficava pensando em Ron e em Mitchell Breski.

Decidi que talvez vovó estivesse errada. Existem coisas que você pode esquecer e coisas que não pode. Desde aquela única vez que fui ao refeitório, fiquei pensando sobre tudo de terrível que havia acontecido no jogo de futebol e sobre como eu nunca falava nem com Emily nem com Lucas sobre o assunto. Não sei se eles se lembram como eu, mas não acho que eu possa fazer a peça sem antes perguntar algumas coisas a eles: O que aconteceu? Por que não me ajudaram? Ele estava me machucando, e eu estava gritando, e vocês dois saíram correndo. Isso não foi legal.

Espero que, ao dizer isso, eu pare de pensar tanto no assunto. Não sei se vai funcionar, mas vou tentar.

Hoje de manhã contei a mamãe o que ia fazer. Ela disse que eu era corajosa e que ela achava que meus instintos provavelmente eram melhores que os dela. Isso fez eu me sentir bem, a não ser pelo fato de que não sei quais eram os instintos dela.

Quando perguntei, ela respondeu:

— O bom senso que você tem em relação às pessoas.

— Sim — concordei. — Menos Ron. Eu estava errada sobre ele. Ele não merecia ganhar presente nenhum de mim.

— É verdade.

E, mesmo sendo triste pensar naquilo, não fiquei triste por muito tempo, porque tive uma ideia nova. Uma coisa que posso fazer com minha caixa de presentes. É uma ideia boa, mas não vou dizer nada sobre ela porque quero que seja surpresa.

Por enquanto, ainda não começamos o ensaio, e sei que preciso dizer alguma coisa, mas também sei que não quero dizer nada na frente de Anthony. Enquanto Emily e Lucas estão conversando, pergunto a Anthony se ele se importaria em sair da sala por alguns minutos.

— Para onde eu vou? — indaga ele.

— Não sei — sussurro. — Preciso falar com Emily e Lucas sobre uma coisa particular que não tem nada a ver com você, então não importa para onde você vai. Só não deve ficar aqui.

— Não entendo. Por que você tem algo particular que não tem nada a ver comigo?

— Porque sim. Confie em mim.

— É segredo?

— Mais ou menos. Sim, é segredo. — Anthony parece prestes a começar a chorar. Eu devia ter me lembrado de que ele odeia segredos. — Não é um segredo-segredo. É um assunto desagradável. Não gosto de falar nele, então não quero fazer isso na sua frente. — Estou tentando cochichar, mas minha voz sussurrada não é muito boa. Tenho quase certeza de que Emily e Lucas conseguem escutar nossa conversa.

Anthony olha para mim como se, de repente, tivesse pensado em alguma coisa.

— É sobre o que aconteceu com você no jogo de futebol?

Sinto como se um punho invisível tivesse me dado um soco bem no meio do estômago.

— *Não* — minto.

Não era para Anthony saber nada sobre isso. Mas ele continua:

— Com aquele garoto debaixo das arquibancadas?

Durante um bom tempo fico sem saber o que dizer. Não tenho a menor ideia de como Anthony soube sobre isso nem quem poderia ter contado a ele. Acho que deve ter sido Douglas, e fico com vontade de matar Douglas ou seja lá quem tenha sido. Quero dizer: *Não, não tem a ver com aquilo porque aquilo nunca aconteceu. Quem contou isso a você é um mentiroso horrível e não devia ser seu amigo.*

Mas não posso dizer isso porque não é verdade.

Anthony sabe o que aconteceu com Mitchell Breski. Achei que era um segredo meu, mas não é. Achei que só Emily e Lucas sabiam, e que não tinham dito nada porque estavam sendo educados. Agora não sei mais o que pensar.

Pergunto-me se todo mundo sabe.

Não consigo evitar, começo a chorar.

— Não chore, Beminda — diz Anthony. Ele arrasta sua cadeira para mais perto e coloca o braço em volta de mim.
— Não foi culpa sua.

— Foi *sim*. Foi culpa minha porque achei que eu era igual a todo mundo e que podia ir a um jogo de futebol, mas não sou e não posso. Por isso também não posso fazer essa peça. Porque coisas ruins acontecem quando acho que sou igual a todo mundo.

Não levanto a cabeça, mas escuto Emily e Lucas arrastando suas cadeiras para mais perto de mim também.

— Não — começa Emily. — Coisas ruins acontecem quando pessoas não ajudam umas às outras. Foi isso que realmente aconteceu, Belinda. O Lucas e eu estávamos lá, e nós não ajudamos você.

Lucas está cobrindo o rosto com as mãos e balançando a cabeça.

Emily continua:

— A Sra. Sadiq nos disse que podíamos fazer essa peça com você, mas que não devíamos tocar no assunto. Ela disse que sua avó não queria que ninguém falasse com você sobre isso.

— É porque ela não gosta de falar sobre coisas tristes. Às vezes minha mãe fica triste demais, então fizemos regras sobre essas coisas.

— Quer falar sobre isso agora?

Agora estou confusa. Não sei sobre o que quero falar.

Lucas tira as mãos do rosto e para de balançar a cabeça.

— Tudo bem, Belinda. Você tocou no assunto, então acho que devemos falar sobre ele. — A voz dele está baixa, mas não assustadora. Às vezes vozes baixas me assustam, mas a dele não. — A Emily e eu queríamos dizer a você que sentimos muito mesmo. Por isso sugerimos montar essa peça. Queríamos fazer alguma coisa da qual você fosse gostar, para que as pessoas conhecessem você melhor. Para que *nós* a conhecêssemos melhor.

Agora estou realmente confusa.

— Vocês não gostam de *Orgulho e preconceito*?

— Sim, é claro que gostamos, mas talvez não tivéssemos escolhido essa peça. Queríamos fazer alguma coisa da qual você gostasse.

Anthony está se balançando em sua cadeira. Posso perceber que ele quer que a conversa acabe logo.

— Eles fizeram por você, Beminda! Foi legal!

Foi legal, mas ainda não entendo.

— Por que não me ajudaram naquele dia? Teria sido mais fácil que montar uma peça.

Os dois ficam um tempo em silêncio. Emily responde primeiro:

— Às vezes as pessoas ficam com medo de fazer coisas como se posicionar, Belinda. Não sei bem por quê. Queria poder explicar melhor, mas não posso.

Não consigo entender o que ela está dizendo.

— Estávamos tendo dias ruins e pensando só em nós mesmos. Às vezes isso acontece. Acho que nenhum de nós dois entendeu direito o que estava acontecendo — diz Lucas.

Isso eu entendo melhor. Também já tive dias ruins.

— Tudo bem — falo.

Não sei se isso vai me ajudar a dormir melhor ou não, mas fico feliz por ter falado sobre o assunto.

— Talvez fosse melhor a gente ensaiar agora — opino.

Anthony bate palmas e me abraça e, mesmo que eu não quisesse que ele soubesse de nada disso, agora que sei que ele sabe, estou feliz por ter acabado e por não ter mais de me preocupar se ele vai descobrir.

CAPÍTULO DEZOITO

EMILY

Apesar de eu estar sentada na frente dele, falando há uns dez minutos, não fica claro o quanto o Sr. Johnson, nosso diretor, está ouvindo.

— Estamos pedindo uma mudança de política para assegurar que todos os alunos com dificuldades tenham permissão de participar de qualquer atividade que desejarem após as aulas.

Ele folheia alguns papeis na sua mesa que não têm nada a ver com o que estou dizendo, porque não entreguei nada para ele ler.

— A lei estabelece que alunos com dificuldades ou deficiências devem ter acesso à mesma educação que seus colegas. Atividades extracurriculares após o horário das aulas fazem parte dessa educação. Se eles precisarem de ajuda com isso, Richard, eu e a Coalizão para a Ação Jovem estamos dispostos a organizar um programa de parceria entre colegas.

Fico feliz por ter Richard sentado ao meu lado. Noite passada mostrei a ele minha pesquisa e expliquei o que eu queria dizer. Ele me ajudou a elaborar meu argumento e se ofereceu para falar, mas eu disse que conhecia bem as questões que queria destacar e os exemplos que queria usar. É a primeira vez que assumo a liderança e falo. Como o Sr. Johnson ainda não respondeu nada, continuo:

— Acreditamos que, se Belinda Montgomery tivesse tido permissão de participar das peças de teatro ao longo do ensino médio, ela não teria ficado tão vulnerável no jogo de futebol.

Dizer o nome dela faz o Sr. Johnson parar de mexer nos papéis e levantar a cabeça.

— Acho que ela teria desenvolvido mais habilidades interagindo com o restante da comunidade da escola, o que a teria deixado mais segura. Ela saberia que não devia seguir o time para baixo das arquibancadas; não teria tentado falar com eles no meio de um jogo.

É um argumento especulativo, apontou Richard ontem à noite, mas também bastante razoável. Posso ver que agora o Sr. Johnson está escutando.

— Esses alunos não precisam *ser protegidos* do mundo real, eles precisam *ter experiência* nele. Clubes e atividades vão oferecer a eles uma chance de ganhar essa experiência. Quando Belinda compareceu àquele jogo de futebol, foi sua primeira atividade escolar noturna. Ela ficou impressionada e insegura porque não tinha prática em estar em uma situação como aquela, nem em se proteger. Ela precisa desse tipo de exposição. Todos eles precisam. Vamos dar uma chance a eles.

Olho para Richard e posso notar pela expressão em seu rosto que estou indo bem. Talvez até melhor que bem.

Finalmente, o Sr. Johnson diz:

— Preciso admitir que não pensei na questão exatamente desta maneira. Vocês sabem que todos nós amamos a Belinda e os outros alunos da sala dela. Queremos fazer a coisa certa para eles, mas também temos a responsabilidade de protegê-los. Quanto mais os colocamos no meio do restante da escola, mais chances surgem de eles serem assediados ou machucados. É isso que preciso sempre considerar. Querem que eu assuma esse tipo de risco?

— Se está preocupado com a segurança deles e não acha que colegas da própria escola possam ajudar nisso, sempre pode contratar mais pessoas para garantir a segurança após as aulas. — Richard tem um jeito educado de dizer as coisas, mesmo quando fica claro o que ele realmente quer dizer: *Simplesmente aceite, amigo. Desapegue-se do dinheiro e pague funcionários para ficarem até mais tarde.*

— Eu gostaria de fazer isso, é claro. — Agora o Sr. Johnson parece nervoso. Ele começa a folhear seus papéis novamente. — O problema é que ouço muitas ideias boas. Pessoas de todas as atividades extracurriculares vêm aqui toda semana para me dizer onde eu deveria investir a pequena verba de que disponho. Preciso dizer não a muita gente com muitas ideias boas.

— A questão, senhor, é que... — eu me inclino para a frente para deixar meu argumento perfeitamente claro — esta não é apenas uma boa ideia. É a lei, na verdade.

Na hora do almoço, quatro tempos mais tarde, ainda estou nas nuvens com nosso sucesso. O Sr. Johnson concordou com a maior parte de nossos pedidos, e já marcamos mais uma reunião para ter certeza de que o projeto vai avançar: uma mudança de política escrita no manual da escola e a devida comunicação aos professores, para que todos saibam.

— Nós gostaríamos de ter certeza de que essa mudança vai ser posta em prática — disse Richard no final. Adorei ele ter dito "nós". Adorei o fato de, por sermos amigos, essa questão ter se tornado importante para ele também.

Quando chego à mesa do almoço, Richard já está lá, contando para todo mundo sobre nossa reunião com o Sr. Johnson, o que é legal de ouvir, mas me faz pensar que tem mais uma coisa que não fiz. Fico pensando em como Belinda finalmente mencionou o jogo de futebol no nosso último ensaio. Ela podia ter achado que não queria que Anthony soubesse o que tinha acontecido, mas o alívio em seu rosto quando percebeu que ele sabia deixou claro: o amor não é uma questão de parecer perfeito aos olhos da outra pessoa. É uma questão de poder mostrar suas imperfeições. Belinda foi corajosa de uma maneira que me incentivou a marcar a reunião com o Sr. Johnson, mas que também me lembrou: nunca fui honesta com meus amigos a respeito de meu fracasso no jogo de futebol. Também jamais contei a eles sobre Lucas.

Convenci a mim mesma de que é porque eu gosto tanto de Lucas que não quero estragar as coisas. Não somos um casal muito óbvio para ninguém que me conhece bem. Fico com medo de eles fazerem piadas e eu não conseguir rir. Vou gaguejar quando der minhas explicações, o que vai envolver contar a eles quem realmente sou e o que realmente aconteceu no jogo.

Belinda não queria fazer aquilo, e eu também não.

E então eu a observei depois e vi como Anthony a abraçou em volta do pescoço, beijou o topo de sua cabeça e afagou seus ombros. Eles não pareciam duas crianças brincando de "estar apaixonados". Pareciam duas pessoas que tinham dado um grande passo na direção de conhecerem melhor um ao outro. É isso que quero de meus amigos, mas não sei se vou conseguir. Imagino todas as coisas que eles podem dizer se eu contar que Lucas e eu devemos começar a namorar em breve. Candace revirando os olhos e perguntando: "A namorada dele sabe?" Barry e Weilin fazendo caretas de preocupação. "Isso não é mais uma fase, como seus dias na equipe de bandeiras?" Richard balançando a cabeça: "Simplesmente não consigo ver isso rolando, Em. Sinto muito, mas não consigo."

Queria poder explicar a eles de uma maneira que não soe defensiva. Em vez disso, sento à mesa do almoço e começo a conversa assim:

— Quero que todos vocês venham assistir amanhã à noite ao espetáculo que estamos montando. Vai ser a interpretação mais estranha e menos coerente de *Orgulho e preconceito* que já viram, mas ainda assim quero que apareçam.

Todos ficam me encarando.

— Quer dizer amanhã, tipo a mesma noite em que passa *The walking dead*? — pergunta Candace. Ela está falando sério. Nunca perde um episódio. Ela fez até trabalhos em sua aula de inglês avançado nos quais analisa a complexidade do apocalipse zumbi e nos quais sempre tira nota máxima.

— Sim, Candace. É um conflito direto, mas ainda assim quero que vá. Vai valer a pena. Na verdade, não posso garantir com certeza que vai valer a pena, mas acho que sim.

Weilin baixa o garfo.

— Mas a apresentação vai ser no centro para pessoas com deficiência, não é? — Confirmo com a cabeça. — Então por que quer a gente lá?

Sei o que ela está tentando dizer: *Não vai ser meio embaraçoso para você?*

A resposta é sim, pode ser que seja. A outra resposta é:

— Quero que as pessoas de nossa escola vejam a Belinda como o Lucas e eu começamos a ver. Ela é diferente, mas também é corajosa de maneiras que eu queria ser. De maneiras que eu queria que todos nós fôssemos. Incluindo o Hugh. — Acrescento isso no final porque até agora Richard não disse nada.

Nesse momento ele levanta a cabeça.

— *O Lucas e eu?* — pergunta ele. — Interessante.

— Ele é uma pessoa legal, Richard. Sinto muito sobre as coisas ruins que falei a respeito dele antes. Ele não merece. Eu não fui... — hesito porque finalmente consegui a atenção de todos. — Eu não fui completamente honesta sobre o que aconteceu naquele jogo de futebol. O Lucas e eu somos igualmente culpados por não termos ajudado a Belinda.

Apesar de eu não estar olhando para ninguém e não poder ver suas reações, é bom poder dizer isso. Eu me sinto mais leve quase imediatamente.

Então Candace bate com as mãos na mesa.

— *Alô?* Ignorando o fato de que ele pesa uns cinquenta quilos a mais que você e devia ter acabado com aquele cara?

Weilin se inclina na minha direção.

— A Candace tem razão, Em. Você não devia assumir a culpa por uma coisa só porque descobriu que ele é um cara legal.

Balanço a cabeça e fecho os olhos.

— Não foi isso que aconteceu. Eu cheguei lá primeiro. Eu devia ter chamado alguém imediatamente e não chamei. Entrei em pânico e fiquei paralisada. Não posso explicar melhor que isso. Lucas chegou depois que eu saí correndo. Ele achou que eu estava correndo para chamar ajuda.

Abro os olhos. Estão todos olhando para mim.

— Essa história é meio que diferente da que você nos contou — observa Richard.

— Eu sei. É por isso que estou contando a verdade agora. Vocês são meus melhores amigos, e eu menti sobre o que aconteceu porque não conseguia admitir a verdade para vocês. Eu falhei. Eu surtei.

Durante um bom tempo ninguém diz nada.

Finalmente, Weilin recomeça:

— Eu queria poder ir, Emily. Se tivesse nos contado antes, talvez pudéssemos ter nos organizado, mas o Barry e eu temos um ensaio amanhã à noite.

— É verdade — diz Barry.

Olho para Candace.

— Tudo bem, não estou dizendo isso porque tem *The walking dead* amanhã à noite, mas realmente não posso. Tenho um trabalho do laboratório para entregar e estou atrasada de verdade.

Eu me preparo e olho para Richard — meu mais antigo e verdadeiro amigo. O único garoto a quem eu já disse "eu te amo". Ele vai olhar para mim e entender o que estou dizendo, acho. Vai ver o quanto isso é importante para mim.

Mas não.

— Devia ter nos contado antes, Em. Tenho planos com o Hugh.

Reúno toda a minha coragem e imploro:

— Pode levar ele junto.

Por que me importo tanto? Por que sinto que vou chorar se meus amigos não fizerem isso por mim?

— É, mas acho que não — diz Richard. — Estamos com dificuldade de nos comunicar esses dias. Não quero além de tudo ter de pedir um favor a ele.

Sei que eu não devia estar me sentindo tão magoada quanto estou. Não devia fazer disso um teste, porque já estamos estressados demais por causa de testes em todas as outras áreas de nossas vidas.

Mesmo assim, não consigo deixar de sentir que, se isso *tivesse* sido um teste, todos teriam sido reprovados.

BELINDA

É ENGRAÇADO, DESDE MINHA CONVERSA SOBRE O que aconteceu no jogo de futebol, não estou mais tão nervosa em relação à peça. Estou mais nervosa em relação ao que vai acontecer depois. Eu disse a Anthony que seria sua namorada depois que a peça terminasse, o que significa que esta noite terei de começar a ser sua namorada. Não sei exatamente como fazer isso, mas tenho quase certeza de que precisaremos nos beijar.

Uma coisa pela qual fico grata: Mitchell Breski nunca chegou a me beijar. Beijou apenas meu pescoço, o que não conta, então não preciso me lembrar disso quando beijar Anthony. Além disso, Anthony não vai ter aquele cheiro ruim e vai ao menos saber meu nome.

Não vai ser a mesma coisa, mas, mesmo assim, estou nervosa porque não sei beijar.

Já vi pessoas se beijarem em *Orgulho e preconceito* e outros filmes, mas assistir não é a mesma coisa que fazer. Podem existir regras que todo mundo conhece, e eu não. Como: o que você faz com as mãos quando está beijando? E: você continua respirando ou prende a respiração o tempo todo? Acho que você prende, mas não tenho certeza.

Não posso perguntar a Anthony porque não quero que ele saiba que tudo isso está me deixando nervosa. Quero que ele ache que ainda serei uma boa namorada para ele, mesmo que eu não saiba se vou ser. Se eu puder fazer isso, acho que não vou me preocupar tanto com Mitchell Breski, Ron e aqueles outros garotos, porque terei outras coisas com as quais me manter ocupada, como ser namorada de Anthony, o que vai ocupar bastante meu tempo.

Na tarde da apresentação, enquanto estou em casa vestindo meu figurino, começo a ficar mais nervosa ainda. Mamãe entra no meu quarto e me lembra de que elas não vão assistir à peça porque vovó fica sem ar quando dá mais de dez passos. Mamãe vai me levar de carro até lá e me buscar depois. Ela não vai ficar porque tem medo de deixar vovó em casa sozinha durante tanto tempo. Elas vão assistir pela TV, afirmou ela, o que significa que precisa passar na TV. Não tenho escolha, mesmo que isso me dê medo.

Durante todo o trajeto não digo nada. Fico grata pelo chapéu, porque meu rosto está suando e não quero que mamãe veja. Não sei se estou mais nervosa por causa da peça ou por beijar Anthony. Acho que as duas coisas.

— Vai ficar bem? — pergunta mamãe, quando chegamos.

O Centro de Aprendizado para a Vida é grande e bem iluminado por dentro. Há portas de vidro com um aviso dizendo BEM-VINDO tão grande que até eu consigo ler do estacionamento.

Chegamos uma hora mais cedo, mas posso ver pelas janelas de vidro que já há pessoas no saguão. Algumas estão arrumadas, como se talvez fossem atuar em alguma outra peça da qual não fiquei sabendo. Então me lembro da aula de dança de salão.

Quando Emily nos contou sobre a turma de dança assistir ao espetáculo, a primeira coisa que pensei foi: *Será que posso fazer essa aula?* A escola de dança de salão costumava ser para os bailes de debutante, o que sei porque foi onde vovó conheceu meu avô. Ele não gostava de aulas de dança, mas gostava dela, então continuou frequentando. A regra era que os garotos tinham de fazer uma reverência toda vez que chamavam uma garota para dançar.

— Eu amava! — confessou vovó ao me contar. — Depois de um tempo ele não chamava mais nenhuma garota para dançar, e fazia uma reverência toda santa vez!

Mamãe sempre diz que sente muito por eu não ter conhecido o pai dela, pois ele era um homem muito bom. Eu o teria amado, e ele teria me amado. Vovó diz que eles valsavam uma vez por ano, no aniversário de casamento. Ela diz que jamais procurou outro homem depois que ele morreu, porque só havia um homem para ela e ela já havia se casado com ele. Simples assim.

Acho que, se eu valsar com alguém, vou me sentir assim. Simples assim.

O problema é que agora estou com medo de entrar por estar usando meu figurino, o que me faz parecer Elizabeth Bennett, mas também me faz parecer boba em um saguão cheio de gente que não sabe que é um figurino. De repente fico tão nervosa que quero me esconder, da mesma maneira que me senti quando tinha coca-cola na saia e pipoca no cabelo. É a mesma sensação.

Como se não conseguisse respirar e tivesse uma voz em minha cabeça gritando bem alto.

— Não posso entrar — digo. Meu corpo começa a se balançar para eu me acalmar, mas não me acalmo. Meu chapéu está apertado demais. Não consigo respirar e sinto como se estivesse engasgando. Mamãe está falando alguma coisa, mas escuto pouco.

— Não faça isso agora... Você prometeu a essas pessoas... Precisa entrar...

Eu me balanço tanto que o carro começa a se mexer.

— SILÊNCIO! — berro.

Não sei como me acalmar. Murmuro e fico me balançando até escutar alguém bater na janela. É Anthony, usando seu figurino, só que ele está usando um chapéu novo que me faz parar de balançar. É alto, como o chapéu que Abraham Lincoln usava. Não me lembro de ver um chapéu como aquele em Colin Firth. Também é pequeno demais, então ele precisa segurá-lo na cabeça com uma das mãos. Começo a respirar novamente. Abaixo o vidro da janela.

— Que chapéu é esse? — pergunto.

— Tá tudo bem! Estou bonito!

— Não se vai precisar ficar segurando esse chapéu assim o tempo todo.

— Tá tudo bem! — Ele não tira a mão da cabeça. — Vou ficar segurando, só isso. Tá tudo bem!

Essa história de chapéu me faz esquecer meu pânico.

— Não pode ficar segurando o chapéu na cabeça o espetáculo inteiro, Anthony. Não é uma ideia muito boa.

— Posso sim, Beminda. Não pode ficar o tempo todo mandando em mim. — Ele sorri como se fosse engraçado não dar a mínima para o que estou dizendo.

Abro a porta do carro.

— Não estou mandando em você, estou preocupada. Deixe-me ver esse chapéu!

EMILY

Em meio a todos os cenários desastrosos que imaginei para a peça, nunca imaginei o seguinte: Lucas, que uma vez mencionou por alto uma história de ter medo de falar em público, está sentado na minha frente, experimentando o que só posso descrever como uma crise de suadouro. Seu rosto está mais vermelho que um tomate, inchado e úmido.

— Sinto muito — diz ele, sentado em uma sala dos fundos e se abanando com uma cópia do roteiro. — Não consigo me controlar.

— É sua camisa que está apertada demais? — pergunto.

— Não, só estou hiperventilando ou algo assim. Isso costumava acontecer antes dos jogos às vezes, mas eu entrava no chuveiro.

— Lucas, aqui não tem chuveiro.

— É, eu sei. É esse o problema.

É doce e adorável e também razoavelmente preocupante. Ele parece estar precisando de cuidados médicos. Eu o deixo na sala porque não tenho escolha — o pessoal do canal a cabo está montando os equipamentos na sala, com luzes que me fazem temer que Lucas não dure nem cinco minutos. Mary dispôs mais ou menos quarenta cadeiras para a plateia, além de uma mesa de comida para a festa depois da apresentação.

— Não se preocupe — diz Mary ao ver meu rosto. — Vai ficar tudo bem. Admito que eu não esperava que as câmeras de TV fossem tão imponentes, mas tenho certeza de que vai dar tudo certo.

Parada diante de uma das luzes, sinto meu próprio suadouro começar. Não posso deixar nem Belinda nem Anthony verem essas câmeras e luzes antes de a apresentação começar. Se virem, vão surtar mais do que Lucas já está surtando.

Então vejo algo que realmente me espanta: Chad está aqui. Ele me vê, sorri e se aproxima.

— Então, a Mary disse que você vai apresentar uma peça. Tipo com figurinos e atores. Bem intenso. — Ele ri, como se fosse algum tipo de piada.

Eu preferia que ele não estivesse aqui. Não queria ter de me preocupar em parecermos mais bobos do que já vamos parecer. Não quero me importar com sua opinião.

— Sim — confirmo. — Mas preciso ir. Estamos nos preparando lá atrás.

BELINDA

Antes que eu perceba, já segui Anthony até o interior do prédio, passando pelo saguão cheio de gente que está aqui para assistir a nossa peça e depois dançar. Anthony ainda está segurando o chapéu na cabeça quando me mostra onde fica o camarim, que não é bem um camarim, pois não tem nenhum espelho. Parece mais a sala de alguém.

— Que tal fazermos o seguinte, Anthony? — sugiro. — Eu deixo você usar o chapéu a peça inteira se você o tirar depois para dançar uma valsa comigo.

Ele se vira e sorri para mim por um bom tempo, como se estivesse pensando nessa história de beijar também.

— Tá bom. Vou dançar uma valsa com você. O que é uma valsa?

É quando olho para o lado e tenho uma surpresa. Lucas está sentado no canto do camarim. Está suado e não parece muito bem. Parece que ele está tendo um ataque cardíaco.

— Está tendo um ataque cardíaco? — pergunto.

Ele balança a cabeça negativamente.

— Tenho um probleminha quando fico nervoso. Começo a suar um pouquinho demais.

— Mas você está suando muito — observo, porque ele está mesmo. O pescoço está suado e a camisa também.

— Acho que vou ficar bem. A Emily foi buscar água para mim.

Não quero que Lucas tenha um ataque cardíaco. Odeio ataques cardíacos.

— Por que não respira como na ioga? Posso mostrar a você como é. Talvez todos nós devêssemos respirar como na ioga, mas precisamos ficar de pé.

Anthony se levanta, mas Lucas não.

— Precisa se levantar, Lucas. Vamos nos acalmar com a ioga para você parar de suar.

— Ah. Tá. — Ele se levanta. Até a calça dele está molhada, mas não parece xixi. É mais como se os joelhos estivessem suados.

— Vamos começar com a árvore da vida, mas não precisam ficar em um pé só. Vai ser difícil demais com esses figurinos. Podem apenas fechar os olhos e juntar as mãos.

Eu costumava acompanhar um vídeo de ioga todo dia na escola, para não precisar fazer educação física. Eu me lembro tão bem de todas as posições que posso fazê-las de olhos fechados.

— Sintam sua respiração — oriento. — Inspirem pelo nariz e expirem pela boca.

Abro os olhos para dar uma espiada e sou pega de surpresa. Lucas está fazendo o que digo. Anthony também.

Continuamos por um tempo e então digo:

— Tudo bem, é o suficiente.

Lucas parece um pouco melhor, eu acho, mas é difícil ter certeza.

Observo o figurino que a mãe de Anthony criou. É uma jaqueta de veludo roxo com uma borda dourada bem brilhante. Não me lembro de ver uma jaqueta daquele tipo em nenhum dos filmes, mas mesmo assim adorei. Gostei especialmente dos sapatos, que são verdes, de quanto ele se fantasiou de Peter Pan para o Dia das Bruxas.

Respiro fundo.

— Está bonito, Anthony — comento. Não quero opinar sobre o figurino de Lucas porque ainda não está muito bom.

— Eu sei, obrigado — agradece Anthony. — Você também está bonita, Beminda! — Do jeito que ele fala, parece mais que ele disse bo-ita.

EMILY

Se Lucas surtando foi minha primeira surpresa da noite e Chad foi a segunda, eis a terceira: vou até o saguão para pegar um copo d'água para Lucas e vejo Richard em pé em um canto, sozinho.

— O Hugh me deixou aqui, então preciso de carona para voltar para casa — avisa ele. — Tudo bem?

Fico tão feliz em vê-lo que apoio o copo d'água em uma mesa e o abraço.

— Claro — digo. — Obrigada por vir. O Hugh não quis ficar? — Eu me afasto e olho para ele.

— Dever de casa demais, mas ele ficou feliz por me trazer. Assim ele pode ser legal e babaca ao mesmo tempo. É meio que sua especialidade. É um namorado quase ótimo.

Ele está sorrindo o bastante para eu perceber... não é péssimo. Ele é quase ótimo. Tenho vontade de dizer que talvez por hora isso seja suficiente. Meu quase namorado parece ter ido nadar de roupa, então nenhum de nós dois está realmente vivendo no mundo ideal. Mas estamos vivendo alguma coisa, e isso é mais do que ambos esperávamos este ano.

— Por que não vem até o camarim? Talvez possa ajudar a acalmar todo mundo. Estamos tendo um probleminha de medo de palco. — Reviro os olhos de leve. — E eles ainda nem viram as câmeras de TV.

— Com licença, Emily? — Viro para trás e vejo Belinda com seu figurino, feito em casa, mas magnífico, com metros de um tecido bufante em um tom de lavanda que cai superbem nela.

— Está linda, Belinda! — exclamo.

Ela está mordendo o lábio inferior.

— Temos um problema. Não comigo, mas com o Lucas. O Anthony e eu estamos achando que ele não vai conseguir fazer o papel de narrador.

Eu havia me esquecido desse acréscimo de última hora que fiz, baseado no trabalho maravilhoso que ele fez semana passada, conversando com a turma sobre a história. Sugeri que Lucas narrasse algumas das lacunas na história, trechos que tive de deixar de fora na edição. Não entramos em muitos detalhes nem escrevemos muita coisa porque achei que ele se sairia bem improvisando.

— Podemos pular a narração, Belinda. Vai dar tudo certo — afirmo, me perguntando se Lucas está bem na minha ausência. — Esse é meu amigo Richard, Belinda. Talvez ele possa nos ajudar.

— Oi, Belinda. Legal conhecer você. Eu ficaria feliz em narrar um pouco. Já assisti a *Orgulho e preconceito* tantas vezes...

Belinda arregala os olhos.

— Quantas?

— Não sei. Talvez umas cinco.

Ela assente.

— Já assisti muito mais vezes que isso.

— Gostaria de narrar, Belinda? — sugiro. Talvez ter mais responsabilidades seja o segredo para acalmar os nervos dela.

Ela pensa na minha sugestão por um minuto.

— Não, obrigada. Preciso me concentrar no meu papel. Por que não deixamos o Richard narrar?

Richard me olha com uma expressão quase de risada, mas não exatamente. Espero que não seja um desastre. Ele vai ver — de perto — por que eu o queria aqui, por que isso é diferente de qualquer trabalho que já tenhamos feito.

Felizmente não há tempo para ficarmos mais nervosos que já estamos. No camarim, Richard amarra um lenço no pescoço e pega emprestado o chapéu de Anthony para abrir o espetáculo. Explico o aspecto mais importante para aquela plateia.

— Faça com que seja rápido e simples. Não inclua detalhes demais.

Richard dá uma olhada rápida no roteiro e aponta algumas das maiores lacunas que deixei no enredo.

— Não importa — digo. — Apenas contextualize a história e enfatize as principais emoções que forem surgindo. É nisso que eles vão estar prestando atenção.

Nesse quesito, ele é perfeito. Milagrosamente, sobrevivemos à primeira cena começando rapidamente, antes que Belinda e os outros tenham chance de ver como as luzes da equipe de TV são grandes. Depois, Richard sobe ao palco, dá as boas-vindas a todos e explica:

— O que estão assistindo é uma história de amor, mesmo que demorem um pouco para perceber isso, porque é o que acontece às vezes nas melhores histórias de amor. No começo ninguém percebe que elas estão acontecendo. — Ele sorri para mim e prepara a plateia para o que está por vir. — Vamos ver uma cena de festa, mas prestem atenção no seguinte, pessoal. Ele a vê e acha que pode ser que goste dela, mas não consegue ser gentil com ela.

Nessa cena, Lucas se sai lindamente. Ele pode estar atuando com roupas oitenta por cento encharcadas, mas interpreta tão bem quanto na primeira vez que leu sua cena com Belinda, no teste. Sutil, complicado, incrivelmente eficaz. Quando ele termina a cena e sai do palco, indo para trás da cortina que montamos, aperto sua mão e digo:

— Você devia ser ator, Lucas.

Ele abre a jaqueta, então lembro por que ele não deveria fazer isso.

Quero beijá-lo bem ali, mas resisto.

Ele se sai ainda melhor em sua terceira cena, a da proposta de casamento, que me matou toda vez que a ensaiamos: a forma como ele hesita, se debate e engole em seco pouco antes de finalmente cuspir as palavras. *Há* um pouquinho de Sr. Darcy em Lucas. Até Belinda, que tem dificuldades em notar qualquer outra pessoa que esteja no palco, parece adorar. Ela balança o leque avidamente durante toda a cena, o que faz Anthony atuar forçadamente demais na cena seguinte do baile, na qual ele interpreta Bingley e eu interpreto Jane. Devíamos estar fingindo que somos tímidos demais para dizer como nos sentimos, mas Anthony se deixa levar tanto que nossa cena culmina com um beijo que certamente não estava planejado.

— Desculpe — diz ele logo depois, sorrindo para mim. Seu chapéu está torto, e seu lenço, amassado por causa daquele momento espontâneo.

— Tudo bem — sussurro, e a plateia aplaude, assim como fizeram com praticamente tudo que fizemos esta noite, incluindo o momento em que entramos no palco.

Cometemos diversos erros, como um momento terrível no qual Belinda tropeça no próprio vestido, que é comprido demais, e diz sua fala do chão, como se esperasse que ninguém fosse notar. Mas, para mim, a maior surpresa da noite é ver e sentir toda a turma atenta, acompanhando a história. Francine assente loucamente com a cabeça toda vez que um personagem fala sobre amor, e Simon balança a cabeça quando algum personagem fala mal de outro. Posso ouvi-los na plateia comentando:

— Isso não foi certo.

Na metade da apresentação, fazemos uma pausa para "perguntas e sugestões", e todos têm algo a dizer:

— Ela devia simplesmente dar uma *chance* a ele.

— Ele não devia ouvir seus amigos o tempo todo.

— Eu só quero que todo mundo se apaixone!

O último comentário é o que mais me surpreende, porque vem de Harrison, meu primeiro parceiro no grupo, que em todas aquelas semanas jamais mencionou querer ir a um encontro ou se apaixonar. Agora eu o vejo fitando Richard e entendo por que ele hesita em relação a isso. Aparentemente é possível ser deficiente visual, autista e gay.

Não sei se Richard também percebe, mas ele e Lucas parecem confortáveis o suficiente em nossa "discussão entre cenas" para que eu os deixe lidando com as perguntas enquanto levo Belinda e Anthony rapidamente ao banheiro. Eis mais uma coisa que aprendi sobre esses dois. Eles podem parecer altamente funcionais — decorando suas falas e discutindo Jane Austen —, mas definitivamente se perderiam se eu dissesse a eles: "O banheiro fica na terceira porta à esquerda."

Quando ficamos sozinhos no corredor, digo a eles que estão fazendo um ótimo trabalho. Belinda sorri de orelha a orelha, feliz de um jeito que não vejo há anos.

— Fui ótima, não fui? — concorda ela, batendo palmas.

Anthony não consegue tirar os olhos dela.

— Muito ótima, Beminda.

— Você também foi, Anthony! Foi tão bom quando você beijou a Emily. — Eu rio ao ouvir isso. Estava insegura quanto à reação de Belinda diante do momento de espontaneidade de Anthony no palco, mas ela está certa em não ficar com ciúmes. Foi um grande floreio, típico de um ator.

— Preciso admitir que realmente acho que funcionou bem, Anthony — digo a ele. — Pegou a todos de surpresa e captou a atenção de todo mundo.

— Foi ótimo, Beminda. Ouviu só isso?

Relembro aos dois que ainda não terminamos, que ainda temos a segunda metade — duas cenas — para fazer, e Belinda se volta para mim.

— Se isso passar na TV, acha que o time de futebol vai ver?

Sua pergunta me pega desprevenida, e então penso na cena que Lucas descreveu para mim: Ron Moody gritando com ela, o restante do time a atropelando. Em três semanas trabalhando juntos, ela não mencionou o time de futebol nem uma vez, mas como eles poderiam não estar em sua cabeça? Não quero menosprezar o medo que vejo em seus olhos.

— *Ainda* não passou na TV — explico lentamente. — Estão fazendo uma gravação que *pode* passar na TV, mas não necessariamente vai passar. — Lucas já me tinha me avisado que eles às vezes gravam eventos que não levam ao ar. Ele disse aquilo para me tranquilizar. *Se formos um desastre completo, podemos cancelar.*

Belinda pensa nisso por um instante e diz que quer que algumas pessoas assistam — sua mãe e sua avó, seus professores e amigos da escola —, mas que definitivamente não quer que os jogadores do time de futebol vejam.

Penso no meu primeiro impulso, um mês antes... vamos chamar o time de futebol para atuar com a Belinda! Vamos mostrar a eles como ela é talentosa! Ela está demonstrando algo que só estou começando a aprender agora: *Escolha cuidadosamente as pessoas cuja aprovação você busca.* Durante toda a apresentação, meu olhar ficou procurando nervosamente por Chad, sentado na primeira fila com dois lugares visivelmente vazios ao lado. Por que é que eu ligo para o que ele pensa?

Lucas estava certo de manter o time de futebol longe de Belinda. Em vez de dizer isso, fico com a pergunta que ela fez.

— Se passar na TV a cabo, não é provável que eles vejam, mas eles *poderiam* ver. Se não quiser isso, podemos combinar outra coisa.

— Como o quê?

— Como... — Penso rapidamente. — Podemos combinar uma exibição fechada na escola. Para seus colegas de turma e seus professores. — De repente, a ideia não parece ruim. — Podemos fazer a mesma coisa que estamos fazendo aqui: conversar sobre as questões que a história traz à tona...

Ela assente, ainda pensando.

— Talvez isso seja melhor. Talvez seja isso que a gente deva fazer.

CAPÍTULO DEZENOVE

BELINDA

F ICO FELIZ QUANDO TUDO TERMINA.
    Não foi uma peça perfeita, mas foi tudo bem. Anthony ficou meio entusiasmado demais, e eu caí, mas não sei se as pessoas perceberam essas coisas. Parece que todos acompanharam a história e gostaram de como todos os personagens terminaram com outra pessoa no final.
    Então isso foi bom.
    E eu fiquei feliz quando Emily disse que não precisava passar na TV, que talvez pudéssemos fazer uma exibição especial só para as pessoas que queremos que assistam. Isso significa que posso sentar com mamãe e vovó e assistir com elas. Além disso, podemos explicar para nossos colegas da escola a fim de que entendam.
    Agora terminou, o que significa que estou aliviada, mas nervosa de novo. É hora de arrumar o espaço para a festa e a dança de salão. Eles precisam tirar todas as cadeiras nas quais estavam sentados para ver nosso espetáculo. Alguns movem suas cadeiras só alguns centímetros e se sentam de novo para descansar. Isso me faz querer gritar: VAMOS

LOGO, PESSOAL, SENÃO NÃO VAI DAR TEMPO DE DANÇAR! Se vovó estivesse aqui, ela me diria que é falta de educação gritar com as pessoas, especialmente quando está todo mundo usando vestidos chiques e se preparando para dançar. "Você não pode apenas se parecer com uma dama", diz vovó, "precisa agir como uma também!"

Vovó tem razão.

Tem muitas garotas aqui parecendo e agindo como damas. Tem uma com longos cabelos ruivos e uma linda tiara. Outra está usando um vestido roxo brilhante que amei. Se eu entrar nessa aula, vou pedir para vovó fazer para mim um vestido especial do material mais brilhante que ela encontrar. Se ela disser que é brilhante demais, vou responder: "Por favor, só dessa vez."

Como estou vendo que vai demorar para começarmos a dançar, saio da sala para procurar Anthony, que não vi mais desde que agradecemos na frente do palco.

Uma coisa chata em Anthony é que ele cai no sono com muita facilidade, especialmente se nos agitamos demais e nos cansamos. Isso sempre acontece quando nossa turma faz algum passeio, o que não acontece muito, então talvez fiquemos excitados demais mesmo, mas toda vez, no caminho para casa, Anthony dorme. Por isso não fico surpresa depois da peça, quando procuro por ele no camarim e o encontro dormindo em uma cadeira.

Não quero acordá-lo, então me sento quietinha ao seu lado com um prato de comida da qual sei que ele vai gostar.

Depois começo a tossir para ele acordar, o que dá certo.

— Tome, Anthony — ofereço. — Eu trouxe comida para você. Devia descansar agora, mas quando terminar de descansar, devia pensar em vir para a festa e dançar comigo. — Achei que seria difícil ou mais embaraçoso pedir isso a ele, mas não foi. Ele sorri.

— T-tá. Eu danço com você. Agora?

— Agora não. Primeiro eles precisam nos mostrar como se dança, depois temos de dançar.

Ele está sorrindo, mas ainda parece estar com sono, como se seus olhos estivessem quase se fechando.

— Pode dormir por enquanto, tudo bem. Eu acordo você quando estiver na hora

— Não quero mais dormir, Beminda — diz ele, sorrindo para mim desse jeito novo que ele tem sorrido.

Uh-oh, penso. Aí vem. Posso perceber que ele vai perguntar sobre beijar. Mas então é engraçado. Ele não diz nada, mas eu sim.

— Quer me beijar agora, Anthony? Porque acabou a peça e podemos... se você quiser.

Ele não faz nada bobo, como bater palmas, o que me deixa feliz.

— Sim. Eu quero muito.

Aproximo minha cadeira dele, e ele aproxima a cadeira dele de mim também.

— Nunca fiz isso. — Eu não queria contar isso a ele, mas agora já contei.

— Eu sei — comenta ele. — Tudo bem. Vai ficar tudo bem.

— Não sei muitas coisas, tipo... se você continua respirando ou não. — Esqueci que eu também não queria contar isso a ele, mas agora é tarde demais.

— Acho que você deve continuar respirando.

— OK.

Então ele me manda parar de falar, porque acha que você pode respirar e beijar ao mesmo tempo, mas não falar e beijar.

— OK, isso faz sentido.

E então nos beijamos, e fico surpresa, porque gosto muito mais do que achei que gostaria. Não é assustador, nem como se fôssemos pessoas diferentes. Somos Anthony e eu, e é tão bom que começamos a rir um pouquinho. Então ele diz:

— Ou você pode se sentar no meu colo.

Não sei o que fazer. Nunca vi isso em filmes, mas quero responder que sim. Então é o que eu faço. Eu me levanto e vou me sentar no colo dele e continuamos nos beijando com nossos braços em volta um do outro. É diferente, mas bom. Parece uma coisa que nunca achei que ia sentir. Como se talvez eu estivesse na TV ou então fosse parte de uma coisa que eu achava que só veria na TV. Não tenho certeza, mas é bom.

Alguns minutos depois, vamos para a sala de onde as cadeiras foram retiradas e a comida está arrumada, e vejo Emily e Lucas sentados juntos. Estou segurando a caixa de presentes que fiz para Ron. Mamãe me ajudou a consertá-los para eu poder dá-los esta noite como presentes de elenco para meus novos amigos. Dessa vez percebo que Lucas e Emily definitivamente estão de mãos dadas. Vou até eles com a caixa e pergunto:

— Vocês são namorados agora?

Ele olha para ela e fica vermelho de novo, o que me faz lembrar que essa é uma pergunta pessoal e particular, e que eu não devia tê-la feito.

Então, mesmo vermelho, ele responde:

— Estamos pensando nisso, Belinda. Gostamos de nos conhecer, de trabalhar juntos. Então... talvez sim. Acho que estamos indo nessa direção.

— Resolvi que Anthony definitivamente é meu namorado, e vou ser namorada dele também.

— Isso é ótimo! — exclama Emily, sorrindo com sinceridade. — Gostamos muito do Anthony.

Ela parece estar querendo segurar a mão de Lucas de novo.

— Por mim tudo bem se vocês quiserem dar as mãos — aviso. — Não me importo.

Ela ri, mesmo que eu não tenha tentado ser engraçada. Então ela pega a mão dele.

— Tenho presentes que quero dar para vocês, então acho que deviam dançar comigo e com o Anthony. Mas antes o Lucas tem de fazer uma reverência e chamar você para dançar. É a regra.

Abro minha caixa. Quero guardar o melhor presente para Anthony, mas tenho coisas de sobra entre as quais escolher. Minha mãe e eu encontramos umas coisas velhas que nunca demos a ninguém. Tem um enfeite de árvore de Natal e um castiçal com flores secas coladas. Dou o castiçal para Emily e o enfeite para Lucas.

— São presentes para agradecer por terem feito minha peça. Eu mesma fiz, porque fiquei muito feliz em participar.

Fico surpresa porque quase começo a chorar ao dizer isso. Não sei por que, pois a peça acabou e não preciso mais ficar nervosa. Não estou triste com nada. Estou feliz, mas talvez felicidade seja um pouco como tristeza, porque começo mesmo a chorar.

Eles adoram seus presentes e me abraçam.

— OK, chega. Não gosto muito de abraços — digo.

Alguns minutos depois começa a tocar música, e, por um segundo, entro em pânico. Não sei o que fazer. Os outros casais estão de braços dados, se posicionando. Não sei como fazer isso nem onde colocar os braços. Anthony está parado ao meu lado. Tudo que sei é:

— Primeiro você precisa me chamar para dançar e fazer uma reverência.

— OK. — Ele faz uma bela reverência. — Gostaria de dançar, Beminda?

— Sim, obrigada. — Vamos para a pista de dança, e de repente me sinto diferente. Pareço Elizabeth Bennett e me sinto como ela também. Tenho meu Sr. Darcy, e estamos prestes a dançar.

"Dançar é o primeiro passo para se apaixonar", vovó costumava dizer sobre fazer aula de dança e conhecer meu avô. É uma frase de *Orgulho e preconceito, então deve ser verdade.*

Olhamos para os outros casais para tentar descobrir onde colocar as mãos. Não parece abraçar, o que é bom. Há espaço entre nós dois, a não ser pelo fato de que estamos ligados e precisamos nos mover juntos, então precisamos ficar quietos e prestar atenção à música. É mais fácil para mim se eu fechar os olhos, então faço isso, e funciona. Nós nos movemos perfeitamente, sem esbarrar um no outro nem em ninguém. No final, estou tão feliz que começo a chorar de novo.

Vejo Emily e Lucas. Eles ainda estão sentados, e não dançando. Talvez estejam com medo, ou talvez também não saibam dançar.

Então sou pega de surpresa. Lucas se levanta e para ao lado de Emily. Ele diz alguma coisa e se curva diante dela. Isso me faz pensar que talvez eles não saibam muito mais coisas que eu e Anthony. Ele está fazendo o que eu mandei fazer, que é se curvar ao chamá-la para dançar. Ela sorri e estende a mão para que ele possa guiá-la até a pista de dança. Logo eles também estão dançando. Ainda não dançam tão bem quanto Anthony e eu, mas estão quase lá.

Isso faz eu me sentir bem.

EMILY

Depois que tudo termina, Richard e eu ficamos do lado de fora, enquanto Lucas ajuda a equipe de TV a colocar os equipamentos no caminhão.

— O Lucas só vai demorar um minutinho — aviso. — Vamos dar uma carona para ele também.

— Então, falando em Lucas... — Richard sorri. — Alguns de nós estão apostando que você e ele talvez sejam mais que apenas parceiros no crime fazendo serviço comunitário... Gostaria de fazer algum comentário a respeito?

Olho para ele e rio.

— No que você apostou?

— Não vou dizer até você responder.

— Apostou que sim, não foi? Porque acha que me conhece tão bem.

— Conheço você mais do que você mesma, e foi por isso que apostei que sim. A Candace não acredita que possa ser possível, nem o Barry. Mas a Weilin e eu sabemos. Já reparamos nos sinais.

— Que sinais?

— Você nunca olha para a mesa dele durante o almoço. Também nunca fala dele, nem de passagem. Além disso, o banco do carona do seu carro está tipo uns quinze centímetros mais para trás do que costuma estar.

Penso em como observei Belinda e Anthony esta noite e em como eles cuidaram um do outro. Depois de tudo que aconteceu, não sei como ela continua destemida de um jeito que nunca fui, e que nunca vi meus amigos serem. Pisamos em ovos durante todo o ensino médio, achando que nada de bom ia acontecer. Com medo do pior, nós nos limitamos, e lá estava Belinda, que tinha visto o pior e não tinha feito a mesma coisa. Quero seguir seu exemplo. Não quero ter medo de tudo que não sei sobre o futuro.

— Tudo bem, beleza, tem razão, mas não aconteceu muita coisa — digo, ficando vermelha. — Ele terminou com a Debbie, e acho que gostamos um do outro, mas resolvemos não sair nem fazer nada oficialmente até a peça terminar.

Agora ele está sorrindo muito mais.

— Então deve estar bem feliz porque a peça terminou.

— Estou. — Nós dois gargalhamos.

— Isso é ótimo, Em. Estou feliz por você. Não sei se entendia isso até esta noite, mas agora entendo. Isso foi ótimo. Tudo. Gostei dessas pessoas.

— Estou tão feliz por você estar aqui.

Na verdade, não sei qual parte da noite me deixa mais feliz: termos conseguido encenar a peça ou Richard ter vindo.

A caminho de casa, Richard conversa mais que o normal.

— Quer saber qual música era primeiro lugar nas paradas na semana em que eu nasci?

Abro um sorriso. Aparentemente ele andou conversando com Harrison.

— "It's Raining Men". Dá para acreditar? Estou interpretando isso como um sinal extremamente promissor para o futuro.

Na verdade, não acredito. Na aula, algumas semanas atrás, Harrison admitiu que é impossível se lembrar de todos os hits que ficaram em primeiro lugar na Billboard, então ele chuta os que não tem certeza.

— É um excelente sinal para o futuro — digo, sorrindo para ele.

— Preste atenção na estrada, Em — pede Lucas.

— Desculpe — peço, ajeitando o volante. — Só estou feliz.

Lucas sorri e estende a mão para ajeitar o volante.

— Eu também — diz ele. — Mas apenas olhe para a frente. Eu cuido do volante, você dos pedais.

Depois que deixamos Richard em casa, Lucas pede para eu parar o carro para ele poder dirigir.

— Não é por causa de como você dirige, eu juro — garante ele.

Ele sai do carro, e nos encontramos na frente, entre os faróis.

— Eu só queria fazer isso — explica ele, me puxando para um beijo.

É quente e delicioso, e mais parecido com um beijo de verdade do que qualquer coisa que havíamos nos permitido fazer até agora.

— Você foi ótimo hoje — sussurro.

— Não fui não. Mas mesmo assim estou feliz, porque eu sabia que eu teria aquela crise de pânico, mas passei por ela! Não fui incrível, mas aquela parte foi incrível! Eu consegui!

— E conheceu meu amigo.

— Gostei dele. Ele é legal.

— Ele gostou de você também. Talvez você pudesse... sei lá... almoçar com a gente um dia desses?

— Quer dizer sair da mesa dos babacas? É, acho que não sentiria muita falta disso.

— Não?

— Realmente não.

Ele me beija de novo. Estranhamente, considerando o quanto ele estava suando antes, seu cheiro não está ruim. Na verdade, o cheiro é agradável. Quando digo isso a ele, Lucas responde:

— A Belinda me deu um pouco de talco. Ela disse que eu devia passar antes de dançar com você.

— E você passou?

— Eu estava desesperado. Era nossa grande noite e parecia que eu tinha acabado de correr uma maratona de terno.

Eu rio.

— Então foi uma boa ideia. Descobri que ela é cheia de bons conselhos sobre relacionamentos.

Quando voltamos ao carro, pergunto a Lucas se ele lembra onde fica o acelerador, o freio e tudo mais. Ele me olha de um jeito engraçado.

— Provavelmente eu não devia contar isso a você, mas já estou dirigindo há um tempo, sabe?

— Está me dizendo que não precisava de carona esse tempo todo?

— Na verdade não. — Ele está vermelho.

Ele liga o rádio e começa a dirigir lentamente. Depois de alguns minutos, percebo que ele dirige com ainda mais cuidado que eu.

— Você sempre dirige a cinquenta?

Ele aperta minha mão.

— Sua lista de qualidades em um namorado perfeito não dizia "Sua muito quando fica nervoso" nem "Dirige igual a uma vovozinha"? Achei que tivesse lido essas duas coisas.

Eu dou uma gargalhada.

— Eu as escrevi bem fraquinho, a lápis, porque não ousava sonhar em encontrá-las.

— Foi o que pensei.

— Quando entrarmos na autoestrada, acha que pode dirigir um pouquinho mais rápido? — pergunto.

— Não sei — diz ele. — Provavelmente não. Isso é um problema?

AGRADECIMENTOS

ESTE LIVRO NÃO EXISTIRIA SE eu não tivesse ficado amiga de um grupo extraordinário de mulheres há catorze anos, todas mães de crianças pequenas com necessidades especiais, a fim de começar uma organização chamada Whole Children. No começo, nossa missão era criar algumas aulas pós-horário escolar nas quais nossos filhos pudessem trabalhar as habilidades nas quais tinham mais dificuldade — motricidade grossa e fina e fala — na companhia de outras crianças. Na verdade, acho que não esperávamos que durasse muito além daqueles primeiros anos e de nossa própria necessidade desesperada de um pouco de companhia. Então, de forma lenta mas segura, vimos nossos filhos nos surpreenderem regularmente; com as habilidades que estavam adquirindo, com as probabilidades que estavam desafiando e com as amizades que estavam fazendo. Este livro foi escrito no aniversário de dez incríveis anos da Whole Children, com as mais de setecentas crianças, jovens adultos e famílias a quem ajudamos. Agradeço a todos os que se juntaram a nós nessa jornada — como professores, participantes ou torcedores nas arquibancadas, dispostos a doar seu tempo e/ou dinheiro. Aprendi mais sobre resiliência, alegria, felicidade e comunidade sentada naquele saguão do que em qualquer outro lugar, e vocês todos são parte disso.

Este livro também não existiria se eu não tivesse tido permissão de assistir ao trabalho excepcional dos professores Brian Melanson e Meghan Carroll, pioneiros em uma aula chamada "Limites e Relacionamentos" no recém-criado programa Milestones — desenvolvido para os jovens adultos que os integrantes do Whole Children estavam se tornando, com o intuito de ajudá-los a caminhar na direção de amizades mais significativas. Ele *definitivamente* não existiria sem os incontáveis jovens adultos de quem fiquei amiga no Whole Children/Milestones, em especial a incomparável Molly Ciszewski, com seu rosto iluminado e sorridente, seu grande coração romântico e sua maravilhosa mãe, Lee.

Agradeço a todos os meus primeiros leitores, que me ajudaram mais do que jamais poderiam imaginar: Mike Floquet, Carrie McGee, Valle Dwight, Melinda Reid, Katie McGovern, Bill McGovern, Monty McGovern e Charlie Floquet.

Margaret Riley King foi a agente perfeita nessa segunda metade de minha carreira com livros para crianças e jovens adultos. Sou tão grata por tê-la comigo nessa jornada. É difícil imaginar uma editora melhor que Tara Weikum, que me faz todas as perguntas certas e confia nos meus instintos quando eu mesma levanto algumas questões. E Christopher Hernandez merece uma menção especial porque, aparentemente, posso ser capaz de escrever livros, mas certamente não sei bolar títulos. Ele pensou não apenas no título original, mas — com sua modéstia e discrição características — também no título de meu próximo livro. Um enorme agradecimento ao restante do time da Harper, todos tão espertos no que diz respeito a livros, além de bons no que fazem: Christina Colangelo, Gina Rizzo, Ann Shen, Sarah Creech e Alison Donalty.

Esta história é em parte sobre o poder extraordinário do teatro e de estar no palco para adolescentes e jovens adultos com deficiência. Quero agradecer a John Bechtold, da Amherst Regional High School, que de maneira alguma reflete o professor de teatro deste livro, pela oportunidade que ele deu ao meu filho e a outros como ele de participar integralmente de seus musicais na escola.

E por último, mas não menos importante, ninguém tem mais sorte que eu com a família que ganhei ao me casar. Quero agradecer a *todos* os Floquet e Pentze, especialmente a Joanne, por encher meus verões de felicidade e por proporcionar o lugar mais pacífico do mundo para escrever. E a Mike, Ethan, Charlie e Henry, que me dão mais alegria do que jamais poderiam imaginar.

Este livro foi composto na tipologia Sabon LT Std,
em corpo 11/15,95, e impresso em papel off-white,
no Sistema Cameron da Divisão Gráfica
da Distribuidora Record.